中国专业作家小说典藏文库

中国专业作家小说典藏文库

杨英国卷

# 惊鸿

杨英国 ◎ 著

中国文史出版社

*O*

暮秋时节，败花儿摧萎，枯草战栗，生灵万物在苍穹下苟延着。

往年总有十月小阳春，斯时常有草禾微绿，果树开花。虽然绿意随逝，花开即凋，但终究给人以清新温暖的感觉。而今天道地气颇为异常，入秋以后非阴即雨，乾坤无喜颜，天地显肃杀。一场持续多日的秋雨后，便直接进入龙潜之月。

阴冷砭骨的冻雨淅淅沥沥下个没完，入夜非但不停，反而越来越大。深秋半冬寒，醉卧锦被亦难眠。忽然又刮起了北风，风儿低吼着，啸叫着，把路旁草棵与树枝上的雨水狂暴地甩落下来，只甩得这个冷雨飘零、黑洞洞湿漉漉的夜晚不停地摇晃抖索。

夜，漆黑的夜，吓人的夜，乾坤仿佛陷入一片迷茫混沌之中了。

冻雨涟涟的黑夜里，一个人从城里方向朝于家屯急急走来。他不走大道专走小道，从他对地形地物的熟悉程度上看，纵然不是本地人，至少也在这里生活了相当长的时间。他走走停停，在风雨中全神贯注地往周围谛听，认认真真地朝远处睃巡，像小说中描写的深入敌后的侦察兵。北风把雨水甩到他的身上、脚下，这个行走在秋夜中的人，脚步踉跄着，趔趄着，若非一种潜意识的精神支撑，恐怕早就跌倒在地蜷作一团了。

远处忽然传来隆隆的响声，夜行人吓了一跳，他诧异地立住脚，哆嗦着身子神经质地朝着轰响处盯望着，审视着，像在判断瞬间就要发生的吉凶祸福似的。倾听片刻，他摇摇头继续赶路，嘴里嘟囔着：八月打雷，遍地是贼。眼下已是十一月初了，怎么还打雷呢？

他当然不知道，这是城北驻军的一支舟桥部队趁着白沙河尚未封冻，正在抓紧时机进行夜间演习。那隆隆的响声，是舟船碰撞所产生的。夜行人看看确无意外，犹豫片刻继续前行。

夜行人走到距离于家屯不远的地方站住，他没有立即进村，而是小心翼翼地在村周围转来转去，仔细地察看着各个街口，不时侧耳听着村里村外的各种动静。显然，他很谨慎，也很害怕，唯恐自己的大意或疏忽招来难以预料的灾祸。

夜行人终于绕着圈子走进了于家屯，又绕着圈子走到村里的小学门口。他刚要动手敲打湿漉漉的门板，马上又停住，犹豫了一下，就顺着学校院子外边一棵靠墙的榆树爬了上去。他双手抱着横斜的树枝一悠，双脚站在了墙上，然后轻轻地跳到院中。他蹑手蹑脚地踩着泥水，相当小心地走到一扇窗前，屏息静听屋里的动静。滴檐水和溜檐风交替灌进他的脖领，他似乎全然不觉，只是专注地听。不知听了多长时间，他开始感到手脚发麻、浑身酸痛，嘴唇像纸糊的风车片儿般瑟瑟的。他打了个寒战，背脊缝儿里一阵凉气袭过，自发际往下便开始疼痛。不要感冒了吧，特别是在这时候。他下意识地摸了摸额头，在凉飕飕的风雨中，一切都是黏糊糊冷冰冰的，难以判断是凉还是热。就在这时，他听到屋里传出一个女人的叹息声，接着一阵喁喁喃喃的呓语，似乎是在梦中絮叨着什么。声音那么耳熟，那么亲切，就像幼童在迷路的夜晚忽然听到母亲呼唤似的。也就在这一刹那，他心中的一块石头落了地，他觉得自己这悬若柔丝的生命终于获救了。

夜行人叫姜承良。

站在窗外风雨中的姜承良俯身向前轻声呼唤着：春玉，春玉！

那不能高也不能低的呼叫声，那始终如一的节奏，像舒缓的电波对夜睡的人发出固定指令。屋里的叹息霎时消匿，继而是近乎凝滞般的绝对静寂，静寂得让风雨发抖，让风雨中的人汗毛直立。姜承良不敢再唤，他下意识地朝迷蒙黢黑的周围看了一遍，确认并无危险后，才又参着胆子唤道：春玉，是我，我是姜承良。春玉你快救救我！

屋内传出轻轻的惊呼，继之是床板的嘎吱声。姜承良竭尽全力挨到屋门口，就在他再也没有力气没有胆量呼唤下一声时，板门轻开，他被一双柔软温暖的手拽进了屋。进屋后的姜承良稍一稳神，就再也抑制不住自己，浑身瘫软，再也没有一点儿力气，他一下子跌进春玉的怀里，口中断断续续地说：玉儿，我、我犯了大事，有人在追捕我……

长时间的压抑，内心的悲痛，两行热泪簌簌地流下来。

他不敢大哭，只能饮泣。

饮泣也是哭。那就哭吧！让哭声震开因迷蒙和疯狂而曾关闭了的心扉，让泪水冲刷一下心灵上的污垢和灰尘，让真情拦截一下狂傲的野性，让少年时代的爱唤醒今日的你。

姜承良全身湿透，不住地瑟瑟发抖，春玉这里又无可换的衣服。这时虽已不是两小无猜的少年时代，可感情却能化却世俗的隔阂。更何况他和她早已心心相印，更何况这是在一个特殊的情况下，事到眼前，还有什么可计较可犹豫的呢？春玉让姜承良脱掉衣服钻进还留有她体温的被窝里，自己则一边给他拧干衣服上的雨水搭到外屋的晾衣杆上，一边忙不迭地沏了红糖姜水端过去，一勺一勺地喂着姜承良。看着姜承良的精神渐渐稳定下来，她的眼里悄悄地流出了泪水。这泪水是女人的愁苦、忧虑、担心和悲凄，抑或是意外相逢所带来的惊喜。简单的御寒措施之后，春玉给姜承良做了可口的面条，浇了醋和少许香油，清香诱人的味道充满了这间小小的卧室，然而姜承良却丝毫没有胃口。春玉问他是不是吃过饭了，他说已经饿了将近一整天。春玉问他既如此为何吃不下，他说自己也不知道是什么缘故。此刻他不想吃饭也不想说话，只想睡觉、睡觉，越快越好。春玉摸了摸他的额头，心里一下子明白了。她找来解热止痛的 APC 给他服下，并让他喝了半碗加醋的面汤，然后给他盖好被子，一边按摩他的头身，一边低声细语地说：睡吧，睡吧，一觉睡到天明就好了！

春玉静静地坐在床边，守着姜承良，看着姜承良，一会儿摸摸姜承良的额头，一会儿又将姜承良伸出的胳膊小心地给他放回被窝并帮他掖好被角，眼睛里满是温柔和体贴。就像小时她发烧姜承良陪着她时那样，只是那时的承哥是躺在她的身边，像人人哄孩了似的陪伴她。而此刻的她，只能在承哥跟前坐着，坐着。因为——这床太小了。然而，这毕竟是属于他和她的空间，突如其来的变故把那个冷酷凄零的世界毅然决然地拒之门外。

姜承良睁开眼，面前恍惚朦胧，像有纵横重叠的蜘蛛网将他整个地罩住了。他想动一动，床上又如同涂了鳔，身首四肢全给黏住了。他张张嘴，嘴唇涩燥而僵硬，如同两叶铅片叠在一起，沉甸甸的没有感觉。

难道，我真的病了吗？姜承良这么想着，脑海里断断续续浮现出这几天的经历。事实上，他跑出来三天就已感冒了，只是一股求生的欲望支撑着自己的四肢百骸，发死力地逃啊逃。白天还要躲避着尾随追捕他的"对手"们，只有在天黑后才敢放胆地跑。他曾逃到父母那里，父母说已有两股莫名其妙的人来找过他们，还说如果不交出儿子，就把他们装进麻袋里扔进黄河。父母惊恐之中报了警，目前当地公安部门答应对他们采取保护措施。是啊，年老的父母此时已是泥菩萨过河自身难保，他不能再连累他们了。再说，追捕者几乎用不着考虑就会想到他父母之处便是他第一个落脚避难之所，那样不仅自己将被重新捉住，还会给处境已经十分恶劣的父母增加更大的麻烦。他不是白痴，明白这个道理，所以略一停留便奔于家屯来。晚间趁乱上了火车，到本城下车时已经晚上十二点了。他是在下着秋雨发着高烧的情况下连续奔波跑到这里，一路之上，一种强烈的求生欲望和莫名的希冀鼓舞着他以超人的精神支撑坚持下来的。这种下意识的寻觅，难道仅仅是为了逃避追捕吗？

他从车站跑到这里时，原没有垮得这么厉害，只是突然间见到了春玉，又想到从荣耀到落魄仅是几天之差，这一喜一忧，气往上冲，一下子就垮下来了。此刻，他想想几天来的经历，不由惊出一身冷汗。人只有到了这种情况下，头脑才能冷静下来，才能将以往的所作所为进行系统的反思和认真的追忆。唉！人要真正认识自己，可是太难了。

姜承良想快点儿休息一下养养精神，他还有另外的打算，梁园虽好，终非久留之地。他不能在春玉这里长时间地待下去。他准备一俟体力恢复，就到郑州一位叫苏静的同学家里躲着。苏静的父亲是位军界要人，在他那里还是比较安全的。他翻了个身，睡不着，再翻身，仍是睡不着。春玉这时已经伏在床边悄然睡去，他不想惊动她。因为那样他们就要彼此交谈，一旦谈起来，可就无休无止了。他需要睡眠，这是最重要的。他躺在床上，望着窗子微微泛出的白光，极力驱除脑子里凌乱不止的思绪，使脑子在出现一片空白的情况下安然入睡。可是，他办不到，像一切因为过度紧张的失眠者一样，他越想入睡越是睡不着。

夜，寂静的夜。若非窗外淅沥不断的风雨声，这将是一个多么美好而静谧的夜啊。秋雨秋风愁煞人——这是自然现象造成的。他呢？他的心和这风雨秋夜一样，怎么静得下来！不过，他还是闭上眼睛，默默地数着一二三四五六七八，周而复始多少遍，姜承良终于在惊悸与困顿的交错颠覆下蒙眬入睡。

……姜承良在一条崎岖不平的山坳里疾行，侧首凝神，远处山坡上卧着一头高大粗壮的黑色牯牛。那黑牛双角似锥，双目如炬，正以一种不可捉摸的眼神牢牢盯着他。忽然间，黑牛抬起了前腿，又翘起了后臀，它舒背躬腰，身上的每一条肌腱都像铁块一样清晰可辨，与此同时，黑牛的鼻孔里也令人惊奇地喷出两股粉红色的血。黑牛的眼神开始变得居心叵测，姜承良感到危险就在眼前，他撒腿逃往正东的山岗，那里有树丛，有岩缝，躲进去能够避开将要尾随追来的黑牛，可以暂时赢得喘息让生命得以苟延。就在他拔腿逃跑的瞬间，黑牛也以骇人的速度冲下了山坡，径直朝他快如疾风地追过来，并且越追越紧，越追越近，和他的距离眨眼之间就在百米以内了。求生的欲望压倒了突兀而至的绝望，姜承良拼尽全身力气继续往前跑，他要逃，必须逃，哪怕只剩最后一点儿希望也要摆脱这个突如其来的险境。就在黑牛即将触到后背时，姜承良奋力一跃蹿上了山岗，随即以不可想象的敏捷飞越眼前的巨石，从一条狭窄的山缝里迅疾穿过。死里逃生后的慰藉暂时代替了刚才的难以描述的恐惧，姜承良心中感到那种否极泰来时的欣悦，脸上随之露出疲惫已极的笑意，笑意苦涩扭曲，转眼就像火山喷发后的熔岩一样在他那棱角分明的口唇边上凝固了……

　　姜承良醒来时天已大亮。他抬手摸了摸自己晕乎乎的头，轻轻呻唤了几声，春玉急匆匆地从外间屋里走进来：你醒了，感觉如何？

　　姜承良拍拍脑袋：刚才做了个噩梦，现在头痛，躁热，胸部也隐隐作痛。说着，忽然连声咳嗽。

　　春玉摸摸姜承良的头，叹了口气：你若早来找我，就不会有这场病了！

　　姜承良仰望春玉，心中一阵酸楚，他赶忙闭上眼，胸间一股灼流翻搅震荡直达天聪，继之如爆突岩浆一样在某个合适的位置瞬间凝结。玉儿啊，是的，是应该早来找你，可是我并没想到事情会变得这么糟，更没料到一夜之间竟从天堂跌进了地狱啊！最爱的人也是最可靠的人，最爱的人也是最珍惜的人。说真的，大难临头时我想到的所能依赖的第一个人就是你，可是扪心自问，有谁愿意把可能发生的磨难和罪责加给自己最心爱最珍惜的人呢？因为我的到来对你而言再不是幸福，不是快乐，不是以往我们相聚时的缠绵悱恻，而是一种难以料定的巨大负担和灾祸。心爱的人啊，我们从小青梅竹马两小无猜，你单纯、敦厚、善良的心性我能不了解吗？所以，若非万不得已、穷途末路，我还是不会来找你的。

　　姜承良心中酸楚难耐，两行热泪刹那间涌出眼眶，淌满脸颊。

　　春玉用手绢擦去姜承良脸上的泪，侧身与姜承良相对而卧。她鼻子发酸，声音哽咽：承哥，别难过，人生在世，谁没有个磕磕绊绊，谁能保证一帆风顺？我虽然不知道发生了什么，但我明白心地纯洁、天性善良的人即使遇到再大的麻烦，也会起死回生，化险为夷。我了解你，相信你，你就在这里安心休养以待康复。我就是你，你就是我，千万不要想三想四的，啊？

　　姜承良摇摇头，张了张嘴却没说话。他费力地伸出胳膊揽住春玉的肩膀，脑袋敛在春玉的怀里，明显压抑地哭了。春玉不动，也不说

6

话，只是用手抚弄着姜承良的头发，悄悄地，静静地，那无声的眼泪，顺着俊俏的脸庞扑簌簌滑落。

春玉的宿舍本来是一大间，在教室的东头。为了起居方便，就用木板隔成了两间。姜承良睡在里间，只要没人故意去寻，有里有外，倒也严密。今天恰好是星期六，学生们都回家去了。

这是所乡村小学，只有一个一到四年级的复式班，年龄最大的学生只有十来岁。这个年龄的农村孩子，对老师充满了敬畏感，老师说什么，他们听什么。即使在平时，他们也不敢轻易进入春玉的宿舍。而村里的农民都是憨厚纯朴的乡下人，对老师更是尊敬有加。所以，姜承良住在这里既舒适又安全，春玉让他在这里安心休养以待康复并非是不负责任的空话。因为她除了每天给学生们讲讲最为简单的语文数学外，就再也无事可做。姜承良在这种情况下不期而至，春玉正好有时间照顾他。

春玉摸摸姜承良的头，仍然有些烫手，她明白姜承良发烧未退，想到姜承良刚才咳嗽，还告诉她胸部隐疼，她害怕姜承良继发肺炎，便在姜承良的脖颈吻了一下，坐起了身。她轻轻挪开姜承良揽着她的胳膊，帮姜承良调整了一个舒适的姿势躺好，然后走到外屋用温水洗了块毛巾，走回来轻轻敷在姜承良的额头上。姜承良拉住她的手，示意她重新躺在自己身边。春玉捏捏姜承良的手，告诉他要去外面买药，姜承良抻了抻撒开春玉的手，慢慢闭上眼睛。显然，他默许了。

春玉将姜承良反锁在屋里，掩上学校的大门去村里的卫生所买药。可能是心神安定，也可能是得到了充分的休息又服了解热药的缘故，春玉走后，姜承良觉得身上长了力气。他取下额头上的毛巾，试了试还能活动，就奋力爬起来下了床。他张跌着走到窗前朝外看，雨是停了，天还阴着。他深深地吸了口气又长长地吐出去，像冲刷浣洗了胸中的积郁，立时便痛快了许多。连续几天的逃亡生活后，此刻突然能够静下心来细细观察世间，自然是别有一番滋味在心头。姜承良摆摆下颏，似乎对人的心态处境的不可捉摸性感到惊奇不已。

院门响了，他赶紧伏下身子，从窗帘缝里望出去，有个男人低着脑袋走进来。那人抬头看到屋门锁着，"嗯"了一声就转身走了。姜承良心中一阵扑腾，因为他已确切认出，那人是于书南。昨夜在他身心安定疲劳稍减时，他曾向春玉问于书南的情况。春玉告诉他说书南已被建材厂"招工"，现在城关砖瓦厂工作，并告诉他书南一直把自己视若亲妹，处处呵护她，照顾她。此时书南突然出现，他想喊他、见他，刚张开嘴忙又捂住了。他猛然忆起自己此时的身份、处境，如果真的冒失了，说不准就是在惹祸上身呢。尽管他认定书南不会检举出卖他，可心里仍存有那种刚刚脱险逃命后的惊弓之鸟般的怕。看着书南走出院门又带上院门，刹那间姜承良被一种难以言喻的酸楚与悲怆攫住了。唉！人哪，真可谓既是万物之灵又是万物之怪，你看，眼前明明是可以信赖的挚友，却又存了如此这般的戒心。何也？

姜承良重新坐回到床上去，书南这一来，虽未相见令人遗憾，但从另一方面倒提醒了他，让他产生了警惕性。他清楚地意识到，这里是学校，按通常的习惯，乡村小学也是人们来往比较频繁的场所，自己稍有疏忽，就有可能被人撞见，一旦暴露了惹火烧身不说，闹不好还给春玉招来灾祸。他看看窗上的帘子，基本上遮掩得严丝合缝，瞧瞧里屋的房门，只要从外面锁上，没人会怀疑本分的姑娘闺房中会藏着个大男人。春玉是个女教师，村里人都很规矩，春玉说平日里就是来串门说话的，一般也不进里屋。这种情况下，只要自己谨慎小心不露面，外边的人是不会发现的。当然，他还有个最低级最不长出息的准备，万一有人要进里间来，他就委屈一下钻到床底下去。

姜承良正在考虑隐蔽措施，院门又响，接着听到了春玉的脚步声。果然是春玉买药回来了。外边的门和里间门相继打开，春玉将一包抗生素递给他，说是预防为主，免得继发肺炎。姜承良点点头，心想春玉到底是女人，考虑得真周到、真仔细。姜承良告诉她，说刚才书南来了。春玉一惊，问书南可曾看到他。姜承良摇摇头，说自己没敢吱声，春玉松了口气，嘱咐他不管谁来，一律不要露面，在这种非常情况下，稍有不慎就要出问题。春玉接着又纳闷地自言自语，说平时书南不来她这里，有事都是差他爱人来找她，今天怎么有点儿反常呢？纳闷归纳闷，说着说着也就把此事搁下了。

将近中午，春玉正在准备做饭，院门一响，书南又进来了。春玉赶紧把里间门反锁上，在外间屋内装作拾掇什么。书南出现在门口，春玉装作很惊讶的样子迎上去：书南哥，你怎么有空来了？

书南走进屋里并没坐下，他若有所思地看着春玉，想说什么却似乎不敢说。

春玉搬条凳子放在书南面前：书南哥，你坐下吧。

书南落座后问道：春玉，这两天你进城没有？

春玉：这几天接连下雨，本想去呢，总也没法去。

书南看看外面，突然压低了声音：春玉，姜承良出事了！

春玉以为他发现了姜承良在她这里的踪迹，心里顿时紧张起来。春玉脸色突变，说话也不成韵了：是吗……为什么？

书南看出她害怕至极，忙安慰她，说只看到街上贴出公安局捉拿杀人嫌疑犯姜承良等人的通告，并没有什么确切的消息。

春玉故作焦急：书南哥，这、这可咋办，姜承良他出什么事了被人捉拿？

书南叹了口气：开始我也不知他犯了什么案，后来找到公安局的一个熟人打听了一下，说姜承良在省城可能参加了黑社会性质的组织，两帮人械斗中他下重手伤了人。另一个帮派组织吃了大亏，正在到处找他寻仇。事情闹大，公安局介入了。现在，姜承良是面临双重凶险，如果落到公安手里还好办，落到那帮人手里可就麻烦了。不过，想来姜承良已经逃走，要不的话，就不会再贴"捉拿"这类的通告了。

春玉这才明白姜承良所说"犯了大罪"的含义。听书南口气，并没发现姜承良在此，心中一块石头落了地。她抽泣着说：不知他现在逃到哪里去了，只身在外多危险，咱们能不能找找他？

书南摆摆手说：傻妹子，中国这么大，就是有心去找，哪里又是贴谐的目标？为今之计，只能听天由命了。唉！全怨我爹，当初非要教他武功干吗呀，否则也不会有了仗恃惹祸上身了。

面对书南这样的老大哥，春玉既不能说实话，又不忍心对他说假话。她左右为难，支吾了好半天，总也说不出个囫囵话来。书南看她魂不守舍的样子，就直朝里间门上看，春玉无意间发现了书南的这一举动，心中不禁更加慌乱。她纯属下意识地说溜了嘴，她问书南，倘若姜承良逃到这里来，他能不能救他。书南皱了皱眉，说：春玉你是不是急糊涂了，你是有文化的人，就没听说大隐隐于朝、中隐隐于市、小隐隐于野的说法吗？姜承良再蠢再傻也不会往这里逃呀。这地方是个村，地界又这么小，别说是人，就是一只猫跑到这里，来上一帮人将村围起来，它想逃都没处逃，更不要说找地方躲了。姜承良那么精明一个人，这点肯定是想得到的。书南说到这里岔开话题又谈了一阵家长里短，就起身告辞。临走他又嘱咐春玉，少想姜承良的事，在外更要少谈姜承良的事，因为这个乡教育界的很多人都知道她和姜承良的关系，如果行动口吻表现不当，闹不好就给自己招来灾祸。

春玉低下头说：书南哥你放心，我说话行事向来是有分寸的。

这就好，这就好。书南边说边站起身往外走。

书南走出学校大门又回过头盯着校门看了几眼，对于春玉刚才的慌乱举止他有些疑惑。他在猜测一件事，如果事实确如猜测，自己就必须思谋一个力所能及的措施保护遇难者，这是他的义务、他的责任、他心灵深处的一个难以推卸的承诺。这承诺始自良心的初始、品行的保证、人性的本真，是中国人所特有的道德规范。

书南祈盼并决心帮着姜承良逃过这一劫难。

书南走后，春玉进到里屋，站在门后的姜承良痛苦地看着她，说自己还是等到晚上尽快离开这里吧，因为通告已经贴到了这座小城内，那些追踪他的人一定会顺藤摸瓜找到她这里来。他已经到了这步田地，逃不脱也就认了，但无论如何不能再牵累春玉。

春玉一下搂住姜承良的脖子说：承哥，你可不能说这些让人心碎的话，要死咱们一块儿死，要活咱们一块儿活。你这个样子带病走了，不是等于要我的命吗？再说你也不必多虑，他们之所以把通告贴到这里，是因为这个县里曾经有过你的家，而你又是从这里考入大学的。他们是按常人的思维惯性考虑你有可能会跑到这里栖身躲藏，贴贴通告也仅仅是造声势赶鸭子出窝罢了，你不必庸人自扰，尽可以放心在这里养着。

姜承良紧紧地抱着春玉那发抖的身子，心中千言万语，却总也不知该从哪里说起。他见春玉紧张得不知所以，便答应自己再住两天，待身体稍稍恢复后再走。他告诉春玉，自己下一步要去的这个地方没人知道，并且安全问题绝对有保证。春玉擦擦脸上的泪水，想想姜承良在她这里确也不能待的时间过长，便答应他身体康复后就放他走。

外边传来一阵声响，春玉立时吓得白脸焦黄。她赶紧将姜承良推开，自己三两步走出里间就手将门反锁上。她迈着轻步走到屋门口朝外张望，一只大花猫从教室窗子里跳出来，喵儿地蹿上墙头跑走了。

傍晚，东北风又悄悄刮起来。到晚间，风儿挟来了黑云，天气乍晴又阴，秋雨又开始淅淅沥沥地下。

姜承良本来体质就好，服药加之春玉的悉心照料，身体很快康复了。在春玉这里很安静很安全也很舒适，若非自己有意无意地惹出这场大祸而顾忌追捕者们不知何时从天而降，他简直不想再回省城，宁愿在本地觅一平淡无奇的职业，永远和春玉在这里过一种朴实而恬静的乡野生活。

无论是昔日给学生批改作业，还是如今看书看报，春玉都是在外间屋的长条桌上，这是她的习惯。所以，几年来的每个晚上，她的外间屋里总是亮着灯，而里间屋里总是黑咕隆咚的。这种习惯也好像是一种天意，为现在的姜承良躲在这里提供了某种有益的准备。

春玉依然保持以往的生活规律，早晨六点起床，晚上十点就寝，白日里给孩子们上课，晚上批改作业。只要不去乡里或中心校开会，就在学校里看书学习。她这样做的目的，是不致引起别人的怀疑。只有一点与以往有别——以往她在外屋里工作，里间门总是虚掩着，如今，里间门不仅关上，而且还反上了暗锁。当然，若非有意探究，这小小的改变不会引起任何人的怀疑。

这已是第四天晚上了，春玉心不在焉地打发完了十点以前的时间，熄了外间的灯便三步并作两步地进了里屋。里屋一片漆黑，春玉只能凭感觉知道姜承良坐在床沿上，黑暗中的行动已是轻车熟路，她准确无误地走到床前，侧身坐在姜承良旁边。姜承良似乎早在期待之中，顺手将她揽在怀里，亲吻的同时把春玉搂得紧紧的。春玉幸福无限，喃喃如絮，同样紧紧地搂住姜承良的脖子与之亲吻着。相爱如狂，情感炽烈，这似乎是每对青年男女所固有的。

两人相偎相依很长时间后，春玉柔声问道：你累吗？

姜承良在黑暗中摇摇头。

春玉说：咱们睡吧！

姜承良心里一阵激灵，捧着春玉的脸点点头说：睡吧。

昨晚的最初，就是春玉这一句话导致的。

外国人时时盼运气，中国人处处觅机会。运气也好，机会也罢，即便是纯属偶然，往往也能使人生旅途上出现或好或坏的意外转折。

咱们睡吧！昨晚春玉也是这样偎在姜承良的怀中，似属无意地说了这么一句。这句话刚刚出口，一个绿色的亮点就倏地在姜承良脑子里闪过。随之又反馈出另一句同样也是春玉说过的话——"你快睡吧！"慌乱中，他不知自己回答了句什么，而心脏却像误用了大量副肾素，突然扑棱棱地加强加快了。这之前，每年姜承良放假回到县城探望春玉时，由于他们彼此间的明确关系，夜间总是相聚一处。可那时虽然谈不上两小无猜般的纯洁，但接触却是极有分寸极有限度的。两人即使深夜入眠，照例是春玉一句话：你快睡吧。姜承良这时也总是极听话地睡到床上去，并且极其令人惊奇地从不产生越规犯禁的想法。可是，此时听到春玉忽然在人称上发生了的变化，一个特别敏感的信号却让他方寸大乱了。这个贮于脑中的信号一经触动，马上就电石火花般地迸现出来，铜铸铁浇一样在这里定了格。姜承良很迟钝地转过身子，足有一分钟坐在原处不能动。然后，他突然像生锈的立轴一样僵硬地扭回头，嘶哑着嗓子问：春玉，你说是咱们？

春玉点点头。

人就这么怪，有的事情在顺理成章应该做的时候，却总是支吾搪塞遮遮掩掩的。当已经到了几乎山穷水尽没有必要犯禁冒险的关头，却又直筒大布袋地倒出来。春玉的主动让姜承良一时间蒙了，他当时似乎也曾说了句"正视现实"之类的话规劝春玉也劝阻自己，可"现实"是那么好正视的吗？人非木头瓦片，摞在一起叠在一块儿都无妨，人是有血有肉有感情的呀！春玉这时说出这样的话，那是何等的勇气，何等的情感，何等钟情于这个男人呀！少女的心扉是极其难以打开的，她平时是那样的神秘、那样的坚牢，虽然不断经受狂风大浪的撞击，仍旧平稳而真实地固守着。如今，这心扉完全为他洞开了，里面所坦露的，有少女的情、少女的爱、少女的希冀和羞涩。里面有细雨霏霏，有春风微拂，有如蜜般的甜意，有百折不回的执着……这人生最神奇美妙的门打开了，真实而毫无遮拦地打开了，你不必拘谨，不必犹豫，不必顾忌那些陈年旧账似的繁文缛节。否则，你会有意或无意地戳伤一颗自重更自尊的心，毁坏一个纯正善良的才女的一生中她唯一珍视的爱。那时，你还想从她那里得到什么吗？那时，洞开的心扉将重新关闭，你面前只有一片的空旷、荒凉和冰冷，你再体味不到春风细雨的柔意，体味不到绵绵柔情所给予的氤氲缥缈，这种逾时不遇的气氛，会使你倍感寂寥、倍觉冷落——因为，你欠了这个善良女性一笔千载难偿的债。明白吗？

说实话，以往的姜承良确也曾有过这种缥缈绚丽的想法，但那时是稍纵即逝。如今忽然间就要成为现实，当时他真有点儿不知如何应付了。他想到目前，想到久远，心里从来没有这般矛盾过。感情上的芥蒂当然早不存在，他实在是担心自己一旦发生意外，那就肯定害了她。黑暗中，他拍了拍春玉的肩膀，站起身，轻轻走到窗前朝外看着。他将窗帘拉开一条小缝儿，外边，小雨依然在哩哩啦啦地下。雨丝在夜幕中依稀可见，幻化成种种闪烁迷离的线条，让人产生一种神秘幽静的感觉。凡夫俗子们处在这样的氛围里，没有谁能够逃避得了。春玉也走了过来，就在他背后悄悄站着。姜承良回头望望春玉，春玉也正定定地看着他。他们的眼睛早已适应了黑暗，彼此的表情是明确而清楚的。春玉那一双漂亮的眸子在夜光中似嗔似怨，继而更加明亮更加热切。姜承良不知怎的怔忡了一下，心头好像有什么异样的东西悄悄掠过。他忙避开春玉的眼睛，痛苦万分地"唉"了一声，又重新坐回到床上去了。

夜朦胧，雨沙沙，春玉摸黑倒了杯水给他端到床前，就静静地在姜承良面前凝立着。令人百思莫解的是，以往相偎相依倒是行止自如，现在春玉站在姜承良面前却像给他使了定身法。她不动，他就再也不能动，只是仰脸定定地看着她。她不作声，但可以看到眼里的泪花儿。泪花儿不语，眼睛却会说话。时间悄悄地延伸开去，延伸开去，也不知过了多久，姜承良把那杯水接过来放在床头，很笨拙地抓住春玉的手、春玉的肩，轻轻地往怀里拉着，拉着……

他已经说不出话，他已经难以自持，他将春玉的手拉到自己的怀里，抚弄着，亲吻着，忽然间一下子捧在脸上了。都说男儿有泪不轻弹。是吗？感情炽烈的大男子哟，是羞，还是怕？也可能兼而有之吧。事实上，他自从刚才决定义无反顾之后，心里就产生了一种愧疚和犯罪的感觉。

偎在他怀里的春玉动了动，似乎在做着某种表示，姜承良完全是下意识地更加搂紧了她。他用脸蹭着她的脸，嘴唇不由自主地贴在她的嘴唇上。稍稍迟疑后，两个人的嘴唇便紧紧地吮吸在一起，身子也与此同时扭结在一块儿，抖动着，震颤着，由魂到魄，内外相通，霎时间，两个人便在相互意会中决定跨越那个曾经畏如虎噬若蝉的世俗芥蒂，变得十分令人惊奇的爽快和明朗了。

玉儿，咱们来吧？姜承良的口气并不沉重，语调并不迟疑。

春玉沉默了一会儿，抽泣着点点头：好的，承良哥！

两个人的动作异乎寻常的麻利，他们很快脱掉衣服，完全赤裸着躺进并不陌生而今却具突破意义的被窝里，紧紧地搂在一起，贴在一起，彼此亲吻，低吟，忙乱，抚摸。姜承良似乎慌乱了一小阵儿，接着就显得有些笨手笨脚地爬上玉阶，伏在玉丘，稍稍迟疑后便义无反顾地突入玉池……乾坤震荡，世事蹉跎——似乎听到春玉从绷紧的嘴唇里迸出一声压抑着的惊叫，姜承良的身子轻轻颤抖，小小的单人床发出咯吱响动，天地间便再也难以沉寂了。

时间驻足，让人生永远如此吧！

当姜承良脱光衣服躺在被窝里，把春玉的身子抱在怀里时，只觉得双耳轰鸣泪流满面，脑袋混沌天地晕眩，周围如大海波涌般，一片的浪啸涛吼。当姜承良搂紧春玉白如凝脂的双臂，先是小心翼翼继之便突击向前时，春玉的轻轻惊叫和继之而来的喃喃絮语他再也听不见，一点儿也听不见。此刻他只感到世界空虚身子飘悬，仅有心中的一点儿什么欲望还在若隐若现。可是，这点儿说不准是什么的欲望也仅仅维持了一会儿，旋即也就令人惋惜地远逝天外了。

仰身躺着的春玉在最初的紧张痛苦后转瞬跌入到难以言述的幸福旋涡中，她下意识地搂紧了那个久已爱恋的人，任凭他前冲后突地往复着。此时，身体的体验与心绪的感觉不成比例，闹不清是自己发慌还是天地颤抖。为什么眼前的姜承良模样有异？为什么房上的苇箔变得扑朔迷离？自己的喉咙里是什么物件在上下翻腾？又是谁在和自己共同喘息？春玉感到身子好像飘荡在深深的峡谷中，整个生命已似乎幻化到另一个世界里去。

轻舟复又徜徉在风平浪静后的港湾里，疲顿的脸上双双露出欣慰的笑。这种笑惬意而愉悦，他们慢慢合上眼睛，充分享受着那紧张之后的松弛和舒怡。新的生活要靠自己谱写，水乳交融的情感世界就是人生必然的突破。

窗外，风声雨声接续不断，似乎有一股股的凉气透进屋来，在这个充满着温馨气息的空间里游荡回旋。秋天就是这样，这就是秋天。春玉裹紧了被子，搂紧了姜承良，声音轻柔地说：睡吧，咱睡吧！

姜承良忽然翘起身子：玉儿，我还要！

春玉摸了下姜承良的脸，随即变换了躺着的姿势。

乾坤再次震荡，天地复又弥合……

如果说"痴情不改"这句话是无聊文人的胡编乱造，那么在姜承良和春玉身上倒是得到了圆验。

情似春雪。由冷到热，春雪渐渐融化。化成水，水流成渠、成河——终于消融在一起，难以分割，难以剥离。这春水本要成为益身健身的暖流，但流出不远，却被一座既成的堤坝挡住了。再往前流，冲之受阻，漫溢而出，终成灾祸。堤坝是自己构筑的，当初的目的是"蓄水"，并未想到以后会给自己造成障碍。待要使水继续流下去时，堤坝已经石化，便有千钧之力，也拆不动它。世界在变化，人也在变化。似乎当初造物主出手造人时，就已经想到并安排好了吧。

书南心惊胆战。因为他确凿无误地判断出，姜承良就在春玉这里躲藏着。这结论来自观察，当然也有直觉。

不知是故意所为，还是走神所致，书南第二天崴了脚，他只好请了病假。书南晚上睡得挺实在，白天就拐拉着脚在学校附近转来转去，像在留意寻找什么。

他不是在寻找，而是在警惕着，他心里明白自己的目的，他要想法儿保护自己所要保护的，不能发生任何意外。否则，他就不是于书南了。

记不清是第几天，他在远处看到春玉骑着自行车上了去车站的路。他长出了一口气，自言自语地说：他可是要走了！就在这天下午，书南很踏实地睡了一觉，晚上，他告诉媳妇说到外村串个门，让她早睡，不要等他。然后，他便推了自行车预先在去车站的路上等着。

夜已深，小北风寒意渐浓，书南虽然穿得不少，可还是一阵阵地哆嗦。尽管这样，他仍旧在路边等着。直到下半夜，他才听到远处有自行车的颠簸声，他忙骑上自行车躲得远远的。黑暗中一辆自行车驶过来了，骑车人看不出是男是女，但坐在后车架上的，却是他所熟悉的一个女人的身形。书南并不声张，他拉开距离，远远地跟在后头，那形象和盯梢差不多。就这么"盯梢"盯了大约二十分钟，那两个骑车人进了火车站，骑车人将自行车交还给坐车人，似乎附耳叮嘱了几句，然后就快步朝进站口走去。检票员冲那人呵斥了一句"快开车了！"三两下给他检完票，也就在他进站刚刚上车的同时，开车的汽笛声响了。时间、地点、次序安排得纤毫不差，书南暗暗点头：到底是有学问的人！

进站人戴了帽子，戴了眼镜，衣领高高地竖起来，遮住了脸的大部，书南虽然知道这就是姜承良，但即使对面见了也难以认出。他想起和姜承良当年在街心口处的意外相遇，想起姜承良为了救他而厉声呵斥那几个小街痞子的情景，心中禁不住阵阵发酸，后悔刚才没有过去与姜承良直接相认。哪怕是送他一块钱、说上一句话，也可以表示自己的心。可他旋而再想，这种情况下不认倒也好，万一在交谈的刹那间出现意外，他于书南将要懊悔一辈子。书南正胡思乱想时，春玉看着火车驶出车站后，掉转自行车开始朝于家屯方向返回。书南并不作声，与来时相反，他先骑车走在前头。出了车站，他渐渐缩小着与春玉的距离，但到了一定的限度，他便保持那种速度。这样，春玉既能听到或隐隐约约看到他，又不能赶上他。女人大多胆小，书南这样做的目的，就是给春玉壮胆。还真让他算计对了，春玉虽然性情刚强，但自从小时在城北沙岗子处看到过"鬼火"后，多年来她的心里总是疑神疑鬼的，特别是天黑之后，不是万不得已，她从来不走夜路。出车站时她心里还很忐忑，待看到前边不远有个伴儿时，心中立时踏实了许多。

春玉就这么若即若离地跟定那骑车人进了于家屯，一走村里，前边那人没影了。春玉暗自庆幸，这次"夜行"终于成功。

# 1

春玉当时六岁。

那天晚饭后,她和姜承良在校园操场里跑来跑去做游戏,母亲班若站在操场边上喊她:玉玉,你是跟良哥在这里玩,还是跟爸爸妈妈外出散步?

春玉看了看姜承良。姜承良眨巴着眼睛说:去吧,你去吧,我还有点儿作业没做完呢。

春玉迟疑了一下,还是小跑步奔向站在操场边的妈妈。

姜承良若有所失,腆起小脸朝春玉妈喊道:婶婶,你们去哪里散步?

班若笑嘻嘻地说:还是沙岗子前,好孩子,你快去做作业吧。

姜承良连蹦带跳跑出操场,边跑边回头:如果作业完成得早,说不定我叫上爸爸妈妈去找你们。我挺喜欢那地方的。

班若朝姜承良点点头,招招手,带着春玉走了。

这个小城有东关、西关、南关,可能因为这沙岗子的缘故,就是没有北关。说是沙岗子,其实也就比平地稍稍高起了些,并无什么高顶或陡坡。由于周围的黑土长年以来给这沙丘蒙上了一层薄薄的"外衣",沙岗倒也不怕风吹日晒,多少年来既不长高也不消散,好像永远就这么高这么大似的。沙岗周围三里之遥,有几个零星村落,远远看去,像散布在一座点将台周遭的兵营一样呈众星捧月之势。沙岗上不长草不长树,一直就这么光秃秃的。这里多少年来就有些让人听后毛骨悚然的传说,加之近来沙岗又成了枪毙人的专门所在,这鬼魂妖狐类的传说就更玄而又玄了。有个人说,日当午曾亲眼看到一白衣妇人坐在沙岗上哭,他出于好心跑到岗上安慰或劝解，可走近一看，竟是一只死了多日的野兔。这人吓得仓皇而逃，连鞋也丢到岗上了；有人说晚上经过这里时，忽然从不远处走来好几起发丧的队伍，队伍里丧幡飘飘阴火闪烁，还有和尚的念经声和丧号呜嘟嘟响着。为了证实经历的确切，经历者甚至拿出了当时无意间拾到的丧幡；更有人说每逢十五、十六就有狐狸在沙岗上拜月，牲畜们拜到得意处，常是仰脸朝着天上的月亮咯咯地乐……

种种离奇古怪的传说，早就让春玉对沙岗子心存疑惧。特别是那天她跟着父母和姜尘叔叔来这里开公审大会，亲眼见到枪毙人时姜叔叔那失魂落魄的样子后，如今看到沙岗子就愈发心惊肉跳了。此刻虽然太阳尚有余光，天地还是一片清亮，可她仍旧紧紧地拽住父母的手，一步也不敢落下。她一边快步跟上父母的脚步，一边侧目在沙岗上下周围睃巡着，十分担心突然间从岗子的哪个地方冒出鬼怪狐妖什么的。她的脑子里反复显现着一位老师给他们几个孩童讲述的鬼怪形状——红眼睛，绿头发，锯齿獠牙，走起路来嚓嚓嚓。

天，渐渐暗下来。不一会儿，西北地平线上最后一丝亮意也猛地消失了。春玉感到心里发紧，身上发冷，便想催促父母回家。可是，她看到父母在紧一阵慢一阵地答答问问，好像在分析或商讨着什么。父母的谈话中有急促的争论，有相互的宽慰，口气中有时有短暂的欣喜，也有长时间的叹息与悲切。虽然她不能理解他们话中的意思，也闹不清他们缘何偏偏到这儿来散步、谈话。可是，她感到这事情一定很重要，否则，一向不大外出的父母不会这么做。春玉壮着胆子耐下心来，乖巧懂事的春玉实在不愿意也不忍心再给大人们增添烦恼了。爸爸和妈妈绕着沙岗走了一会儿，看看天色说，姜尘夫妇可能不来了，我们回吧。于是，一家三口边说边走地迈向城北门大街。

天，几乎完全黑了下来，父母终于开始带着春玉朝城里走了。小孩子往往都有怪癖，越是处在怕人的地方，越是要左顾右盼。在离开沙岗不远时，春玉也同样漫不经心地前寻寻，后看看，连连回头望着什么。就在这一望之间，望出了毛病，望出了蹊跷，望出并证实了人们关于沙岗子的传说——

沙岗子顶上，昏黑模糊的光线中，一个形同巨蟒的怪物在那里横卧着，怪物不时地抬起细长结实的脖颈，以令人惊骇的姿势朝着春玉一伸一缩。春玉想起了见过的泥鳅吸水，想起了大蛇吞蛙……她的脑袋在瞬间涨大了。然而就在此时，又一个骇人的东西倏地显现——在沙岗西北的那个小村前，此时闪现一个小小亮点。亮点先是若明若暗，静止不动，渐渐地变作拳头大小的暗红火球，并且一上一下急促跳跃。火球越跳越高，越跳越快，忽然又像长了腿脚，开始高一下低一下地往沙岗这儿挪动了。火球挪动的速度逐渐加快，就像被那大蟒张嘴吸来似的。春玉咬紧嘴唇，努力控制自己不要惊叫出声来。就在这转瞬之间，沙岗上的怪物消失，火球已经跳到了沙岗顶上，它像个城府极深的精灵，立在岗顶悄无声息地跳跃。看样子它在做着或是进城或是就地作怪的某种打算，也好像在窥视春玉一家，或者是要从这家人的身上捞摸点儿什么。春玉惊恐已极，连腿脚也挪不动了。

父母大约感觉出了女儿身体的沉重和脚步的迟缓，不约而同地回过头来问她：玉儿，你看吗，看吗呢？

春玉终于难以自制，朝岗上喊了声"火"，猛地搂住了父亲的大腿。

父亲迅速将她抱起来，一边亲着她的小脸嘘嘘安慰别怕别怕，一边不解地朝沙岗上看。妈妈也转过身来看，只看到远处朦朦胧胧略略高出地面的沙岗，并无任何异常：有什么，哪儿有什么火？孩子胆小，看东西走了神了吧。

母亲像自言自语，又像安慰春玉。

她想，春玉一定是受了惊吓。

抻了好长时间，春玉才又夯着胆子从爸爸的颈下抽出头来，再次抬脸朝岗上看去。出她意料，那火球仍在岗上不怀好意地跳跃，尽管父母一脸的茫然，可她却分明清楚地看到，此时那火球示威般地冲她高高跳了几下，然后就一溜火星蹿回西北方向去了。春玉又是一声惊叫，双手将爸爸的脖子抱得紧紧的、紧紧的。

春玉回到家后的当天夜里就开始发烧。

吃药也不退烧。

听说春玉病了，姜尘和妻子淑娴带着儿子姜承良来到了李煜的宿舍。他们两家是老朋友、老关系。李煜夫妇在这县城第一中学教外语，姜尘夫妇教生理卫生，还懂点儿医学。姜尘问了春玉患病的过程和所服何药，点点头冲妻子说：孩子这病有点儿像当年我发烧时的症状。淑娴咬着嘴唇默想了一会儿，说：那么也给孩子加服少量的镇静药试试吧。

征得了校医的同意，给春玉服了二分之一剂量的镇静药，一个多小时后，春玉的病出人意料地有了好转。李煜夫妇长长地舒了一口气，说：多亏你俩想出这么个办法。李煜想起刚才姜尘的话，脸上一副疑惑不解的神色。姜尘懂医术他知道，可为什么说春玉发烧像他当年的症状呢？他想问，可话到嘴边又改了内容：姜尘，我一直想问，那天你在城北沙岗子前是怎么了？

姜尘突然打了个哆嗦，像给施了催眠术一样双眼发直地盯着屋角。

——那天，排枪响过，四名罪犯几乎同时仆地丧命之后，姜尘的额头上已经满是虚汗了。随之，他感到自己的脑袋被人从脖子上拔了一下，猛地飘起来，在躯体之上荡来晃去，似乎要飞往遥远的天际。他下意识地拽紧了头发，心中刹那间鼓涌出一连串难以名状的恐惧。他的眼前幻化出成堆成堆的血色斑点，斑点飞扬四溢，直达九霄天外，天外忽又霹雳雷声，震落下一天血雨。姜尘惊得魂飞魄散，梦呓般地狂喊妻子淑娴，淑娴并未回应，恍惚间对他投以幽怨的目光便飘然而去。他愈发惶悚不安起来，左顾右盼地呼喊儿子姜承良，姜承良也无回声，好像站在不远处对他若即若离。他又急切地叫喊求救于好友李煜，李煜倒是来到了他面前，一对眼镜片在微弱的日光中闪了闪，却猛地冲他伸直了双臂喊道——这回你可是死定了！李煜的这一声呼喊引发出接连不断的口号，口号声此伏彼起地动山摇，如急骤的风雨夹杂着冰雹顷刻间甩落下米，重重地轰击着他的脑袋。他那颗几乎就要飘走的脑袋遭此打击后忽然安静下来，随之就像皮筋拽着般软塌塌地下坠，下坠，终于——被风刮断了的风筝在电闪雷击大雨滂沱中重新回落到了崎岖坎坷的大地，眼看着就要飘走的脑袋又复归原位了。

有个人拽了他一下，他在慌乱中定睛细看，认得是妻子淑娴。再一转身，发现儿子姜承良和好友李煜一家都在跟前。这时，前来参加大会的人流，已在激奋动荡声势如潮的口号中渐渐散去了。

姜尘打了个愣怔，喃喃低语着：看样子，当年我是给吓惊了脑子了！

对于那次的逃亡，姜尘至今记忆犹新。

大战一触即发，徐州一带充斥着钢铁、汽油与火药的气味。一个月前逃到这里的姜尘和淑娴，又带着简单的行李和满身的惊恐朝北逃。不逃不行，大炮一响，地动山摇，他们是文弱书生，胆小。他们原是省城一处大学的一年级学生，因为战争，大学停了课，二人只好暂时找地方避难，准备战争结束后继续完成学业。他们的父母原是大学的同事，在日寇投降的前一年相继遇难。他们虽不是指腹为婚，却也是青梅竹马。双方父母各有所愿，在他们十几岁时就把二人的婚事说定了。所幸遇难的父母似乎早有准备，给他们留下了一笔足可完成学业继续生存的钱财，使他们暂时免除了冻馁之虞。

他们仓皇逃出自以为是危险区域的那个地段，刚要喘口气，就被巡逻队捉住了。巡逻队问他们是干什么的，他们很诚实，说是逃亡的。巡逻队问他们为什么不向南逃而向北逃，他们仍旧很诚实，回答说北方如今战事少了，安全；南方大战连连，危险。巡逻队问他们原先是哪里的，他们还是挺诚实，说是不久前刚从北边逃到南边……

不由分说，他们被带到了师部。例行公事般地草草审了审，一个长得还算清秀的军事法官就给他们定了个"奸细"，按照什么战时条例，女的留作活口继续审问，男子就地处决——枪毙。

他们吓哭了，吓瘫了，本想寻个安全所在，不料一头扎进了地狱。

行刑队把姜尘拖到一个坑洼里，准备处决之后就地掩埋。行刑队的士兵们已经举起了枪，就在行刑队长的手臂马上朝下劈的刹那，嘀嘀的汽车喇叭声稍稍转移了他的注意力。队长迟疑的时候，汽车在离他们几步远的地方停下了。一位年轻军官跳下来，向他打听着什么。行刑队长在回答对方问话的这段时间里，那军官大约是怀着好奇心走到了坑洼边上，漫不经心地看了一下，刚要转身忽地又站住了，冷古丁喊了句"姜尘！"已经处于半昏死状态的姜尘几乎是下意识地应了一声，那军官就跳下坑来板起他的脸，问他为什么做起了"奸细"。

昏黑的天地忽然有了些许光亮，冥冥之中神明佑护的羽翼悄悄振荡。座揽八极神游四海纵是圣贤也难以企及，而区区生灵更只为争得一丝存在的安全空隙。混沌乾坤凶险世道中也有天眼突开之时，已被赶入死亡谷中的弱小魂灵如今有了复生的希望。

机遇就是转瞬之间的变化。

福大命大无非是天缘巧合。

已经处于半昏死状态下的姜尘，在下意识地回应了那么一声后，好像蓦地明白了什么。他以残存的那点儿求生意念下死力抬头睁眼，四目相对，两心共颤，面前竟是高中时的同窗好友李煜。他只来得及喊了个"李"字，就一头歪倒在同学的怀里，真正地昏死了过去。当他醒来时，李煜已经不见了，眼前是惊魂稍定的娇妻淑娴。淑娴告诉他，李煜现在是本军某师部的一名副官，这次是来这个师送紧急公文，无意中救了他和她。李煜公务在身，不能等他醒来就坐车回去了。

获救的姜尘夫妇不敢再往北走，他们重回徐州，坐等大战爆发，是死是活，只好听天由命了。乱世无净地，欲觅清闲之处，办得到吗？

姜尘回到原先的住处之后，当夜就开始高烧说胡话。吃了三剂中药，毫无作用。一位曾到东洋留学的医生恰是他们的邻居，给他查了病状又问了发病经过，说了句他们听不懂的外国话，之后给他开了些许镇静药，不想服后立见功效。姜尘由于惊吓过度，病愈后整整休息了三个月。这三个月里，外边发生了天翻地覆的变化，本地的大战结束，整个战事已经向南推移了数十公里，他们所居住的徐州，已经是共产党的大后方了。这三个月里，姜尘夫妇也花光了父母留给他们的全部钱财，要想继续生存，重新求学完成未竟学业已经没有可能，他们只好找到当地政府要求参加工作。他们先是在复工后的工厂里教工人识字，全国解放后，形势需要，他们就被派到这个县的第一中学教书。

## 2

人生何处不相逢？

姜尘夫妇来到这个县里的第八个年头，李煜也到这里担任外语教师了。他们那个师在大战开始后就宣布起义，后来才知道，他们的师长就是共产党员。部队起义后，李煜作为退役留守人员在那个城市里待了几年，和当年在军中担任秘书的同事班若结了婚，又过了几年，便被派到这所县城中学来了。这意外的相逢，足足让姜尘激动了半个月，也兴奋了半个月。因为，李煜不光自己来到，还带了妻子班若和一岁多的女儿春玉。春玉有着圆圆的杏眼、脂红的小脸、好看的鸡腰嘴儿和一根撅撅搭搭的小辫。虽是稚童小丫踽踽学步，却处处显出与年龄迥然不同的洒脱。拿她与自己已经两岁仍旧忸怩害羞的儿子姜承良相比，春玉倒像个姐姐了。更为难得的是，春玉开朗大方，时常和姜承良到外边玩，使这个向来喜欢离群独处的怪僻孩子也开始蹦蹦跳跳了。

春玉有丈夫气。姜尘对妻子如是说。

随她爸爸。淑娴点点头。

春绿秋黄，夏热冬凉。这两个不期而遇的家庭本是天缘相连，六口人时常聚在一起，测将来，论现在，谈以往——那真是一段和谐幸福的岁月。这种幸福不是物质上的充裕，也并非事业有成时的豪迈感觉，完全是一种随意融洽的气氛，发自生灵本身的愉悦。年龄渐大，知识增长，成人和孩子莫不如此。受家庭环境和自然文化的影响与熏陶，姜承良和春玉四岁诵诗词，五岁通算术，不到六岁入学时，即便在全县有名的北街小学里，在高矮不一、年龄参差的同级同学中，这两个小不点儿的学习成绩也总是让老师们瞠目结舌。"山难移，性难改。"这句话有道理也有偏差，自从两个孩子相处以来，姜承良一改昔日的怵怵怕羞，入学后愈发通顺豁达，不论老师提问还是同学请教，他回答时那落落大方的举止、条理清晰的谈吐，让人一旁听起来不像个几岁的孩子，倒像个阅历挺深的大小伙儿。春玉呢，姜尘誉之的"丈夫气"虽然尚存一二，但越来越趋向于清纯慎微的闺秀本色。前后比较，春玉已是妹妹无疑，姜承良倒成了真正的大哥哥。

小妹妹如今病了，一身哥哥气的姜承良趁大人们说话的空当，轻轻地爬上了床。他侧歪在春玉身边，小手抚动着春玉的脸，问她哪里难受。春玉在躁热中忽觉轻风拂面，她强自睁开眼，只见姜承良正轻轻抚摸着自己的脸，眼皮双双的眸子冲她忽忽闪闪。她勉强挤出一丝笑意，柔弱地叫了声"良哥"。良哥的小手慢慢移到了她的额头，棱角分明的小嘴鼓突着，问小妹妹哪里最难受。春玉吐出第一句话后，力气好像大了些，她告诉姜承良，自己只要闭上眼睛，身子周围就有个"鬼火"蹦呀跳的。这鬼火蹦跳得越凶，放出的热气就越大，她和身子随着鬼火的不断跳动，像给装进刚刚熄了火的炉膛里那样干乎乎火辣辣的。

是有些烫。姜承良像煞有介事地摸摸春玉的额头，转而又摸摸自己的额头说。他问春玉是不是想喝水。春玉摇摇头说不渴，她觉得这阵儿身上轻松多了。姜承良让她闭上眼睛看看那"鬼火"还在不在。春玉试了试，说"鬼火"还在，只是离她挺远了，像个煤油灯头似的晃来晃去。姜承良就神态庄重地点点头，安慰春玉别怕，说有自己守在这儿，"鬼火"再敢靠近，他就揍它。说着，他把小脸贴紧了她的小脸，轻声哄着：小玉儿真乖，睡吧，睡吧，哥哥在这里守着。

春玉没能再次入睡，姜承良却躺在她身边呼呼睡着了。春玉把自己被子的一侧掀起盖在姜承良身上，静静地听两对大人说话。

两对夫妇转移了话题，屋里的气氛开始凝固，四个人的脸上也溢出轻重不一的紧张和焦灼。

昏暗的灯光下，李煜夫妇和姜尘夫妇围坐在八仙桌旁。班若沏上一壶茶水，李煜将茶水倒进杯子里又折回到壶中焖着。过了不大会儿，班若倒了一杯茶水递给姜尘，姜尘接过茶杯问：调查小组的人也调查你了吗？

班若轻声说：只是把我叫了去对证了几个问题，没怎么深问。

姜尘的眼光转向李煜：他们把你叫去后态度严厉吗？

李煜吹了吹杯子里的一根茶叶棍，呷了一口道：不，态度挺和善的。先是问了我的履历，又问我对国庆节学生中毒的原因如何判断。我说我在教师食堂吃饭，根本不了解学生食堂的情况，他们在本子上记了些什么就让我出来了……

姜尘打断李煜的话：你知道调查小组的人为什么偏偏叫你们夫妇俩吗？

李煜和班若同时摇摇头。

姜尘叹了口气：一是你们有历史问题，二是有人说曾看到你在开饭时进过学生食堂。就这两条，调查组便有了怀疑你们的根据。

李煜说：这倒不假，但我们的历史问题是明摆着的，有上级的鉴定和起义人员证明书，这不会有问题。开饭前我也确曾进过学生食堂，那是因为我班上一个同学生病，我用窝头去给他换病号饭的。这事情班上的同学们可以做证嘛。再说，我进了学生食堂就径直奔向病号窗口，根本就没接近学生们的大菜锅呀。

淑娴起身端着茶壶分别给大家满水。

班若从旁提起暖瓶在桌旁准备往茶壶里沏水。

姜尘望着茶杯里的水出了会儿神：校长今天找我了，他说他已经将李煜在学校里的良好表现如实向调查小组的人做了反映，明天让我作为教师代表去汇报你平时的表现。看来，从校长到教师，都对调查小组怀疑你表示不满。

李煜说：没做亏心事，不怕半夜鬼叫门。不过，我还得谢谢学校领导和各位同事，谢谢他们对我的看重和信任。

姜尘口气忧虑地说：我说老李，校长说明天调查小组的人还要找你谈话，听说公安局的人也介入，你得有个思想准备，把今天说的话好好回忆一下，明天找你谈话时千万别说到两岔上去。

李煜点点头：这倒不会，因为我压根儿就没说半句假话。

姜尘皱着眉头：还是防患于未然吧。


第二天，调查小组的官员离开三个小时之后，公安人员挎着盒子枪进了中学大门，在学校保卫干事的引领下，正在上课的李煜夫妇双双被捕。

原因很明确，他们曾在旧军队里供职且有现行反革命嫌疑。国庆节那天学校里改善生活，只有李煜一个教师曾经进过学生食堂，推而延之，他在食堂的饭菜里偷偷下毒的可能性最大，两个班的学生几乎全部进了医院。当时正值狠抓阶级斗争的非常时期，调查小组必须对上级有个交代，所以经过排查，联系历史，认为这对夫妇嫌疑最大。

李煜夫妇被捕时表现得异常冷静淡然，似乎早在他们意料之中了。两位老师在同事和学生间口碑极佳，当着公安人员的面，有人替他们喊冤，有的公开站出来为他们说话，竟将这夫妇二人和拘捕他们的公安人员围在当中不放。后来，还是资历很深的老校长出来大声解释，这才给执行公务的人解了围。

李煜夫妇被捕那天，春玉刚刚病情好转。为了不让孩子精神受到刺激，学校里安排专人照顾她。顺理成章，这个任务就由姜尘夫妇承担了。

习惯使然，最初春玉并未理会，因为这两年爸爸和妈妈经常外出，到一些出版社接受译文之类的临时工作。每次外出，总让春玉寄住在姜叔叔家。可是几天后她觉出了不对劲，原因是这次父母既未留信也未留话，更让她心生疑惑的是，姜叔叔两口常在背地里叽叽咕咕，有时还悄悄地抹眼泪。只要有空儿，这夫妇二人就轮流往街上跑，回来后不是捎糖就是买麻花，对她的特殊关心甚于以往许多倍。同时，姜叔叔和姜婶婶常在夜间低声议论，有时悲凄，有时哀叹，有时显然是在分析着什么。

这使春玉充分肯定，姜叔叔两口子有要紧事瞒着自己——很可能是有关父母的。然而，春玉天生少年持重，她不问，也不打算问，她似乎理解，需要自己知道的，姜叔叔一定会告诉自己；不需要自己知道的，问了会让姜叔叔很难回答。她当然不明白顺其自然这个词的含义，但这就是一个特殊少女的特殊性格。

事情发生得突然，结束得也迅速。这好像也是一个难以诠释的自然规律。一个星期后，李煜夫妇无罪释放。原因也很明确，他们以往所在的旧军队是起义部队，是同志，是一家，不存在敌我问题；李煜在那个部队时又常常救人于危难之中，在他被捕期间，姜尘夫妇不但将他们两人的被救经过多次向上级部门做了说明，还将平日里与李煜交谈时听他讲过的获救人的名址悉数统计并据实上报，上级部门做了认真的调查核实，得出的结论是这对夫妇有意与人民为敌的可能性不大。所以，才没有将这案子照老规律"速审速判"，而是有意地向下拖了拖。这一拖就留下了两条命，而随之发生的事情也同样证明李煜夫妇的确是福大命大。县里从省医院请来了医学专家，经化验鉴定，国庆节的学生中毒事件并非反革命蓄意报复，而是管伙食的司务长贪图便宜，买了变质畜肉造成的。

总算又重见天日了。李煜被释放回家抱起可怜的女儿后流出了男儿泪，他擦擦眼泪长吁一口气说：唉！只是苦了班若。

班若被释放后没有回家，她直接被送到了医院。

班若被捕后的第三天就腹痛，呕吐，泄泻，一个因为给孕妇服了打胎药而被判刑的老狱医眯缝着眼给她诊了脉，认为肯定是肝气犯胃，口气决绝地说两剂中药保好。两剂中药服过，症状果然稍缓，可腹痛又转为胁痛，其剧烈程度，连素以刚强出名的班若也将口唇咬出了血。释放前那一天，班若痛一次出一身汗，纵然她是钢铸铁打女强人，也不断地从唇间牙缝里流淌出令人听了便痛彻心扉的呻吟。

县医院里那位曾在北洋军当过上校医官的老大夫走来看了看，用手指在班若的腹部弹了几下，摁了几下，掉头拔腿就走。李煜和姜尘夫妇随后追出来询问病情，这老朽板着木乃伊似的干巴脸挺挺脖子说：准备发丧吧！

班若患了亚急性肝坏死。

班若在辞世之前没有留下任何遗言，她只是在高烧暂缓的瞬间，无限温柔地摸了摸女儿的脸。

世间久远，人生苦短。这个铁打的真理被无聊文人们絮叨了千百遍，述说了千百年。可是，又有几人能够深谙个中真谛？姜尘在给班若送葬之后想，班若的离去，说不定会是塞翁失马，或者说是一种有益的解脱。

以后的若干年，姜尘这种臆断得到了应验。


死了的已经安葬，活着的仍要生存。

李煜当父亲也当母亲，他将父与母的双重爱护倾尽给春玉。童稚丧母，其苦其悲，即使亲身经历也难以述明。春玉初时常于梦中惊醒，本能地用手去摸妈妈。此时，攥住她那小手的却是爸爸。灯光下，爸爸那在军旅生活中形成的钢铁面孔显得无比温顺，说话的声音也如春风细雨轻扫着窗纸，平缓、舒畅而柔和，就像她幼时躺在摇篮里，静静地听着保姆节奏分明地唱着摇篮曲：孩子孩子乖孩子，小兔儿来了，仙女来了，给你送来了栗子、柿饼和鲜花儿。你吃吧，你吃吧，栗子是香的，柿饼是甜的，花是红的，叶是绿的，睡吧，睡吧，我的小宝贝儿，爸爸守着你呢，守着你呢……

那时，保姆唱的不是这种词，很显然，这是爸爸随口编的。春玉感到心里有种说不清的痛楚，每次她都要伏在爸爸那只大手上哭。有时大声，有时低声，有时饮泣，有时哽咽。每次哭着哭着又睡着，睡梦中也总是梦不见爸爸所唱的那些让人心动的好东西，反而是一个时隐时现的"鬼火"。久而久之，她晚上几乎不敢闭眼，她怕，是三岁孩童猛然听到狗叫时的那种怕。她小小年纪患了失眠症。姜婶婶知道后，从药店里买了些炒枣仁研成面，分成若干包给她服。五天后，她的胆子似乎大了许多，终于能够睡着觉了。

　　责无旁贷，淑娴在生活上代替了春玉的母亲。拆洗缝补好像是母性的本能，照料孩子更似乎是女人的天性。为了能够把春玉照顾得更周到更细致，淑娴曾建议将春玉挪到她家来住，因为春玉毕竟是女孩子，有些事当爸爸的很是爱莫能助。李煜对此并无反对意见，习惯使然，多年来他已把两个家庭视作一个家庭。问到春玉，春玉绷着小脸沉默许久，轻轻地摇头。她说她不能走，她走了爸爸夜里一个人睡觉会很害怕。既然妈妈将爸爸舍给了她，她就得尽力照顾好爸爸。李煜听到这话，猛地抱起女儿，一边亲吻，一边悄悄地流泪。他脸肌痉挛，浑身哆嗦，心脏剧烈地撞击着胸部，脑子好像就要爆炸了。他咬紧嘴唇克制着，努力克制着。因为他朦胧意识到，只要自己的情绪再稍稍增添百分之一的激动，瞬间就会号啕大哭，泪如江河。为了不再给懂事的女儿增加丝毫的负担和刺激，即便嗓子里是一块烧红的铁锭，也要挺挺脖子咽下去，让它到肚子里悄悄熔化。

　　已经喜欢蹦跳活跃的姜承良，也令人不解地恢复了昔日的孤僻性格。他说话很少，常常在一边仰脸望天，好像突然间增添了无数心事。除此之外，他的全部心思就用在了照顾春玉上。每逢父母有好吃的东西递到他的手里，哪怕是半块馒头，他也总是将其中的大半装进兜里。父母问他干吗，他那所答非所问的回话，总是让姜尘夫妇疑惑不解。在春玉眼里，他已完全是个真正的大哥哥。上学时，他领着春玉；放学时，他和她结伴而归。往往走到半路上，他从兜里掏出一些什么递给春玉，同时用手抚着春玉的头顶说：吃吧，哥哥给你留的。

　　"福不双降今日降，祸不单行昨日行。"王羲之当初用逆行思维写出这副对联，几百年来让无数平头百姓得以消受和慰藉，李煜父女的处境又何尝不是这样呢。虚惊已过，班若已死，没了母亲的孩子并不孤单，失去了妻子的丈夫也不寂寞。晦气消弭，噩运远逝，岁月峥嵘中的李煜父女是该过几天安稳日子了。

　　第二年，李煜被县里评为模范教师，享受偕同家属一块儿暑假旅游的待遇。虽然还没从妻子乍薨的悲痛中解脱出来，可李煜仍旧感受到一种非同凡响的欣悦和幸福，这是人民对自己的承认、报偿，祖国对自己的恩宠、眷顾，这种待遇不是随便什么人就能得到的，是荣誉，是地位，是一曲象征真实存在的令人闻之陶醉的天籁般的音符。

李煜带着春玉乘车东行，伴着铿锵有力的音乐，列车在隆隆声中风驰电掣。父女二人望着远处的山水农田心旷神怡，感到难以言表的轻松愉悦。触景生情的李煜禁不住轻声唱起了歌：

> 列车飞快地前进前进前——进
> 穿过无数的田野和村庄，年轻的农民在歌唱，歌声和我们
> 一起奔赴边疆
> 看那东方，升起太阳，金光照射着四面八方
> 拖拉机翻耕着肥沃的土地，农民们播种着棉花和食粮
> 亲爱的祖国，你在劳动中成长
> 像那春天的鲜花，像那早晨的太阳
> 像那春天的鲜花，像那早晨——的太阳

春玉被父亲那忘情的歌声所感染，也跟着跟着父亲的余韵唱起来：

> 山连山来水弯弯，果树开花红艳艳
> 青山绿水笑颜开，千里平原米粮川，一片——锦——绣好
> 河山
> ……

列车到达东海岸的一座城市，父女俩住在一所当时看来相当豪华宽大的海滨疗养院。白天，他们跟随同样前来旅游的人们到各处观赏游览海边的风景名胜；晚上，父女俩听着远处传来的悠悠的海浪声，沐浴着清爽温馨的海风，安然进入梦乡。整个假期，小春玉总是处在一种陶醉

般的亢奋中，她有时在海边飞跑，和倏忽而来倏忽又去的海鸟打招呼；有时则定定地立在海边，让海风将自己的头发吹乱，然后一边用小手梳理着发梢，一边出神地望着一潮接一潮的海水涌到自己脚前。这时的春玉，完全沉醉在海的浩瀚神奇中，嘴唇悄悄地翕动着，朝着海的深处凝视、端详，渐渐地眯起好看的双眼。那情景，像一个满腹经纶的学者在揣摩大海的真谛，研究这人类起始的本源。

那天早晨，教师旅游团和他们的家属被带上了一艘海船，海船乘风破浪驶到一座小岛上，当地的驻军派人领他们观看了海军基地，登上了炮艇、军舰。李煜虽是军人出身，但对于海军设施仍是首次见到，所以感到格外的神奇、新鲜。随后，他们参观了甲午海战陈列馆，感知了清朝政府战败的惨相和日本人的野性与骄悍。走出陈列馆大门时，李煜看到女儿脸色凝重，眼里冒出的是与年龄极不相称的灼人的光焰。李煜问女儿怎么了，春玉看看父亲，冷眼向东一瞥说：爸，我一定好好学习，上中学，上大学，将来研究海洋，研究战争，研究克敌制胜的武器，再不许侵略者在海洋上欺负我国！

女儿的一番话让李煜激动不已。有本书上这样说，人生世间，总会有不期而遇的温暖和生生不息的希望。这种温暖和希望，有时来自一件事，有时来自某人的一句话。李煜人生途中几十年的坎坷跌宕，对这种说法体会得尤其深刻，特别是当某件意料之外的事情发生后。班若的辞世对他的精神打击极重，他曾一度感到无比绝望的孤独与伤感。想想吧，风风雨雨度日月，恩恩爱爱这些年，好像倏忽之间便阴阳两隔，如果不是惦着爱女春玉，轻生弃世的可能也是有的。

极目远方，海水如涌似波，海鸟飞着叫着，精灵一样从广阔的水面上掠过。那一双搏击风浪的翅膀，可以上接天穹，下应波涛，他多么希望自己的女儿也像这群海鸟，可以在广阔的天地里自由自在地飞翔啊。是的，自己和班若本来也有这么一双坚挺的翅膀，然而世事变化难预料，也可能是错走了一步，也可能是命中注定，他们的翅膀变软变薄，最终不能用来飞翔。

李煜侧过脸来注视着女儿，女儿正面对大海，凝神于深思与想象中，那身段头脸，像自己但更像班若。唯一不同的是，女儿的眉宇间多了一份与年龄不符的成熟和坚韧，如同他们途中见过的山川河流，在淡淡晨钟的声响里焕发着一片生机，在时光的变幻中演绎着另一种生活。幸福、激动、欣慰之后，意识的幽宫里忽然又泛起一种伤感——倘若她的母亲在世……一念至此，李煜的脸上顿时浮现出难以为人察觉的惆怅与落寞。他感到眼酸鼻酸，海面忽然变得扑朔迷离，两行清泪悄悄溢睑而出，静静地挂于脸颊。

　　凝视海面的春玉十分神奇地感觉到了什么，她侧身仰脸，大吃一惊：爸、爸爸，你怎么了？

　　李煜擦去脸上泪珠勉强一笑：海风吹的！

　　春玉拽住爸爸的大手：那，咱们回去吧。

　　李煜点点头，爷儿俩沿着海岸朝住处走去。在他们身后，留下大小不同的两对脚印，不大会儿，脚印就变成了一个个水洼。

　　白云苍狗，辞别往复的日夜。风霜雨雪，送走步履维艰的岁月。冬天无雷，夏日无雪，这铁定的自然规律，纵使神力也难以改变。可是，人的命运呢？

　　春风化雨，杨花似雪，"似曾相识燕归来"之后，姜承良和春玉考入初中时，学校里也搞起了运动，听说运动还是首先由京城学校里的学生发起的，于是，这两个学生和他们的同学一起，也懵懵懂懂地加入了运动。又过了一段时间，学校开始停课闹革命。这个年龄的孩子，对所谓"运动"的概念还很模糊，老师说什么，他们听什么。说是让他们停课闹革命，实际上一哄散去后，有的回到家里到处跑着玩，有的帮妈妈做些家务，而农业户口的孩子们，都到家里帮着爹妈拔草喂牛或照顾弟弟妹妹去了。只有少数学生还坚持待在学校里。姜承良和春玉虽然觉得这样荒废着实可惜，但他们也没有个固定的主意，只好顺其自然，每日里除了按教育界头头的指示和留在学校里的同学们听老师念传单读报纸外，就再也无事可做。又过了一段时间，学校里的校长和许多老师也闲下来无事可做了，学生们只好各自为战，仨一堆俩一伙儿地跟着中学里年龄大些的学生到处跑着玩。看到这情况，姜尘夫妇和李煜合计后，决定让两个孩子在家继续学习相应的课程。这两个家庭的家长，似乎对不久的将来有着某种令人神往的预判。当然，他们凭的是直觉。

　　城里人支援乡下的农业生产，这在当时来说是一种风气、一种倾向、一种时尚。除了那些已经下乡的知识青年外，尚留城中的这些城市户口的孩子们，也被组织起来下乡体验生活。为了支援农村的三秋生产，学校全体师生连续二十天到东门外的于家屯帮着干活。

于家屯的人大部分姓于，1958 年几个有"历史问题"的老师们下乡劳动时，李煜就被安排在了这个村。还真是应了那句老话：人生何处不相逢？那年进村之后，李煜就遇到一位故人。他叫于金程，是当年李煜所在师的格斗教官。他们师起义后，于金程被改编到了其他部队，听说后来又参加了中国人民志愿军赴朝作战。现在，当年的格斗教练是这个村的生产队队长，因为实行军事化，生产大队改称营，生产队改称连，所以公社社员们称他作于连长。虽已时隔十载，于金程却一眼就认出了当年的李副官，当然也就大吃一惊。李煜的学问、性格、人品以及当时的处事行为，于金程可以说了如指掌。为了减少李煜的劳动强度，于金程总是背地里变着法儿地照顾他。在向上级的例行汇报中，李煜的情况他总是第一个提到，每次都是表现如何如何好。有时说的好处过多，连他自己都有些胆战心惊了。他害怕被上级识破，万一如此，是连他自己也要搭上的。所幸那个年代人们并没有第三个心眼，只要是代表一级组织的意见，那就是全面的、诚恳的、真实可信的。李煜之所以不长时间就博得"劳动态度认真积极"的称誉，原因就在这里。李煜调回学校后的当年春节，借接受劳动单位复查的方便，再次来到于金程家，名为汇报思想情况，实是报恩答谢。

还是那句话——人生何处不相逢。李煜和于金程再一次相遇的情景却是惨不忍睹，让人思之心颤，忆之胆寒。

值得纪念的 1958 年，这个地方的这一年的确是大丰收。

场里满了，仓里满了，金黄色的玉米粒子洒遍路边村旁，而在地里还有许多待收的庄稼。小雪封地，大雪封河，可是已过小雪多日，秋收还没完结。特别是地瓜萝卜大白菜，大都冻在地里了。没办法，只好推广多快好省，用木犁在前边将地瓜萝卜耕起，翻出，然后让"支农"的中小学生们一哄而上跟在后边一块块地捡。那露出地面的，捡到了就胡乱扔成一堆，埋在土里的，一任它自生自灭。这样收获方式，在学生们来说当然是一种乐趣，他们横排成溜，呜呼呐喊，有的快，有的慢，不大会儿就已满地都是人了。有监督的，有谴责的，有诉苦的，有辩解的……跟乱了帮的羊群差不多。宽阔的天地，欢快的情绪，无忧无虑又无所顾忌——这就是人生老死也回味无穷的童儿乐。

这样的结果可想而知，取乐为主，马虎收获，来不及或根本就不想捡收的地瓜萝卜深埋于土中，给地鼠留下了数量可观的食物。一向心思缜密的姜承良看在眼里，痛在心里，主动站出来限制小同伴们的恣意妄为。然而，如同一帮抢食的小鸡，约束和管理完全起不到作用，最后也只能听之任之。晚上收工时，他把这种情况讲给生产队长，这个队的队长是个上过中学的年轻人，他眯着眼睛打量姜承良半天说：大丰收了，不在乎这仨瓜俩枣的，有个理论叫作物质不灭定律，埋在土里的地瓜萝卜来年会变成肥料，可以供养下一季的庄稼。

人类从不接受得意忘形造成的教训，老祖宗造这么个词算是枉费心机了。他们"忘形"之际也乐昏了头，让那似乎是老天故意考验般的风调雨顺给宠坏了，完全记不得以丰补歉这样的名言。第二年，好像老天故意对人类的奢侈进行惩罚。去年将丰收的粮食随意作践，以致饿得发昏时才记起去年那些散落在地边道旁的粮食粒子是多么诱人、多么珍贵，梦中想象着又回到那一天，醒来又无奈地仰天长叹。

这样的岁月，竟然一连持续了三年。

李煜和于金程的再一次见面，是在县城内的街口处。那天，李煜到街上买文具，返回时看到一个农民斜倚在街口墙角里，几个街头小无赖正朝这人的身上掷坷垃，吐唾沫，显然，他们是把这个人当成四处流浪的精神病患者了。李煜看不下去，一边轰赶那几个小无赖，一边出人意料地骂骂咧咧的：真是看人下菜碟，连狗也专咬穿破烂的。

这两年，他脾气变得挺急，有时甚至说脏话。春玉提醒过他几次他都不改，今日路见不平，就又出口伤人了。小无赖们被他的汹汹气势吓住，一个个躲得远远的，他就走到那人跟前，问他是怎么了。那人听到李煜的询问，十分困难地抬起略显浮肿的脸，眼睛蒙眬恍惚而且呆滞失神地望着他，足足两分钟，苍白的嘴唇抽搐着，翕动着，似乎想说又说不出，想肯定什么又否定什么。就在这两分钟的时间里，李煜也迟疑地张大了嘴，直到对方说了个"你"字，他才突然间发出一声尖叫：是你，金程大哥！

于金程连急加饿，已经快要昏死过去了。他那个"你"字出口后好像有了点儿力气，接着以恳求但不抱定希望的声音说：你，给我拿点儿吃的，行吗？

李煜要扶他起来，他十分困难地摇摇头，说自己心慌，一动，怕是要死过去的。已经哈下腰的李煜重又直起腰来，他一言未发，回头就走。走出挺远又跑回来俯身说道：于大哥，你等着，一会儿，我一会儿就回来！

李煜果然不大一会儿就跑了回来，女儿春玉跟在他身后，用手巾包了几个玉米面窝头。于金程两眼立时放出贪婪的光，从春玉手中接过来就是一口，不想咬得过猛，竟就噎住了。李煜赶紧到街旁人家替他讨了碗水冲下去。用风卷残云形容是有些过分，但狼吞虎咽却是恰如其分，不到半支烟的工夫，于金程就将四个窝窝头吞进肚里，意犹未尽地舔着手掌上的碎渣。喘了一刻，勉强直直腰说：老上司，你救了我一命，这辈子不死，我一定报答。

李煜的眼里盈着泪水，问他怎么会弄到这步田地。于金程告诉他，前两年他二人见面后不久，因为自己看不惯浮夸风，说了一些抵制性的话，就被公社领导"拔了白旗"免了职，由"连长"降为普通社员。接下来的事实虽然证明自己当初所言不谬，但是少吃缺穿的日子已经让他顾不得争辩是非了。今天自己是来粮食站购买供应粮的，不想走得急，把个购粮证弄丢了。这年月，购粮证就是一家人的命，他连急加饿，腿软眼花，走到这里晃了晃，就倚到墙角里了。

李煜让于金程跟他到学校去，于金程连连摇头，说自己得赶紧回家，找购粮证要紧，否则老婆孩子就只能喝西北风了。因为吃了点儿东西，于金程身上有了些力气，他费力地站起身，含着泪水朝李煜点点头，摇摇晃晃地就要走。李煜连忙拦住他，从衣袋里掏出十斤粮票和二十块钱塞给于金程说：你先去粮局买点儿粮送回家，让家里人暂时吃着，然后再慢慢想法儿找自己的购粮证。

李煜是个文化人，更是个明白人，知道这年月丢了购粮证，起码得左盘问右调查，即便能够补上，少说也得个把月二十天。

于金程千恩万谢地走了，李煜一声不吭地返回学校，和女儿省吃俭用足足十多天。这之后，李煜又节省了十来斤粮票和一些钱，在一个有月亮的晚上骑着自行车直奔于家屯去。然而，此次之行让他胆寒了半个月——于金程一家人去院空，门上挂着一把铁锁。李煜从村头饲养棚里打听到，说于金程丢了购粮证后，找大队找公社，不但不给补，还让公安特派员勒了一绳子，说他是行骗撒谎，故意讹粮。责令他三天交出购粮证，否则捆起来全公社游街。于金程无奈，又因为饿极难挨，竟在公社里的一只小牛腱上硬硬地割下一块肉，直接拿回家里熬肉汤喝。这就犯了王法，公安特派员一根绳子将他拴了去，先在公社里饿了一天一夜，接着送到县公安局关起来了。于金程饥寒交迫又惦着家中的大人孩子，一病不起，公安局只好放了他。出狱后的于金程不顾自己顾妻儿，黑夜里挈妻领子跑到火车站，爬私车到关外混饭去了。

李煜流着眼泪回到学校，难过地哭了半夜。


"多谢夜里一场大雨，把世界洗得这么干净。"从那个年代里过来的人，只要你读过书，大约就忘不了小学课文里这句话。这场大灾难，冲击了每一个人的躯体，也震撼了每一个人的灵魂。用老百姓的话说——上上下下终于明白了"锅是铁打的"。人们那不着边际的想象被自然而然地遏止，狂热无羁的情绪也蓦地冷却了。从中央干部到地方百姓，转而盯准了万物之灵们赖以生息的最基本的东西——粮食，并且很快传唱起一支歌：勤俭是咱们的传家宝……

蓝天具备神奇的灵性和深邃的洞察力，大地有着宽厚的胸襟与仁慈的怜悯心。尽管人类一次又一次地在他们心中、身上作出许许多多有悖常情的冤孽，然而，一旦你幡然醒悟并知错改错，天地总要给你出路，给你恩赐，给你继续生存的机会。当然，这其中还须有最起码的认同、最真挚最不懈的努力。

听说家乡光景好了，再也不像前几年那样衣食无着了，于金程带着老婆孩子重回故乡。一年后，他再次当选生产队长。因为种地有方、为人厚诚，两年后又官升一级，成为于家屯生产大队的大队长。日子好了，起码可以吃饱了，然而妻子却积劳成疾患了不治之症，在经历了两年的痛苦磨难之后撒手人寰。

难道这就是命运多舛！

于金程回到家乡不久，便带着儿子于书南去拜望李煜。在当年的救命恩人面前，他以那时候相当罕见的礼仪让儿子给这位李叔叔跪下，把李煜在自己生死关头倾力相助的过程详细给儿子讲了一遍。讲到末了，这位铁一样的汉子已是涕泪交流，哽咽难言，竟至号啕大哭了。他叮嘱儿子，今生今世不许忘了李叔叔的恩德。同样也是泪流满面的于书南不擅言辞，望着李煜张了张嘴并没说出什么感恩戴德的话，只是重重地磕了三个响头。这三个响头所蕴含的深意和韵味，已远远超出了三千句所谓知恩图报一类的话。

春玉和姜承良来于家屯支援三秋，自然要和于金程打交道了。于金程知道春玉是李煜的女儿，有天晚上抽个空儿找到春玉，说是让她到自己家里坐坐。姜承良大哥哥不放心，一定要跟着，于金程笑了笑，说：你小家伙人小鬼大，去就去吧。在于金程家里，春玉和姜承良饱饱地吃了顿水饺，两个孩子撑得直打嗝。

于金程的独生儿子于书南，念书不多，名字挺富文采。虽然只有十八岁，可庄稼地里的活几乎全把式。任你耕耩锄耙收扬打压，没有拾不起来的。于书南和姜承良、春玉很快成了好朋友，只要稍有闲空，他们就凑在一起拉呱说笑。姜承良虽然小了书南两三岁，但生得膀宽腰圆，矫健灵活。在一次休息间歇里，他和书南嬉戏玩耍，借力打力，竟然没费多大劲就把书南连跌几跤。一旁的于金程看在眼里，悄悄把姜承良拽到一边说：小子，你天生是个练武的料，跟我学格斗吧。承良大喜，问格斗是不是武术，说自己从小就喜欢武术，只是找不到师父。于金程告诉他，格斗也算武术，但和武术有些区别。承良点点头：我学！

就从那天起，姜承良有空就跟在于金程的身后，蹬蹬腿，冲冲拳，有时还伸开双掌围着草垛转圈圈。春玉看着好笑，问姜承良感觉如何，是不是快成为武术家了。姜承良微微一乐：早着呢，这只是基础的基础，于叔说离真的格斗功夫还差十万八千里呢。

春玉听他说得玄乎，便不在意。支农结束后，同学们回到城里，春玉发现了一个奇怪的情况，经常见不到姜承良身影，有时夜半三更他才骑着自行车回家。问他干吗去了，也总是搪塞支吾。春玉便不再问，她明白，姜承良迷上了那所谓的"功夫"，一定是有空就找于金程练武去。

知识是力量而不是罪过。可能是遗传基因的关系，姜承良和春玉都明白这个道理。姜承良对那些一目了然的课程仍旧认真对待，把简单到不能再简单的课本弄得滚瓜烂熟，还偷偷地躲在背地里看了许多从各位老师家搜出来后又随便扔到一个仓库里的中外名著。当然，除了认真学习，姜承良仍没忘了他的"功夫"，只要有空，他就骑着自行车到于家屯去找于金程。姜承良的身体变化是明显的，十几岁的孩子就像成年人一样，矫健灵活，力气特大。那次星期天春玉回城，姜尘夫妇打发两个孩子去街上买东西。他们走在街上，有几个和他们年龄相仿的流痞孩子在戏弄一位乡下青年，姜承良走上去看时，那青年竟是于书南。书南进城买东西，因为走路惶急碰了一个流痞孩子，于是就遭到他们的围攻。承良当然不能置身事外，立即出面阻拦，那几个孩子中的一个大些的冲上来，说是要教训他这个多管闲事的。春玉当时很害怕，可姜承良丝毫不当回事，只一拳一脚，那位就趴在地上了。其他孩子见状大惊，喊一声"不好"，就撒丫子逃散了。

那个被他打倒在地的家伙爬起来拍打着身上的土：小子，你好厉害，我们都是县中学的学生，就狠心下这毒手啊！

姜承良一怔：你也是县中学的，叫什么名字？

对方撇撇嘴：我叫胡志强，比你矮一级。你是学校出名的三好学生，又是学生会的，当然不认得我，可我认得你。

姜承良说：对不起，我不该出手这么重，可既身为一名中学生，万不该跟些街头痞子欺负一个乡下人啊。

胡志强说：我们也只是逗他玩，你真是爱管闲事。

于书南连忙从中劝解，胡志强也是见好就收，冲书南和姜承良说：对不起！

跑散的街头痞子们远远喊胡志强，说那边街头有耍猴儿的，要胡志强跟他们一块儿去瞧热闹。胡志强借坡下驴，朝承良、书南和春玉点点头跑走了。

姜承良和春玉请于书南到学校里坐一会儿，书南说生产队派他进城买抽水机零件，自己还得赶紧回去。承良和春玉不再相让，目送书南顺街东去。

望着渐渐远去的书南，春玉伸伸大拇指：良哥，你还真练成武术家了呢。

姜承良撇撇嘴：哼，就凭这几个小猴崽子，我这是手下留情，否则只要稍稍用点儿力，他们就得腿断胳膊折。

春玉当时心中一凛，随之就生出一种莫名其妙的惶悚感。

两年后，姜承良政治合格，表现优秀，劣中选优地被推荐升上高中。李春玉因为父母问题，仍在家里待业。

李煜父女二人对此并无抱怨，认为这是合情合理的。

多年以后，一位当时的老教师给他的学生讲解了一段《社会学》里的故事——有一个国家的社会学家曾经做过一个有趣的实验，他将数量相等的两伙学生分开处理，一伙关进监狱当作罪犯对待，另一伙穿上制服当作狱警值班。三个月后将他们全部撤出那所监狱，结果是在很长时间内，被安排做罪犯的那伙人无论是生活还是感觉上，仍旧习惯地认为自己是"罪犯"；而另一伙人则在很长时间内仍旧认为自己是狱警，对他们的同学从心理上敌视，从形式上仍想继续管制……然而，他的学生们听后哄堂大笑，认为不可能。

于金程听到这消息后，以大队负责人的身份出面找到公社教育组，又特意请了教育组长一顿酒，将春玉调到于家屯担任代课教师。自此，春玉除了特殊情况下回一中父亲的宿舍外，便长年以于家屯小学为家了。

说实话，"三年自然灾害"过后，人们的生活发生了巨大变化。特别是当时挣工资的人，虽不能说每餐大鱼大肉，但在吃饭问题上是彻底放开了。高蛋白高热量在体内不断积累。加之年龄增大，活动渐少，用中医理论解释——"食火"令李煜的血糖渐渐升高，因为没有及时诊断治疗，终于患上了糖尿病。

从那以后，李煜便不断治疗，常年服药，用他自己的话说，原来挺棒的一个人，如今成了药篓子了。

## *1*

　　这天，一位家住城里的老师给春玉捎讯，说她父亲病情近日加重，学校已经把他送进县医院了。春玉听到这个消息后，第一个想法就是赶快回去看看爸爸。她已知道爸爸患有糖尿病，虽然缺乏医学知识，春玉也知道这种慢性病如果饮食不当，加上精神压力，那是会丧命的。父亲忽然病情加重，她吓坏了。自己已经没了妈妈，不能再没有爸爸。救他，一定要救他。春玉更明白，救爸爸不能单靠物质，重要的是精神，只有让他精神上减轻重负，他才有信心降服病魔。

　　这一切又谈何容易呢？

　　春玉回到学校，自然是先去父亲的宿舍，她打开屋门，一下子愣住了。屋内乱七八糟，一片狼藉，显然是父亲去医院时太仓促了。春玉心里一阵发冷，不知不觉眼里就流出了泪。她大体收拾整理了一遍，拣父亲常穿常用的衣物包了些，又打开抽屉取出显然是父亲没来得及带走的药，就直奔县医院去了。

　　医院病房里，李煜躺在床上，他双目失神，精神萎靡，有时视物模糊，脚部有的地方已经溃烂。这两天更是在经历了长时间的昏睡之后忽然清醒，清醒后又烦躁不安时作呕恶。毕竟是军旅出身，毕竟是经历过大风大浪的大男人，他以惊人的忍耐力和这些令人万分痛苦的症状抗争着。

　　春玉走进病房时，恰逢李煜刚刚从昏睡中清醒过来。对于女儿的不期而至，李煜似在意料之中，看来也有一定的思想准备。为了不让女儿受到过度的精神刺激而发生意外，他以自己超乎常人的抑制力，对目前的处境尽力表现得不以为然。他强作笑颜地问了春玉几句家常话，就开始感到不自然了。因为这种纯属做作的冷漠无论如何也难以掩饰对女儿的爱怜，更难以驱除心中那种无以名状的痛楚。女儿年纪不大，已在她的人生旅途中经受了两次异乎寻常的精神创伤，而这两次创伤竟然都是她的父母造成的。孩子已经失去了母亲，这次自己的父亲却又是以如此模样面对着她，她的内心感触是可想而知的了。李煜一念至此，再看看春玉那仍旧带有稚气的脸庞，一种无以名状的愧疚与悔恨就开始在心中脑中交相奔涌。连绵的思绪，如炽的情感，像岩浆般在全身翻涌奔腾。他从春玉的小手中抽出自己的大手，用这双大而无力的手攥着女儿的小手说：玉儿，你母亲走得早，作为父亲，我没能竭尽全力照顾好你，现在想起来，难过之余总觉得悔愧无地。我知道你是个懂事的孩子，千万原谅父亲的无能和迂腐。

用当代一位文人的话说，李煜是那种诚实中多一份机敏，坦荡中多一份谨慎，从无肤浅的得意，更没有无聊的激愤，总是有着敏感的灵魂与精致的生活态度，是个高雅大方且对人生抱有严肃态度的人。然而，即使是这样的人，面对自己的女儿，理智也无法遏止强自溢出的泪水，这个有着强健体魄和高智商的中年男子竟像小孩般地哭了。哭得那么痛、那么响，让人听起来难免撕心裂肺。

春玉也哭了，但哭过之后却是异乎寻常的冷静。她看出父亲眼神中所表示的意思，明白精神上的支撑此时对父亲来说异常重要，自己再不能给病重父亲的心灵创口上撒盐，而是要用清水去冲洗，用恰到好处的力度去抚慰，去按摩。她坐在父亲的身边，轻轻擦去父亲脸上的泪水，拽过父亲那只没有输液的手慢慢抚弄着。看到父亲的情绪渐渐平复下来，春玉这才俯下身来，用父亲昔日和自己说过的话来宽慰父亲。

在以往的岁月里，特别是李煜和女儿单独相处的时候，爷儿俩有时会回忆起当年的某些事或某些事中的细节。春玉凭着自己出奇的记忆谈论着母亲的处事为人和对自己的爱，说到动情处，这位母爱早逝的女孩往往禁不住泪流满面，时作哽咽。为了安慰女儿，也为了让自己的情感不至于伴随女儿的述说而跌入痛苦的深渊，李煜总是一边为女儿擦泪，一边重复着说过多次的话——孩子，珍惜眼前要比总是活在回忆中好，回忆只能当作人生中的一段不平凡的过程，而不能代表一生的全部。即使天黑了，心还是要亮着。也只有这样，你才能实现自己的远大理想和不凡抱负。都说"生命是苦难之旅"，其实不能这么讲，既然苦难，为何还要继续走在路上？对吧。

此刻，春玉用父亲当初劝慰自己的话反过来劝慰父亲，果然是事半功倍，李煜费力地颔首点头，脸上因为歉疚和愁苦而致的凝重之色也开始飘散了。他马上用当时非常风行的一段语录自己安慰自己：既来之则安之，自己完全不着急，让体内慢慢生长抵抗力和它做斗争……

刚才春玉举止言谈落落大方，话中意思隽永深邃，既有哲理性又有说服性，这不但很快消除了父亲心中的忧伤，也使一旁的医生、护士和学校派来的陪护由衷地折服。因此，医生们几乎是违犯"原则"地让春玉在这里多待了半个小时，并允许她将带来的衣物药品给李煜留下。

李煜已经恢复了常态，女儿的老练和镇定自若使他得到了某种慰藉。他已经看出，春玉虽然年龄不大，但风风雨雨中已是悄然成熟，再不是从前那个围绕膝前不谙世事的小姑娘了。即使他这个做父亲的难免不测，女儿也能在炎凉世间自己料理自己、自己照顾自己了。就在春玉转身离他而去的刹那，他好像是第一次发现女儿的体态出现了某种变化。他蓦地忆起，春玉业已十几岁了，远非当年在城北沙岗子前抱着自己的腿、嘴里惊恐地喊着"火火火"的童稚小丫，而是快要成为真正的大姑娘了。唉！孩子的豆蔻年华和超常智力没能成为她进取创业的优越条件，反而为自己这种长辈的处境分忧解困；孩子的青春妙龄不能成为她享受幸福的美好时光，反而在世事纷纭中为她的父亲担惊受怕。李煜那已经稳定了的情绪几乎又重起波澜，因为一种原因明确的隐痛，让这位难尽父责的教师为自己的女儿又多了一份担心和牵挂。

既成事实已经摆在了面前，任何形式的激动或者颓废都纯属枉然。只有静下心，稳住神，沿着人生的不固定轨迹一步一步摸索着朝前走，才是最为现实的正确抉择。草芥小民改变不了突变的时局，你只能在起码生存的前提下尽己之力，等待那种千百年来总是让人费解的乐极生悲否极泰来的发展规律。

春玉是个头脑清晰的人，一旦明白了这个道理，达观而现实的理智，就取代了最初那种虚烦懊躁的心绪。她回到学校，将父亲的衣物整理一通，把该洗的洗了，该缝的缝了，然后折放整齐，以备父亲的不时之需。下午，春玉看看诸事完备并无遗漏，就赶紧骑车返回于家屯去。因为于家屯的小学生们此刻一定在教室里等着她，她不能耽搁太长时间。

李煜突然病重的消息，是当时的公社教育组派人转告春玉的。春玉赶紧和中心校领导请了假，骑车径奔县医院。

李煜已经入了重症监护病房，病房就像被监管了似的，春玉在走廊里等了好长时间，才被一个人领进去。

因为是糖尿病末期，李煜出现了严重的心衰和肾衰症状。他身体极度衰弱，精神萎靡疲惫，对外界的事物反应十分迟钝。因为体内有毒物质逐渐增加，浑身的肌肉不时抽搐、无力和痉挛，手脚有时出现针刺一样的疼痛，而身体的某些地方却令人不解地丧失了感觉。

女儿的突然出现，躺在病床上骨瘦如柴气息奄奄的李煜当时竟然愣了。因为他病重之初就曾提出请求，要见女儿一面。可是医生不同意，说是他的病正处在紧要关头，万一因为情绪波动出现病危，没有人能够负责。春玉今日不期而至，吃惊的心理使他不敢相信自己的眼睛。心中稍觉慰藉之后又是一沉，他开始明白，自己这次可能是生命的最后，否则，医生是不会主动叫女儿来的。

李煜越是这么想，心里越难受。他看着女儿已经明显消瘦的脸，忽然想起了妻子班若当初的一句话——以后春玉初中毕业，就让她考个中专吧。咱们的孩子，一辈子能有口饭吃便须心满意足，不要想得太大太高了。如今看来，班若的话不无道理，她是有先见之明。可是，自己当初却没这么想，总认为女儿天资过人，只要没有超出常情的障碍，就一定会有所作为，不能让孩子再像父亲母亲这样高不成低不就的。春玉如果学有一技之长，即使自己骤然离开人间，辞世之前也会免去许多牵挂而能安心瞑目了。然而，世事变迁，连他们夫妻对女儿的最低安排也没有机会实现。李煜暗中叹息：班若啊班若，我的爱妻，我如今是走亦难走，不走又身不由己。这种人生最后的心理磨难，较之平时更痛苦，更难挨。我之所以遭此惩罚，看来注定是咎由自取。我悔恨，愧怍，将来黄泉路上相逢之时也无颜以对呀！

心息相通，天性使然。不管春玉如何倔强，看到父亲这个样子，便再也难以控制自己。她先是坐在病床沿上哈下腰来与父亲交谈，待看到父亲眼中慢慢溢出泪珠时，她已经不由自主地屈膝跪在了床下。父亲十分虚弱地攥住了她的手，只是微微地点着头。她将耳朵凑向前去，却仍旧听不清父亲说些什么。她想，父亲的身体是太虚弱了。若非一生的不测遭际，即使糖尿病再重，也不会弄到这个程度。春玉这么想，当然不敢直说。春玉的脑子一阵阵嗡嗡作响，好像里边有一台柴油发动机。响了一刻又转了韵，变作一声声凄厉的哨音。继之，就开始眼花头晕。她明白这是情绪突变造成的，就竭尽全力控制自己。她稍稍闭了一会儿眼睛，那种异样的感觉果然轻了。可是随之而来的却是鼻腔发酸喉头如裂，一股难以言状的痛苦像铁汁似的从喉管里朝外冲涌，她极力地要将这东西咽回去，但是办不到，她终于哇的一声哭了出来，眼泪如瀑而泻，毫无保留地冲刷着父亲那干枯的瘦骨嶙峋的大手。父亲万分艰难地动了动身子，伸出另一只手来抚摸着女儿的头，那两颗一直在眼角打转的泪珠，也顺其自然地流出来，流出来，流过面颊，直达嘴角处，又蓦地停住并凝固了。

孩子长大了，真的长大了。命运多舛的玉儿，也曾有过朝霞一样的灿烂、小鸟儿一样的活泼，也曾有过舒怡轻爽的欣慰和快乐。遗憾的是时日不多，在人生长河中宛若一时一瞬，做父亲的因此就感到格外的沉重和愧怍。凭着做人的本能和直感，李煜明白女儿在今后的生活中难免步步落难，所以就特别追忆那曾经有过的美好岁月，尽管那样的美景一去不复返了，他还是锲而不舍地向往着。

想到女儿那年在海岛立下的誓言，想到女儿超出常人的智力和勤勉，李煜那凝在口角处的泪珠又融化并流淌下来。可怜的孩子，你的凌云壮志怕是难以实现了，今后的人生路上是泥是水，自己蹚吧，我再也不能呵护你了！他慢慢地闭上眼睛，抚摸女儿的大手渐渐地滑落，滑落……

医生可能是怕发生意外，半劝解半制止地将他们父女分开，对春玉说是探望时间已经够长，等需要她再来时，医院可以再通知她。这意思已经很明白——让春玉退出病房，他们要开始他们应该干的事情了。春玉起身，发现旁边立着好几位医生护士，看来他们已在这里等了很长时间。

春玉对父亲的病并没看得如此之重，这主要是她缺乏对医学的了解。她只看到父亲瘦削得厉害，便以为这是营养跟不上造成的。她向医生提出去给父亲买些补品，医生很痛快地答应了。

在一个星期三的下午，公社教育组又派人来通知春玉，她父亲病情突然加重，要她赶紧去县医院。春玉突然间预感到一种不祥，慌忙骑车赶到县医院里。护理人员并没像上次那样让她在走廊上等，而是直接把她引到了李煜的病床前。春玉定睛看时，父亲此刻已是只有出的气，没有进的气了。春玉霎时感到天旋地转，胸口被不知名的东西堵塞得喘不出气。她连连喊着"爸爸，爸爸"，可是爸爸丝毫没有回答的意思，他好像再也听不到女儿撕心裂肺的呼喊了。春玉一急，想哭却哭不出，她突然抓住身边的人急切切地问道：我爸爸他怎么了？为什么他的病情变化这样快呀？

没有人回答，也没有人理她，只任她自言自语地呼天抢地。一名护士走上来拍拍她的肩头让她冷静，春玉顿时感到眼前一阵昏黑，护士那充满着善意的面孔模糊起来，就像她小时见到"鬼火"一样怔忡懵懂继而心慌恐怖得厉害。

爸爸，爸爸，你这是怎么了？你这又是为的什么？春玉此刻真有些糊涂了，她不相信眼前的一切会是真的，也不明白爸爸何以如此。春玉的头上犹如响了一声晴天炸雷，整个人被震得几近昏晕。她不管别人如何阻止，扑在爸爸身上放声大哭，为爸爸的即将离去和自己的无奈而号啕大哭。奇迹终于出现，爸爸在细若游丝的呼吸暂停前突然睁开了眼，尽管只是小小的一条缝，但还是给了女儿最后的一点安慰。春玉清楚地看到，爸爸那枯瘦疲惫的脸上现出难以描述的安详和平静，意识的幽宫里闪过日常少有的快乐与满足。这种快乐和满足瞬间消失，代之而现的是对尚留世间的人们的祝福。可以想象，在这最后的时刻里曾有片断的幸福回忆飘过他的心灵深处，并在即将回归自然的刹那，以全身的余能向人们展露。那一条小小的缝儿终于悄然弥合，在曾经千万次表现出喜怒哀乐的心灵窗沿处，慢慢地渗落下两颗晶莹剔透的珍珠。

李煜终于走了，带着对难舍难离的女儿的留恋和对世间的不解与无奈，带着对人生的莫名其妙的哀惋、感叹和参悟撒手尘寰，走得是那么从容而决然。是的，这或许是应该庆幸的，庆幸他终于可以摆脱这一切无尽的烦恼与恩怨。

葬礼很简单，学校出面，姜尘夫妇做主，按照当时的规定，李煜被掩埋在本县公墓里，公墓就在春玉当年曾经丧魂失魄过的城北沙岗子东侧。时代的局限性无处不在，当时不能有任何形式的祭典，只能听任这个一生沉默寡言的人在曾是鬼妖出没的地方静卧。为了不至忘却万物之灵曾经存在，坟堆前照例竖立起一块石碑，石碑上刻着与坟堆同样毫无生机的文字——李煜之墓。姜尘、淑娴、承良、春玉以及前来送别的同事们立在坟前，有的低声哭泣，有的默默祈祷，无论何种形式所表达的内涵，不外乎期盼着亡者能够抛弃人世间的烦扰，安静地进入想象中的另一个世界。北风刺面，喉头嘎哑，郁积在心中的忧伤和痛楚，继之幻化成沉重杳渺的音符随风逝去，使得坟堆前每一个伫立者陷入难以排解的凄怆之中。然而，坟堆无声，墓碑静默，黄土与石头冷峻无情，并不为人间的一切所动。

没有了母亲，没有了父亲，春玉成了真正的孤儿。但她又不是孤身一人，有姜尘夫妇与承良大哥照料她，有金程叔叔和书南哥哥在村内时时陪伴她，有代课教师的工资和在当时来说最具说服力的城镇户口保证她的生活。正是因为有这城镇户口并且户口所在地是县城中学，春玉能够继续住在父亲原来的宿舍。更加令人欣慰的是，这个女孩有着从父母的基因那里继承下来的坚强性格。她，终于支撑住了。除了节假日回到一中在父亲原来的宿舍暂住之外，经年便以于家屯小学为家。

李煜去世的消息并没告诉于金程，所以李煜的葬礼他也就没有参加。但是，当于金程得知这个消息后，他悲痛难抑，像个孩子一样哭得泪流满面。自此，他对春玉更关心、更疼爱了。

这天中午，于金程包好了饺子，就让书南去学校里叫春玉。

在乡下，有谁遇到不痛快的事情，亲朋之间往往请了去，男的喝几杯酒名曰"借酒浇愁"；女的则常以饺子面条之类相待。目的简单而直接，为的就是体现彼此间的关爱，相互倾诉一下心中的悲怆，排遣一下积聚内心的郁闷，表示一下同情和关切，以慰藉当事者无助的心。李煜突遭不幸，作为他的女儿的春玉，一个柔弱女子的肩膀毕竟不堪重负。于金程岂肯坐视不管？他虽无回天之力，却以一个老朋友的身份甘愿做这个被厄运击倒的小姑娘的后盾。他和李煜相交于战火连绵的年代，这情谊如今在春玉和书南这里也得到了延续，这可以说是前生有缘，也可视为天意。平日里春玉就把书南家作为一家亲戚看待，如今又特地去叫她，春玉岂能不来？

没有询问，没有劝慰，也没有勉为其强的笑颜或者怨天尤人的叹息。春玉和于金程父子像以往那样同桌吃饭，一顿饭吃得很实在，但总是透着一股子沉闷气氛，好像谁也没有能力或不忍心去打破这种气氛。收拾了碗筷，于金程和书南父子你看看我，我看看你，相互用眼光询问，似乎在商量应该说什么才能使春玉开心。可是，他们天生笨嘴拙腮，不知用什么词句来表达。这样抻了一阵，气氛就有些尴尬。于是仍旧沉默，沉默。于金程终于忍不住，竟然低声哭了。压抑着的哭声意蕴分明，他同情春玉的处境，也想起了自己早逝的老伴。二者合一，那哭声就再也止不住。春玉早就竭力控制着自己，于叔叔一哭，无异于火上加油，也就放声哭起来，哭声忽高忽低。有人说哭泣是女人的天性，这话有道理，但并非全对。春玉就是个女中丈夫，历来是有泪不轻弹。当年母亲去世，那天面对气息奄奄的父亲时，她都没有这样激动，此时此刻，应该说是一种情绪。

这一老一少放声痛哭，书南倒不知如何是好。阻止当然不行，劝又劝不住，无奈之下，他默默地走了出去。只待屋中二人哭声渐消，他才木木讷讷地回到屋里。这时，一老一少已在相互劝慰。书南向来口笨，这时仍旧有些不知所措。他坐在椅子上，咬着嘴唇，双手胡乱地在胸前揪扯着，好像要发死力扯出或揪出心里充塞的让人憋闷得喘不上气来的东西。他抬眼看了看春玉，发现只这一天的时间，这位小妹妹就明显消瘦了。他的心在隐隐作痛，眼前不断闪现着父亲对自己多次提到过的当年城内街口处被李叔所救的情景。他觉得自己对这个落难的姑娘负有某种责任，这种责任说不清道不明，总之应该也是一种爱。唉！人有天性之爱、亲情之爱、男女之爱，他心中这种爱应该是什么性质的爱呢？

风照样刮，雨照样下，秋天照样按时令匆匆走过，春玉虽然仍旧心情沉重地随时随地忐忑不安地等待着命运的峰回路转，在于金程父子和于家屯乡亲及同事们的关顾下，仍能强作镇静地生活。


教革委头头吴仁是个天生的色狼，当教师时就因为猥亵女学生受到过处分。"运动"中他曾扯旗造反，先将曾经力主处分他的教育助理批斗，游街，打翻在地。一些图谋不轨的家伙见是机会，便跟在他的身后摇旗呐喊掇臀捧屁，助长了他的气焰，也壮大了他的势力。

有了势力的吴仁也就有了权力，正处于群龙无首情况下的公社教育界便成了他的用武之地。自感出身不好或者以往曾经犯过错误的教师为求自保，见了他毕恭毕敬奉若皇帝，那想借此机会大出风头的也屡屡对他歌功颂德处处献媚。这就更加助长了他的骄气、横气和霸气。已经忘乎所以的吴仁从来没有忘记过自己的老本行，一双羊眼整天在女教师身上打主意。

天生丽质的李春玉早就是吴仁的垂涎对象，"运动"开始前每逢公社教育界有活动，他总是借故接近李春玉，尽量从近距离盯着李春玉看个不够。如果春玉能够偶尔看他一眼，他会幸福得发晕。如果李春玉不经意地对他一笑，他会感到浑身的骨头都在酥软而松动。在他看来，这个女人实在是太美了，她身材苗条而袅娜，清影中的乳峰有点儿张扬地高耸着。玲珑的鼻梁虽然并不是那么标准的挺直，但在鼻梁下却搭配着一张小巧诱人的小嘴，抿着的嘴唇看上去有点儿单薄，但只消稍稍一闭，便如女孩发梢上的皮筋一样显出了富有弹性的柔和。她的脸部肌肉光洁而圆润，即使在没有表情的时候让人看起来也会产生动的感觉。她的眼角既不吊起也不垂下，非常恰到好处地镶嵌在两道浓淡相宜的眉毛下。漫圆脸轮廓清楚得恰到好处，皮肤的色泽就像陶瓷技师给自己烧制的艺术品又精心涂上一层清淡白釉似的。这是个苗条又不失丰满、娇柔又具坚韧的近似完美的女人，不要说是自己这样的色狼，即使是情窦初开的少年或衰萎枯竭的八旬老翁也会怦然心动的。他时时盼望着能够和春玉接近，时时挖空心思地梦想得到她。

眼前，李春玉所处的境遇让他欣喜若狂，他甚至认为这是上天的恩赐、神明的安排，让他把自己最想弄到手的猎物轻易猎获。在此之前他是光眼馋不敢吃，现在他认为终于可以为所欲为了。

一个星期六的下午，吴仁借口检查工作来到于家屯。

借口就是借口，学生都已停课了，还有什么工作可以检查？不过，既然是公社教育界的头头来到，无论从工作关系还是从人际关系上讲，春玉是要接待的。喝茶闲聊间，吴仁大讲革命道理的同时，总忘不了问问有关李煜老师的情况，口气里表现出极大的同情和惋惜。春玉并不了解这个人的历史，以为对方是出于对自己的关心与呵护，话语便免不了带着些感情色彩。吴仁以为有机可乘，便放开胆子去拉春玉的手。春玉愣怔间忽然明白了对方的意图，她不想让对方尴尬，也不想得罪这个得

53

罪不起的人，便顺水推舟站起身伸过了手。吴仁本想借势将春玉拉进自己的怀里，没想到春玉恰到好处地和他握了下手说：吴主任，真对不起，我下午还得到县城中学，有几件换洗的衣服需要给我父亲送去。我想你还得到别的学校检查，咱们以后有空再聊吧。

吴仁怔了半天，只好讪讪告退。

送走了吴仁，春玉一下子瘫坐在床上，伏在枕头上不停地饮泣。

## 5

姜承良升入高中的第二年冬天，于书南结了婚。

媳妇原籍是于家屯以北村里的，当年于金程闯关东时，曾和她的父亲在一个林场伐木头。姑娘的父亲因为在旧军队里当过兵，被伐木场里的头头理所当然地定为有历史问题。于金程返回时劝他一块儿归里，这位老实木讷的中年人忌讳自己的"出身"，害怕回到原籍同样给划到"五类"里去，还不如在伐木场里挣几个钱养活自己的妻女，便谢绝了于金程的好意。伐木场的头头们每每将重活脏活和危险活派给他，终于在一次伐木过程中出了事——他被一棵瞬间倒下的大树砸中。当家人命丧黄泉，母女二人断了经济来源，为了生存，为了活命，母亲只好带着女儿返回关里，重新投身于农村。女人的想法有时很简单也很现实，她认为只要故乡收留，只要不惜力气下地干活，就不会有冻馁之忧。

回到家乡几年后，女儿渐渐长大，到了成人的年龄，经邻居大憨嫂从中撮合，和于书南定了亲。联姻后的相互来往中于金程才知道，儿媳竟是当初那位老工友的闺女。于金程感慨万千，真是有缘千里来相会呀，当年以老乡关系相互来往的两家，如今竟然成了亲家。好事不拖，秋后给儿子举行了简单的婚礼，双方家长终于了却了一番心事。第二年，小两口有了个儿子，取名于明刚。于金程后继有人，每天除了下地干活，就是抱着孙儿出出进进，尽情享受着渴盼已久的天伦之乐。然而，就在这位乡村老干部喜不自胜之际，噩运突然降临。

春节后的一个多月，冰封的河面渐渐开冻。此时，早春的暖阳依旧懒洋洋地挂在天上，阳光像千万条丝线无遮无拦地垂下来，清透绵软而又爽洁。那种温润，那股暖意，就好像用鼻子就能闻到似的。光和热毫个吝惜地往地上倾洒，往昔人们常来晒太阳避冷风的饲养棚南边墙卜显得有些空旷了。东北风钻了空子，跑来这里横三竖四地打起了趔摸，阳光和北风旋来的碎草搅和在一起，形成一幅幅光怪陆离的抽象画。这时，几个闲极无聊的孩子掩着棉袄跑了来，抽着鼻涕打量了一番，就在硬硬的冻土地上剜个浅坑玩溜溜，一边玩一边唱：溜溜蛋，圆圆转，进一坑，过一站，一站站了八十年……

秋后雨降可播麦，冬日飞雪来年丰。

农家千百年来的经验总结既有思辨性和很强的哲理，也昭示出一种深邃易解的规律性。"麦收八十三场雨"就是这种哲理与规律的彰显。

天气依然寒冷，但青牛河边已经车水马龙热火朝天，庞大的汽车在拖拉机的帮助下，从漫洼地里将机器拽上河岸，在人们的吆喝声中，十几名青头后生像接新媳妇下车，热热闹闹却是有条不紊地将铁家伙们一件件卸落。河岸上建起了临时工地伙房，上面给派来的技术员和懂点儿技术的社员马不停蹄昼夜加班，伙房里的兼职厨师为改善生活也想尽了办法。关键时刻，上下联动，全村的人拧成了一股绳。柴油抽水机的主机和大功率轴立泵以人们难以想象的速度很快安装完毕，整理沟沿、清顺渠底的活儿几乎在同时进行。这就是效率，这就是精神，这就是人的本质所在。

这种本质，并非仅仅体现在某一个时代。

头脑清楚的于金程经过深思熟虑之后和大伙商定，在一个艳阳高照的上午，于家屯扬水站开始试车运行。

那天，主机像个老谋深算的领导人，先以沉着压抑的音调轻啊几声，在充分引起人们注意力的刹那一声长吼，举座皆惊。然后有条不紊，发号施令。指令传到汲水池里，壮硕的"轴立泵"立时陀螺般如风旋转，河水翻腾滚荡，汹涌而入。几乎与此同时，机房外那条梁檩粗细的输水管如同高烧病人，挺直了身子痛苦地抽搐，震颤，憋气，摇头，猛然间又急喘数口，张开大嘴，一股强大的水柱像岩浆突爆，拱脱抽筒头上的钢铁涵盖冲喷而出。水柱急剧入池，急剧旋转，急剧冲刷，尽兴浏览之后，像心中有数的雄狮巨蟒，霍地跃出牢笼，引颈扬首直奔一个新的天地而去。

水柱的流头噗噗着跌入落差很大的水渠里，阵阵闷响，渠内溅起泥水交杂的混浊浪花。浪花回旋腾跃，阵阵水雾向着四面八方冲激，水雾落定时，水头已入主渠，试探寻觅一番，直朝为它限定的方向流去。

水头先是匍匐前行，顷刻之后，已经聚高、聚厚，渐渐形成了自己的气势。它开始腾跃，开始游弋，开始像憋气撞槽的小牛一样，喧嚣低吼，刨脚弹蹄，左冲右突，将几乎是与生俱来的精力潜力一并抖擞。它想得很简单，它只想冲破羁绊，撕裂堤岸，到那个更广阔的天地里去闯荡，去遨游，去施展。于金程和全村父老的目的达到了，由国家支援和集体投资共同购买的大型号抽水机终于安装妥当，沉重而庞大的柴油发动机终于带动着水泵从青牛河里抽水浇田。

沟渠里的水头形成小小水势，小小水势也昂扬激愤起来，这小则为滴大则成潮、可滋润天地又能吞吐万物的精灵，在幽道河谷中待久了年月，铆足了劲头，集聚了脾气，此刻虽入小渠，也是要伸腰舒背，一展威势。你看它，忽高忽低，忽快忽慢，昂首甩尾，形同作威作福，实则要冲破樊篱。它在积蓄力量，它在找寻时机，一俟有隙，便会号吼而去。

这时的水分子，虽然仍是无色无味的透明体，但在它的家族成员里，已经是目迷五色，七味相合。群体中早已掺杂了柴草泥土和来自地心深处的秽垢。不过，它们仍旧天真，仍旧纯洁，仍旧诚实热情，仍旧努力挣扎，向往着前边的一片光明、一种希冀。由于性质的单纯，偶遇歧途，也会莽撞而入。

水是地道的动态概念。

可是，自然界为什么总爱把水当作消失的象征？

水渠里的水头又高了一截，它的气势更大。这刹那它似乎明白了自身的价值、自身的处境、自身的优越。它不想长袖轻舒，闲庭信步，它想以自身强烈的冲撞意识迅速膨胀，涌向岸外，以滋润大地田园。然而，这水头毕竟不是在江河湖海中，可以水借天势，天催水流，暴怒涌跃，破堤决岸。它仍旧在小小的水渠中，受人为的牵掣、后力的羁绊，有雄心，无本源。

所幸，世有"物质不灭"，它还可蒸腾，还可渗走，还可蜕变——而此时，却只能忍耐，只能迁就，它离不开这小小水渠，因为这里是它的家园。

这是幸福，也是悲哀。

就在扬水站从青牛河里抽水浇田的当天，大队长于金程由西往东顺着水沟察看田地里的灌溉情况。他很兴奋，也很自豪，因为于家屯大队是全公社第一个用上大功率柴油抽水机的，这样的抽水机工作一天，抵得上一般抽水机一个星期的效率。按此计算，于家屯两千亩小麦三四天即可浇上一遍，在以后的一个多月里，还可浇灌附近几个大队的麦田。当时浇地，按亩收钱，河东几万亩地浇下来，于家屯便有一笔不小的收入。等到麦秋收获后，这笔收入凑上一部分资金，本村就可再添一部五十马力拖拉机。于家屯有了这两大农业机械，粮食丰收就有了把握，社员们的收入和生活情况水涨船高，作为这个村的当家人，能不兴奋自豪吗？

有句话说得好——深夜种下希望，梦中便能发芽。

美好的向往与现实的希冀是无形的动力，浑身是劲的于金程沿着水渠岸边脚步快捷地朝青牛河大堤上走。也许是因为兴奋，也许是忆起了昔日的峥嵘岁月，于金程双脚正步双手摆动，像个年轻人一样唱起了令人热血沸腾的战歌：雄赳赳，气昂昂，跨过鸭绿江，保和平，卫祖国，就是保家乡……

水流倾听，鸟儿伴唱，一群在田野里捡食的灰喜鹊受了这气氛的感染，叽喳叫着从远处飞过来，绕着于金程盘旋几圈后又朝北边的杨树林飞去了。

于金程在顺水沟的堤坝上快步走着，身边沟里的水因为急流奔涌而显得浑浊。于金程拾起一块坷垃扔进沟里，坷垃溅起的水花迸上来弄了他一裤腿。于金程看看裤腿上的水渍，脸上漾起一种快意，似乎这些水渍里蕴含着他想象中的美好与希冀。于金程俯身拣起一根柴草，打算擦拭一下裤腿，就在他抬头低头间，听到河堤上传来咝咝的怪音，怪音传至耳中，脑子里唰地闪烁出一道奇怪的光晕。于金程连忙抬起头，只见前边河堤机房门口有几个人脚步惶惶地逃出，似乎那里发生了意外。一种潜意识里早就存在的灵动让他的心里扑棱棱跳了几下，不由自主拔腿就朝河堤上跑，隔挺远就听到有人喊：了不得，飞车了！

"飞车"是因为机器故障或操作失误而导致的非正常运转，它以极快的速度做着无用功，却能给它本身和周围的环境造成巨大威胁。因为一旦运转达到它所能够承受的极限，机器本身就会震垮，就会解体，也可能因为急速运转摩擦造成高温而致主机发生爆炸。这样的情况以往曾经出现过，但那是十几马力的小型柴油机，危险性小，制动难度也不大。眼下这台柴油机上百马力，不独功率大，体型同样大，一旦发生意外，后果难以想象。这样的意外谁都不想看到，这样的责任又有谁能担得起呢？

于金程的眼前黑了一阵，耳朵嗡嗡作响，天地万物一片朦胧，乾坤间是那种令人毛骨悚然的沉寂与宁静。蓦地，似乎在遥远的天际深处重又传来急切、凄楚的呼喊——了不得，飞车了！于金程浑身一震，他在瞬间意识到自己是被突如其来的灾难性事故惊得魂魄出窍了。他摇摇头，仰脸朝天一声大吼，吼声如同霹雳炸雷，一下子就把处于懵懂状态的自己震醒。哦！是书南，是六子，是毛头抑或是村中哪个小伙子的呼叫声。不，那不是在呼叫，那是在哭，是孩子们用哭声向他提示，向他报告，向他恳求……于金程的心再一次骤然收紧了，他忽地抖擞精神，甩开双腿，像老虎发现幼崽被劫般霍地蹿出去，压倒风雨，劈破骇浪——向着看到，不，向着听到孩子们呼声的河堤跑去。

于金程跌倒，爬起；又跌倒，再爬起。衣服撕裂了，胳膊碰破了，他全然不顾。此刻，他的心中只有大堤上的孩子们——只有自己历尽千难、费尽心思才买来的大型抽水机。近了，越来越近了，已能听清河堤上许多年轻人急促的喘息。近了，更近了，于金程功夫在身，腿脚不减当年，他以常人难以想象的速度蹿上了堤顶，蹿到了机房前。此刻，机房里的人大部分逃了出来，看到于金程蹿上河堤，像见到救星似的扑到他跟前：队长，书南和毛头还没出来呢！

书南和毛头是主机手和副机手，那时的青年人多有集体意识，时代铸就的责任感尤其强烈，二人一定是在拼尽全力要拯救这台来之不易的大型抽水机。于金程清楚地意识到，两个年轻人面临生命危险，自己绝对不能坐视不理，要活，大家一块儿，要死，身为长辈和队长，自己应该是第一个。

于金程当机立断，毫不犹豫地甩掉身上的棉袄，身子一矮旋进机房里。此时，机房里一片烟雾，机器发出尖厉刺耳的鸣叫，夹杂着混乱无序的阵发性轰响，就像他曾在战场上所体会过的飞机俯冲时发出的摄人魂魄的啸音。负责操作柴油机的书南人慌无智，匆忙间把传送带的一端扒脱，但传送带的另一端仍在抽水泵的立轴上挂着，惯力强大而持久，传送带就像一条巨龙怪蟒，在机房内有限的空间里蹦跳甩打。柴油机在继续飞转，两个机手因为躲避传送带的抽打难以靠近机器，当然就无法关上输油阀。紧急时刻，于金程哈腰欹身，先将两个小伙子提起来掷到门外，然后以罕见的敏捷身手上前关掉油门，刹住飞车。然而就在此时，传送带猛地甩过来抽在他的头上，他先是打了个愣，随即便倒了下去。

书南和毛头被于金程从机房里扔出来后，万分艰难地从地上爬起。书南的膝盖摔肿了，毛头的肩膀脱了臼，虽然疼痛难忍，可两个年轻人终于保住了命。保住命的年轻人有良心，明白自己之所以能够捡到一条命全赖于金程所赐，所以二人爬起来后顾不得腿痛胳膊痛，跌着跟头再次冲进了机房。再次冲进机房的两个年轻人看到，他们的救星于金程已经躺在地上，痛苦地蠕动着，抽搐着。显然，他的脑部受了重伤。而此时，那些给吓呆了的青年人也一窝蜂地拥了进来。

机房里的烟雾渐渐散尽，看着躺在地上出气多进气少的于金程，这些年轻人手忙脚乱了一阵，终于明白当务之急是应该赶快救人。书南把于金程扶起揽在怀里，毛头跳出机房站在河堤上声嘶力竭地叫喊：了不得，这里出了人命了！

毛头的喊声似乎唤醒了其他几个先期逃出机房的人，有的拔腿往村里跑，有的和毛头一同站在河堤上，双手捧作喇叭状朝着村里嘶声叫喊着。喊声极其响亮，响亮中透出一股股凄厉和焦灼，这凄厉焦灼的叫喊传得既高又远，并且夹带着一阵接一阵的余波。余波声震天地，充斥旷野，鸟兽被惊呆，河水在哆嗦……

一辆四轮拖拉机冒着黑烟从村头驶出来，像病恹恹的犍牛般在土路上奔跑、颠簸——以不亚于汽车的速度，朝着河堤这里奔驰着。仍旧站在河堤上嘶声叫喊的几个人看到拖拉机的影子，好像突然间明白了，赶紧跑进机房，和书南把于金程抬出来，抬到河堤下等着。

拖拉机侧歪着身子驶到河堤下，人们七手八脚忙了一阵，把于金程抬到拖斗上，直接奔县城医院去了。

于金程被送进医院的当天就咽气了，他伤得实在太重，硬脑膜外出血形成血肿并继续恶化，县医院没有开颅手术治疗的条件，送往省城已经来不及了。这个有着充沛的精力、体力和毅力的壮年人，用自己的生命救下两个年轻人，保住了集体财产，他没有在炮火连天的战场上为国捐躯，却在和平建设时期中途而殁。秋叶与灰土齐飞，苍天共黄土一色。他曾在艰难困苦中生存，在充满美好的向往中奋争，在幻想盼望中度过自己的年华并最终以这种方式消逝在这个世界上。

于金程去世后被追认为英雄，公社里为他开了追悼大会，县里也号召向这位农村干部学习。作为对英雄的补偿，他的儿子于书南在随后的招工中被选到了建材厂上班，成了吃公家粮的工人。这在当时来说是飞来横福，莫大的荣耀，因为当时农业户口和非农业户口之分界限分明，一个生产队长的儿子突然间平步青云，怎能不引起人们的注意和羡慕呢？村里人纷纷向于书南道喜、祝贺。然而，于书南却始终高兴不起来，因为他明白，自己的性命连同这份荣耀，是父亲用生命挣来的。所以只要有人提及此事，他的心里就几乎是顺理成章地泛起这种愧疚与悲怆。

## 6

于金程辞世两年后，世间发生了巨变，昔日的雷轰电掣九天风雨之后，已是乾坤回转，大地复苏，月明星朗，风和日丽。从那个艰难的岁月中侥幸逃生的人是有福气的，平民的生活已有了明显的改善，粮食买卖放开，已非前几年那样买者如盗卖者若匪。粮食啊粮食，再不像前几年似的如金如银——甚或比金银还珍贵。

物质上的充盈总是带来精神上的同步反应，有些进步是明显的，有些进步是潜移默化的。可能由于气氛的变化和人的情绪轻松，大人孩子忽然就变得心情振奋好学上进，连冷清多年的学校教室里也于不知不觉间增加了许多人。雨欲来，风送讯。迹象表明，社会要变革，时代要翻新。

秋风送爽，云高天阔，校园里的梧桐和墙边的花树依旧茂盛，中间的甬路上三三两两地走动着老师和学生。麻雀在操场边上蹦蹦跳跳地觅食，一只居心叵测的大黄猫走几步停一下地靠近它们，麻雀们意识到危险降临，轰一下叽喳叫着飞上旁边的墙头。久违了的勃勃生机映衬出潜在的复生意蕴，预示着莘莘学子的希望和期待很快就要降临。

正值秋假，春玉回到县城中学整理了一下父亲的旧居后，打算去看望一下姜叔叔和姜婶婶。她从宿舍里走出来，穿过校园进入到学校办公区，直奔姜叔叔和姜婶婶所在的教师办公室。忽然，一侧的教导处房门大开，姜承良风风火火从里边蹿出来。姜承良舞动着两张报纸兴奋地朝她喊：春玉，来，快来！

姜承良喊叫春玉"快来"，自己却跑得更快。

春玉迎着他走过来，姜承良停住脚，乐得直喘粗气。春玉问他为何这么高兴，姜承良抖抖手里的报纸，说国家决定恢复高考了。春玉同样兴奋，和姜承良凑到一块儿看那两张报纸，上面的确刊登了关于恢复高考的信息。当时最具权威性的《人民日报》头条文章是《搞好大学招生是全国人民的希望》；仅隔一天又是《文化考试很有必要》。心息相通，动作一致，两个人不约而同举起右手，随着响亮的击掌，嘴里不约而同地喊了声当时尚属罕见的英语"OK"。

两个人回到姜承良家，找出以往学过的课本书籍，发现这些课本内容很是简单，这才明白姜尘夫妇和李煜当日总是督促自己学习的良苦用心。他们在持续不断地学习新课程复习旧内容的同时，润物细无声地滋养和充实了大脑，丰富了自己的知识宝库。宝库里充满阳光，充满空气，充满了比黄金还要宝贵的知识氛围。

姜承良和春玉在姜尘夫妇的指导下，重新对以往所学进行了系统的记忆、理解和消化，对从上一辈人那里学到的东西加以夯实并尽可能强化记忆再进行详尽的分析。一个多月后，姜尘试着给两个孩子出了十道考试题，两个人竟毫不费力地一一答出，几乎完全正确——应该是满分。

恢复高考的消息终于以红头文件的形式通知到各地，功底扎实的姜承良和春玉更加兴奋，在一种意识清楚的责任感和目标明确的事业心的驱使下，他们更加努力地在新环境新条件下继续奋发进取。他们的学习成绩如同牡丹花开般艳丽而硕大。神明佑护，天使招手，一切都是顺心遂意。

适逢冬季，考生们一大早就来到学校，按照准考证上的号码找到考场走进去。对号入座的考生们神态各异，有的严肃，有的恓惶，有的认真，有的随意。监考的老师们出出进进，相互交流着对这种久违场面的复杂感受，间或朝考生们瞥上一眼，目光中流露出迷惘、担忧和揪心。

春玉所在的考场秩序基本正常，监考的老教师很负责任，明白这种情况来之不易，他们以自己当年在考场上的经历和感触，劝导学子们考出自己的真成绩、好成绩。承良所在考场则不然，两位监考老师睁一只眼闭一只眼。和姜承良同座的那位胡志强，正是当年在街上带头围殴于书南的那个小混混。小混混因为挨过姜承良的拳脚，虽然肉体之痛刻骨铭心，但他此时却是一副熟人相逢的样子，和姜承良很亲热，似乎早把当年的耻辱忘记了。姜承良也认出了对方，从不对任何人心怀成见的他当然也是投桃报李热情相对。姜承良每场考试都是提前交卷，而胡某也总是紧随其后交卷走人。有一次他们前后相随走出考场，姜承良问他考得怎么样，胡志强话很实在——放心吧老兄，你考啥样我考啥样。姜承良一怔，明白自己无意中给胡某做了枪手了。姜承良付之一笑，然后等春玉出来后一同回到家里仍旧复习。

教育得以复苏，人才得以重用，姜尘和淑娴因为工作需要双双调到地区教育学院，承担起培训年轻老师的重任。

就在国家内政外交经济建设全面复苏的这年冬季，姜承良轻而易举考取了一家出名的医学院。然而，与他无论是智商还是学习成绩都在伯仲之间的春玉，却出人意料地名落孙山。当日从考场上出来后，春玉和承良每次核对过考试内容，都确信自己成绩优秀不会落选。承良让春玉去查卷，春玉摇头不去。姜尘和淑娴闻讯后找到地区招生办公室，查询之下方才明白，春玉之所以未被录取，根源仍是她父亲的"历史问题"。这种令人啼笑皆非的缘由奇怪却也合乎道理，严冬虽过，乍暖犹寒的天气有时还会令某些地方某些人难以适应……

姜承良在跨入大学门槛之前找到春玉，声言他不去报到。春玉听到这话骇异之极，她问他是疯了还是痴了。姜承良说不疯也不痴，之所以这样做，是为了不让春玉泄气。他继续留在学校里和她一道复习，以便明年共同考取。他说他自小和春玉在一块儿，三日不见，心中压抑；五日不见，恐怕就要精神崩溃。春玉听他如此说，霎时间那种难以名状的痛苦便开始在心里翻上倒下。童稚已褪，情窦早开，这个年龄的男男女女，彼此的心声还需直言相告吗？然而，生活的历练极易使人的性格早熟，春玉的眼泪在眼眶里打转却不溢出，情愫如铸何须随意吐露？她已若隐若现地察觉到自己不被录取的真实原因，故而对姜承良的决定坚决持反对态度。她非常清楚对方的脾气，辇上米二言两语难以说服。她想了想，只好用缓兵计了。她问姜承良星期天是否有空，姜承良说他心乱如麻，眼下什么外差也顾不得了，至于空儿，什么时间都有。春玉就提出要求，星期天她从于家屯回来，两个人一块儿到城外转转，顺便谈谈他刚才提出的事情。他们自幼相处，几乎朝夕不离，春玉提出到城外转转，以至姜承良一时竟没反应过来。直到春玉再次追问他是否答应，他才如梦方醒，连说"行行行"。

星期天是个晴朗天，他们早饭后就瞒着所有的人悄悄到了城外。沿着护城河边的小路，由南往北走。护城河外一片升腾，一片苍茫的田野，遥望远方，平坦而开阔。河边树上的小鸟儿啾啾乱叫，好像看到他俩并肩而行深感意外，于是就相互饶舌。走到一个拐弯处，春玉朝树上瞧了瞧，笑笑说：咱们就在这儿坐一会儿吧。姜承良一直愣愣怔怔若有所失的样子，春玉说什么他都应着。坐在路边已经干枯的小草上，面前恰好是一处平展的地面，春玉望着地面好一会儿，突然回忆起《安娜·卡列尼娜》中一对恋人谈心的情节。于是，她捡起身旁的一截小棍，在那平整的地面上写道：

你还是应该去上学。

姜承良出神地看了她一会儿，也照葫芦画瓢地捡根小棍写道：说亦无益。

春玉写道：过了这个村，难寻这个店。

姜承良：为什么？

春玉：我不想再考大学！

姜承良：你不考我就一生在这里陪着你。

春玉：你不像我的姜哥。

沉默。

姜承良再次拿起小棍：我真的离不开你！

春玉：我十分理解，也十分明白。

姜承良：我见不到你会想得难受。

66

春玉：时间是天然灵药。

姜承良：我怕你会忘记我！

春玉：瞎话！

姜承良：你我青梅竹马。

春玉：只差指腹为婚。

姜承良：咱们是前生有缘。

春玉：天造地设。

姜承良：我还是真的离不开你！

春玉：大丈夫志在四方，你儿女情长，没出息！

姜承良低头不语。

……

小风开始增大，树梢也开始唰唰作响。树上刚才还聒噪不休的鸟儿们再也无心饶舌，扑棱棱逃命般地飞走了。不知是善解人意还是气象站报错了，昨晚说是今日无风，不知怎的这霎忽地刮起了大风。大风越刮越凶，河边的干树梢已由唰唰之声转为呜呜怪叫，远处县砖瓦厂的大烟囱里不断有粗粗的烟柱冒出，先黑，后黄，接着又如白云流水般伏波奔涌，飘飘荡荡地飞向南方。

春玉坐在上风头里，冷古丁哆嗦了一下，说是身上发冷。姜承良爹手爹脚了一阵，就要脱掉自己的外套给她。春玉赶忙制止，说是一会儿就好。姜承良无奈地张皇着，要春玉靠他近一些。春玉听话地将身子贴在姜承良胸脯上，姜承良好像迷糊了一下，竟就下意识地把她抱住了。电流般的暖意迅速传遍了俩人的全身，姜承良感到春玉的身子抖动得厉害，便更加用力地搂紧了她。北风帮忙将鹊桥架起在天河之上，有震惊，有意外，更多的是难以言尽的幸福，这时的肌肤之亲远胜幼时躺在一个被窝里的感觉。他们越靠越紧也越甜蜜，身上心中全被这不期而至的陶醉融化了。乾坤依旧，天晴地朗，飞走的鸟儿们又静悄悄飞回来，看看这里究竟发生了什么……

## 7

姜承良终于听从了春玉的劝告，如期到校报到。

最初，姜承良几乎每星期都要给春玉写信，谈他在校的情况，谈他对家乡的思念。春玉明白，他所说的对家乡的思念，其实是指对自己的感情的书面流露。她回信劝他，以学业为重，不要老是想着"家家家"。他似乎也渐渐明白了这个道理——人儿就在"家"里，既飞不了也逃不了，瞅闲回去看看也并非办不到的事情，何必整日里耗费心思地去写那些无谓的隐喻之言呢？因为他们都还只有二十来岁，又是在小荷刚露尖尖角的年代，即便是情书，也不能过于显露，更不能有那些卿卿我我的柔情蜜语。否则，一旦被人发现，笑话你不说，多事饶舌者仍会说这是资产阶级的什么什么。

姜承良的信渐渐少了，但他一闲下来就盼着放假。

暑假终于到了，姜承良甚至没有等到第二天，就急不可待地买票回家。同室的同学们见他心急火燎的样子，开玩笑问他是不是家里有个"她"等着。他急于掩饰便慌不择词，说自己从小在家惯了，离开这一段时间，心中非常想念妈妈。同学们大笑不止，说他撒谎也不动动脑筋，因为他买的车票不是回家的车站，而是他母校的地址，这就不能不引起好奇心极大的学友们的怀疑。

笑就笑吧，管他呢！姜承良当晚就乘车赶回县城一中。

县一中这时也放了假，老师们有的外出，有的回家，校园里安静得有点儿寂寞冷清，色调让人看了顿生一种凄凉的感觉。姜承良强抑着心中的兴奋与急切，一口气跑到李煜留给春玉的宿舍前，轻轻地喊了声"春玉"。喊声落处，房门洞开，春玉喜眉笑脸地迎了出来，从她那乐上眉梢但又平静坦然的神色上看,渴望姜承良的到来却并不感到意外。"回来了?""回来了!"没有寒暄,没有谦让,俩人几乎同时进屋,同时关门,同时拥抱在一起——亲吻,抚摸,相互传递着情与火。世俗的芥蒂在他们之间早已荡然无存,彼此所传输的,是完全超出物欲的真爱和灼热,相恋相思是一种被煎熬的过程,秋水望穿彼岸已抵,俩人终于涉过了人生旅途中的那道天河,幸福的泪水流淌吧,交汇吧,为什么谁也顾不得去擦一下抹一把呢?是醉了、痴了,还是让不期而至的巨大幸福激晕了?

也不来封信!春玉的额头蹭了蹭姜承良的下巴,轻声曼语,分明不是嗔怪。姜承良捧住春玉的脸颊,亲吻良久,顺手将将她额前的一绺头发,笑吟吟地说:人不是比信来得更快吗?

她笑了,他也笑了。她恋恋不舍地从他怀中离开,理了一下弄乱了的头发和身上的衣服,拿来脸盆,兑好水,用手试试凉热说:风尘仆仆的,洗洗脸吧。

天色渐渐暗了下来,这内外两间的宿舍里,晚上就只有他和她。四目相对,两心相贴,姜承良和春玉自晚饭后就在床上相对而卧,说一些离情别意,讲一些天南地北,有时细语,有时窃笑,有时也会在对方的肩上背上轻轻地拍一下。什么叫相互关爱,什么叫情真意切,今晚,这里,你可以凭想象去探究,去推测,去琢磨。入夜,刮起了小风,下起了小雨,小风小雨扫在门窗玻璃上,唰啦轻响,像妙龄少女在悄悄梳理秀美的柔发。小风小雨分明是给一对久别的小恋人伴曲奏歌,无数的情话尽管说下去,说下去,要珍惜这无限甜蜜的时刻。没有虚情假意,没有怨尤隔膜,纯真的爱意,清纯的情操,远胜肌肤之亲带来的感官愉悦。圣洁的岁月,纯情的恋人以一种近乎醉意的蒙眬相偎榻上,心内的美感与天堂情侣般的幸福享受,是人世间最最珍贵的。

两天后,姜承良离开春玉去父母那里。他不能待得太久,一是父母惦念,二是忌惮口舌是非——因为毕竟是在那样的年月。春玉一直将他送出校门,又送到车站,火车开出很远很远了,她还痴痴地在站台上立着。

　　暑假结束，姜承良从父母那里返校时又特意在小城下了车。俩孩子建立这种关系早是早了点儿，可青年们一旦坠入情网，又有什么办法？更何况他们自小就亲密无间天生一对呢。只是，姜承良如今已是堂堂大学生，而春玉眼下仍是代课老师，尚无固定职业，随着年龄的增长，青年人将来的思想、将来的变化，即使你有先见之明，有时也会给弄得手足失措。始料不及的事情自古数不胜数，他们之间又有谁能够保证没有变化呢？春玉喜忧参半苦恼担心了好长时间，最终还是无可奈何地摇摇头说：唉！忧亦无益，还是顺其自然吧。

　　姜承良返校后，来信明显减少了。此次暑假之行，他似乎是从春玉那里得到了某种保证和满足，再不那么思虑万千牵肠挂肚了。形式上他和春玉的关系渐渐疏远，淡化，两个人有所感觉但并不担心，因为他们的关系已经确定，当时的人一言九鼎，承诺如金，只要答应了的婚事，很少有中途悔约者。更何况他们是青梅竹马两小无猜长起来的，就差指腹为婚。

　　他的学习成绩也开始突飞猛进，从前二十名到前十名到前两名，又一个学年结束时，他已遥遥领先于原先的头名状元周兴馗几十分了。周兴馗百思不得其解，竟然鸡肚小肠到第二年整整一学期没有理他。老师和同学都夸他聪明绝顶，他也大言不惭地说：当然，我的智力就是比一般人强得多。他把自己的新成就写信告诉春玉，末了不无谦虚地说，我是不是太狂了？春玉回信道：不狂，你这人本就是一块搞科研的料嘛。

　　姜承良自从跨进大学门，就感到了一种前所未有的环境变化。这种变化是物质的，也是精神的。特别是在开放一年后，由于打破了以往多年来异性接触的禁区，男女同学之间可以交流、交往甚至有着半公开或公开的恋爱形式，使得大学的生活更加丰富多彩了。

　　姜承良是个高才生，小伙儿又长得精壮帅气，追求他的女生自然就纷至沓来。不过，有春玉在，姜承良的心里自然再也装不下任何女性，时间一长看出缘由，追求他的女同学们渐渐知趣退出。当然也有例外，一位叫苏静的女同学就咬定青山不放松。苏静的爸爸是位军队高级干部，苏静长相漂亮，家境充裕，自以为条件高别人一等，班里二十多个男同学，都在变着法儿地追求她，特别是侥幸升学的胡志强，更是咬定青山不放松，只要稍有空闲，便影子一样在苏静身边晃悠。不过，除姜承良和周兴馗外，她全不放在眼里。苏静放出话来，如果是在母系氏族社会，她有能力也有条件把这两个"葱花儿"一块儿招至麾下。

说真的，在许多女同学追求姜承良的最初，苏静并不掺和，那时她和周兴馗正热，因为两个人是从同一所中学考来，并且有着那种乍现又隐的关系，这种关系虽然不太明确，可同学们都有这样的感觉。感觉是正确的，那时的苏静，还真是从心里爱着周兴馗的。苏静的感情变化起自第二学年。入学的第一年，姜承良和周兴馗学习成绩只在伯仲之间。一年后，姜承良跃居第一，把周兴馗渐渐抛在后头。周兴馗自读书上学以来未逢对手，如今被姜承良压过，心里不服。不服也没办法，因为姜承良的实力在那里摆着。于是，他就拼命地学呀学。他加倍学习，姜承良也加倍努力，学年考试时，姜承良仍是全级第一。这使周兴馗大为恼火，不知是好胜心所致还是一时糊涂，当然最主要的还是没有褪去小孩子脾气，这位周兴馗仗着自己学过些三脚猫四门斗的，竟和苏静商议要教训教训这个小地方来的野小子。最为滑稽的是，身为女孩却同样幼稚的苏静竟也同意，由她出面把姜承良哄到一个偏僻所在，周兴馗从旁转出来，揪着姜承良的衣领当胸就是一拳：小子，从念书到如今，还没有一个能压过我的，你凭吗？

姜承良反手也是一拳：老子从来就是铁第一，不服你来啊！

二人在角落里扭作一团，周兴馗当然不了解姜承良的历史，也就三分钟，这位老夫子就躲在墙角落里蜷作一团。此事被一位路过的老师发现，大学生打架，丢人啊！于是在班里连着批了他们三天，并命他们当众检查后重新和好。真是应了那句不打不成交的俗话，谁也没料到，这对冤家事后竟成了最要好的朋友。

原计划看热闹的苏静目睹了这出好戏，她是个感情容易为激情所代替的人，自那以后，她越来越觉得姜承良不光才学出众，长相上也比周兴馗更加高大英俊，当即决定丢下周兴馗转而要把姜承良"擒获"。她放出话来，姜承良是块冰，她也得把他含在嘴里暖成水；姜承良是块铁，她也要用爱情之火把他熔化。这是个真诚忠贞到固执的女性，认准了的，便锲而不舍。接近姜承良的借口或者说理由当然很多，比如略施小计和另一位女同学调了座位，姜承良便与她成了邻桌；再比如明明简单的书本内容，总是三番五次地找姜承良讲解。讲解完毕，欲离又停，沉思半晌莞尔一笑：承良，你真行，真棒，真让人……语言表达是一种艺术，有时直白具体倒不如欲言又止让人产生无限遐思。然而，苏静示爱的意思却不能为对方所理解，承良可以说是心无旁骛，因为他有春玉。窜改一句古典名诗也许能够说明这个道理——承良不解苏静意，只缘心中有春玉。

女人的爱总是纯真、执着甚至火热可怕，承良越是这样，苏静就越发苦思冥想夜不成眠。她挖空心思探究原委，终于从胡志强那里得到不无添油加醋的消息，这个才貌双全的姜承良早已心有所属，他有个同样是才貌双全的小师妹，那个女孩是他的心、他的命、他人生相随中的全部。苏静先是失望，继之振奋，她想到小时唱过的一首歌：幸福不会从天降，社会主义等不来。于是，信心油然而生。出生在大城市并且从小生活在大机关里的女孩子，对于舞厅和舞伴不算陌生，也依稀记得父母曾经开玩笑似的说过，他们的爱情就是在舞厅里跳舞产生的。柳暗花明，巧计陡生，新时期到来了，这个驰名全国的高等学府难道还要继续死水微澜下去吗？她找到校委会，提出开拓舞厅的要求，这要求合情合理，校委会当即答应，同时把这个任务直接交给了作为学生会文艺委员的苏静。苏静喜出望外，很快动员同学们将昔日的小会议室腾出来，每晚邀了男女同学到小会议室里举行派对式的舞会。对事物总是充满着好奇心的姜承良，在苏静的撺掇下，不长时间也成了舞厅的常客。而承良的舞伴，自然是非苏静莫属了。

苏静兴奋得快要糊涂了，她曾经学过跳舞，也在机关舞厅里跳过，

72

温故知新，舞技越来越进步。承良在她的多日"调教"下，基本也掌握了舞技，俩人鸳鸯同步，在别人眼里几乎是天造地设。苏静比姜承良矮，只好伸左手搭在承良肩上，承良右手轻轻抚着她的后腰，一边晃动着身子，一边轻盈地迈动着脚步，看上去挺利落，也挺潇洒。承良仍旧算不得舞场高手，只能在苏静的引领下左腾右挪，间或迈错了步子，就冲苏静发出抱歉的一笑。苏静幸福得发晕，因为暗淡灯光下，承良的这一笑实在是太美了。承良也开始注意着苏静。承良的神情变化没有逃过苏静的眼睛，她终于相信某部小说里所描写的一个场景——虽然隔着衣服，仍可以产生那种近乎贴肤的感觉。苏静有点儿把持不住，搭在承良左肩上的手渐渐抓紧，一直与承良相握的右手也在悄悄往怀里拉。承良似乎没有反抗却有反应，晃动着身子摆脱之余，脸上还微微显出羞赧之色。苏静明白"过犹不及"的道理，赶忙不失时机地降低了企图亲昵的级别，左手放松，右手的拉力也随之减小了。

看到苏静对姜承良毫不掩饰的爱情攻势，周兴馗摇头叹息着，说了声"天生的水性杨花"，就一头扎进书堆里去了。苏静的父亲现在已是某军区的领导干部，这位女学生又长得高矮适中，一张圆脸红扑扑亮闪闪，眼睛虽小但颇富神采，周兴馗放弃之后，胡志强更加着迷。胡志强着迷的原因很明确，苏静的父亲是大官，他明白自己的分量，将来的路途中要想发达，就得背靠大树好乘凉。可是，面对他的百般殷勤，苏静却视而不见，反倒一有机会就主动靠拢姜承良。这一来，胡志强就不单单是吃醋的问题了。胡志强矢志不渝，声言自己无论人才长相还是智商情商都不在姜承良之下，即便是傻狗撵月亮，也得把月亮撵得褪了色。总之一句话，对于苏静，他要势在必得。

这是所解放前的教会医学院，无论师资还是设备，当时在国内都是一流的。教室、实验室、宿舍甚至学生食堂，都是古典风格的欧式建筑。铺着花砖的甬路两旁是翠绿的冬青和修剪整齐的马尾松。操场里，用于学生课间锻炼的体育器材一应俱全。学院的边缘角落里，是飞檐斗拱的休闲亭、悦心阁。东侧一片不大的清可见底的湖水，湖岸石砌砖镶，岸边如发垂柳下是间隔有序的白色连椅，学生闲暇期间可以坐在连椅上读书、消遣或谈情说爱。自然典雅，落落大方，整所校园透着一种未经雕琢的古朴和无与伦比的安详静谧。

姜承良顺着湖边往北走着，边走边低头思索近来突然发生的一切。先是报纸上掀起一片讨伐社会渣滓的声浪，继之学校就收到了有几个男女学生被拘捕的通知。事情发生得很突然，无论学生还是老师，一夜之间都被这突如其来的局面乱了阵，花了眼，同学或老师谈及此事，总是四目相对，欲言又止，一脸的茫然。

此刻，顺湖而行的姜承良正在考虑苏静下午给他的建议——他们已经毕业等待分配工作了，这个周末应该叫上全班同学到艺术学院的歌舞厅放松一下。就在这时，苏静、周兴尪和胡志强等人迎着姜承良走过来，他们都是"临时俱乐部"的成员，几个人站在湖边计划商议了一番，最后姜承良语气肯定地说：就这样吧。

随着人数的增加，原来的小会议室渐渐容纳不下诸多的舞者。到后来，大家只能按先后次序轮流上场了。不久前，高年级的同学们接受了苏静的建议，逢到周六下午或晚上就去附近艺术学院的歌舞厅里跳舞唱歌。舞厅是娱乐的所在，也是男女谈情说爱的理想场所，这样的活动年轻人谁都喜欢参加，精力充沛性情活泼的姜承良自然也不会放过。

艺术学院歌舞厅设备相对专业，舞厅内，风格迥异的音乐从各个角落喇叭里徐徐飘出，汇集交融到一起，时而是流行乐，时而是民乐，时而换作美声，时而又转为低沉忧郁的教会圣歌。形式多样却着实迷人，给舞厅内的青年男女一种如幻似梦的感觉。承良和周兴尪、苏静、胡志强等十几个同学几乎是每周必去，时间长了才发现，每晚来娱乐的并非只有学生，还有社会上一些不务正业的年轻人，他们穿戴奇异，蓄着小胡子，留着长发，行为举止甚为不雅。

苏静是个热情奔放的漂亮女孩，正好成了这几个人的猎获目标，先是有意搭讪，继之动手动脚。苏静避开他们，他们却穷追不舍，有个长着猴子脸的家伙竟借寻找舞伴之机，搂住苏静亲个不停。苏静推开他，他又凑上来。周兴旭无意中发现此情，及时走过来邀了苏静跳舞，那"猴子脸"愤愤地瞅着周兴旭，嘴里低低地骂着。周兴旭只作没听到，那晚的舞会进行到一半，周兴旭走到姜承良跟前说了些什么，姜承良点点头，招呼同学们提前回学校去了。

　　此事发生以后，老成持重的周兴旭提议不要再去艺术学院歌舞厅，可以另找娱乐场所。姜承良却不介意，说，都是长胳膊长腿的，谁怕谁呀。我们去娱乐，他们也是去娱乐，井水不犯河水，谁碍着谁了。他坚持要去，苏静当然跟着。周兴旭无奈地叹口气，然后滑稽地双手合十对天祈祷：阿弥陀佛！

　　周六晚上，按照白天的约定，姜承良和班里的大部分同学按时走进艺术学院歌舞厅。真不错，歌舞厅里除了艺术学院的同学们外，那伙人并没有来。周兴旭暗暗庆幸，笑嘻嘻地对姜承良和苏静说他的"阿弥陀佛"起了作用，今晚可以放开身心地载歌载舞。岂料舞至半酣，那几个流里流气的青年人又不期而至，并且径直奔向苏静的身边。苏静正和姜承良跳舞，丝毫没有介意这些不和谐的音符，他们的胳膊同时被几只手抓住拽向两边，距离也身不由己地被迅速拉远。猴子脸的青年似乎很礼貌，他朝姜承良微微一躬道：兄弟，有福不能独享，让我们轮流和这位漂亮小姐跳几曲行吗？

　　姜承良看看苏静，苏静面无表情。姜承良点点头踱到一旁，饶有兴趣地看"猴子脸"和另一个长发青年轮番拉着苏静跳舞。苏静的舞姿真好，体态轻盈，快慢有致，两目微眯，脸上始终漾着怡然自得的笑容，引得众多舞伴不时扭头观看。姜承良暗想，难怪这几个青年专门找她跳舞，这个苏静实在是个艺术天才，既洒脱，又美艳。过了一会儿，周兴旭忽然走到姜承良身边，轻轻拽了他一把，低声说：姜承良，你看看苏静时的前后左右。

姜承良一怔：怎么了？

周兴馗附耳道：这几个人虽然各有舞伴，但他们始终围着苏静转。

姜承良仔细一瞧，可不，和"猴脸"一块儿来的那三四个青年虽然各有舞伴，但他们的心思好像不在跳舞上，而转过来旋过去故意朝苏静身上蹭，那个"猴脸"则不时地将身子往前一耸一纵，和马戏团里的猴跳圈没啥不同。姜承良正想说什么，就听苏静发出一声惊叫：你，不正经！随之离开"猴脸"朝姜承良和周兴馗这边走。苏静还没走到姜承良和周兴馗跟前，那几个人就各自丢下舞伴赶过来，一个"小胡子"边走边尖声叫道：怎么，不给面子呀，我们大哥配不上你个妮子咋的！"猴脸"指指身后一个穿得花里胡哨的高大青年，要他伸手拉苏静。姜承良一横身挡在中间：同志，这是公共娱乐场所，不要太过了。

周兴馗害怕事情闹大，连哄带劝拦住两个人。

一场舞会不欢而散。

事情发生在五天之后，当姜承良他们如期走进那所歌舞厅时，一支乌七杂八的队伍也迎面出现了。这些人有备而来，他们不是娱乐，而是找碴儿。这些人分成两拨，一拨挡在姜承良等人面前，另一拨拽起苏静就走，姜承良等人岂肯答应，双方先是理论，继之推搡，最后便大打出手了。那边人多势众，并没把医学院的学生放在眼里，然而"战局"一开，这些人就后悔莫及了，这个看上去并不高大威猛的姜承良四肢就如四条铁棍，一顿手脚，轻描淡写地就把他们揍趴下了。面对如此情景，这些人先是惊骇，继之惊慌，很快溃不成军。

那个穿着奇异的高大青年见此情景，忽然从怀里拽出一把菜刀挥过来，姜承良连忙把周兴馗等人推开，自己迎着菜刀冲上去，在人们的惊呼中，也没看清是怎么回事，对方的菜刀竟就被姜承良夺下。那青年怔了怔，一拳捅向姜承良的心窝。姜承良身子后仰的同时，右脚嗖地弹了出去，只听对方惨叫一声倒在地上，身子抽搐，口吐白沫，三五分钟竟就气息奄奄。

舞厅里响起一连声的嘶叫：杀人了，杀人了！

艺术学院负责保卫的工作人员冲进来，问清原因，先打电话叫来救护车，随之便将姜承良带走了。

## 8

那天夜里，在春玉的再三追问下，姜承良终于道出实情。

被他不慎打伤的那个人，是当地流氓团伙的一个头目。尽管流氓团伙的头目死有余辜，姜承良仍旧负有故意伤人之罪，他要被判刑，说不定要被判极刑。刚过弱冠之年的他不想死，他的同学也不想让这个天才青年死，一直苦恋承良的苏静更不愿让为保护自己闯下大祸的他死。十几个同学集中在一起，托熟人，找关系，变着法儿地请求公检法对姜承良从轻处理。各种形式的举措齐头并进，加之当时的司法程序尚不健全，犯了罪的姜承良便被公安机关象征性地关在一处临时看守所里。不知看守人员是感激姜承良无意中为地方治安立了一功，还是疏于警惕管理，总之姜承良瞅了个去厕所的机会，以他敏捷的身手翻墙逃遁。临时的逃脱并非永远的平安，出于职业责任，公安局对他开始追捕；那个流氓团伙的成员，也借机组织起来对他进行报复性追击。

一个人特别是一个青年人智商的高低，不能单单看他在校的学习成绩，重要的是看他如何判断、决定、处理将要发生或者已经出现了的问题。春玉听了姜承良所述经历之后心中就已感觉到，自己这倾心爱慕的男人恐怕是在劫难逃。她当时之所以不敢明言断定，首要的是怕姜承良精神上受不了这种打击，再就是心存侥幸盼望着奇迹出现。因为世间诸事千变万化，先还是"山重水复疑无路"的境地，偶然一转，往往是"柳暗花明又一村"。她之所以在姜承良身体恢复之后就毅然决然地以身相许，当时也是出于这种考虑，既有要鼓起对方生存下去的勇气和希望，亦有不顾一切要与命运搏一搏的意味。在她年轻的心中，天下除却姜承良之外，再不会有第二个男人可以匹配自己。干脆一不做二不休，在这尚可弥补以往、将来之际，当机立断地做完人生的永久。这样，即使姜承良将来难免不测，她也就永远是他的了。要得到的已经得到，并不在乎时间的长短，也不在乎形式如何。彼时独身一人，不也照样度过一生吗？

尽管承良顺利逃脱，春玉仍旧日夜担忧。因此，她隔几天就进城一趟，借口去学校清扫父亲的宿舍，实则是找相关人员探听承良的消息。

这天是周六，春玉再次进城，住了一夜，周日下午匆匆返回。早饭之后就刮起了东南风，午后风势加大，越刮越猛，城内沿街有些商店门前挂着的广告横幅哗啦作响，一阵轻一阵重，喧嚣抖索，沙啦沙啦像刮割着谁的肌肉，让人听起来惊悸怔忡。街上行人很少，几乎没有车辆，进出商店的顾客稀稀拉拉，往日繁忙的街道上此刻显得有些空旷。李春玉出城后，为了尽快赶回学校，抄近路从县建材厂穿过去。建材厂的面积很大，西边一条大路通着县城，东边一条小路通往南去的土石公路。因为东去的路是小路，两旁被挖掘了的凹地就成了倾倒灰渣的地方。此刻，这里碎砾遍地，灰沙漫天，莫说与城内相比，就是和西边的厂区相比，也明显是另一种天下。东南风将灰尘从远处刮过来，春玉不得不时时拢拢头发揉揉眼睛。待到拐过厂区办公室，忽听轰隆一声响，东南风裹着一股强烈的炉灰味迎面向她冲来。她连忙跳下自行车把脸偏向西边，以躲开这灰尘的呛味。过了很长时间，烟尘才慢慢散尽，只见前边二十米开外的地方，一位清理工正在磕打灰车。那人头脸衣服沾满了炉灰，像才从灰堆里爬出来似的。春玉走到他跟前时，他恰好转过身来，望着春玉身上脸上的灰尘，突然显出十分紧张的神色。他张着嘴，喘着气，炉灰已将牙齿和嘴唇沾满了。尽管如此，仍旧可以看出他的表情惶悚而悔恨，像是自己凭空作下了弥天大孽。他想解释却一时间什么也说不出来，就那么诚惶诚恐的大约一分钟，这才断断续续地说：春玉啊，没看到你过来呀！

春玉听声音知道是于书南。

在当时，尽管这沽既脏且累，但一般公社社员仍旧求之不得。原因就是能够挣到每月三十多元的工资。在当时，这三十多元虽然单是吃饭就黄瓜打驴去一半，但终究还是一笔让人羡慕不已的收入。一个家庭的油盐酱醋煤，串亲交友买礼品，只要算计得仔细，余下的十几元钱却也绰绰有余得近乎奢侈了。因此，那年书南父亲去世后，他能在建材厂谋得如此工作，就使许多庄乡邻里的小伙儿们看得眼热。

春玉走到书南面前，只勉强喊了个哥，就好像忘记了下边应该再说什么话。书南心中一沉，忙从腰带上拽下毛巾抖了抖递过去。春玉机械地接过毛巾甩了甩，轻轻掸拂着身上的尘土，很明显是在极力稳定自己的情绪。好半天，她终于说出了话：书南哥，你这活儿可是够脏够累的。

书南听她话音闷重，就像敲击盛了水的铁桶，就更相信自己判断正确。他一时也不知说什么好，只好顺着春玉的话茬儿往下接：嗨，有活儿干就有饭吃，脏点儿累点儿算得了什么。好歹下了班时间就是自个儿的了，愿去干什么都行。

春玉仍旧默不作声地掸衣服，书南就想用话冲淡一下这沉闷气氛：春玉呀，只要有个自由身子，比什么都强。你说是吗？

这道理他是从一群犯人身上得出的。那次为了突击生产，厂长往上打了报告，县里和公安局协商，将南街监狱里的犯人弄来运土。这群犯人一上午累得直不起腰，可中间小便午间吃饭，旁边还有人拿枪瞄着。书南说完那话蓦地停住，因为他分明看到，春玉突然停止了手里的动作，两眼定定地望着他，那一对好看的圆眼里，也悄悄地泛起了泪花儿。

书南说：春玉你怎么了？岂料这一问，春玉竟就放声大哭。春玉一边哭一边断断续续地告诉他，说承良出大事了。原来，县公安局林局长原是李煜的学生，春玉此次进城顺便是去林局长家探听消息，林局长知道她和姜承良的关系，便毫不隐瞒地告诉她说姜承良可能已经被抓，但还要进一步证实。书南听后惊得半天无言，虽然他早就知道姜承良藏身学校的情况，可万万没想到这位弟弟刚刚脱身便被抓了。他只好安慰春玉，既然林局长说尚待进一步证实，这就说明事情远没到板上钉钉的地步。更何况即使承良被抓，案子也有峰回路转的可能。书南嘴里这么说，心中却虚悬得很，他暗暗嘀咕，真是福无双降祸不单行啊！

原来，眼下让书南悬心的远非春玉一人，还有他的媳妇、他的孩子——当然也包括他自己。媳妇在十天前忽然接到东北那个林业局的来信，说是她父亲当年被树砸死是一种派性阴谋，让她火速赶回去，一是为父申冤，二是可以由林业局安排一份称心的工作。这是一个喜讯、一种诱惑。婚前书南曾经认真征求过女孩的意见，说她此番回来就是农村户口了，如果心中有碍，可以退婚。媳妇对书南很诚心，她说嫁狗随狗，嫁鸡随鸡，既然夫君是农民，她当然也要跟着当个乡下媳妇了。书南听她如此说，整整激动了半个月，见人就夸媳妇通情达理心眼好。书南原想带着媳妇再回关外，但父亲执意不回，看看家乡生活日渐好转，想想东北冬日里的冰天雪地，在哪儿都是下力挣钱吃饭生活，况且总觉得"月是故乡明"，也就安居本地"乐不思蜀"了。如今，儿子明刚已经三岁，媳妇在生产队里劳动，他在建材厂里做工，有里有外有吃有花，小日子倒也富足快活。书南十分疼爱妻儿，每逢发了工资，总要买点儿稀罕物给他们母子带回去。他自己呢，却百无嗜好，不要说吃吃喝喝，即便一角八分钱一盒的"灯塔"，也从来舍不得买半盒。有人说他小气，他笑笑说：小气就小气呗，吃饭穿衣量家当嘛！

麦后，媳妇说看到人家穿的"凡尼丁"裤子挺好。媳妇说好，当然就是想要。书南记在心里，就到处寻找。只是这种布在本地很是紧俏，莫说乡下，城里也轻易见不到。为了满足媳妇的愿望，书南特意托春玉回城时留意，一旦有货，马上告诉他。今日他回到家中，发现媳妇神色有异。因为媳妇一向待人接物落落大方，丝毫没有一般女子常有的忸怩拘谨。那日不同，她见了书南神色惶悚，口气犹豫，嘴张了几张竟然没有说出什么。这使书南敏感地察觉到，她一定有什么事藏在心里。

在书南的再三追问下，媳妇终于说出了实情，也道出了自己的想法。她决定重回东北，说是到了那里安排好了，就来信让他父子也去东北生活。书南无奈，只好依她。媳妇到了那家林业局后，确实出人意料地很快安排了工作，虽是家属工厂的缝纫工，可到底还是每月有固定收入的。媳妇确也来信要他父子去，然而，于书南此时的工作顺心遂意，父母的遗骸更是难舍难离，无论如何，书南不忍心离开这个家，一时便拖了下来。岂料天有不测风云，前几天媳妇突然又来了信，直截了当地告诉书南，要他不必再去东北。说是那里不能给他安排工作，他去了也是吃闲饭，她自己一个人的收入养不起三口之家。书南刚想去信要求她回来过庄户日子，媳妇的第二封信又到了，随信寄来的还有一张照片，照片上一个年龄不小的男人和媳妇并排坐在一起。信中明确宣布，她不再跟书南过下去，如今，她已经是另一个男人的女人了，要他好自为之。书南气得发昏，可又没有办法，因为当时在东北，人们对结婚需要登记之类的手续并不看重，只要两家父母同意，中间有个媒人，到时两家人坐到一块儿吃顿饭，铺盖卷一搬就算成了婚。所以，书南当初结婚时就没顾得领取结婚证，如今弄到这步田地，要打官司也没有证据。

为什么要打官司呢？书南想了一天就想通了，媳妇已是他人之妻，即使将她讨回又有何益？人走了不要紧，关键是她的心。相聚一处时，千情百意爱无尽。离开月余，便恩断义绝无所顾忌。这种夫妻关系算什么？这又叫什么夫妻？

人就是这样，遇事想得开，心情就舒畅；想不开，就郁闷。书南算是想开了，他连信也没回，只将那照片放到炉子里付之一炬，便决心自己带着儿子明刚活下去，信心百倍地活下去，义无反顾地活下去。于书南把明刚托付给邻居大憨嫂子照管，自己每天照常上班、下班，心中只有一个念想——他年有幸，让那个连亲生骨肉也不顾了的负心婆娘看一看，这就是我于书南。


一个月后，春玉从林局长那里得到从省城传来的确切消息——姜承良被捕认罪伏法，可能要判重刑。这消息得到确认后，李春玉丧魂失

82

魄，几乎精神失常。多亏书南极力劝慰，她才没有惹出更大的是非。然而，只过了十多天，省城里又传来了消息，说是姜承良打伤的那个人不治身亡，作为反面典型，一位中央首长在讲话中还专门提到了他。鉴于此，他被判了死刑。听说正在监狱里押着，后来又得到消息，说姜承良不日将被处决。

姜承良将被处决，这似乎成了既成事实。春玉一连四五天不说话，有时常到井边探头探脑，那意思是不想活了。乡亲们搞不清原因，就到公社教育组汇报，教育组怕发生意外，便送她到医院检查。医生再三诊断，最后确诊是抑郁性精神病，说这种病多见于青年人，常伴有妄想狂的症状。乡亲们看她确也如此，放心不下，大娘大嫂们就轮流来陪伴着，书南自然也是经常来看望她。

其实，春玉什么病也没有，她是被这骤然而至的噩耗打击而弄得心昏神蒙了。她没有吃药，只是每日里静静地坐在屋里，想一会儿，在纸上画几下。她所画的完全是些符号形的东西，别人纵使天资聪颖，也看不出个中含义。因此，与她相处的人们，就越发认定她是抑郁性精神病。

听说春玉病了，已经成了公社教委主任的吴仁带了礼物来看她。春玉明白他醉翁之意不在酒，但吴仁的借口却让她无话可说，一是出于同事之情，二是出于对下属的关心，无论从哪方面讲，春玉都没有理由拒绝他。然而，来过两次后，他就开始动手动脚，春玉忍气吞声地躲避着，找各种理由不让他接近自己。那次吴仁兽性大发，猛地抱住春玉亲吻，女人发了怒后，力气竟是出乎意料的大。春玉急了，她挣开吴仁的双臂，一下子把他搡倒在屋门口。吴仁惊愕地看着春玉，就像一条饿狗看着一块肥肉不能到口一样龇出了牙：好，好，你等着，一个出身有问题的单身代课教师，我就不相信能逃出我的手掌！

吴仁狼狈地走了。

吴仁并没有怎么着春玉，而是在一天夜里又来找她。

那天夜里，春玉正要蒙眬入睡，有人轻轻地敲她的窗户：春玉，开门!

春玉忽地坐起来：谁？

外边的声音很低：春玉，我真的放不下你，求你看在我一片真心的分上……

春玉又惊又怕，她壮着胆子斥道：吴仁，你别没人肠子，告诉你，我不是你想象的那种人。你马上离开这里，我什么也不对别人说，否则明天我就去公社告你，让你臭名远扬。

吴仁阴阴一笑：我说春玉，什么年代了你还说这种话，你告我，别人能信吗？弄不好你还落个腐蚀革命领导干部呢！快开门，有话咱俩好好说。

屋里一片沉寂。

吴仁以为春玉让他说动了，便敲敲窗户说：快开门，我到门口等着。

屋子里却传出春玉与平日里的温柔娴静极不相符的厉声斥责：吴仁，你再不滚我可喊人了。来人啊——

春玉真的喊叫起来。

吴仁并不慌，他低声说：我知道你不是不想，是不好意思。好，好，我以后再来，以后再来，你仔细想想。

窗外一阵轻轻的脚步声，有翻墙而出的声音。

春玉跳下床来，用一张桌子把门顶上。

春玉坐在床上，一夜未眠。

第二天，春玉把昨晚发生的事情告诉了于书南，没想到书南只是"嗯"了一声，什么话也没说。可是十天后她去公社参加一个什么会时，却发现吴仁意外地没有参加。有人说吴主任夜晚酒醉跌断了腿，有人说腿倒没断，只是跌得鼻青脸肿的，嘴也磕豁了，没法见人。于是，这会就由副组长主持了。

春玉回到于家屯对于书南说及此事，书南轻轻笑了笑说：我打的！

春玉惊奇地瞪着眼睛：你打的！

书南说：自从你告诉我那件事后，我天天晚上在学校周围转悠。那天夜里我看到一个人蹬着自行车在爬学校的墙，料定是那王八蛋，我便装作村里巡夜的跑上去一看，果然是他。他想跳下车来逃走，被我揪住拽下来，拽到一个僻静处狠狠揍了一通，末了还给他脸上留了个记号。

春玉说：你把他的嘴打豁了？书南摇摇头说：我没打他的嘴，是他自己骑车逃跑时跌下来磕豁的。春玉感激地望着书南：书南哥，有你保护，我再也不怕歹人了。

书南叹口气：唉，还是自己注意保护自己吧。

在春玉以最安全不过的沉默方式渡过难挨的精神压抑期后，她在一夜之间完全换了容颜。她不再闷在屋里冥思苦索，而是像以往那样和乡亲们有说有笑了。乡亲们终于放下心来，齐声赞颂医生"妙手回春"。谁都知道，青年人患上这种病十有八九疯癫到老，春玉恢复如此之快，不能不使人们对该院医生的医术连连称道。

$\mathscr{9}$

秋风秋雨终于召来了冬天，人们没有想到，这个冬天竟是如此的酷寒。东北风整日里刮呀刮的，天地都给刮得一塌糊涂了。终于刮来了雪。但又不是那种洁白秀美的雪花儿，而是硬邦邦铺天盖地的霰粒子。霰粒子像铁沙散鞭般地抽打着这个本就痛苦不堪的世界，这个世界的生灵们为了能够继续生存下去，只好硬着头皮和它抗争。该下地的还得下地，该做工的还得做工，他们不能因为天气的恶劣就退缩屈服，更不能因风雪透骨就躲进小屋。

于书南下班回来时天已黑了，他从邻居大憨嫂家接过明刚，仍旧没有忘记说几句感激不尽的话。他将孩子放到炕上，顺手将捎回的花生糖果掏给他。自从孩子的母亲一去不复返后，书南的爱心就全部倾注在明刚身上了。他宁肯自己少吃少用，也要竭尽全力照料好儿子。他已经听不得孩子的哭声，哪怕是孩子那小嘴儿里一声习惯性的"妈"，都会使这个越来越沉默寡言的汉子肝肠寸断。他在建材厂里是清理工，近水楼台先得月，废渣煤核儿自然是弄得到的。故而，他屋里的煤炉子常生常燃，这在当时的乡下冬寒里是难得的福分。他把水壶放在刚刚拨旺了的炉子上，正盘算晚上给明刚做点儿可口的，门外忽然有人喊他。细听，风雪中传来的竟是春玉的唤声：书南哥，你出来一下！

书南愣了愣，慌忙走出去。果然是春玉，他赶紧把春玉让进屋。不知是天冷还是有病，春玉的脸显出一种暗褐色。这让书南吓了一跳，忙问她是怎么了。春玉似有难言之隐，迟迟疑疑地说不出话，书南就越发感到奇怪。他再次追问，不料一向性格刚强的春玉却哇地哭了。书南更加惊慌，让她坐下喘口气，说：有什么过不去的事情呢，这个样子。这年月，有什么可怕的？什么都不用怕，天塌下来有大个子顶着。春玉抻了抻，低声跟他说：书南哥，我在你面前也不嫌丢人，实话实说吧，我怀孕了。

书南脸色一变，但随即压下心中的慌乱，口气和缓地问：真的？

春玉点点头，说自己的事情自己清楚。她见书南不发怒，不嗔怪，也不追问是谁的，很有些奇怪地抬起头来望书南，只见书南脸带愁容双眉紧锁，那表情显然是在紧张地进行着思索。好半天，书南突然低声道：也好，这样姜承良总算是有后了。保住他！

春玉万分意外地问书南怎么知道是姜承良的孩子，书南叹口气摇摇头，什么话也不说。春玉是何等的聪慧，立即想起了书南那次十分专注地看她里间门的情景，又蓦地记起那次夜送姜承良回来时，前边那辆总是保持距离的自行车。她明白了，书南哥一直在保护他们俩，只是他们没有察觉罢了。一种发自内心的崇敬和亲情油然而生，春玉几乎都要给书南跪下了。她抽咽着说：书南哥，你是我的亲哥，在这个世上，我还有亲人，我不绝望，不痛苦。可是，我这样下去，怎么见人，怎么生活？书南哥，我活够了。真的，是活够了。

书南大吼一声"胡说！"把春玉吓住了。自他们接触到现在，春玉从未见他这样气愤过。她一下子呆住，继而又哇地哭了。

外边，风雪依然呼啸飘洒。屋内，这两个患难兄妹在思索着如何逃出眼前的死亡谷。是的，这种情况下就等于跌进了死亡谷，你若不想死，就得千方百计往外爬。那年月，刚刚从桎梏中走出来的人们并不开放，特别是在旧观念非但没有截止反而得到延续的年代里，一个姑娘突然怀了孕，别说庄乡父老白眼相涮，便是公社机关或是一些组织也不会放过你的。游街示众自然难免，脖子上给你挂双破鞋边走边让你叫唤也是常有的。多少有失检点一时失足的女人因受不了如此羞辱而轻生撒手尘寰，多少青年为此含怨茹恨背井离乡逃往东北深山。春玉她难以超然物外，类似的对待确确实实地也在等着她，她能不害怕、不羞惭、不忧心如焚吗？一个女子不到生死关头，也不会将这种事随意说给别人的，哪怕对方是她最亲最近的人。更何况丁书南还是世交朋友关系呢？

书南觉出了分量的沉重，他面上平静，心中焦灼，在屋子里来回兜着圈子，想着，不时地长舒一息，像是驱除沉积胸中的郁闷，又像调整自己的思绪。好半天，他仍旧苦无良策，只好对春玉说：妹子你先回学校吧，办法自会有的。

鲁莽的冲动终于为理智所重新羁押，春玉相信书南的话，这种相信来自尊敬和信任，是时间与真挚交融熔化后铸成的。她擦了下眼睛起身要走，坐在炕上的明刚突然叫她：姑姑，抱我！

另一种心情代替了刚才的苦恼，春玉赶紧抱起幼小的明刚，嘴里说着可怜的孩子，一边流泪，一边在明刚脸上不停地亲着，亲着。她以往也常常抱着明刚玩，但像今儿这种独特的心情还未曾出现过。明刚被她亲得挨不住，突然奶声奶气地喊了声"妈"。春玉一下子怔住，她下意识地扭头看书南，书南仍在屋里来回地转，她忙把孩子放在炕上，说了声"刚儿你自己玩吧"，然后就转身走出去了。

外边，风越刮越大，书南院子里那棵干了尖的老杨树呜呜儿乱响，如警笛般直拉人的耳膜。书南望着结满冰花的窗棂子，心中七上八下。春玉的身影总是在他面前晃来晃去，刚才她出去时又是那般魂不守舍，如果发生意外，自己怎么对得起姜承良，怎么对得起死去的恩人李伯伯啊？想到这里，他再也沉不住气，哄着明刚入睡后，便反锁上门走到院子里。这时，天空中已经飘起了真正的雪，是那种图案精巧的雪花，纷纷扬扬，被风裹挟着，天地间一片混沌，四周白茫茫一片，看样子已经下了很长时间了。风和雪相辅相助，搅得整个世界都在抖索。东墙根处旋起高高的雪凌子，南边柴垛上捂满了雪，雪和柴垛掺混在一起，像长毛怪兽似的在那里卧着。书南打了个寒战，掩掩身上的棉衣，脚下踩着吱吱作响的积雪，打开院门径直朝学校里跑去。

学校对面有一高崖，书南爬上高崖正好望到春玉住的屋子。他看到，春玉窗子上有灯亮，窗子上一晃一晃似乎活动着春玉的身影，因为风雪遮蔽，他并没有看得很清。但看到窗上射出的微微的光亮，这就足以让书南放心了。隐隐地，他似乎又听到了春玉一声叹息。只这一声，就如电流火花一样击中了他，使他刹那间又生出一种奇怪的感觉。一种负疚感驱使着书南跌跌撞撞地从高崖上跑下来，径直朝学校门口跑去，他想闯进学校和春玉说点儿什么，否则，他心里堵闷难挨。可是，就在他将要撞上校门的门板时，脚下一滑跌了个跟头，待到爬起身来，心里又清亮了许多：唉！真冒失，天晚夜深，有什么话不能明天说呢？

书南一时间还不愿离开校门口，他想听听春玉有什么异样的动静，虽然看到了灯亮，说真的他仍旧害怕这个小妹妹会想不开而发生意外。这时，入夜的风雪更大了，他就立在校门口，任积雪埋住他的鞋袜，任朔风吹乱了他的头发，望着几乎冰冻了的木板门，就那么立着，久久地立着。融化的雪片在他头发上结成小小的冰凌，偶一摇动，便簌簌掉落。

人生难得一知己。这句名言如今已经传遍了天下，人人都在寻知己，可是"知己究竟在哪里"这句话又是谁说的，谁问的？

在这风雪夜里，春玉始终不能安静入睡，在屋内来回踱了许久，她便倚在床头的柜橱上，苦思冥索着如何摆脱眼前的困境，可是，直到弄得头晕目眩人发昏，也没想出个好的办法。昨晚她在书南面前和盘托出自己的隐秘，也曾尴尬，含羞，担心，顾虑，可是，在这样的年月里，又是这种稍有不慎便惹出塌天大祸的事情，不和淳厚善良的书南哥说说，难道还会有第二个人替她解脱吗？没有，绝对没有的，无论是自己的同事还是父亲当年的朋友，此时此刻都不能替她遮风挡雨，唯有他，这个自小就心息相通的书南哥可以依赖，可以相托。别看他昨晚沉默不语，可他一定能想法儿使自己渡过难关的。就像前不久告诉书南吴仁在欺凌她时一样，书南哥虽然只是轻轻地"嗯"了一声，却在不声不响中恰到好处地为她解了围，消了灾，让她在近乎难以琢磨的梦魇中挣脱出来了。

春玉把头靠在橱柜上眯起眼，她要歇一会儿，她实在太伤感太疲惫了，哪怕能睡一分钟也好，否则，尽管年轻，身心也会在很短的时间内垮掉。她努力使自己镇静，竭力排除情绪上的袭扰，她想让大脑一片空白，这样或许能得到片刻的小憩。果然有了效果，她开始迷迷糊糊并好像蒙眬入睡，身上也感到说不清的轻松和踏实，终于可以歇一歇了，终于……就在她即将进入梦乡的霎时，她忽然打了个激灵坐起来，因为她听到窗外有人咳嗽了一声，那么熟悉，那么亲切，那么让她曾经梦牵魂萦——这分明是母亲的咳嗽声，一点儿不错，母女连心，她听得千真万确，就是母亲在咳嗽。春玉光着脚跳下床，三两步跑到窗前掀起窗帘朝外看，可是，外边地上光亮如月，一个人影也没有啊。她仔细地盯着地上，地上坦荡如砥，一片的积雪，窗上一阵凉气袭来，春玉唰地打了个哆嗦，她失声喊了句"妈"，双肩剧烈地抽动着趴在窗台上哭了。

第二天，雪停了，风仍在刮。大风将尚未结痂的雪粒子刮得漫天飞扬，整个世界都给弄得糊涂了。春玉搬条小凳坐在炉子旁边，一边烤手一边掉泪。两天了，两天来她一直想不出解脱困境的办法，她是个极其爱面子的女人，她不能在同事和乡亲面前丢人现眼。她在盘算，实在挨不住就自杀。父亲已逝，姜承良无望，自己在这个世上再无牵挂，与其苟延残喘地活着，还不如一了百了。悄悄地死去，悄悄地被埋葬，除了书南哥，谁也弄不清她的死因，而书南哥也不会声张的。

春玉正在胡思乱想，有人敲门。春玉起身开门，一看竟是于书南。

于书南进屋后跺跺脚上的雪，春玉连忙让他坐在火炉旁，顺手抄起床上的笤帚扫去书南身上的雪粒。书南用烤热了的手掌搓搓脸部，又张嘴对着手指呵了几口热气，冻紫的面庞这才恢复了正常的红润色泽。

春玉把笤帚放到床上：书南哥，这么冷的天，你怎么还往外跑啊？

书南看看眼睛红红的春玉欲言又止：哦，你、你咋又哭了？哦，我出来走走，没、没什么。

春玉奇怪地看着书南：书南哥，你是不是有什么事啊？

于书南低下了头：妹子，哥的确是有事，可一时又不知该怎么对你说。

春玉说：书南哥，我把最最不能示人的话都跟你说了，你想想咱们兄妹间还有什么不能说的话吗？你说，说吧。

书南说：春玉，不是我多心，是怕你说我这当哥的没人肠子。

春玉说：书南哥，这是说哪里话呀，我又不是不了解你的为人。你所说的和做的，肯定是只能向我而不会害我。你说吧。

书南的头继续低垂下去，他像蚊子哼哼一样把自己的想法断断续续说出来。春玉先是吃惊，继之脸红，接下来便轻轻地点着头。

书南看看春玉点了头，底气似乎壮了些：妹妹，咱们的结合只是表面的，你放心，我这当哥的再不是人，也不会占你半点儿便宜。或是一年，或是半载，只要你生下孩子过了这道坎儿，咱们再找个借口离开。到时，我给你找个适合你身份的人嫁了，我就算对得起李伯伯，对得起你，也对得起姜承良兄弟了。

春玉的眼泪顺着脸淌下来：哥，你真是我的好哥，这种办法也只有亲人才能想出来，也只有亲人才放心地提出来。我不怀疑也不计较，随哥你安排吧。

于书南见春玉答应了，起身道：那好，我这就去队委会开信，先把话放出去，让村里老老少少知道我干了不是人的事。等天放晴了，你再到公社教育组开个介绍信，然后咱们就去登记。

春玉哭着点点头：书南哥，这可就委屈你了呀！

书南叹了口气：妹妹，我想了一千遍一万遍，只有这法儿才能搪塞，也只有这法儿才能保住承良兄弟的后代。哥无能，实在是想不出别的好法儿了。

春玉眼含泪水点着头，书南这时也立起了身，他一边往外走一边说：妹妹，只要你不怪我这当哥哥的行事荒唐就行了。

……

无论怎么说，书南和春玉的结合在于家屯乃至全公社的人的眼里看来都是不可理解的。这就引起了领导的重视，建材厂和公社教育组都派人下来调查。对于春玉的早孕，他们追根刨底，大有不弄个水落石出绝不罢休的架势。书南唯恐春玉说漏了嘴招致不必要的灾祸，就一口咬定孩子是他的，春玉之所以情愿下嫁给他，是他用强暴手段提前占有了春玉，春玉无可奈何只好忍辱含羞这样做。

书南这番话合情合理也合辙，他媳妇走了，他一个二茬光棍对孤身一人的弱女子施暴便在情理之中，春玉怕羞忍辱也能自圆其说，如今春玉身子暴露难以遮掩，只好将错就错了。那时乡下对这种未婚先孕者的处罚情况常常让人瞠目结舌，如果不是这样的理由，春玉所面临的将是女人生活中最可怕的惩罚。这是个相对封闭了多少年的区域，对男女情事的出现，人们相当敏感，自打于书南记事起，周围村里就发生过不止一起的"花花案"。当事的女人一旦有了身孕，所面临的必是鄙视、羞辱和唾骂，结局也多是逃走、远嫁或自杀。去年，邻村就有一对青年男女情热苟且，女子怀孕暴露后，村干部领着人蜂拥到男方家中，将他羞辱暴打一顿又弄到公社派出所关押。女人更惨，几个不怀好意的青年流氓在村干部和族中老朽们的唆使下，给她脖子上挂了两只破鞋，敲着锣鼓各村游街。女的终因受辱不过，没多久便寻根绳子吊死了。书南想出这样的办法，不但洗脱解救了春玉，还使春玉落个委屈下嫁从而得到乡亲们的同情。因为"身随人行"是这一带姑娘们的"美德"，无论是上级领导还是乡中农人，自然对春玉就要高看一眼了。

只是苦了书南。

此前的"严打"尚未偃旗息鼓，建材厂领导上报此案，公安局立即派人下来调查。按照没有规定的规定，这种情况下书南肯定要逮捕法办，至少要判刑一两年。然而，"人情"这东西在中国人的心里根深蒂固，林局长复审时看到这案子牵扯到自己老师的女儿，想到一旦书南被判刑，春玉将面临无根蓬棵满天飘的严重后果，于是法外开恩，大事化小，把于书南的卷宗当作个案转回建材厂自行处理。于书南一向忠厚，加之他父亲曾是因为保护集体财产而光荣牺牲的模范人物，也就借风行船不再深究。当然，惩罚是避免不了的，先是建材厂以流氓行为开除了他的工籍，接着公社和村里相继开会批斗他。一时间，于书南成了四村

92

八乡议论的话题，大人孩子都知道于家屯的于书南是个"孬"。——孬人、孬蛋、孬种、孬小子都在"孬"字之列，但所指于书南的这个"孬"就是另外的含义了。青年人见了瞧不起他，老人见了拿眼翻他，姑娘们见了像躲避日本兵似的慌忙逃开，于书南成了当时天字第一号的丧门星，几乎凡是有女人的家庭都像防狼般地防着他。在那段时间里，村中对待他就像对待昔日的"地、富、反、坏"一样，平日里干最累的活，雪天别人在家烤火取暖，他必须去大街上铲雪扫雪。人们说，对于这样一个道德败坏的家伙，还用得着客气吗？人家春玉嫁给他，倒是便宜了这个流氓坏蛋。

无论村内村外的人说什么，于书南不辩白，不解释，他忍了，都忍了。

于书南在外尽管受到百般凌辱，但心里却很踏实，只要迈进家门，看到春玉，看到春玉在无微不至地照管着明刚，操持着家务，身心的创伤就会顿时无影无踪。天地良心，他是为了保护春玉，保护春玉和姜承良的孩子。他这样做，本来是违背自己良心的。但事情到了这样的地步，总不能看着春玉自寻短见吧？这是心性，也就是人类学中的本源性。并非所有的人都有这种心性，一位近代名家曾说过，要是你想成为一个优秀者，那么你生来就应是贫困的。在贫困者心中，有一种说不出的极其神秘的最最美丽的可以增强人们力量、思考力、同情和慈爱心的元素。这种说法好像挺有道理，你看，书南就正好具备这些元素。所以，当春玉处于近乎绝境之时，他首先想到的是如何救她，而将自己的名誉、生活甚至生命全部置之度外了。

看到书南遭受如此的折磨，春玉总是暗暗地流泪，她有些话想对书南说，但说不出，也不好说，她只有想尽办法照顾书南，给他以尽可能多的安慰和温存。

……夜晚，屋门外风雪依旧，黑暗依旧，玉米芯在炕炉里发出的红火将屋内烧得暖融融的。煤油灯的光焰形如苍籽，忽明忽暗中，映衬出一幅人类情感的水墨画。年幼的明刚熟睡如猱，静谧的空气中似乎正有什么妙不可言的东西酝酿着。坐在书南身侧的春玉心里一阵怦动，随之下意识地朝书南那粗砺的脸上看了一眼，她轻轻地问他：书南哥，想吗？

书南的心中正烧着一盆火，他的泪水一下子涌出眼眶，像伤心像愧疚也像自责，他喃喃道：我，我应该吗？我不应该！

书南说着走进了里屋，继之就将里屋门关上。春玉呆呆地望着里屋门，一时间显得手足失措。自从二人"结婚"以来，书南一直就睡在里屋的凉炕上，而把外屋的热炕让给春玉和明刚。随着日子的增加，春玉越来越感到对不起书南，越来越觉得自己应该像真正的妻子一样对待他。但她又怕书南感到不好意思，便一直这样抻着。今晚她下了最大决心，不，不能再这样对待一个真诚善良的好男人了，给他，我一定要给他。然而，她那试探性的一句话刚刚出口，就看出书南已经非常尴尬了。不过，春玉并不想放弃，这是她的特点、她的性格，一旦下定决心，她是会义无反顾的。

春玉推开里间门走进去，灯影下只见书南正侧身在土炕上躺着。她直接坐到了书南身旁，并且十分自然地将身子靠住书南的肩膀。书南哆嗦了一下要将春玉推开，不想春玉就势将他的脖子搂住，整个身子都偎在他的怀里。春玉闭上眼睛，口中喃喃地说：哥，咱不能再这么过下去了，行吗？

春玉说着说着哭出了声，书南一下子呆住了，他下意识地给春玉擦去脸上的泪，口气仍旧坚决：妹妹，不行，你忘了最初我和你说过的话了吗？

春玉抬起头，泪汪汪的眼睛望定了书南，口气异乎寻常的决绝：书南哥，你我已是夫妻，一切都是应该的，应该的！

春玉说着，脱掉衣服，吹熄了煤油灯，毫不迟疑地钻进了书南的被窝里。天地渐渐融为一体，世界终于变得美好如春……

世上，许多人都只对自己周围的事或物有深切感受，但特殊情况下的感受却少有。像受刑、逃难或即将被杀时的恐惧，像女人生孩子前后的痛苦与幸福，等等，更譬如有人掉在井里的那种感觉，也只有他自己最清楚，说得再形象再吓人，局外人也不会有那种常说的"感同身受"。这就是人们所谓的"独特"。春玉此间就是这种独特的处境，她的感受，与一些因私通而怀了孩子的女人的心情是截然不同的。

自从发生了这件事情后，春玉的性格起了明显的变化。她不再像以往那样爽利豁达，不再像以往那样处处表现出一个杰出女人的办事能力，她一反昔日的落落大方，越来越感到自卑，越来越变得沉默。虽然在日常生活中仍旧举重若轻，但待人接物时已显得有些畏畏缩缩。千真万确，她是变了。这种性格的突变，一是姜承良的不幸遭遇，但主要还是看到书南代己受过引起的。所以，每逢书南从外边拖着疲惫不堪的身子回到家时，她总有点儿毛手毛脚不知所措，就连说话的声音里也充满着歉疚和羞涩。那天晚上书南被责令去给一个五保户担水，回来路上滑进了道边的深坑，爬上来连衣服带人都成了直的。当他步履艰难地走回家时，手脚冰凉，脸色发青，话都说不出来了。春玉带着哭韵给他脱掉衣服，扶他爬上炕，钻进被窝，婚后第一次毫无顾忌地搂住他的脖子号啕大哭。书南也双肩耸动，喉头哽咽，他竭力控制自己的情绪，但还是有大颗大颗的泪珠涌出眼眶，淌到春玉的脸上身上。他擦去春玉脸上的泪水，也同样第一次毫无顾忌地把春玉揽在怀里，抚弄着她那浑圆的肩头说：春玉，咱们都不是小孩子了，别动不动就哭天号地的。我早跟你说过，没有过不去的火焰山。这阵子不就是下点儿力受点儿罪吗？那一年没饿死已是捡了一条命。想想那时看看这阵儿，咱们还得知足才是，对吗？

书南的口气是那么诚挚而满足，话语是如此的亲切而充满希望，可敬的大哥，可敬的亲人，有你在身旁，我还有什么可担忧可悲伤的？春玉心中蓦然生出一种无法描述的酸楚——就像秋雨之夜第一次与姜承良相逢时的那种感觉。她久已闭塞的心终于又解开了一条缝儿，她决定振作起来继续生活，苦难的过去不等于未来，一切都要起自现在。为了自小的爱情、自小的友谊，为了姜承良的骨血，为了这可敬可亲的书南哥。是的，书南应该有个实实在在的家，他也应该享受家庭的温暖、照顾和体贴。已经作为妻子的我，对于书南父子只尽了操持家务的责任，而作为妻子作为母亲，给予他们的真是太少太少了。春玉依偎在书南的怀里，仰脸望着那双热诚期待的眼睛，感受着那双温暖有力的臂膀，一串串联翩浮想都化作情感的能动力，在朝人妻之路上悄悄而有力地推她。

风吼雪飘，风雪之夜，患难与共中也有说不尽的缠绵悱恻。

用乡下人的话说，春玉丢掉了饭碗。

因为与书南的结合，春玉失去了代课教师的资格。

对春玉垂涎已久的吴仁多次软硬兼施没有把春玉弄到手不说，还差点儿让书南把腿给砸折。他恨透了春玉，更恨透了于书南。他本想把春玉踢出教育界，无奈春玉这个代课教师是当初县教育局的指标，时局虽乱，还没乱到可以随意增减代课教师的地步。更何况这位头头尚有顾忌之处，因为县教育界随后恢复了以往的教育局，教育局成员不多，但有几个却是他往日的对立面，这几个对立面似乎余毒未消，不断向他发起攻击，倘有疏忽被对方拿住把柄，现眼事小，丢权事大。故而这个淫贼也只好面上装善，心里发恨。如今，于书南和春玉这两个让他恨透了的人竟然结为夫妻，恨意加上醋意，吴仁几乎就要发疯了。他躲在家里关上屋门整整想了两三天，终于想出了一个报复春玉的好借口。他先是写了材料上报给县里的顶头上司，声言李春玉作风不正道德败坏，与个流氓分子先奸后婚。县教育局局长正在重建威望，两利相权取其重，两害相权取其轻。局长对他的报告立即批复坚决支持。吴仁接到批件大喜过望，当即召开了公社教育界的群众会，宣布除去春玉代课教师的资格。理由很简单，春玉她不能与坏人坏事做斗争，反而屈身下嫁坏人。理由虽然牵强，却也能站得住脚，因为要保证教育队伍的纯洁性嘛。

失去了教师资格的春玉并不沮丧，反而可以一心无二地在家里照顾书南爷儿俩。她的户口仍在城里，商品粮照吃不误，生产队里的活她可以去干也可不去干，当时村里还没有这个权力限制她的自由，这就使春玉相应地得到了双重性质的安宁。加之肚子越来越大，该准备的都得准备了。在行动逐渐困难时，她把全部心思都用在明刚身上。这小家伙天生招人喜爱，几乎是天理昭然地管春玉叫起了妈妈。春玉开头很不自在，时间一久，竟也习以为常了，一天听不到明刚喊妈，耳边就像少了些什么。明刚白天守着妈妈玩乐，夜晚千方百计地要妈妈搂着他，有时竟给书南和春玉的夜间生活闹出了许多麻烦，让两个大人哭不得又笑不得。明刚的存在是春玉和书南之间的感情纽带，他承认，她也这么说。由于俩人这特殊原因下的结合，最初春玉还真是心存芥蒂，书南的一举一动，她都有意无意地和姜承良相比较。就是夫妻生活，她有时也想——要是对方是姜承良该有多好。因此，她就常常生出些难以解脱的慨叹与烦恼，与书南之间仍存在一些影影绰绰的隔阂。一个活泼可爱的孩子常使人心绪改变，也可使两个人在夫妻感情上出现有趣的转折。春玉在同孩子的接触中流露出所有的天然母性，她渐渐觉得这孩子似乎本来就应该是自己的。由孩子延伸开去，既然生活途中已经失去了最初的钟爱，那就应该正视现实，扎扎实实地走下去，这才是生活，这才是人生。这种感觉越来越深，她也就越发眷恋这个家。家并不是抽象的，它具体而实在，所以，春玉在书南身上的感觉发生了质的变化，已不再是以往那种兄长般的亲情，而是更多地增添了夫妻间的关心、温柔和体贴。

这些变化书南当然觉察得到，他并不以为奇，也不受宠若惊，因为在他看来，无论春玉以什么样的情感对待他，她仍旧是原来的她。即便夫妻生活冷点儿热点儿，也是正常的事情，没有什么可计较的。因为他原来与春玉结合的目的就很明确，难道一个人可以由于既得现实就改变初衷吗？


对于一年四季，世人各有各的理解。

冬天是这一带人们最怕的季节。"大雪纷飞，寒风怒号"，这组词几乎是一般文章中对冬天的写照。不过，这地方真正意义上的冬天，却是在更深层次中蛰伏着。特别是在这样的年月。

一个"藏"字，便充分道出了冬天的实质。你想，花草萎谢，树木落叶，飞禽归巢，走兽卧穴。这不都是一个"藏"字吗？花草树木之藏倒是颇为实在，除却松柏蜡梅等特殊种类外，一触冬字，就纷纷歇枝以待春暖雨润发新芽；而飞禽走兽的藏匿，却是相对的。说是相对，是指并非全部。像虫蛇蜥蜴可以蛰伏静等春天，省却了许多的忧愁劳烦；像鼹鼠之流，早在冬前就施展偷盗抢劫手段，将粮草贮备充足，将洞口充塞堵严，冬日户外天寒地冻时，它却得意扬扬地在洞内享乐。可是，那没有鼹鼠本事的生灵，为了生存，为了繁衍，仍要不顾天寒地冻，不顾风紧雪大，在这混沌乾坤中到处奔走，寻觅，争斗，拼搏。飞禽走兽的生存适应性几乎是天赐本能，它们可以挨饿数日而仍能飞蹿跳跃，伏冰卧雪而仍能存活。人呢？人却不行。在备受束缚的年月里，万物之灵的人似乎生存能力差得多。

人是铁，饭是钢，一顿不吃就心慌。一顿不吃尚如此，就不要说一日或数日了。更何况天寒地冻风雪时，越冷人体越需食物下肚生成热量。某些有如鼹鼠的人当然可以，不独能够贮得粮食，还可贮得肉，贮得酒。酒肉泡心，衣食充足，自可无越冬受饥之忧。然而，那年月能有几许人有此本事呢？穷人自有穷人路，在数九寒天中，尽量把土炕烧得热一些，全家坐在炕上嗑牙花儿，虽则无以充饥，却也不失为一种果腹御寒的好办法。这也不行，你是能够拿起锄头抗起锨的男女劳力了，你必须到地里去劳作。否则，你得不到工分，明年将有程度更大的寒冷与饥饿。那么，留在家里的，就只有老人孩子了。

忍吧，年复一年，人们于无奈中彻底领悟到了"忍"字的伟大。

可恶的冬天，你终于过去了。

寒冷的冬天过去后，就是人们称颂千百年的温暖和煦的春天。春天是生命的希望，是生命的开始，但也是生命存亡的关键季节。千百年来人们只顾赞颂春天如何如何美，如何如何绿，这可能是在江南一带吧，许多文人吃得舒服看得痛快，借着一副好心情大笔一挥写出来。其实，春天的悲惨故事也最多，诸如春荒、春旱、青黄不接，等等，都是春天最真实可靠的写照。就连牲畜也是谈春色变，牛羊饿了，只能啃几口干柴火。有的连柴火也没有，主人只好把它们宰了卖了，总而言之，比将牲畜们活活饿死要强吧。所以乡下千百年来就流传着这样的话：春天的羊，靠着墙。不靠墙不行，它们已经饿得站不住了。还有，春天的风也特别大，至少在黄河以北的这一带是如此。刮风，风中挟着尘土，打着旋儿在贫瘠荒凉的平原上翻卷着，人们这时行走在路上，连饿带风刮，脸色通通是那种干巴巴的灰黄色。

到阴历三月，未被春荒所窒息的生灵们终于逃出来，地里有了野菜，树上有了绿叶，野菜树叶总可果腹，人们再不用担心饿死了。到了四五月里已是夏季，夏季是万物生发的时节，也是收获的季节。人老一时，麦熟一晌。人们盼望的就是这一晌。麦子打轧成粒，那年代，一部分存留，大部分上交，但至少还可分得一些。于是，葱花大饼、馇面馍馍，一种在春冬秋三季纯属想入非非的享受得到了。不过，这种近乎挥霍的奢侈生活在普通百姓来说也只有三几顿或三几天的历程，因为这往往是不知轻重的青年人发起的。老人们出于可怜与痛惜，才攥着心答应了他们。多少年来总是饿得心中发毛的"不惑者""知命者""耳顺者"……终于忍无可忍地抛却了仁慈之心，冲着后辈们大光其火：你们这些饿死鬼馋病痨托生的，简直是吃了上顿不顾下顿了！又于是，细面改成粗面，粗面变成麸子面粉大调伙。省一斤是一斤，省一口是一口——为了那个大人害怕孩子盼望的春节。

随着谷子吐穗和棒子拔节，庄户人嘴里的麸子面粉大调伙也越来越紧张了。因为这阶段正是不涝就旱的关口，人们眼巴巴地瞅瞅天，看看地，心都提到嗓子眼里了。旱了一大片，涝了一溜线，是这一带千百年来广为流传的俗话。俗话又不俗，旱了，当然就是一大片，老天爷不会拣苗弱或苗强的地方给你降场雨。于是就浇地，就抗旱。一时间，田野里机器声水车声日夜不停。可是，浇了这一片，又旱了另一片。停了辘辘干了畦，就是指此而言。到末了，人也累了井也干了，收效还是不大。《水浒传》中"赤日炎炎似火烧，野田禾苗半枯焦，农夫心内如汤煮……"的歌谣，是这方土地这方百姓的真实写照。至于老天突然发威，闪电挟着霹雳一阵紧一阵慢地轰击着大地，紧接着雨流如注天河倒翻，一夜间村里村外便汪洋一片。这时你登高远眺，茫茫大地一片白澜江，可不就只见得高高河崖"一溜线"。防涝抗旱当然有效，却年年岁岁总是"人难胜天"。

熬过夏日的酷暑湿热，凉爽的秋风开始悄悄地刮。可能三天，也可能五天，秋风从遥远的南方或东方刮来了云彩，云彩移动着，积聚着，慢慢把蓝天遮蔽。因为八月以后很少有雷声，所以这雨总是在人不知鬼不觉中下起来。那人们称的"秋傻子雨"多在九月以后，所以这时期的雨总是匀称。雨点儿有时很大，有时很小，不太稀也不太密地下上半天或一会儿就停住。雨停之后，你走出户外仰望高天，可见到天上云层渐渐开缝儿，片刻间就大块大块地向别处移动。小风又开始轻轻地刮，像给做客的云彩送行似的。云彩渐渐散去，太阳重又露出了笑脸，如银的水珠时时从树上滴落，溅湿你的头脸衣服。那路旁的青草，在一汪汪黄色积水的衬托下，鲜绿如染。鸟儿啁啾，花儿盈翠，村中的娃娃们又开始甩着响鞭，把羊啊牛的赶向村边的河岸。这是早秋，是人们真正盼望的秋天。

秋天之所以被这方人所渴盼，并不完全在于它清爽的气候和怡人的景色，还在于它能够或多或少地带给人们渡过马上就要来临的寒冬所必需的粮食。无论是旱是涝，总是有剩有余。每人从当时的生产队里得到的粮食虽然数量有限，但秋天所提供给人们的野菜、草种、玉米蕊以及地瓜叶、胡萝卜却是可以尽力而存的。有这些东西放在仓里，老百姓心中就稍觉踏实。有这些东西和粮食相伴，一家大小就等于有了命。更不要说播下麦子就是播下了来年的希望，那大饼馒头的诱人味道，人们总是在睡梦中提前一年品尝。

"人说此地好风光，水肥牛壮五谷香。"这样的歌，谁都会唱。然而，那年月即使唱这歌的地方，也未必真的就是"水肥牛壮五谷香"！

庭小有竹春常在，山静无人水自流。

随着美好秋天的到来，春玉在一个旭日东升的早晨分娩了。

那天天刚亮，书南就像以往那样爬起身来，他出了屋门径直到南墙根下背粪筐，手已触到了筐系子，忽然自己抽了自己一巴掌：吃了耗子药了？春玉折腾了多半宿，我怎么还有这心思呀！

春玉是在下半夜"见红"的，春玉告诉书南不用着慌，说是初产产妇至少十二小时才能分娩。书南却沉不住气，从下半夜到天明就没合过眼。天明他起身是要去请接生员的，不想习惯成自然，首先想到的却是去拾粪。他有些恼恨自己，扇罢耳光又朝粪筐踹了一脚，开门就朝街上跑。

请来了接生员，又请来了邻家大憨嫂，书南就在院子里转。他不敢进屋，因为他是男人，按乡下的传统说法，男者"难"也，男人进屋，女人难产。他按照接生员的吩咐，在水缸的缸沿与缸盖之间夹上一根秫秸，说是能给女人"开骨缝"，然后便再也无事可做了。他从南到北，又从北到南地走十字，走了六六三十六趟，说是叫六六大顺，屋中女人得了这吉利，生产便格外顺当。书南走完三十六趟仍觉不踏实，试着又要进屋，大憨嫂挡住他，让他继续绕着院子转，并且规定左转三十六，右转三十六。书南无奈何，只好依照吩咐做。就在他向左转完三十六圈时，忽听屋里一声响亮，分明是婴儿的哭声。降生了，终于降生了！他狂喜如疯，几乎是撞开门冲进去的。小子还是闺女？一脚门里一脚门外的书南青筋暴突地喝问。接生员和大憨嫂被他吓着了，呆在炕前五分钟，两个女人突然不约而同笑出了声：带把的，买喜糖去吧。

一股热血冲上头顶，书南晃了几下才站稳脚跟。他像呓语般地嘟囔着：谢天谢地，你总算有后了。这句话让两个女人大惊失色，不知这大男人说的是自己，还是说的自己的女人。因为除此之外，她们想不出这个"你"字还应该指谁。接生员语气俏皮地问他：明刚不是你亲儿子？

书南怔了怔似乎醒悟到了自己的唐突，忙纠正：你看你看，都给乐糊涂了！

书南忽然想到产房里需要安静，于是蹑手蹑脚走到炕前，只见春玉

102

虽然仍旧皱着眉，可脸上已经洋溢出明显的幸福和舒展。他轻轻地问：你觉得咋样？

春玉苦笑着说：这不挺好的吗？

书南低低地说：是挺好的。

大憨嫂端过一碗饭汤，饭汤里加了红糖和几个鸡蛋。这叫定心汤，产妇喝了吃了心安神定，能耐痛，能抗病。至于是否真如所述，没有谁认真考究。春玉喝了定心汤，仰卧在炕上朝书南久久地看着，看了一会儿，她疲倦地闭上眼睛，静悄悄地睡着了。可是不大一会儿她又醒来，首先看了看婴儿，婴儿已被包裹得严而厚实，正闭着眼睛在自己身旁睡呢。春玉放心地笑了笑，扭脸看到书南正在好奇地瞧瞧婴儿又瞧瞧她。她问他干吗如此认真地瞧，他说样子挺像她。她知道书南为了缓解她的宫缩所造成的疼痛在有意开玩笑，就撇撇嘴说：你是睁着眼说瞎话，谁不知道三天的孩子丑似驴，咋会像我？

像承……书南慌忙留住嘴，他话一出口就知道说溜了。这种时候提起姜承良，不是有意让春玉心里难过吗？果然，他还是收口收晚了，春玉双眼已经痛苦地闭上，从那痛苦的眼角处流出了同样痛苦的泪。她虽然极力地咬住嘴唇，可书南却千真万确地感觉到，春玉哭出了声——只不过，她将这一般人难以察觉到的哭声咽进了肚子里。书南懊悔得直想扇自己耳光，心中一连骂了几百个"臭嘴"。他用毛巾擦掉春玉眼角的泪珠，从旁边的炉子上端下砂锅，取出六个熟鸭蛋盛过来说：春玉你吃吧，这都是绿皮的。

春玉点点头，书南就坐在炕沿上一个个将鸭蛋皮剥下又一个接一个地递给她。春玉吃一个他问一声"还痛吗？"春玉就说：痛是痛，轻了。这绿皮鸭蛋是书南事先从集上买回来做准备的，因为乡下人有这样的说法，坐月子的女人吃了绿皮鸭蛋，产后肚子疼痛会很快消失。所以春玉吃一个书南就问一声"还痛吗？"

春玉说是轻了，其实是在敷衍他，即使仙丹灵药，见效也不会这么快呀！

书南说给孩子起个名吧。春玉说孩子一下生她就想好了。书南啧啧连声，心里话到底是有文化的人，脑子就是转得快，这不，一天的孩子就要有名了。他想到明刚到两岁还小子小子地叫，起个名就像赶考中状元一样难，心中不免惭愧，心想小时自己多念些书有多好。他心里想着嘴里已在问孩子起个什么名。春玉说：就叫明阳吧。因为是秋天所生，又恰好赶上太阳出来，叫于明阳多好听啊！书南听她把个于字说得重重的，心里不禁震颤了一下：春玉啊春玉，你想得真是太全面了！他不敢提出异议，因为他明白春玉想的是什么。

有福压百祸，无福是非多。明阳好像真是天生福气，他出生的这年恰逢实现土地联产承包制，并且是少有的丰收年。到秋季，除去上缴的，人平均口粮几百斤，这在当时当地来说真有些破天荒的意思了。正因如此，第二年才没有以往年复一年的春荒景象，庄户人才能过上一个相对充裕的生活。小明阳嘴壮吃得胖，无论见了谁都是首先张嘴一乐。这就闹得人见人爱，这个抱抱，那个亲亲，岂料时间一长，小家伙只要醒着就不再躺着，翻身打滚儿要起来，有时一个跟头跌下炕，摔得吱哇乱叫，弄得书南和春玉成天提心吊胆，只好轮流看着他。就这样，仍旧跌得浑身上下青一块紫一块，脱光了屁股看一看，活像旧时大街上卖的泥娃娃。人们看了喜不够，往往假贬实褒：这小子，长大了准是个乱世精，够你们两口子淘神的。明刚也被这意外得来的小弟弟乐得不知所以，想抱，抱不动；不抱，又看着眼热。往往是拼尽全力抱起来，又被这沉小子压得自己也一块儿跌坐在地上。小弟弟已经摔打惯了，跌轻跌重不以为意，他却被砸得哭爹叫妈。小弟弟对此深为不解，逢这时总以迷茫的眼神瞅着哥哥。春玉和书南便忙作一团，抱起小的，又赶紧去哄大的。家，这就是人们理想中的家，有时紧张有时轻松，有时着急有时快活。

书南对小明阳有种说不出的关爱，他外出时总要先嘱咐春玉如何如何照看好小明阳，如何如何喂他、哄他。好像他不在家明阳就难以生活得好，他不在家明阳就会受气似的。唉！这惹人喜爱的小东西哟，是书南心中的安慰、梦中的寄托，对朋友当然也是恩人的报答，对落难姊妹的负责。他每次从外边回来，总要将小家伙抱起来亲一亲或掂一掂，并立时就产生那么一种旭日初生般的温煦柔和。就连孩子身上时常有的尿臊气奶腥味，也感到一种说不明白的缠绵亲切。这种体验越来越深，以至竟让他把孩子与姜承良自然脱离了。乾坤混沌，世事难测，然而，人间总有真情在。这种真情，这种心地，是发自人性的本源、人情的知遇以及良心与善心的无瑕融合。它并非泛泛之语可以说清。

　　尽管连续两年的好收成，尽管不再愁吃愁喝，可是，添人添口却是不可忽视的事实，每日的吃饭问题是不可懈怠的。书南在心情欢乐的同时也难免忧虑，因为一家四口在他来说确也是个不小的负担。他必须尽当家人的本分，像雄鸟打食一样，保证全家的一日三餐。更何况，春玉和孩子们都需要补养，粗茶淡饭之外，也须时有生活中哪怕是小小的改善。这事说来容易做来难，他确实得动动脑筋了。

　　冬天的夜漫长而寒冷，上半夜书南总是睡不着。下半夜他刚刚入睡，一个醒来便再也记不清的糊涂梦又把他弄醒了。他看看窗户，夜色淡了，窗户已经开始放亮。他想再睡一会儿，可是睡不着。他翻身，再翻身，睡不着，仍旧睡不着。此刻他记起了昨日下午与邻居大憨的弟弟二憨合计的事情，于是就眯起眼睛做着种种思考和想象。怎么办，是这么赖赖巴巴混下去，还是像二憨说的那样——活人不能让尿憋煞？他心中自问自答，再次翻了个身，被头一掀，滑到了腋下。他用赤裸的前臂仰托着自己的脖颈，呆愣愣地望着窗户，继续冥思苦索。

　　春玉被他惊醒了，侧过身来看看他，轻轻说了句什么，将他的胳膊从颈后拽出来塞进了被窝。书南挺舒服地"哦"了一声，就势也侧过了身。被子是春玉入冬前仔细拆洗过的，既软又暖，盖在身上真舒坦。书南裹了裹被头似乎又感到别扭，便又伸出一只胳膊搭在春玉的肩颈处，似乎有话要说。这时窗户里已经透进光来，他们彼此之间都能见到眼睛忽忽闪闪的。春玉将身子向他这边靠了靠，问他在想什么。书南抻了抻，还是把这两天的所思所虑说了出来。他说眼下日子是越来越好，只是大人吃好吃孬倒没妨碍，孩子们可不能跟着粗茶淡饭，他们正在长身体的时候，无论如何，做父母的不能把他们耽搁了。春玉心里很明白，书南主要考虑的是明阳，因为明刚一向嘴壮，不挑食，地瓜窝头，给什么吃什么。明阳则不然，尖尖着小嘴只是嚷着吃好吃的。有时书南从外边弄来点儿好东西，往往瞒着明刚只给明阳吃。春玉看在眼里，痛在心里，除硬逼着书南将好吃的东西分一些给明刚外，还常常抱起明刚亲着吻着暗暗流泪。

此刻，春玉并不作声，只是听书南低低地细说。书南说这几日他已和二憨商议好，准备往返于省城和县城之间贩卖花生仁。因为省城和县城的花生仁每斤有将近三毛钱的差价，这样算起来，十斤就是三块，二十斤就是六块。除去来回三块钱的火车费，每趟二十斤花生仁就能净赚三块多。如果运气好，火车上一兜儿卖给乘车的旅客，说不定赚头更大。

春玉听书南说着说着，身子忽然哆嗦了一下。书南感到奇怪，就问她是怎么了。春玉说她从心里觉得害怕，这可不是闹着玩的，因为现今经济活动刚刚开放，此地仍旧约定俗成般墨守成规，将这种贩卖行径视作投机倒把，万一给逮住了，轻则没收你的东西，重则关押。以往的日子里，这种"一打三反"年年搞，很多人都给搞得不是倾家荡产，就是因为挂牌子游街而弄得全家抬不起头来。书南叹了口气，将春玉揽到怀里抚摸着她的肩头，像哄小孩似的安慰她。他说他也同样害怕，可如今政策开始放宽，不像过去那么严格了。况且，从来都是撑死胆大的，饿死胆小的，只要细心谨慎，不硬着脑袋朝枪口上撞就不会出现意外。这样悄来悄去地走动着，手头必然宽绰。春玉嗯了一声，不再作声，一对秀目在晨曦中悄然合拢，她将头脸慢慢埋入书南那厚实的胸脯上，不饮泣，不哽咽，只有大颗大颗的泪珠从眼眶里扑簌溢出。书南赶紧将她的脸捧起来，一边在她的额头上亲吻，一边用世界上最保险的语言和人间最凝重的口气宽慰她。

这是农村实行田地承包制的第一年，也是改革开放的初始阶段。人们对几乎是一夜变迁的政策仍旧心存疑虑，很多地方的执法机构仍旧惦着政策会随时"反复"，为了防备将来被秋后算账，他们仍然在有关弃旧图新的行业行为上做些表面文章。所以，书南和春玉商量的事情，就多少有些冒险的意味了。

　　晨曦微露，五更正寒，剜肉刺骨的小北风在冰封大地上飕飕掠过，像一把把看不见的小刀子，从每一条衣服缝处朝人的身子里挖。书南和二憨把口袋缠在腰里，像夜间出来觅食的野狸，一边左顾右盼，一边踮着小步朝县城北关处的"黑集"跑去。这里的黑集设在一个僻静幽深的十字胡同里，天一放亮，人们就纷纷跑来赶集；太阳一露头，人们就自动逃走。之所以选择这么一段时间，是为了防备市管所的管理人员。谁不图利肯早起？还真应了这句话。凡来赶黑集的人，当然是为了图利。而市管所的人呢，即使把这些"投机倒把"的抓住了，所获东西仍然要充公，所以早晨八点上班以前，没有谁会跑到这里狗咬耗子又挨冻。更何况，市管所的人是肉身肉心，也有三亲六戚父母兄弟，何苦在工作之外还跑到这里"煮豆燃豆萁"？当然，有时这黑集赶到得意处，人们一时兴起丧失了时间概念，太阳挺高了这里兀自沸沸扬扬热热闹闹，这就不能不引来市管所的"围剿"。然而，总是明招难以胜暗招，此时第一个发现"敌情"者总是一声响亮的呼哨，腾腾黑集刹那间便静下来，总是轻装上阵的小贩们迅雷不及掩耳地提起自己的小包小袋，顺着十字胡同的四条出口，悄无声息地溜之大吉。也有手脚笨拙一时慌乱脱不了身的，急中生智，把小包小袋顺手扔进旁边的门洞里，然后若无其事地倒揣双手在附近溜达。你市管员再负责任，总没有理由抓空手闲人。风平浪静，市管所得胜回营，这溜达着的闲人再到那家的门洞里取出自己的货。户主对此习以为常，照例龇牙一乐，并不追问什么。官向官，民向民，关老爷向着蒲州人。这句俗话在此时此地表现得再充分不过了。

　　书南和二憨在黑集上顺利地弄到货后，马不停蹄直奔火车站。车站

107

不小，旅客不多，连买票加进站总共十分钟。上车后，他们将花生仁藏在车座底下，然后就相对而坐。这样可以彼此照顾座位底下的东西，必要时还可防备查车的。乘务员并不可怕，车长才是最让人担心的。二憨是有经验的人，乘务员检票时，他从身边的小兜里掏出一包东西递给她。乘务员一愣，二憨随即笑了笑：怎么，老熟人也不认识了？乘务员迷惘地看了他一下，打开纸包随即又包上了。二憨口气仍旧随便：尝尝吧，当地土产。乘务员会意地一笑，将纸包夹在胳肢窝下。

火车过了三个小站，车厢里有了骚动，乘务员喊着，让大家把车票准备好，说是车长要来查票。一般来说车长并不亲自查票，车长一出动，就是要查投机倒把分子了。这已经成了惯例，书南挺紧张，二憨却若无其事地让他沉住气，说会有人帮忙的。果然，乘务员喊完不一刻，就拿了个拖把擦地板，擦到他们这里时轻轻地说：这座位底下的东西是谁的？碍事！二憨说：是我的。乘务员声调温柔，说：老熟人，你是长途，这样会妨碍卫生，还是把你的袋袋包包放到我的乘务室里去吧。二憨应了一声，就和书南拽出袋子提到乘务室里去了。十分钟后，带着一脸酒气的列车长吆喝着来到这节车厢，还真查出了投机倒把的乘客——当然，二憨他俩是顺利地逃过了。

下车后书南问二憨，他怎么和乘务员这么熟。二憨说他常跑这趟车，乘务员也是老百姓，一家老小能不食人间烟火？所以，乘务员三六九地也托他买些当地土产往东北老家带，也变着法儿赚个仨瓜俩枣的。书南点点头说：二憨，你起这么个名字真是太亏了。

省城距本县一百五十里，可以当天来回。书南他们在省城卖花生仁也并不容易。省城里也有市管所，只是管得不太严，似乎淡化或忘记了职责，这就给小商小贩们帮了大忙。尽管如此，商贩们也是小心谨慎，不敢在大街上出摊，只是串着小巷胡同叫卖。所幸当时省城里也是食品紧缺，市民们嘴里也常常馋出"鸟"来，听到叫卖声，往往三五一溜地跑出家门，有的打价，有的找秤，你三斤他五斤，霎时分个干净。书南他们收了钱钞，将布袋掖进腰里便得胜还朝。这样顺利地来来往往，买卖极顺当，几天中不知不觉地跑了三趟，除去车旅花费，每人能余十几元，相当于昔日自己半个月的工资收入。

书南他们第二次进省城时，遇上了一件大事，若非他们手脚麻利跑得快，怕是小命也得搭上了。那天他俩刚从一条小巷里转出来，街上忽然大乱，只听有人喊，有人跑，还夹杂着零星的枪声。这时，在他们前边不远的一座高墙上，一挺机枪向高空嗒嗒嗒地叫着，子弹带着哨音飞往一个固定的目标，但这目标却是在遥远的天上。很明显，这是人们常说的鸣枪警告。至于警告谁，为什么要开枪，他们也就无从得知了。他们只知道赶紧跑，向车站跑。跑到车站后赶紧上车，否则，就可能回不了家了。他们这种担忧后来证明并非多余，因为在高墙上鸣枪警告之后不久，机枪真的朝一个地上的目标扫射了。在他们去第三次时确切地知道，本县一个和他们一样去省城当小贩的农民，因为晚跑了十分钟，虽然躲在角落里，还是被一颗流弹所伤。因为人们只顾逃命，这人没有来得及被送往医院，等到事后清理街道时，才发现他已经死了。要不是他手里攥着的布口袋上写着公社大队的名字，怕是家里找死尸也不容易。

这事让书南和二憨对于是不是仍然继续自己的买卖迟疑了好几天，他们担心这是省城在严厉打击"投机倒把"，所以才开枪震慑，吃点儿苦受点儿罪总能忍受，如果像那位哥们儿一样把命也搭上可就太不值了。后来从人们的口口相传中得知，二人那次在省城遇到的事件是一次犯罪分子集体越狱事件，这些罪犯听说要把他们装上火车运到遥远的大西北开荒种地，于是怀着破罐破摔的心理来了这一起冒险犯难。其结果是越狱不成，最终被一一抓回，反倒加重了每个人的刑期。书南和二憨明白了原来如此，这才放下心来，终于经不住钱的诱惑，还是带着听天由命的想法继续着这种"投机倒把"。

就在这件事情发生不久，听说上边的政策发生了很大变化，除了打击犯罪团伙之外，流氓通奸之类的坏事也在打击之列。城关公社教育组的头头——那个曾千方百计企图欺凌春玉的吴仁被拉下马，在县里举行的一个什么大会上被宣布逮捕法办了。那天上午，村头上忽然响起了汽车声，一辆插着红旗贴着标语敲着锣鼓的汽车开进了村。汽车上响起了震耳的喇叭声：社员同志们，公社教育界的败类吴仁是个大流氓，这些年来倚仗权势奸污妇女，贪污腐败，这个败类政治犯罪、刑事犯罪，已经被公检法批准逮捕法办了……

吴仁被五花大绑，背上插着"大流氓大坏蛋"的木牌，低着脑袋站在汽车厢的前边，两边两个公安人员押着他。车厢里还有好几个人，一边挥舞旗帜一边喊口号，声势极为热烈。村民们跟在车后观看，孩子们则兴奋地在汽车周围蹦跳嬉笑着，那情景不亚于正月十五闹龙灯。汽车在村里转了两遭慢慢开向另一个村庄，孩子们余兴未尽，仍旧在车后紧紧跟随。后来听说，这个城关公社教育界的头头，利用手中的临时职权诱奸青年女教师达十几名，最要命的是他色令智昏地涉足性乱禁区——搞了两名军婚。

天下大事是得人人关心，但此时多数乡下人关心的是吃饭，至于"流氓犯罪"一类的事情，好像与他们的吃饭问题关系不大，所以，如书南二愍他们这类人，基本上不去注意或者说关心它。相反，他们却可以趁此机会乱中取胜，多跑几趟买卖多贩点儿货，捞一些算一些。

吃饭第一。


这时的春玉几乎已经完全农民化了。这不光是从穿着上看，从行动言语也是如此。不过，她仍旧保持着知识女人的那份端庄文雅，家里家外收拾得干净利索，虽则穿的是平常衣服，可白里净面清楚整洁，让人一见就有种可望不可即的感觉。因此，在村里她颇受人们尊敬，都说书南这小子可是艳福不浅，跑了个丑的，来了个俊的；失了个文盲，得了个有文化的。每天饭后，春玉操持完了家务，就坐在炕上哄孩子，她已经开始教明刚学习。

春玉认真地对明刚说：明刚，跟妈唱。

明刚答应着：行，妈，我跟你唱。

春玉就开始教他：天上无云下大雨，树梢不动刮大风，刮得石头满

110

天滚，刮得碎纸一动也不动，石头破了用针缝，鸡蛋破了用铁钉钉，世上本没这种事，老鼠吃了个大狗熊……

明刚已经懂事了，他乐得哈哈笑，说：妈呀，错了，老鼠那么小，肚子里盛不下大狗熊。春玉就故作认真地说：这是大实话嘛，老鼠长得比狗熊大。

春玉由小时的性格开朗到变得温和内向，长大后又由性格内向发展到处事干练豁达，而此时却又变得谨小慎微少言寡语了。人的性格是不是和天气的变化一样，随着季节的不同、气温的变化在适时地转变着呢？也许，多少年后社会学家们在这项研究上会有所突破。

　　记不清是第几次进省城了，书南和二憨闹不清什么原因，小巷里的人忽然间对他们这类小贩开始敬而远之，有的听到他们的叫卖就赶紧把门插上。有的老太太瞧瞧左右没人，以一种爱莫能助的口气劝他们赶紧走，并嘱咐他们以后可不要轻易到这里来，免得被公安局抓住关进牢房。书南询问为什么，老太太左右瞧瞧没人，告诉他们说街道上通知，有些乡下犯罪分子为了躲避抓捕，装成小商小贩流窜到城里来了。公安派出所让街道上配合，街道上自然要通知居民们了。老太太还告诉二人，不管你是不是乡下流窜来的犯罪分子，只要被抓到，至少得关上三五天，待派上专人到你的原籍调查核实之后，才视情况轻重或放或拘。即使被无罪释放了，所带货物大都要没收"归公"。

　　书南和二憨听到此话连连摇头，俩人认为自己是正儿八经的庄户人，一无劣迹二无罪恶，怕什么？不怕！意外发财昏了头，两个人竟然背着布袋从小巷转到了大街上。他们站在街边上向过路人兜售着自己的货，间或还叫上几嗓子"卖花生仁了"。有人不理，有人哂笑，有人惊愕地看着他们，低声咕哝说这两个家伙胆子真大。大约过了半小时，忽听旁边有人大声喊：这里有两个！

　　书南和二憨吓了一跳，惊回首，只见几个人瞪着大眼冲他们奔来，胳膊上还套着红袖章。二憨是见过阵势的人，喊了声"不好"撒腿就跑，书南犹豫一下紧紧跟上。他们钻小巷串胡同没命地逃去，凭着长年劳作练就的体力和耐力，终于将那几个人甩脱。他们再不敢停留在省城内，生怕人家派人拦截，三转两转到了火车站，看看票房子门前也有戴袖标的人转悠，便不敢去买票了。正作难，却见也是一个背布袋的小贩从正东一溜小跑逃过来，惺惺惜惜惺惺，那小贩大约有自己的门径，在跑的同时不停地冲他们招手，书南认出，这是和他们一同来省城的老乡。书南不犹豫，拽了二憨一把跟上去。那小贩从一条胡同串到另一条胡同，然后翻过一道矮墙，书南一看，却是已经进了火车站。那小贩停下喘口气说：娘的球，他好马赶不上地理熟。前几年我在这里当劳改犯时，就常被赶着到这里干活，没想到坏事变好事，今天是旧人走上老熟路了。

三个人看到，那些戴红袖章的从检票口拥进来，像猎犬一样在不远处搜查。他们相互交换了一下情况，认定今天是不能再在省城中待下去了，必须马上回家。这时，一辆客车喘着粗气进了车站，那老乡拽起二憨，像伏兔般猛地蹿起，越过铁道直奔站台。他们所处的位置与站台尚有挺远的距离，待犹豫了一下的书南也随后赶过去时，仅几步之差，车门已关，火车缓缓开动了。一股落下就要没了命的感觉猛然袭上心头，书南就像身不由己般跳上了车门的踏板。他将布袋夹在腋下，双手紧紧地抠住车门把手，身子顺势贴紧了。

从列车的后边传来一个人的喊声：罪犯跳上火车逃走了，马上通知车站派出所，让他们联系列车乘警帮助抓捕。

站在车厢外踏板上的于书南看到有人跟着火车追了一段后终于停下脚步。火车越开越快，耳边呼呼风响，不大会儿火车开出了车站。书南看一眼路旁转瞬即逝的草木土地，有一种难以说清的恐惧。他忙闭上眼睛，只听风响，不看脚下。这时，车厢里传出一声声撕心裂肺的呼唤：书南哥，抓住了，抓住车把手。

书南稍稍回头，只见二憨正贴着门玻璃嘱咐他。旁边一个戴大檐帽的乘警也在紧张地注视着他，大檐帽的后边，是几个比比画画的旅客。显然，他的举动是把车里的人们吓着了。这是趟普通快车，过了两个小站之后，在即将到达那个途中的中等车站时，车速渐渐放慢。这时书南又回头望了一下车内，二憨已经不见了，只有乘警那双鹰隼样的眼睛还在盯着他。书南情知不妙，就在火车将停未停还没正式进入站内之际，下死力纵下车去，像惊枪的兔子般奔向止东的荒野。

书南的举动是明智的，因为就在他跳下车拼命逃走一刻后，车站里的警务人员已经集合，说是接到火车上的通知，一名逃犯就在本次列车某某号车门的踏板上站着。

书南在野外隐匿了多半天，直到下半夜他才趁黑摸到下一个小站上，重新买了北去的车票，上了一趟市郊车。他赶到家时，天气不知什么时候大变，刮起了风，下起了雪，他不敢在车站停留半步，借着一股冲劲奔向于家屯去。书南走到自己家门口时，只见有个黑影在门口立着，借着雪光，他认出是春玉。而此时春玉也认出了书南，她朝前跟跄了几步，就一头倒在书南的怀里了。

劳累、寒冷与惊吓，使书南铁一样的身子垮了。他先是感到四肢无力，继而就发烧、口干、咳喘不止。春玉从附近的卫生所里给他请来了医生，服药三天，见效不大。她只好又去公社医院里请医生，医生给书南连服药带打针，病势渐渐控制住了。春玉把平日专门省给孩子们吃的细粮尽数做给书南，但书南却摇头不吃，说自己根本不饿。春玉知道他心里想的是什么，就开导他，说如果他有个三长两短，这一家人就算完了。书南这才稍稍吃几口，但往往吃着吃着又停住，眼望坐在炕上的两个孩子，泪珠扑簌簌连串滚落。他再瞧瞧春玉，春玉虽然一如既往，浑身上下收拾得干净利索，但那疲惫的眼神、萎黄的面容和细碎杂陈的皱纹，使之已经失去了往昔的清秀亮丽。那憔悴忧郁的神色，是心血耗尽的验证；明显消瘦的身形，分明是过度操劳所致。春玉啊春玉，我对不起你，全家大人孩子的重担，一下子压在了你瘦削的肩上，你承担得了吗？我不该病啊！我为什么要病呢？书南自愧又自责，下意识地薅紧了自己的头发。春玉清楚书南此刻的心境，赶忙偎过来安慰他：书南哥，没有过不去的火焰山。你说过的，对吗？

书南的心紧了紧，仰望春玉，一脸感激的神色。他拽过春玉的手揽在胸前，轻轻地一下一下地抚摸着，抚摸着。

日复一日地过了半个月，书南终于能下地了。这时的病人更需营养，可是，甭说鸡蛋白面几乎吃尽，只剩能够勉强可做营养的小米黄豆了。该借的，春玉也已老着面皮借过了；该求的，春玉也已红着脸求过了。然而那年月里，人们多数并不富裕，有心相助，也是有善心没能力。这天，书南在屋里走了几个来回，伸伸胳膊蹬蹬腿说，再有几天自己就能出门了。到时赶几个集，贩卖点儿东西，日子就会好过些。话没说完，一个趔趄差点儿跌倒。春玉吓了一跳，连劝带扶，把他弄回到炕上躺好。

　　书南的一句话提醒了春玉，她决定自己进城将这些花生仁卖掉，回来好给书南买些鸡蛋挂面，这样维持一段时间，书南就可恢复了。明刚已经稍稍懂事，让他在家陪着书南，明阳虽小却是个调皮鬼，春玉怕书南没法和他淘，就决定带着他。反正县城距此几里地，就是抱也能把他抱到集上。书南怕她路上作难，就劝她把明阳留下，春玉宽慰他说，明阳跟她在一块儿听话，要是留在家里，他抽冷子蹿出去，书南拖着个病身子怎么去追他。书南听春玉说得有理，只好作罢。

　　赶黑集春玉是办不到的，因为得早起。春玉倒无妨，问题是明阳一个小孩子在这冰天雪地中受不了。所以，她只能早饭后抱着孩子赶往城里。

　　春玉进城后，径直奔了车站去，那里人来人往，买东西的人也多。她有生第一次出来卖东西，虽是脸上热辣辣的，但迫于生计，也顾不得了。她把花生袋子放在检票口不远的水泥地上，用头巾将脸包上，只露出两只眼睛，将明阳用自己的棉衣裹好，这才鼓起勇气喊了声"卖花生仁了"。那声音让人听起来不像做买卖，倒是在向路人或者是苍天乞求什么。路人往往被她喑哑的叫卖吓一跳，待到看清是一个青年妇女在卖花生仁时，多数人停下来看她一会儿又摇摇头走开。

　　这时的社会形势不再那么紧张，人们似乎开始明白要想生活富裕，首先得要市场开放。城里的"黑市"也已经取消，商贩们大白天也可以从容不迫地在集市上进行公开交易了。所以，春玉不知躲避反而明目张胆地在车站附近摆开摊子，已能得到人们的埋解。然而，小小生意不去城里市场而到行人匆匆的车站出口前不远处来叫卖，也让很多人感到奇怪。可能正是春玉这种不谙世事的举动帮了她的忙，有人认为这女人很可能有难言之隐——譬如说她在这里监视等候负心离家的丈夫。否则，大风雪中却缘何还带着个小孩子呢……但多数人认为，这个妇女有精神病，别惹她。所以无论是负责车站安全的警察还是戴着袖章维持站外秩序的老太太，对这个风雪天在大庭广众面前卖花生仁的女人都是睁一只眼闭一只眼。"无知也是福"，这话听着荒唐，其实道理还是有的。

不知是可怜她还是春玉要的价格很合理，将近中午时，她那二十来斤花生仁竟也卖了三分之一。连累加冻，春玉蹲得双腿发酸，只想尽快把花生仁卖完，好赶紧回家。因为家中还有书南和明刚等她回去做饭，同时还惦着书南的药是否按时吃了。她的叫卖声更急更响，竟还喊出"贱卖了"之类的行话。

一辆在县城说来还很高级的中型吉普车急急地朝车站开去，与此同时，一辆南来的客车也在本城车站停下。吉普车赶到出站口，三位省里来的什么人物随后走出来，吉普车就是赶来接他们的。被吉普车接站的是两男一女，三人上车后不一会儿，中吉普在站前绕了个圈子，在众多羡慕眼光的跟随中返回去。

吉普车里的男人之一是姜承良。


因为身为军队高级干部的苏静之父站出来说话，加之那个被打伤的人也脱离了生命危险，姜承良被无罪释放了。缘于曾经庇护过自己的苏静父亲，缘于苏静对自己锲而不舍的追求，最最主要的还是缘于得到春玉和书南确已结婚的事实，姜承良出狱不久即和苏静结了婚。苏静幸福，姜承良满意，可姜承良万万没有想到因此而得罪了一个不该得罪的人。这个人就是那年与姜承良同桌高考的胡志强。因为沾了和姜承良同桌的光，正如他自己所言，姜承良能考什么样，胡志强也能考什么样，于是，这高矮相等水平不一的两个人都被这家医学院录取了。胡志强见

116

缝就钻，入学以来就像苏静疯狂追求姜承良一样，疯狂地追求着苏静这位有着高干家庭背景的女同学。没想到追求不如坐等，让姜承良这个情敌把一块肥肉轻而易举填进自己的嘴里。胡志强是个既有头脑又有野心的工于心计的青年人。自此他对姜承良事事留意，处处小心，于无声处做着常人难以预计的某种准备——从而也为姜承良以后的悲惨下场埋下了伏笔，制造了祸根。

出乎他们的意料，周兴馗却转而成了姜承良最为知己的好朋友、好兄弟。这个看上去并不算伶俐的大男孩一头扎进业务堆里，一边温习学过的东西，一边拼命吞咽新的知识。只要情况允许，便找各种借口钻进医院实习。他很快和一些医学界的老先生成为忘年交。那个年代，刚刚从"资产阶级反动权威"的泥淖里爬出来的老先生们难觅知音，如今遇见了这个极具天赋的年轻才俊，便将平生所学所知倾囊相授，而周兴馗也像久已干涸的沙地一样尽情吸吮。一石激起千层浪，不知是效仿还是世事变化让人突然醒悟，许多同学也先后跟着周兴馗走上这种暗地拜师倾力学医的路子。出狱后的姜承良便是其中之一。

周兴馗渐渐成了那一届毕业生中最有影响的人物，紧随其后的，当然就是姜承良了。他们的导师是一位既有医学修为又有艺术天赋的老人，看到本届学生中出了这么两个出类拔萃的接班人，欣喜之余挥毫草书两幅诸葛亮写给他儿子诸葛瞻的《诫子书》：夫君子之行，静以修身，俭以养德。非淡泊无以明志，非宁静无以致远。夫学须静也，才须学也，非学无以广才，非志无以成学。淫慢则不能励精，险躁则不能治性。年与时驰，意与日去，遂成枯落，多不接世，悲守穷庐，将复何及！

周兴馗和姜承良把恩师所赐的墨宝装帧成幅，各自挂在宿舍的墙上，以便时时欣赏，以资激励自己锲而不舍的进取心。

当吉普车驶离车站检票口时，车里的姜承良似属无意地侧了下脸，恰好看到正在不远处卖花生仁的春玉。这时春玉已将头巾摘掉，那失神的目光也正好奇地望着威风八面的吉普车。姜承良侧脸的刹那愣了一下，接着皱紧眉头好似想起了什么。他的嘴唇动了一下，脸色也有点儿变。但这也是一刹那的变化，因为吉普车眨眼间拐了个弯，驶往县医院的岔路上去了。

书南和二憨省城遇险的那一次，正是姜承良命运的转折点。姜承良绝处逢生，事后苏静带着他去和父亲见面致谢时，这位老军人见姜承良确是一表人才，谈吐中更显得与众不同，便发自内心地夸赞了几句，并说他和女儿真是郎才女貌天生一对。这话苏静久已盼望，姜承良的心里也同时受了某种震动。眼见着与春玉有缘无分的这种结果，当苏静两次真诚表白时，他几乎没有多做考虑就答应了对方的要求。他们的婚礼进行得很有时代性，在父母面前鞠了躬后互相致礼，大声表白了各自对婚姻的忠诚，又向参加婚礼的同学同事们撒了一把糖就双双入了洞房。当二人坐在床沿上相互对望时忽然想起，整个婚礼过程中怎么没有看到那个同学胡志强呢？

两个人当时自然不会知道，胡志强此刻正躲在自己的宿舍里，哭一阵笑一阵，在室内来回乱蹿乱蹦，像患了脏躁症一样语无伦次地骂。骂谁？当然是骂姜承良。他认为姜承良从中横刀夺爱，本来应该属于他的苏静，让那个当年在街头上将自己三拳两脚打倒在地的恶棍弄到手了。他恨，他悔，他甚至悔恨自己下手太晚，如果趁着姜承良在狱期间连哄加骗和苏静生米煮成熟饭的话，岂不万事大吉了。末了，这位总是有决心没能力的家伙终于沉静下来，他走到桌前拿起一把小刀，在墙上刻下八个字——夺妻之恨，迟早必报！

新婚之夜，姜承良当时也曾想到过春玉，想到此刻如果坐在这床沿上的是春玉有多好？他试着把苏静当成春玉看，可是越看越不像春玉。鬼使神差，他忽然叫了声春玉，苏静立时跳起来：怎么，你还没忘记她？

姜承良和春玉的关系同学们都了解，苏静更是最清楚不过。当初在她多次向姜承良示爱之后，姜承良曾经坦白地向她解释，自己心里早就

118

有了意中人了，自己和她是两小无猜的痴情恋人，任何女人都难以代替她。苏静当时轻轻一笑，说：你这么优秀的男人，但凡异性，岂有不爱之理，我不会轻易放过你，哪怕你和她举行婚礼入了洞房，我仍要想法儿得到你。姜承良大笑不止，说：苏静你真能开玩笑，你把对我的这份痴情用到周兴馗或胡志强身上五分之一，他们也会对你顶礼膜拜的。苏静沉下脸说：姜承良你别拿人开玩笑，如果他俩有你五分之一的才貌，我肯定会和他们好。可是他们不行，特别是那个胡志强，他看重的只是我的家庭出身，这样的人绝无真情可言。你不同，你只要真爱上谁，那就是发自内心的，无可替代的，我看准了你的个性，所以我才不弃不舍，哪怕你看不起我或骂我，我也不会放手的。

今夜，姜承良和苏静已经坐在同一张床上了，马上就要进入到人生最最美妙神奇的旅程中了，可姜承良仍旧念念不忘和春玉的旧情，苏静当然受不了。她先是和风细雨地向姜承良示情示爱，继之便声色俱厉地嚷道：告诉你姜承良，我是真心爱你，但你也得必须真心爱我，既然你我已是事实上的夫妻，就得相互敬重，相互爱抚，如果你仍旧吃着碗里的想着锅里的，可别怪我明着暗着背叛你。一个现成的胡志强就在这里摆着，你难道就不怕我让你戴上绿帽子吗？彼时，你推不掉我又舍不下我，会处于猪八戒照镜子——里外不是人的境地。

姜承良听得汗毛直竖，他了解苏静的性格，这个从小在军队大院里长起来的女孩子，别看平时娴静温顺，惹翻了她那可是一口倒进凉水的热油锅。苏静的一软一硬把姜承良降服了。他刚从牢狱之灾中脱身，不能没有这座靠山，不能没有这个看似平常实则厉害的女人和这个女人的家庭做后盾。这种想法占据了他的心灵的同时，姜承良又考虑到春玉的的确确已为他人之妻，所以，他只能"忍痛割爱"，再不迟疑，再不拘束，双臂抱住苏静滚翻在床上，一边动手脱去苏静的外衣内衣欹身而上，一边喘着粗气说：亲爱的，我怎么会一心二用呢？

苏静在极度幸福中发着轻轻的尖叫，用女人特有的娇嫩柔声呢喃着：亲爱的，我已经是你的了，是你的了，永远都是你的了，我真是幸福得要死了……

　　婚后，姜承良和妻子苏静并没有出外去度越来越时兴的蜜月，而是如同往常一样，一头扎在临床医学上。他们相互帮助，共同进取，就像周兴馗那样，很快成长为医院的顶梁柱，成为新一代医学研究的领先者，成为医院最具实力、最有影响的医学专家。一年后，他俩分别主持了两个科室的工作，一时间在医院里成为炙手可热的人物。所以，此次县里到省医院请求医疗支援，科主任钟教授自然而然就把他们夫妻同时带来了。

　　中吉普把钟教授和姜承良夫妇载到县医院，钟教授向来是"一万年太久，只争朝夕"的工作作风，马上就要给病人会诊。于是，院长前边带路，身边主治医师相随，一伙人径直走进一间在当时来说算是档次很高的干部病房。病房里住着的是本地刚刚到任不久的县长，县长高烧几天不退，医生们则以肺感染投药，然而中西合力用尽各种治疗方法，县长依旧高烧不退。为县长的健康着想，也为自己不承担责任，院长想了个两全其美的办法，不推辞也不转院，而是派人到省医院请求专家前来会诊。

　　病床前，主治医生对病人的情况做了详细介绍——县长在家已发热三天，入院后按肺炎治疗，不见好转。今天早晨查体体温仍是 39.5 摄氏度。三大常规、肺 X 光片以及血生化等项都做了检查，检查结果白细胞及中性增高，胸片显示肺感染陈旧性肺结核。给予抗生素及对症治疗。病人自入院后体温一直在 37.8—39.8 摄氏度，一般一下午和晚上体温较高。每天查房，各位医生一直认为是肺感染，至于为何治疗不见好转，有的认为是用药时间短，炎症没有控制；有的认为是抗菌药物不敏感，现正准备做痰培养加药敏试验……

　　钟教授听罢主治医生的介绍，认真看了 X 光片，皱着眉头好半天不说话。院长和主治医生都紧张地盯着钟教授，那神情似乎真的害怕对方说出病人患了绝症什么的。钟教授给病人听诊，姜承良和苏静则反复看着 X 光片出神。钟教授听诊叩诊后转过身来，用意味深长的目光盯着姜承良说：小姜小苏，你俩对这个病人的病况有何看法？

姜承良和苏静都没表示意见，两个人分别给病人反复三次听诊叩诊后直起腰来，以征询的目光望着自己的老师。三个人相互望着，望了半天几乎同时说出一句话——空洞型肺结核。

虽然是近乎异口同声，但钟教授依旧让自己的学生说出根据来。姜承良看了看苏静，苏静示意他给大伙解释一下。姜承良点点头，以当仁不让的态度再次拿起病人的胸片摆在灯光下。在姜承良的指点下，院长和主治医生全都凑到病人胸片前认真观看。姜承良口气轻松但又相当郑重：你们看，病人是陈旧性肺结核复发伴有肺感染，在他的胸片结核钙化点的后面有空洞，里面有较钙化点密度较低的影像，那里面应该就是结核杆菌了。空洞内麇集了大量结核杆菌，一般剂量的抗结核药是起不到作用的，必须集中用药才能奏效。

院长和几位医生啧啧连声，说真是一级医院一级水平。在钟教授的指点和建议下，主治医生调整了治疗方案，给予 5% 葡萄糖 250ml + 异烟肼 0.4 静点，利福平 0.6 一日一次空腹口服，给予结核菌素、结核抗体检查，以明确诊断。

院长问钟教授是否还需要采取其他治疗措施，钟教授口气很有把握：不必了，病人现在是肺结核活动期，在防止空洞进一步扩大的同时要注意休息。改用这个治疗方案三两天后，病情必有所好转。

院长、医生和患病的县长同时长长地松了口气。

通往省城的公路是土路，因为天气原因，汽车难以行驶。钟教授三人仍须乘火车返回，而返回省城的火车是下午四点，他们只好留下来吃顿便饭。此时上午十点半，距离吃饭时间尚早，苏静想了想，说自己的姐夫在这个县的市场管理所当所长，借着饭前的时间，想去姐夫那里看看。那时交通不便，但凡有点儿方便条件的人们都会充分利用，苏静的要求，姜承良自然一口答应。

市场管理所在一座旧式二层小楼上，妻妹和妹夫意外来访，让所长老魏异常兴奋，他沏菜倒水，并让市管员小刘准备午饭。当听说县医院已经留餐之后，这位姐夫马上吩咐小刘到外边买些糖果花生一类的佐茶食品。此时，外边的风雪越刮越大，楼下窗前那棵干了尖的老杨树呜呜儿乱响，如警笛一样刺人耳膜。因为是所长吩咐，小刘迟疑了一下还是跑出去了。

小刘走后，姜承良和苏静坐在桌旁椅子上，一边喝茶一边和姐夫老魏叙家常。姜承良望着结满冰花儿的窗玻璃，此次来到从小生长的县城非但没有勾起他美好的童年回忆，反而增加了许多难以解脱的忧郁和焦灼。他想起了学校，记起了父母，惦念着如今不知境况如何的春玉。他真想抽出时间到于家屯去看看春玉，哪怕在暗中看一眼也罢。可是，他不能去，他只能想，因为妻子苏静就在身边坐着。忆起当初避难时与春玉的几夜缠绵，想到那夜车站之别，如今近在千米却不能回去看看，忧虑、心酸、痛苦、难过，他此刻真想哭。最最主要的仍是春玉的近况，想到春玉，瞧瞧坐在旁边的苏静，一种不可名状的复杂情感攫住了他的心。他感到胸中堵塞，脑中混浊，身躯内像灌满了糨糊似的。他破例向老魏要了一支香烟，他点燃香烟狠命地吸了一口，又狠命地把烟吐出来。吐出的烟团形成一片灰色雾霭，雾霭散开，几缕细细的烟丝旋着钩儿在眼前游动，像试探着凑上来扯他的神经。他忙闭上眼，不想，也不看，要使神经尽量松弛，让大脑一片空白。然而，是徒劳。他越想控制自己，就想得越多……

姜承良叹了口气，狠狠拧了自己的额头一把站起来。恰在这时，楼下传来杂沓的脚步声，好像还有个女人的声音在分辩着：同志，你不能冤枉人啊！

接下来是小刘的声音：进屋说！

姜承良侧耳细听，楼下进来三个人，小刘之外，另有一个女人一个小孩。小刘将一条布口袋什么的扔在了地上，压抑着嗓门吼道：坑人！

听动静，小刘还推了那女人一把。随之又有一个孩子的声音：妈，我怕！

市场放开的同时，也出现了一些投机取巧者，耍秤杆、要高价等坑骗之事常有。为了监督市场，这里的市场管理人员都携有小巧标准的弹簧秤。今天，这人一定是趁了风高雪大市场管理松弛而搞投机了。不料，她还是完全意外地撞在了小刘手里。然而，如此天气，一个女人拽着个孩子确也不容易。姜承良正自思忖，那女人开始焦急地争辩了：同志，我也不是小商小贩，犯不着耍秤杆坑人赚钱，不信你去调查！

这声音——姜承良一下子怔住了。听见小刘把自己手中的弹簧秤哗啦扔在桌上，口气更严厉：那，你为什么少两短秤？二斤花生仁恰好少二两。说呀，讲不清理由，就得重罚。

女人似乎也镇定下来，说话不再那么慌了。她解释说这点儿花生仁是自己丈夫从集市上买来的，本来准备贩卖到省城，因为突然患病而耽搁下了，自己进城来取药，顺便捎来卖了做点儿添补。即使真的坑了人，也不是故意的。不过，她还是认罚。听声音，女人将手中秤递给小刘，很诚恳地说：你验吧！

这霎，姜承良的脑袋已经涨成了气球。因为他早听出，卖花生仁的女人就是春玉。回想刚才车站出口前自己不经意的一瞥，此时的疑惑早已成为现实，是春玉，没错，肯定是她。当姜承良和苏静跟着钟教授乘坐吉普车驶离车站时，当春玉在车站一侧手执秤杆颤声叫卖的形象进入姜承良的视野时，他诧异，惶惑，甚至产生了有些惊恐的感觉。当时绝对不存在自己看错人的疑心，因为春玉的模样已经烙在了他的脑子里，千变万化，容貌仍在，是她，绝对就是她。此情此景显然出他意料，由于没有丝毫的心理准备，脸上的肌肉也神经质地抽搐着。他曾失态地啊了一声，姜承良的表情变化逃不过苏静的眼睛，苏静当即推了他一下，用那种追根究底的口气问道：怎么了，又犯哪股子邪？

姜承良赶紧收回目光支吾搪塞：汽车刚才拐弯时，差点儿撞在一个人的身上。

苏静疑惑地看着他的眼睛，嗫嗫嘴唇再没说什么。

在吉普车驶往医院的路上，姜承良心中一直自我宽慰，一定是自己重返故地心乱眼花，世上哪有这么巧的事呢。不可能是春玉，不可能！此刻出了这件意外，姜承良可以确凿无疑地认定，那个在距检票口不远摆摊的女人就是春玉。姜承良知道，她手里的秤，是于书南家中一杆旧制每斤十六两的老秤，那秤有毛病，一直不用。那年书南不慎拿了此秤去赶集，让人测出，差点儿给砸了。这情况，春玉是不知道的，今天的事，能怨她吗？天啊，这是巧合，还是对我的居意惩罚？姜承良想到这一点，气短心跳，喘气也不匀了。他的身子摇晃了几下，赶紧扶住桌子。所幸，他的失态苏静没有发觉，因为她正和姐夫聊着家庭中的某件事情。

姜承良站起身来踱了几步定定心神，几乎是身不由己地在楼梯口走来走去，他神不守舍，竟然闹不清自己想干什么。

此刻，楼下的春玉母子已被推搡到一楼的一个角落里，不许哭也不让说话，只让她娘儿俩静静地等着。把她母子抓来的小刘甩着弹簧秤走上楼来，楼下两个高大粗壮的市管员看着春玉娘儿俩。不大会儿，作为所长办公室的楼上套间里传来对话声，间或有个嘶哑的男声"哦"一下。套间里的说话声时高时低，懵懵怔怔的承良也听不清他们说些什么，当然也无心听。他此刻最惦念的是春玉和她的孩子，然而，他又不能明确表示自己的意见。

楼下，和孩子偎在墙角的春玉心中更加焦急，她想，自己不在家，书南父子二人的午饭怎么办？因为书南到现在仍是行路不便，浑身乏力，连走到缸前舀碗水的力气都没有。春玉看看一直裹在怀里的明阳，明阳正瞪着一双大眼睛惊奇地望着妈妈。显然，他对刚才发生的事感到奇怪，感到不解，妈妈不就是卖花生仁了吗，为什么要给捉到这里来呀？他口齿仍旧不太清楚，想到说不出，所以便用疑惑的目光打量着这楼下的橱柜、桌椅和两个坐在桌子后边相互摆划什么的人，然后稚声稚气地问春玉：妈，妈妈，回、回家吗？

桌后边那个大个子闷声闷气地说：回家？哼，想得美，少秤短两的小商贩，不关几天你们不知道锅是铁打的。

春玉一听这话吓坏了，忙解释：同志，俺不是小商小贩，家中男人有病，俺只想卖了这些花生仁给男人买些吃的喝的养养身子。你们行行好放了俺母子吧，家里爷儿俩还等我回去做午饭呢。

春玉说着说着哭了，哭声很大。明阳见母亲哭了，也哭起来，大个子跑过来哄吓道：别哭，再哭把你们送拘留所。

春玉止住哭，小明阳仍在哭。春玉只好一边哄孩子一边对那人说好话。因为要压过孩子的哭声，春玉的嗓音挺大，大个子连忙低声斥责：你小点儿声好不好，楼上正有客人说话，扰乱了所长的兴致，你受到的处罚更大。

春玉赶紧捂住明阳的嘴：别哭孩子，听伯伯说了吗，了不得！

旧式的楼梯口是开放的，楼上的谈话下面听得一清二楚。忽然，楼上谈话声蓦地中断，有人似乎在问着什么。大个子紧张地望着楼上，春玉也把明阳搂得更紧了。明阳可能听懂了母亲的话，哭声越来越小，越来越弱，最后只是在抽泣。他把小脸紧紧地扎在母亲怀里，两个肩头仍是一耸一耸的。少顷，有脚步声从楼上传下来，春玉抬起头朝上看时，那脚步声又停止了。她恍惚听到一声熟悉的惊呼，之后就是一片让人心悸的静寂。春玉纳闷地盯住楼梯瞧，什么也瞧不到。大约两分钟后，楼梯上又响起了脚步声，脚步声渐渐消失，显然是刚才下来的人又返回去了。不知过了多长时间，一个面目和善的中年人走下楼来，带着怀疑的目光注视了春玉好一会儿，忽然阴着脸子对站在楼梯口的大个子说了些什么。大个子连连点头，和中年人走到春玉面前立定，看春玉像审视犯人一样审视了好一会儿，忽然皮笑肉不笑地问：你家是哪里？

春玉仰脸看着中年人：于家屯的。

中年人轻轻点头：你男人叫什么名字？

春玉顺口回答：于书南。

中年人和大个子相互看了看，点点头返回到楼上。

春玉惊奇地看着中年人的背影，弄不明白他何以问这些话。

春玉听到楼上似乎响起窃窃私语声，不大会儿中年人又走下楼来对大个子附耳说了几句话。中年人返回楼上后，大个子摇摇头走到春玉母子面前说：你真是走运，遇上贵人了。

　　大个子说着，吩咐一直站在门口的那个人将春玉母子连同他们的花生仁口袋一块儿推出楼门。春玉在被搡出楼门之前似乎听到那中年人对大个子说话的内容，大约是看在什么姜大夫的面上今天法外开恩。

## 12

　　春玉所听到的从楼上下来中途又返回去的人是姜承良。

　　春玉母子被小刘连拖带拽地押着到了楼下。呵斥与哀告，追问与争辩，这无节奏的小小骚动传到楼上，姜承良全部听到了。姜承良的身子哆嗦了一下，在楼梯口处来回踱着，就在小刘和所长谈论此事的同时，他稍做沉思，顺着楼梯往下，脚步沉重而匆急。他那异样的神态，苏静并没留意，倒是随后从办公室里出来的老魏和小刘注意到了，二人深以为奇。在老魏和小刘惊诧的目光中，姜承良几乎是下意识地走向楼下。

　　旧式的楼梯呈直角盘旋状，姜承良拐过第一道弯，眼前的一幕令他突然间打了个激灵，心脏一阵无规律的扑通之后，脊背骤然发冷。他的腿抬不起也迈不动，似乎在刹那间被人使了定身法。他看到，蓬头散发满身泥污的春玉蜷缩在楼下墙角处，一手搂着孩子，一手攥紧了秤杆和一条口袋。她蹲在那里，瑟索着，辩解着，哀告着，在一个麻脸大汉跟前是那样的弱小，那样的卑微，那样的可怜巴巴。大汉作威作势，声色俱厉，虽然听不清内容，但明显是在对春玉进行申斥和恫吓。麻脸大汉冲春玉腿上踢了一脚，还扮了个含义清晰的下流动作，春玉咬住嘴唇没有吭声。可是，她怀里的孩子哇一声吓哭了，连声叫着"妈妈，回家，回家!"稚嫩的嗓音，剑一样刺进姜承良的心窝。他猛地闭上眼睛，从牙缝里深深地吸进一口凉气。说实话，他在楼上听出了春玉的声音并在迈下楼梯头几步时，曾想到要与春玉相认。可是，待到看见春玉的形象和处境后，忽又忆起了自己如今的处境，原先相认的念头就又忽地飞走了。有人说第一个进入心灵的异性难以忘却，春玉不但是第一个，同时还是曾经救过他的命并从小就与之相濡以沫的，他当然忘不了。然而，此一时彼一时，他身边如今有个苏静，他是个很有理智的人，担心此举会引起苏静的误会，进而弄得局面难以收拾。所以，稍沉片时，他就稳住心神，义无反顾地返回到楼上去。他走到老魏跟前，朝着楼下挥了挥手，这个阅历颇深的中年人就已心领神会了。老魏凑到姜承良的面前问他出了什么事，姜承良心中一动：姐夫，楼下那个被抓来的女人，是我当年在本地读书时的同学。

老魏意味深长地"哦"了一下，便走下楼去例行手续似的问了问，回到楼上对姜承良说了几句什么。姜承良点点头又做了个求情的手势，也就是这一个手势，春玉母子才得以逃出市管所。

春玉母子走了，是被楼下那个高大的麻脸市管员连呵斥带讥讽撵出门外的。心神稍安的姜承良坐回到椅子上，目光游移地盯着窗外。窗外，风雪扑打着玻璃，玻璃挡风不御寒，仍有一股股的凉气透进来，在这充满阴郁气氛的房间里游荡，回旋。这就是冬天，事情就发生在这个冬天，这可怕的季节，悲凄的经历，让他感到身寒，心也寒。

透过楼窗的玻璃，春玉母子的身形出现在姜承良的眼里。大风雪中，她在湿滑的路上，带着她幼小的儿子，带着痛苦、悲辛、让人心悸的眼神走了。冒着严寒，带着孩子步行进城卖花生仁，若非身临绝地的生计，谁会如此涉险犯难？唉！那披满雪花的瘦瘦的身躯，那挂满冰碴的头发，还有那小小孩童天真稚嫩几近冻僵的小脸儿上所流露出的惊恐与惶惑。娘儿俩的身影渐渐消失在蒙蒙雪霭中，姜承良的目光仍旧盯着窗户，惆怅百端地凝望着窗外远处灰蒙蒙的天，似乎要从晦暝的天底下搜寻些什么。他感到浑身发紧，胸腔里好像有许多长锥般的东西在轻一下重一下地刺戳。这长锥谁也看不清摸不着，那痛苦的滋味自然也是无可名状的。风高，雪大，这奇怪的风雪声，很像一个女人伤心已极的呜咽。

苏静仍在和姐夫一件接一件地拉家常，倒把姜承良撇在旁边。姜承良怀着遭到冷落的心情重又站起来，他走到窗前，呆呆地站在那里，不动，也不说话。望着外边风雪中来来往往的行人，想想刚才春玉母子的情景，他悄悄地流下了泪。泪水顺着两条藤蛇纹淌进嘴里，他用舌头舔了一下，涩涩的，咸咸的。此刻他站在并不算高的二层楼上，却感到心中发虚身子晃动，好像这楼房马上就要坍塌似的。他下意识地往后退了两步，看看楼房依然原样，就又站回到原来的位置上。屋里的热气与外边的冷风相互较量着，窗玻璃给涂上一层薄薄的雾气，姜承良忽然伸出右手食指，在窗玻璃上接连写了几个"惨惨惨"。

两年后，那个被姜承良打伤的团伙头子因手术后肠粘连再次手术，造成继发感染转为败血症而死去，作为间接责任人的姜承良再次被捕。那个曾沐姜承良之恩混进医学院并在毕业后也分配到省医院的胡志强，此时却出人意外地亮出了自己的秘密武器。他出具证明，说姜承良当年在原籍就是个十足的恶棍，那次打斗中对方虽然已受重伤，可姜承良仍旧用他的功夫脚在对方肚子上接连踹了七八下，否则，伤者也不会内脏破裂，康复后也不会弄成肠粘连。从医学的角度上讲，倘若伤者没有并发肠粘连，也就不会进行两次手术而继发感染了……

姜承良被刑事拘留后，苏静因为是此事的导火线，也和姜承良的下场一样被临时拘留。不过，就在对他们拘留的第三天，一辆军用吉普开到拘留室前，把苏静给接走了，据说是要和姜承良分开隔离审查；又过了不几天，一位军人和一位公安局的负责人来到隔离室，向姜承良出示了苏静关于事发经过的书面材料，姜承良朝材料上扫了一眼就点头认了。

苏静被无罪释放，姜承良依然在押。

对姜承良刑拘才几天，公安局已经定性他是犯了过失杀人罪。他先被正式逮捕，接着是法院的例行审讯。列罪和定案仅仅半个月，因为在他被逮捕这短短的十多天里，胡志强立场坚定爱憎分明，对他进行了全面彻底的揭发。在揭发材料中，即使他二人私下交谈的关于当时脚踢对方的话也无一遗漏。这使姜承良愤怒、惊骇而又无可奈何。他无从辩解也难以辩解，因为样样件件，人家说得有时间有地点有周围环境甚至有具体原话。尽管他怀疑其中多有出入，也是口说无凭，没有办法，因为对方拿出了日记本，他的一言一行，都在本子上记着。至此，他终于理解了"害人之心不可有，防人之心不可无"的道理。他摇摇头，认了。

当时法制刚刚恢复，一个人的证词几乎就是铁的事实，法院采纳了胡志强的证言，姜承良被判刑十年。他被送进了劳改队，要在这里度过十年铁窗生涯。

姜承良在劳改队里悔恨交加自杀未遂，患上了重度抑郁症。周兴馗和苏静来探望他，看到姜承良这般模样，苏静的心碎了。隔着一座水泥台子，她攥住承良的双手痛哭不止，涕泪交加，她悲怆万分地叮嘱姜承良安心服刑，自己会经常来看望他。姜承良低头不语，猛地从苏静掌中抽出手来，将两个食指交叠在一起伸向苏静的眼前。苏静大哭：不就是十年吗？我等你，十年后我们仍旧在一起，仍旧过我们一直向往的幸福生活。

姜承良仍不说话，他左手掏出手绢擦去苏静脸上的泪，右手从衣袋里取出一封早已备好的明信片放在水泥台子上。周兴馗和苏静清楚看到，明信片上写的不是信，而是《红楼梦》中的一段话：陋室空堂，当年笏满床；衰草枯杨，曾为歌舞场。蛛丝儿结满雕梁，绿纱今又糊在篷窗上。说什么脂正浓、粉正香，如何两鬓又成霜？昨日黄土陇头送白骨，今宵红灯帐底卧鸳鸯。金满箱，银满箱，展眼乞丐人皆谤；正叹他人命不长，哪知自己归来丧？……乱哄哄你方唱罢我登场，反认他乡是故乡。甚荒唐，到头来，都是为他人作嫁衣裳！

周兴馗和苏静同时变色：你颓废，你荒唐，以你的才智和为人，怎么会有如此想法！要振作，要豁达，不许胡思乱想，好好服刑，我们会随时来看你。

姜承良摇摇头，目光望着周兴馗：兴馗，再来时，给我捎些书籍资料一类的东西，我考虑到几个临床医学中的难题，想探讨一下。

周兴馗连连点头：没问题，尽管放心，临来时钟老师还提及此事，他说你是个业务天才，只要认准一门课题，将来必有所成。

姜承良转身盯着苏静：你，就不要来了，咱们离婚吧。

苏静大惊失色：姜承良，你胡说什么，我活一天，是你的妻子。你活一天，是我的丈夫。你是个忠贞男子，我也不是水性杨花。再说这种话，我扇死你！

姜承良脸上现出苦笑：胡志强对你一往情深，你还是嫁给他吧，否则……

苏静的右手掌带着风声抢过去，若非周兴馗及时抓住她的腕子，姜承良的脸颊会随着响亮的击打声肿起来的。几乎与此同时，姜承良也是下意识地朝旁边闪了闪，然后闭上眼睛，不再说话。


回去的路上，苏静坐在汽车里，情绪非常低落。她不停饮泣，不停哽咽，她低声道：兴馗，亏他说得出，离婚，要和我离婚！

周兴馗：这事不要放在心上，承良既然说这话，可能是为你着想。

苏静：为我着想就不该胡说八道。更可气的是，他让我嫁给胡志强，那个姓胡的算什么东西，他就是给我跪上八天八宿，我也不会拿正眼看他。

周兴馗一连叹了几口气，说姜承良讲得没有错，胡志强的确是对她一往情深。为了达到目的，不惜捏造事实，还把当初斗殴时的情节添油加醋形成材料提供给司法机关。听司法机关的朋友说，倘若没有这些节外生枝，承良至多判上一两年。这不，承良刚刚判刑，姓胡的就和老婆离了婚，目的何在，不是非常明确吗。苏静长长地"哦"了一声：我说呢，难怪这个姓胡的近来随时随地缠着我，嘘寒问暖，关照吃喝。原来，醉翁之意真在酒啊。可是，承良他怎么未卜先知呢？

周兴馗沉吟半晌告诉苏静，她和承良举行婚礼的当天晚上，胡志强喝醉了酒，曾经把自己和承良叫到一边亦庄亦谐地发牢骚，说苏静这女人本来是他的，如今上了姜承良这条贼船，他不甘心，不服气，早晚要报这夺妻之恨。当时他和承良都以为胡志强是在说醉话，说笑话，说疯话，没想到还真是酒后吐真言。

131

苏静的眼里闪出一道寒光，白嫩细腻的脸上突然泛起一抹铁青色。

让苏静绝对没有想到的是，她和周兴馗回到省城医院半个月，竟然收到了姜承良又一封明信片。信的内容砭肉刺骨，令苏静胆惊心寒。

苏静，伤了你的心，伤得很厉害；知道对不起，但也很无奈；你寻觅真情，我十分理解，不过你忘记了我们生存着的这个世界充满了尘埃。静下心来，设身处地为自己想一想，毕竟你我曾经有过真爱！才华使你自命不凡，容貌令你左顾右盼。寻觅的过程你曾跌伤，为何至今仍不幡然？人为的躲避代替不了现实，你毕竟是生活在人间！人间的天地亦窄亦宽，人家曾想继续奉献一份爱怜，怎奈你生性偏狭，全不把那份真情收到眼前。自命清高诚为难能可贵，可你为何就不扪心自问——这世上莫非只有你才能争尽脸面？面对现实是你的唯一的选择，潜心静养才能保证身体康安。你自以为聪明其实是自欺欺人，韶华将逝你还能高傲多少年？三五七九虽是奇数，可曾想前世你未必就是真仙？放下架子，正视现实，切勿轻狂浮躁，因为人生转眼就是百年！在大海中凭着想象寻寻觅觅的人，永远也难以到达理想的彼岸。只有脚踏实地真情相待那个对你一往情深的人，方可如你所愿。不要自己和自己进行一场精神大战！天也宽，地也宽，天地虽宽不如人的心地宽……望你听劝，听劝，真心听人劝！

明信片的后边附有一首打油诗：夫妻关系就是妙，五湖四海任鱼跃。如今我为阶下囚，小爷们从此再也不信人间真情了！

因为是明信片，医院里许多人都亲眼见到。人们开始议论纷纷，最为兴奋的是胡志强，每天数次找到苏静，询问、安慰、开导、讨好，极尽巧言令色。

周兴馗吃惊异常，尽管明白承良是在设身处地为苏静着想，却没想到这位天才会想出如此破釜沉舟的一招。他赶紧去找苏静，生怕苏静想不开另生事端。然而，他见到的苏静却是平静而淡定，似乎一切都在掌控之中。苏静告诉他，事情到了这步田地，自己不想离婚也办不到了。因为这半个多月来，口舌是非已在医院传开，说姜承良出事后，她就和胡志强私通。佐证也极具说服力，胡志强与妻子离婚，目的就是和她结合。苏静心中明白，这一切都是胡志强暗中布局，但她有口难辩，只能任其所为。更何况，昨天院领导找她谈了话，提醒她在男女问题上要自尊。如今又出现了这封明信片，自己连悬崖勒马的余地都没有了。这个表面温柔内心刚强的女性，终于做出了一个让天神也难意料的决定。她要公开宣布，和姜承良离婚，并立即改嫁给胡志强。

周兴馗又来探监，这次苏静没来，她让周兴馗捎来了离婚协议书。姜承良看到离婚协议书，毫不迟疑地提笔在上面签了名，并一本正经地对周兴馗说，苏静的名誉终于可以保住了。周兴馗怔怔地看了他一会儿，出人意料称赞他做得对。周兴馗走后，姜承良静静地想了好长时间，忽然大笑不止。看守人员赶紧跑过来，架着他走进了医疗室。

姜承良的母亲听到儿子不幸入狱的消息后气郁成疾，在和姜尘前来探监的路上病逝。姜尘忧愤交加，回去后不长时间也患了脑溢血，自此躺在医院里再也不能动了。可能因为姜承良案情特殊，也可能因为他患了抑郁症，半个月后，他被转到省城以东数百里的另一监狱继续劳改，虽然谈不到与世隔绝，但基本上从此就过着孤家寡人的生活。

这天，身着犯人服装的姜承良正在生建车间里学习造火炉，一名看守员走进车间告诉他，说是家里人来探监了。姜承良疑窦丛生，父母的情况他早已知悉，苏静已和自己离了婚，家中再无别人，有谁会来看望自己呢？不过，既然指名道姓是来看望他的，他就不能见。姜承良跟随看守员来到会见室后大吃一惊，隔着一道水泥台子，好友周兴馗正满眼泪水地盯着他看。周兴馗如今已是誉满全省的年轻医生，被报纸上称为新时代的学术权威。姜承良做梦也没想到，这个曾经为他带来苏静离婚协议书的周兴馗会又来看望他。因为当他看到周兴馗收起苏静的离婚协议转身走出会见室的那一刻，心里想的是苏静可能要扑到周兴愧的怀抱痛哭不止。而周兴愧也会骂他猪狗不如丧尽良知。如果真的是他所想，那么这个一向疾恶如仇的周兴愧怎么还来看望自己呢？

姜承良声音暗哑：你、你怎么来了！

周兴愧擦了下眼泪：我一直在打听你的下落，有一次给一位武警部队的首长看病，他的部下恰好是管理这所监狱的，这才知道你在这里。

姜承良点点头：苏静现在如何，她与胡志强结婚了吗？

周兴愧苦笑了一下：苏静？哦，长痛不如短痛，实话告诉你吧，苏静收到你签字后的离婚协议书不久便自杀了。

周兴愧的口气轻描淡写，其实他并没和姜承良细述苏静自杀的过程。


在"丑闻"的压力下，在领导、同事以及一切知情者的白眼相涮中，苏静只好让周兴愧捎去离婚协议书。姜承良在协议书上签了字，二人的离婚便是既成事实。大喜过望的胡志强立即求婚，苏静也不推诿，二人水到渠成，立即领证。

对于苏静的闪离闪婚，医院里大多数人看不惯，人们对于此事的评论似乎也有道理。苏静出身名门，本来看中的是姜承良的才与貌，如今姜承良才已夭折进了监狱，弃之他嫁当是正理。只是这个女人做得太过，至少你得有个缓冲过程吧！不过，周兴愧对于苏静的所作所为却是疑窦丛生，以他对这位同学的长期了解，苏静不是这种性格，更不是这样的人。至少，她对挚爱已久的姜承良的绝情不会立竿见影。苏静这么做，必有她的图谋、她的隐情。

周兴愧独具慧眼。

可能是"二婚"的缘故，胡志强和苏静的婚礼只在医院小礼堂中进行了一个简单的仪式，几把糖果撒出去后，两人就急匆匆地走进了洞房。

省医院虽然规模很大，但当时医护员工的住宿条件却一般。他们毕业分配到此的年轻人，只能分到筒子楼中的某一间。同事结婚，一方搬到另一方的那间屋里就算成亲了。喜不自胜的胡志强从一楼搬到苏静和姜承良往日住的三楼一间房内，准备开始过幸福的夫妻生活。和他们毗邻而居的周兴馗走过来说了几句恭贺新婚的吉利话，怀着复杂的心情返回自己家里，让妻子给他沏了一杯好茶，一边喝茶，一边心事重重地坐着。妻子见他郁闷失神的样子，就坐在旁边和他闲聊。说一些医院琐事，谈一些家长里短，这位美丽善良的女医生费尽心思，坐在对面的丈夫懵懵懂懂，像突然患了痴呆症似的。

晚上十点，就是晚上十点，周兴馗记得很清楚，外边有人轻轻敲门。周夫人起身去开房门，周兴馗也随后跟过去。门开处，只见苏静面色苍白地立在他们面前，手里举着一个小纸盒：兴馗，你明天无论如何把这个东西交给保卫处。

苏静语调急促，呼吸困难，典型的呼吸麻痹症状。

周兴馗夫妇吓了一跳：苏静，你、你这是怎么了？

苏静好像已经说不出话，只是目光恳求地望了望二人，就踉踉跄跄走进了她的房间。周兴馗要跟过去，被夫人一把拽住：人家新婚，不方便。

周兴馗疑惑地盯着苏静的门口，久久不肯进屋。苏静那边很安静，似乎有低低的说话声。可是，过了不到几分钟，苏静房内忽然传出胡志强遇了狼群般的嘶叫声：救人啊，快来救人啊！

周兴馗夫妇几乎同时撞开苏静的房门冲进去，眼前的景象让他们魂飞天外，只见苏静仰躺在地上，口吐白沫，浑身痉挛。周兴馗刚刚拽过旁边的一副听诊器，苏静身子一挺，不动了。周兴馗头上冒着大汗给苏静听诊、摸脉、按压胸骨，苏静一动不动，硬挺挺地躺着。周兴馗站起身：心脏骤停，快，去急诊室。

听到喊叫声，同楼的医护全部跑了来，大伙七手八脚将苏静抬到楼下，抬进门诊，送进急救室里。尽管大伙勠力同心，尽管使用了所有可用的抢救手段，尽管连已经睡下的钟教授也闻讯而至，苏静还是走了，永远地走了。

护士从化验室里举着化验单跑进抢救室：血液中发现超出数十位的钾离子！

钟教授老泪纵横：苏静服了超大量的氯化钾缓释片，孩子，这是何必！


周兴馗遵照苏静的叮嘱，将那个小纸盒交给保卫处长。处长当着他的面打开纸盒，里边放着一台小型录音机。周兴馗认出，这个小型录音机是苏静从她高干爸爸的秘书那里弄到的。处长打开录音机，里边是苏静和胡志强的对话。

苏静：你觉得幸福吗？

胡志强：幸福极了，像是在做梦。

苏静：你的手段，是不是过了？

胡志强：为了获取幸福，是可以不择手段的。

苏静：你我现在已是夫妻，告诉我，你在姜承良一案的证词中，水分有多大？

胡志强：百分之七十吧……

保卫处长啪地关了录音机：人命关天，这超出了我的权限。周医生，你得和我一块儿去趟公安局，这是重案。

苏静的丧事刚刚处理完，胡志强就被抓了。罪名很清楚——做伪证，间接致人丧命。医院开除了他的公职，法院根据他的犯罪事实，判刑三年零五个月。


听完周兴馗的简述，姜承良"啊啊"了几声，一向自诩男儿有泪不轻弹的他趴在水泥台子上哭了。周兴馗掏出手绢递给姜承良：别难过了，事情都已过去，人间公道，天理昭然。哎？你看我给你带来了什么。

姜承良抬起头，只见周兴馗把一个大提包放在水泥台子上。

姜承良奇怪地看着大提包：这是什么？

周兴馗拍拍提包说：我把你学过和没来得及学的书都带来了。

姜承良很是吃惊：你给我带这么多书干吗，从哪里弄来的？

周兴馗：那年你被带离医院后，我就把你的书收拢起来了，现在物归原主。你是个事业型的人，这些书对你肯定有用，现在有用，将来更有用。

姜承良隔着水泥台子紧紧握住周兴馗的手，哽咽着说不出话。

周兴馗拍拍姜承良的手背：别难过了，以你的智力，现在就是从基础再学起，几年后也比我强得多。

姜承良摇摇头：兴馗，不可能了，恐怕我最好的时光全都浪费在监狱劳改队里了。这些书你带回去，无论是哪个小学弟，只要天赋不错，就赠给他。

周兴馗安慰他：姜承良啊，亡羊补牢犹未为晚。天赋、毅力、机会三大成功要素中，头两条你都占着，后一条仍然属于你，希望你不要放弃。

姜承良摇摇头：不可能了，十年啊！

周兴馗隔着水泥台子拍了下他的肩：机会就在你面前，振作起来，努力吧。

姜承良犹豫半晌，点点头。

看守员走过来说：周医生，您的探视时间超过了。

周兴馗歉意地笑一笑：对不起，故人相见，总有说不完的话。

看守员看了姜承良一眼：周医生，你们是什么关系？

周兴馗转过脸：同学关系，当年，他可是我们班出类拔萃的尖子生啊。

看守员不相信地咧咧嘴，说：周医生真能替朋友说好话，他再出类拔萃还能赶上你吗？周兴馗叹了口气：我有他智力的三分之一，也就对得起党和人民了。从现在开始，只要他把心稳下来，二年后能和我并驾齐驱，十年后能当我的老师。这是发自肺腑的话，绝对不是开玩笑。

看守员听了周兴馗这番不无夸张的话，望望姜承良，惊得目瞪口呆。

周兴馗走后半个月，姜承良给安排到劳改队医疗室里。在这个相对清闲的空间里，姜承良除了间或给犯人们查查体看看病，剩余时间全部用到医学书籍上了。半年后，因为在处理病人上总是技高一筹，姜承良被调进一家颇具规模的犯人医院，渐渐成了这家医院的主治医生。

说来神奇，姜承良自从在劳改队医疗室里穿上白大褂子的第一天起，曾让他虚烦懊恼六神无主的心境便荡然无存。在经历了几个月的救死扶伤的历练又调到劳改医院后，就变得如同一个信仰虔诚的教徒——认真、专心、一丝不苟，只想做自己分内的事，抑郁症造成的自杀念头也渐渐得到了克制。在劳改医院里，他行动刻板，作风严谨，速度快捷，却万分慎重地诊治着每一位病人。上班时他兢兢业业，下班后就一头钻进书堆。大学时期的专业书籍早已烂记于心，知识的饥渴感驱使他竭尽全力搜寻一切有钻研价值的医学资料进行精读，不管中文还是外文，到手就是珍品。歧路英雄终归正途，智慧的大脑开始尽现身手，他的医学知识和医疗技术突飞猛进，同事们对他刮目相看却又视他为怪人。除了询问病人的病情病历，他一天也说不了几句话。从院长到护士，他都是爱搭不理，迎头撞见，一仰脸走过去。说句俗话，他医术高超，人缘不好。从上到下，都说这人犯邪。除非有疑难病症非请他会诊不可，谁也不愿主动和他搭话。可是，又有谁能理解这位天生奇才的内心深处的沉重负担呢？又有谁能够体谅他是以怎样的毅力时时克制自己的轻生念头呢？大器不工，重剑无锋。这句话是谁说的？

在进入劳改队医院后的这段日子里，姜承良不时想起春玉，想起书南。他曾亲耳听到春玉说自己的丈夫叫于书南，尽管他早知书南已有妻室，更不知什么原因春玉又嫁给了于书南，但这也足以让他的良心得到些许慰藉。因为他了解书南，了解书南对他和春玉的感情，春玉在书南跟前起码不会受到委屈。想到书南，他就想起了昔日到于家屯支农时书南对他说过的那句话——兄弟，你忒精。人忒精将来是要惹祸的。

是的，书南说得对，可能源于自己的过于聪明，这才在人生旅途中惹下一场大祸。唉！人啊，应该静下心来想一想，难道仅仅是因为过于聪明吗？

## 13

　　"十年河东，十年河西"是指世事变化的难以揣测。姜承良十年刑期未满，以往的案子开始一一甄别重审并立即落实。姜承良因为医术高超，治好了许多罪犯的重病，之后又受当地医院之邀，以他的医术令一重要地方官员死而复生，监狱正准备给他立功减刑，有此良机当然不会放过。姜承良很幸运地首批给予"落实"。他被提前释放，而且工作年限仍从分配到省城医院的那一天开始算起。姜承良听到这一消息全然不顾犯人医院里禁止大声说话的命令而仰天大笑，大笑之后紧接着三天没有说一句话。同院的一位资深医生背地里对同事们说：麻烦了，姜医生今后肯定要患重度抑郁症。因为长期的压抑和突然的激烈释放会让人的神经在刹那间崩溃，如果继续崩溃下去还倒罢了，这种强制性的自我调控则适得其反……

　　老医生所言不谬，在以后的岁月里，姜承良的抑郁症果然越来越重。

　　他原是医科大学生，在那段知识分子能当葱花用的时期，以他的资历和能力，对他的工作安排当然不成问题。省医院派了专人前来接他。可是，出狱后的姜承良坚决不回省医院，有关方面征求他的意见。姜承良提出要到自己从小生活过的县城医院工作。当局拿不定主意，就给省医院的周兴馗挂了电话。周兴馗闻讯赶来，劝他继续到省医院工作。姜承良摇摇头又念出《红楼梦》中的一副对联——身后有余忘缩手，眼前无路想回头。接着，嘴里便窃窃私语些什么，周兴馗隐约听到一句——省医院有什么意思呢！苏静因为自己提出离婚不惜以命相抵，那是我的伤心之地、绝望之地。

周兴馗很吃惊，他找到监狱医院负责人询问姜承良近日是否受到了刺激。监狱医院负责人向周兴馗讲了这些天姜承良精神上的变化，还把那位老狱医的判断告诉给周兴馗，周兴馗点点头又摇摇头：唉！突生变故，可惜了的一个人才呀！

姜承良的情况和经历当然得往他自己的专业上靠。安置人员两次征求周兴馗和姜承良的意见后，终于下了派遣证，姜承良又鬼使神差地回到了自小生活过的这个县。姜承良到县医院报到时用的名字是姜向春，这需要改档案，相当麻烦，麻烦到几乎没有可能。然而，姜承良执意要改，周兴馗明白他现在的抑郁症很重，害怕出现意外，没办法，只好找人事部门协商。所幸，当时对档案一类的文件正处于重新整理中，周兴馗借此机会请已是省医院院长的钟教授出面说话，在出具了相应证明后，才作为特例把姜承良的档案改了。就像作家的笔名，时间长了，真名便被笔名取代了。在当初被判刑十年入狱后，姜承良感到前途无望，曾经数次自杀未遂。其中一次自杀过程凄惨又可笑，他用一把铁锹乱拍乱铲自己的脸，以致整个面部都给弄烂了。医生给他进行了彻底的"整容"，他瞎了一只眼，左侧的颧骨和鼻梁也塌下去，加之腰身伛偻，再没有了昔日的英俊潇洒。他离开本县已经十多年，如今回到这里，根本没人认得出他。

经历了过多磨难的姜承良虽然进了县医院，但县医院里的人却看不起他。这不仅仅是因为他的性格越来越孤僻，更深层的原因是人们了解到他是个服过刑的人。服过刑的人就是曾经的犯人，犯人在社会上的位置很低下。所以，不光医生，就连护士和护工有时也对他任意指使甚至厉声呵斥。姜承良不作声也不反驳，只是按时上班，按时下班，像个拧紧了发条的木钟一样机械地转动着。不过事物的发展和转变往往出人意料。

那天上午，病房里出现了一个危重病人——患者突然心率减慢、变浅，随之血压消失，脉搏减弱，心电图曲线消失。主治医生赶来，立即进行胸外心脏按压，同时给予利多卡因、肾上腺素、阿托品等药物进行抢救。虽然持续配以心外按压，但心电图显示窦性心率并无恢复。主治医生是位医术高超并且性格果决的人，当即又用可拉明、洛贝林进行提效，可患者呼吸心跳仍无恢复。主治医生当机立断，指示再次应用洛贝林、可拉明并持续心脏按压。办法用尽，心电图仍为直线，窦性心率与呼吸仍无恢复。满头大汗的主治医生失望了，他和其他医护交换了一下眼神，放弃抢救。眼见病人恢复无望，陪床的家属号啕大哭，同室的病人唏嘘连声，病房里霎时乱成一团。

恰好路过病房门口的姜承良停下脚步，走进病房，俯下身子仔细看了看患者瞳孔，又轻轻按了按患者的脉搏，也不征求其他医生的意见，从治疗车上取过注射器，吸上一支利多卡因、阿托品和肾上腺素注射液，目瞪口呆的主治医生和其他医护甚至还没反应过来，姜承良就径直给患者进行了心内注射。姜承良抽出针头后马上挽起袖子，极有规律地给患者继续心外按压。病房里的人杳无声息，只有患者胸骨被按压时的唰唰声。随着时间的推移，这里发生了奇迹，一直监控心电图像的护士发出惊呼：有了曲线，快看，快看，曲线！

呼吸恢复，心跳开始，十分钟后，患者神奇般地渡过了鬼门关。

陪床的家属像打了鸡血一样红着眼睛冲过来，跪在姜承良面前连连磕头。

主治医生一把抱住姜承良：姜医生，姜老师，我们有眼不识泰山！

这件事惊动了院长，也惊动了全医院。院长亲自和上级医疗机构进行了联系，这才弄明白姜承良此人来者不善。不长时间，他便成为医院的顶梁柱，医院里遇到疑难病症，业务院长往往对部下说，快去找姜医生来拿个主意。新来的医生或护士有时不知谁是姜医生，问院长，院长一着急就说：你到门诊或病房里转转看看，如果有个看完病人就魔魔怔怔自言自语或者是趴在桌上死啃书的就是他……

青牛河河道不宽，水流也挺缓，颤悠悠如一条软带，静悄悄地伸向东南。阳光斜斜地洒下来，水面上就闪烁出数不清的光点。光点连成一片，透出河岸的倒影，这倒影就像昔日村中的破围墙，一段参差一段平展。

青牛河的河道已经拓宽了，河堤自然也是新修的。所以，河堤上除了防汛的土牛和数量有限的青蒿外，能够出头露面的东西还真不多。青牛河距于家屯只有半里地，村中做豆腐的就来青牛河挑水。因为展宽取直河道，当年村东那条弧形的河堤被铲除，新堤西移后，距于家屯更近了。站在青牛河堤朝村里看，能看清有些住户院子里啄食的鸡。

因为取直了这段河道，就在河堤内造成了一个面积挺大的"二滩"。二滩平整松软，照样可以种庄稼，当初一提到田地分到各户种时，于书南就首先把它占住了。他的理由很简单也很充分——这块地当初入社时就是他家的。生产队长正愁此地没人要，自然是要做个顺水人情了。

这块地是于书南祖上留下的，据说是从清朝道光年间一辈传一辈，传到书南他父亲手里时终于入了农业生产合作社。

当年父亲被抓了壮丁时，书南已经懂事了。他记得，奶奶和母亲哭作一团，爷爷唉声叹气却硬挺着没让眼泪流出来，只是用满是老茧的手抚摸着他的光头。事后，他清楚记得爷爷说人生人死听天由命，地还得种，日子还得过。爷爷领着他套上老牛木犁来到这块旱涝保收的河湾地里，鞭声响处，耕起一片黑乎乎的沃土，一片泛着油亮光泽的鳞波。老牛在前边奋力地拉着木犁，老人在后边虚甩着鞭子吆喝，皮鞭声吆喝声传向遥远的天边，引来大群的老鸹。老鸹们呱呱叫着跟在木犁的后边，从泥土缝里往外挑啄着"蛊蛊苗儿"，这片地耕完之时，老鸹们也已吃得饱了。他当时还曾为这些能够摇头摆首的"蛊蛊苗儿"们的不幸遭遇难过得掉泪，多年后才明白，那"蛊蛊苗儿"就是害虫的蛹体，来年春暖花开时，就有吃庄稼的虫儿从里面孵化而出了。又是许多年后，当害虫把人们折腾得手足失措时，书南就更加怀念当年的那些遍地飞腾着的老鸹。然而，老鸹们再也难以见得到，它们都被人们用于治虫的农药毒死，侥幸活命的老鸹们也不敢在此停留，听说已经飞到遥远的天边密林里去了。

书南的父亲被抓丁后，战事逐渐南移，这一带开始闹土改分田地。书南家属于中等户，按当时农会里一条不成文的规定，他家必须分出一块地。最让爷爷担心的事情终于发生了，书南家当时村南村北都有地，可十几亩地里农会就偏偏挑中了河湾处的这块宝贝地。爷爷千乞万求不中用，在地界确定之后，他气郁成疾，大清早跑到地头上跪着，跪了一天又一夜，高大的身躯轰然仆地。人们赶去救他时，只见老人双手抠进泥土里——直到伸直两腿咽下最后一口气。

一年后，政策落实，土地复查，河湾里这块地又重新归还了书南家。

如今，尽管这块河湾地已经成了青牛河的二滩，可书南仍旧义无反顾地承包下来。也许，这与他想念当年爷爷甩鞭耕地时老鸦遍地的情景大有关系。

书南种地本就是把好手，二滩到手的第一年他就种上了小红谷。红谷性黏但不高产，可是因为物种稀罕，能卖大价，他就侍弄得格外出色。抽穗之后更不敢马虎，松土打药不说，还专门派了明刚驻扎在这里轰赶麻雀。这日明刚正在赶麻雀，河岸上传来明阳的呼唤声：哥，妈叫我来唤你，快回家吃饭吧。

明刚答应着，习以为常地又哧了一声，这才跑上河岸，搂着弟弟的肩膀，叭地亲了一口。明阳咧咧嘴，抹去脸上的口水：哥，看你，又啃我。

明刚嘻嘻笑了。这句话是小哥儿俩从一出相声中学来的，常常彼此逗乐。弟兄俩说着笑着滚在一起，不小心一直滚下了河坡，滚进河里。这个季节河水很凉，等俩人喊着笑着爬上岸时已经满身是水成了落汤鸡。俩人带着满身水湿跑回到家里，一路上明阳不停地打着喷嚏。

春玉见兄弟俩湿淋淋地跑回家里，吓了一跳，问是怎么弄的，明刚是个从不撒谎的孩子，就照实说了。春玉笑着找出他们的替换衣服说：两个捣蛋包，快换上衣裳，别感冒了。

明刚和明阳拿起衣裳跑进套间里，俩人脱光了身子嬉笑着用干布片相互擦拭。明阳又是一连串的喷嚏，明刚担心地说：小阳，你可别真感冒了呀。

还真让明刚说准了，当天夜里明阳就开始发高烧，虽然服了退烧药，可高烧退下后第二天早晨又升上来，春玉摸着明阳的额头说，看样子得去医院了。正准备给谷苗去施肥的书南在院子里听到春玉的话，放下铁锨跑进屋，顾不得征求春玉的意见，从柜子里取出钱来抱起明阳就往外跑。春玉急忙拦住他，说自己带着孩子去医院就行。书南摇头说不放心，春玉说明阳只是一般感冒，用不着两人跟了去，眼下谷子正缺水肥，他还是赶紧侍弄庄稼的好。书南想了想点点头，他帮春玉把明阳放到自行车前的小椅子上，一直把母子二人送到村头上才转身回家。

这是个天气阴沉的上午，改名姜向春的姜承良像往常一样按时到了班上。他穿好隔离衣，戴好口罩眼镜，习惯地朝值班护士摆了下手，护士那绵软细腻的嗓音就响了。随之，满脸焦灼的候诊病人一个接一个地走进来，又一个接一个满脸信服地走出去。姜承良向来是只管低头诊病，从不关注病人姓名，可是，当一个姓氏突然在他的耳边响起时，他却下意识地从口罩后边嘟囔：于，于——

俺孩子叫于明阳。

姜承良耳边蓦地响起一个熟悉的女人声，这声音让姜承良的心猛地一抽，立时僵在那里不能动了。从一旁看来，他似乎在凝神结思着什么，事实上他的脑子里此刻一片空白，就像一个被突然抽空了气体的瓶子一样，什么也没有了。他觉得过了很长时间，其实也就一分钟，原本的意识终于又恢复了。他哆嗦了一下，努力将脸朝外侧了三次也可能是四次五次，才像拧动生锈的螺丝那样强行侧转过来，面前的妇人虽然苍老憔悴，但相濡以沫二十几年，并且感情已有过男女间最最亲密的经历，他怎么会不认识呢？是李春玉，千真万确。刹那间，镜片后的目光重又凝滞，原本已经下耷的眼角迅速上斜，脖颈慢慢地向后倒仰开去，一副惊恐紧张到极点的模样。

姜承良的异常情绪并没引起春玉的注意，因为眼前的医生头鬓斑白、面目丑陋，又是一副年近天命的龙钟之相。她不会认出是他。更何况，口罩和眼镜如同一层屏障。再说，即使春玉能有所觉她也不会相信是他，因为她明确知道姜承良早已死了。此刻她只以为医生是没听清自己的话，就又重复道：大夫，俺孩子就叫于明阳。

姜承良好像并没听到春玉的话，他慌乱地立起身来，手中的笔也掉在了桌上。他鼻音浓重地说了声"等一下"，就离开座位趔趄着走出去。值班护士冲着他的背影涮了一眼：喊！邪性又犯了。

五分钟后，姜承良重新回到了诊室，眼镜和口罩都换了。他似乎恢复了原态，开始认真地询问记录着。一般来说医生写病历是不问生于何年何月何日的，因为有年龄一项在病历本上标着。可是，一种极其神秘的意念竟令他莫名其妙地将于明阳的生日问了个清清楚楚。姜承良的智商当然是非同一般，在询问的同时，就已经相当准确地算出了他想知道的一切。他觉得自己浑身上下都在筛糠般地抖，从喉部到心肺，都像灌了辣椒水似的。然而，他终于以惊人的毅力填写完病历，开出了化验单，用连他自己听来都觉陌生的嗓音说：去给孩子抽血化验一下。

春玉有些奇怪地看着这位老医生，迟疑片刻抱起明阳走了。

一个小时后，当春玉领着明阳，手持化验单重又来到这个诊室时，那位古怪的医生已经不在，代替他的是一位更苍老更不爱说话的大夫。春玉询问刚才那位大夫怎么没来，医生不语，护士抻了抻说出几个字：他犯邪病了。

姜承良在医院诊室里和春玉不期而遇，为掩饰自己的窘状，也是为了控制情绪，他不得不跑出诊室，在门诊部里自我镇静了几分钟后才又回去。他不是不愿认春玉，实在是不敢也没脸相认。当年于家屯小学的几个秋雨之夜曾温暖过他整个的身心，而风雪之中春玉携子卖花生仁的一幕，这些年来又时时煎熬着他的心。那次他讲情让市管所放走春玉母子之后，私下里对老魏说：我这个中学同学当初学习很好，不知现在为何弄成这模样，姐夫你托人查一下好吗？老魏听话地派小刘去于家屯查询了春玉，回来后将春玉如今的情况全部电话告诉了他。姜承良这才得知春玉之所以嫁给书南的缘由。虽然这缘由令他感到不舒服并且将信将疑，但使他的心中得到些许慰藉。因为他了解书南这个人，春玉跟了书南，至少是可以得到周全照顾的。至于那缘由的真假，他就不去追寻也没有必要去追寻了。此刻突然间面对着昔日的恋人、恩人同时也是他的受害人，姜承良心中百感交集七上八下。他明白，春玉之所以嫁给书南，一定是听到自己被判死刑后才不得已而为之的。那么，她当初是在一种什么心情下做出这种决定就可想而知了。假设当初自己稍作克制，或者就不会是现在的结局。然而，世情骤变，悔恨无及。历史的错误已经铸就，如今只能是羞惭与疚愧。当时在诊室里他坐在桌前低着头，生怕春玉会突然间认出他。果如此，他一定会神志错乱大叫不止。

然而，医生诊病时的望、触、叩、听是不可缺少的程序，他必须做。尽管此刻以他的心情来说已有些例行公事的味道，可他还得去做。可是，就在他勉强抬起头来看了明阳一眼之后，心里就产生了一种不亚于天翻地覆般的震动。因为一幅自己小时候的照片蓦地浮现在面前，好像就是面前的这个天真少年。难道说明阳真就是自己和春玉的孩子？一念至此，惊骇和痛苦同时袭来，他尽管竭尽全力控制着情绪，最终还是发出一声低低的呻吟。他胡乱地检查了一遍，就鬼使神差地给明阳开了一张本来并无必要的化验单。随之，他狠狠地掐了下内关穴，以免心脏突然间将胸腔撞破，之后强自镇静地把明阳的生辰日期问了个一清二楚——而这和无端地开化验单一样，正是他所需要的。他不动声色地做完了这两件事，也就更加坚定了自己判断的正确。然而，他毕竟是个学有所成的严谨的医学科学工作者，对于自己所认为的科学的正确性必须得到确实的验证。就在春玉母子走后不长时间，他就匆匆地跑到化验室，在核对了化验单真实无误之后，他取走了明阳的部分血样，随之借口身体不适离开了诊室。当天下午他请假说病了，其实他是请假到省城去了。他去省医院找到周兴馗，请他帮助自己对明阳的血样进行 DNA

鉴定。他必须这么做，否则，他就会发疯了。

DNA 鉴定证明，于明阳就是他的亲生儿子。自从有了这个确凿无误的结论后，姜承良真的病了，一病就是半个月。当他刚能从病床上爬下来行走时，就迫不及待地直奔于家屯来。可是，到了村头他又站住了，不，不能再去搅乱那个已经相对宁静的世界了。难道自己还要重铸罪孽吗？

入夜，起了小风，外边乘凉拉呱的老人孩子终于提了马扎小凳，相互搀扶着，吹捧着，踉踉跄跄走回家去。那趁了夜晚光屁股下河洗澡的家伙们，也纷纷爬上岸来，揩干身上的水渍，像突然想起什么军国大事似的匆匆跑走了。村内，响起参差不一的关门落闩声，至此，这乡间的一天才算真正结束。人们怀着不同程度不同心理的满足，各自到梦中去体会自己所想象的东西。

夜，宁静而又深沉。

夜光中，姜承良依旧在东边的河岸上踯躅着。已经来过多少次，他自己也记不清了。他只是感到，于家屯像个巨大的磁盘，时时在吸引着他。然而，每逢来到这里，他都立即产生一种不可名状的罪恶感。这种罪恶感所导致的负疚心理，使他最终也没敢走进于家屯，更不要说走进那个家门，见到他梦中都想见到的人。

从那次见到春玉母子起，只要有空姜承良就来于家屯转悠。有时远远地看明阳在校园里跑动的身影，有时看他放学回家时蹦蹦跳跳的样子。不过，他总不敢靠近那个家。只有这时，只有月光暗淡星光朦胧的夜晚，他才敢跑到这紧靠书南院子的河岸上偷偷往那里瞧。在他来说，这也是一种享受、一种寄托。那小院笼罩在一种神秘和久远的氛围中，使他感受到了历史对真诚的褒奖，对罪恶的惩罚。这种褒奖和惩罚，有着决定一切的分量。

明天，明天我豁上一张脸皮去书南家里走一趟；明天，明天我可以乔装打扮去看看春玉、孩子和书南；明天，明天……不知过了多少个明天，姜承良始终没有勇气走进那个小院。也可能是这种明日复明日的心理支使着，他就无数次地夜访此地，长此以往，这河岸对他来说变得无比亲切。为了更准确地体会这种亲切感，每次他都是迟迟不归，而是一直这么忘情地在河岸上站着，站着，就像得了癔病似的。

今晚他又如同以往那样在这里不知流连了多久，有时行走如夜游，有时伫立如雕像，以至浑身都有些酸麻了。这时他抬起头，只见西北天际的露水闪亮一阵息一阵，好像要对黑夜挑战，又似要对他眨眉弄眼地叙说什么。他知道天已不早，只好无奈地叹了口气，从河岸斜坡上拽起了自行车。

书南和春玉不断收到发自省城的汇款，这使他们奇怪而又担心。书南曾到省城的邮局查询多次，但每次都无结果。因为汇款者并不单单在一个邮局，而是常汇常换，有一次竟然填写的是省医院。到填写汇款人的单位寻找，也绝无此人。书南和春玉纳闷又作难了许多日，最后终于决定，既然人家经常汇款，就一定有他的道理。可能是昔日的朋友，也可能是父亲的故人，为了偿还或者报答一种难以明说的人情债，只好采取这种不具名的方式。他们决定暂行"借用"，一旦查明真相，再相机处理。于是，每接到一笔汇款，春玉就在本子上记下一笔账。每花一次这种汇款，他们就记下这笔款的用项。因为饭要吃，孩子们要上学，日子要一天一天地过，有这么一笔钱用着，倒省却了许多想法儿弄钱的忧愁。他们如今是发自内心的"借用"，所以并不觉得惭愧。想想有朝一日弄清原委照数还给人家时，倒有几分心安理得了。

日子就这么一天接一天地过下去，虽不富足，却也顺畅快乐。

春玉和书南当然不会知道，这些汇款是姜承良托周兴馗在省城特意寄给他们的。他已经将自己以往的所为全盘告诉了这位知己好友，周兴馗听后唏嘘不已，他让姜承良放心，每隔三个月保证给春玉和书南寄一笔钱。

*14*

　　令书南和春玉操心的事毕竟不少，明刚这孩子就是一个大难题。

　　都说近墨者黑，近朱者赤，可是，明刚和明阳都是在春玉手下长大的，都是与她日厮夜寐相濡以沫，以春玉的文化水平和个人修养，俩孩子再有差别也不至于南辕北辙吧。但事实上，他们的差别还相当明显，恰如一只是山羊，一只是绵羊。随着年龄的增长，俩孩子越来越显出两种不同的气质不同的性格。明刚好动，明阳喜静；明刚遇事霹雳闪电火冒三丈，明阳平心静气专于思索；明刚虽然长明阳三四岁，但只比明阳早上一年学。明刚视读书识字如同枷锁桎梏，明阳则嗜书如命甚至不避寒暑不分昼夜。用他们的父亲于书南的话说，哥哥见了书就像见了狼，弟弟见了书就像见了娘。明刚不喜读书却喜顺口溜，课堂上照样大大咧咧地唱：老师老师快放学（音肖）儿，俺家晌午下面条儿，一人碗里只一根儿，回去晚了捞不着儿……至于作业，多数是要别人代劳的。明阳呢，除了按时完成作业，有空就背诗词读小说，有时读到得意动情处，不是慷慨激昂，就是手舞足蹈。

　　书南看到这些，急得眼里直冒火星。他说自己小时调皮逃学吃尽了没有文化的苦头，明刚他们这辈子无论如何不能重蹈他的覆辙。因此，他对不务正业的明刚管得特别严，常常对他的调皮顽劣当面斥责或背后詈骂，训他不如弟弟学习用功，不如弟弟通情达理，不如弟弟年少持重……逢这时，明刚就傻眉瞪眼地望着爸爸出神。书南更是恼火，有时耐不住性子就要掴明刚几下。久而久之，春玉见这样不是教育孩子的好办法，就把书南叫到一边，用当初教学生时的口气开导他，说孩子们有的开蒙早，有的开蒙晚，不能一样要求一刀切。她又劝导书南，说明刚幼失亲母，虽说那时他还不太记事，可朦胧中小小心灵里毕竟有着伤痕。故而对明刚要有耐心，千万要有耐心。书南叹口气摇摇头说：什么伤痕不伤痕，跟庄稼苗子一样，就是个"品种"问题。

春玉一怔，眼圈立时红了。

书南自知失口，赶忙又劝慰春玉。

一次，明刚在校淘气被老师赶回了家，书南训他，训哭了。春玉心痛不过，就将孩子叫到旁边耐心哄，又给糖吃又说好话，明刚终于破涕为笑，接连叫了好几个妈。春玉心里一阵酸楚，就想让孩子心里尽量乐一乐。她知道明刚最爱唱顺口溜，便将昔日从一位大嫂那里学来的儿歌教给他：小草帽，戴红缨，爹说话，不中听，媳妇儿说话笑盈盈。爹病了，想吃梨，哪有街来哪有集，哪有闲钱去买梨？媳妇儿病了想吃梨，也有街来也有集，也有闲钱去买梨。大梨买了七八个，一个一个削了皮。媳妇儿媳妇儿你别急，先吃鸡蛋再吃梨……

怪哉！小子学得特别快，两遍就会了，并且唱得一字不差。春玉大喜过望，认定明刚记忆力特别强，就借机鼓励他在校好好听老师的话，勤奋念书，将来长大了就能成就大事业。明刚点头称是，说一定记住妈妈的话，再不惹爸爸生气了。娘儿俩越说越高兴，春玉禁不住问明刚：刚儿啊，你长大了想干吗？

明刚回答干脆，毫不犹豫：当爹！

春玉大笑：当爹有什么好处，你看你爹，整天累得腰酸腿痛。

明刚解释：当爹有几大好处，能训人，能骂人，能喝酒，还能动手揍孩子。

春玉愣了足有五分钟，长叹一声，一把将明刚搂进怀里。

春玉看出明刚心中对爸爸有抵触情绪，一次意外事件后，这种抵触终于发展到了不可收拾的地步。

那年中心校举行学生秋季运动会，作为长跑好手的明刚在运动会上跑出了全乡最好的成绩。参加运动会的老师和学生都在校食堂吃午饭，明刚因为和几个同学到小河边上擦洗身子，最后一个来到食堂餐厅。他站在窗口处头饭，忽听窗内有人议论自己跑得如何如何快，之后由他就谈到了他的母亲和父亲。他很惊奇，驻足细听，听着听着就冒了一头的冷汗。那人讲得很清楚，他父亲于书南在十几年前趁着夜黑风高潜入学校，用流氓手段强占了后母李春玉。后母怀了孕，身为教师又没有依靠，被迫无奈才下嫁给父亲这个庄稼汉。明刚当时只觉得脸烧心跳，他压根没想到自己的父亲竟是个无耻之徒，更没想到后母竟是这么委屈。他痛恨父亲又可怜母亲，耻辱的烈焰几乎将他烧灼得精神失常，他不知怎么就扬起了手，连饭碗加菜汤猛地向着窗子里砸去。一声响亮，窗内传出了不似人类的惊号，噼里哗啦中有人拽开了伙房的边门，一个虽不丑陋但阴鸷的面孔露了一下又慌忙缩了回去。这个人就是当年因种种劣迹被判刑十年的吴仁，刑满释放后又来这里做了炊事员。他当年垂涎春玉终未得手，用他的话说却叫于书南这小子捡了便宜。许多年来他依旧耿耿于怀，便以和后来者谈论趣闻逸事的方式泄愤。今天中午明刚最后一个来买饭，有人指点说这就是于家屯于书南的儿子，今年全乡的长跑冠军。那家伙一听，便又借题发挥……

明刚没有参加下午的体育项目，他一气逃回家里大哭不止，从那时起他不再进学校门。也就从那时起他见到父亲总是横眉冷对。明刚以小孩子所特有的天真，坚持认为父亲如果当年不强占春玉，这位世间最好的后母现在会是个相当体面的城里人。以此而论，她也就不会在乡下遭受这么多年的罪。同时他还有个想当然的推论，如果父亲当年不做出这等丑事来，自己的生身母亲可能也不会离他而去。明刚也看得出，这些年后母和父亲的关系相当和睦，丝毫也看不出其中有什么别扭。但明刚对此却有另外的分析——后母的贤淑厚诚出自她固有的善良本性；父亲对后母的尊敬和爱护则是因为受着良心的责备，他必须以对待后母的特殊关爱取得人家的谅解。因为他当年的行为实在太下作了，后母的一生都让他糟蹋了。明刚越是这样想，就越看不起父亲、痛恨父亲。从而，他也就越发同情后母、可怜后母、尊敬后母。无论是在何种场合，也无论明刚与父亲的对立处在任何反常情绪中，只要春玉从旁说他几句，他总是俯首帖耳，几乎一句也不反驳。当然，作为后辈，对父亲的种种反感明刚大多只能记在心里，唯一可行的表现方式也只不过是横挑鼻子竖挑眼罢了。但不明就里的于书南，却把儿子后来的反常举止视为"驴性"而经常地大发脾气。

明刚看不起爸爸，可怜妈妈，他为明阳的出身难过，可又万般真诚地喜欢他，保护他。明刚认识到自己和春玉这个妈妈当初曾是一种神秘的感情交流，就像一个意识朦胧的小羊，不知不觉得到了另一只羊妈妈的关照，对于生母，他是挚爱的，但生母已弃他而去，久而久之，这种爱的光焰也就越来越小，到最后，便只剩了月牙儿似的一点儿偏线了。

自从明刚执意辍学，他和于书南的关系就更紧张了。他虽然已经十三四岁，可毕竟还是个孩子。然而，不知书南是为了教训他还是有别的想法，家里地里，总是硬要明刚干成人才能干的活。春玉看出这是书南恨铁不成钢，就人前面后地劝书南，有时还自作主张地把明刚叫到一旁歇着。但她不可能整天守在爷儿俩跟前，离了她的眼睛，书南还是那么做。对方因为是老子，乡下的规矩至今仍没什么改变，老子说什么，儿子大体上就得听什么。特别是在庄稼活上，儿子只能是"听喝"。明刚虽然满肚子怨气也没有办法。他辍学的第二年，爷儿俩在村西糖地，接连干了整整一上午，天快晌午了书南还不让回家。明刚实在累急了眼，扔下锄罢了工。书南先还不生气，只是喝令儿子快干。明刚回说太累，不干了。书南瞪眼说：当县长轻松，用得着你吗？终于惹得明刚上了犟劲，反驳说：你是那养县长的种吗？书南一时没反应过来，待突然明白了儿子话中含义后勃然大怒，舞着锄头撺过来，明刚见势不妙，撒腿就逃。书南在后紧紧追赶，边赶边骂。远近人等听到吼骂纷纷跑过来，还以为是公安局抓逃犯呢。若非春玉也及时赶出拦住书南，明刚这一顿锄把算是挨上了。

明刚烦透了他这个爸爸，要不是有春玉这样一个对待自己如同亲生的母亲，若非有明阳那么一个既懂事又体贴疼爱自己的小弟弟，他恐怕早就离家出走了。

明阳已经十岁，由于上学早，今年暑期就要升入五年级。明刚不再念书，但他只要看到弟弟放学归来，那种欣慰和兴奋就会立即喜上眉梢。明阳虽然早已从乡邻长辈处明白自己和明刚不是一母所生，但他对哥哥的那份感情，即使是一奶同胞也比不过。他读书非常节俭，一本作业簿总是用了正面再用反面，以至于老师都怀疑是不是父母太过悭吝而舍不得在孩子跟前花钱。只待老师家访后才明白，这个德智体全面发展的好学生实在是太懂事了，他把父母给他买作业本的钱省下来买些糖果饼干，暗地里给劳动强度很大的哥哥以做补养。若非书南和春玉无意中多次发现，任谁也不会想到一个十来岁的孩子会如此善良心细，如此体贴兄长，如此知道关心别人啊。

事实上，明阳在六岁之前始终认为自己和哥哥是一母所生，一次完全出乎意料的际遇，使他明白与哥哥之间还隔有那么一层。

那年秋假期间，大人们都在地里忙秋，哥哥领他在村北水湾边上玩泥巴，正玩得高兴，在花生地里为人护秋的二憨鬼头鬼脑地走过来。二憨看看四周无人，就问明刚想不想吃花生，明刚点点头，一连咽了几口唾沫。二憨就让明刚跟他走。一旁明阳拽紧了哥哥不松手，二憨犹豫了一下，便让明阳也跟着。二憨领他二人到了花生地，拔了几嘟噜花生后，就把他们送到位于地中央的秫秸棚里。秫秸棚用四根木头支着，可受四面之风，能观八方来人，兄弟俩坐在棚里吃花生，绝无被人发现之忧。当然，即使让人发现了也无大碍，在乡下，小孩子馋了来此弄些花生打打牙祭的事情常有。

二憨安置了明刚兄弟，自己却朝西北上一片小树林走去。明刚只顾低头吃花生，明阳虽小，却很机灵，他看得极清楚，二憨走到树林前轻轻唤了句什么，一个女人就像得到信号般急惶惶地从树林中走出来。那女人和二憨说了几句话，便张着跟头朝这里奔。明阳正诧异，女人却已来到棚前，她先是愣在原地不知所以，待到随后赶来的二憨朝棚里的明刚指了指，才像渴急了眼的人发现了水缸，不顾命地冲到明刚跟前，将这个当时还不满十岁的孩子连头加脸猛地搂进了怀里，随之就响起了显然是压抑着的哭泣。明刚吓得连连喊妈，不想那女人听到明刚喊妈，竟撕心裂肺地放开嗓子大哭起来。与此同时，双手也把明刚搂得更紧了。明刚惊恐万状拼命挣扎，那女人才稍稍放松了些。明刚挣脱出来就要逃走，被二憨一把拽住，指着那女人说这是他的亲妈。那女人擦着眼泪擤着鼻涕连连点头，二憨就催促明刚赶紧喊妈。明刚看看明阳又看看那女人，表情尴尬而惶惑，他咬紧嘴唇只是摇头，可眼睛里已明显泛起了层层泪花。很显然，这突发事件先是让他百思莫解，随后也就激活了某根因年月久远而几近僵硬了的神经，使他朦朦胧胧地恢复了一点儿天性所致的幼时记忆。于是，泪花凝聚成珠，随着思绪与情感的反复激荡而融化横流，终于如瀑似河。

要说牵动万物之灵内心深处的隐痛，无声泪水的威力远比哭天号地大得多。那女人瞅着泪流不止的明刚，脸上的肌肉痉挛似的抽搐着、震颤着，双腿一软瘫在了地上。她望着被自己舍弃数载的亲骨肉，悲痛与难言的愧疚在心中反复地变换但不交替。因为一时无言以对，所以就抖着嘴唇什么也不说。她忽然双膝跪行到明刚跟前，轻轻捧住孩子稚嫩的瘦脸，努力地舔着孩子那一串串的泪水。明刚泪流不止，她也就舔食不断，犹如一只拼命舐犊的母牛，在做着某种亏欠了的补偿，又好像在体味着孩子这些年来的酸辣苦咸。见此情景，一向倔强的二憨也禁不住潸然泪下以致懵呆如痴，眼睁睁看着这让人心颤的一幕继续下去而忘记了应该走上去安慰或者解劝。这情景这气氛真可以称为目不忍睹，便是铁石心肠的人见了也要动情流泪，这才是文人们胡诌千载自己却从来不曾体会到的"肝肠寸断"。

相形之下，一旁的小明阳显然受了冷落，他有点儿惊慌，也有点儿害怕，对眼前的情景他虽然还不十分理解，但五岁的儿童已经懂得了"亲妈"的含义，一向让他喜欢的哥哥竟然不是自己的亲哥哥？这既让年幼的明阳感到震惊又感到委屈，也感到不知所措，仿佛是一直与自己形影不离的哥哥突然间被人抢走了似的。他不明所以地叫了声"憨叔"，便放开嗓子哇哇大哭。明阳的哭声起到了神奇的作用，林桔棚里的一幕霎时更换了内容，先是明刚挣出身跑过来抱住了他，接着是两个成年人轮番的爱抚和哄逗。明阳那小小的心灵得到了些许安慰，迅速止住哭声却仍在不停地抹泪，他看看哥哥又瞅瞅那女人，一幕前不久刚刚见到的情景反反复复出现在脑子里，并立即在他的眼前晃来晃去。

上个月的中午，明阳正骑在一棵小枣树上够枣吃，邻居刘大伯家前几天卖掉的花母牛因为腿脚有病被买主送回来了。离刘大伯家约莫还有一百米，花牛好像忆起了什么，它猛然一挣缰绳，撅起尾巴就朝刘大伯家跑。牵它慢慢行走着的人猝不及防，跟跄几步跌坐在地上。牵牛人起身惊呼时，花牛已经到了刘大伯门前，它哞哞的叫声如同春雷惊雨。刘大伯的院子里霎时起了骚动，一头没戴鼻钳的牛犊子奶声奶气地叫着跑出来，脖子上的长绳也被挣断了。牛犊朝前蹿了几步又猛然立住，直愣愣地望定母牛出神地眨巴眼睛。母牛却已撒腿朝着小牛奔过去，一边继续哞哞地叫，一边用脖子下颌在牛犊头上身上蹭。牛犊终于从迷蒙中苏醒过来，摇尾巴，喘粗气，在牛妈妈腿间脖下钻来钻去。它反复数次，立在母亲的胸前，一任老牛从尾巴梢舔到腰腹腿脸……明阳离得很近，他清楚地看到，小牛静静地站着，大而圆的眼睛一眨一眨，终于隐隐地泛出了泪花儿。明阳心中立时涌起一股难言的滋味，禁不住对闻声而到的人们嚷起来，说是小牛哭了，小牛淌泪了！人们纷纷地说他、笑他，牛是畜类，畜类会哭会淌泪吗？明阳委屈得鼻子发酸，因为他确实看到小牛在哭，千真万确，小牛是在流泪。多亏那位在村里最有学问的老爷爷出来解释，老人说畜类同样有感情，有感情的东西都会哭。不过，它们的哭泣人们见不到，除了神明之外，唯一有幸能够见到的，就是像明阳这样心地清亮聪慧过人的童子目。

那女人哄得两个孩子安静下来后，分别给明刚和明阳的兜里装了些零钱糖果就匆匆走了。走时说了些什么明阳已无从记忆，他只记得二憨嘱咐他和哥哥，回家后千万不要将这事告诉给父母，否则以后就再也不给他们花生吃了。兄弟二人点头答应却并未信守诺言，回家后不但将事情经过和盘托出，并且上缴了兜中的零钱和糖果。明阳记得，母亲当时表情平静，而一向沉默寡言性情温和的父亲却大光其火。他发了脾气，好像还找到二憨干了一架。干架的原因明阳以后才明白，二憨不光从中牵线搭桥，而且那女人回来时就在二憨婶的娘家落脚。二憨婶的叔叔也在东北，恰好和明刚的母亲在一个林场工作。

那件事情之后，明阳感到哥哥和父母之间好像有了点儿隔阂，不过随着时间的推移，这种隔阂又悄无声息地消失了。特别是母亲和哥哥的关系，在明阳看来似乎比自己还亲近，这多少让一个童稚少年产生嫉妒。嫉妒归嫉妒，心里还是感到安慰，因为明刚这样一个好哥哥到底没被那个女人夺了去。

明阳清楚记得，以后几年的某一天，哥哥在参加了一次运动会后跑回家来，自那时起再也不进学校门。老师劝，母亲说，都无济于事。他还记得父亲本想要一耍老子威风，不料却引来了哥哥一顿白眼和听不懂内容的悄声詈骂。后来，百思不得其解的明阳追问哥哥缘何如此，哥哥叹了口气，又说了句让他大吃一惊的话：咱妈是世上少有的好人，咱爸，他不是东西！

明阳听了惊出一身冷汗，心想哥哥准是魔怔了。

## 15

村西地里的棒子已经甩槌了，黑油油的棒棵又粗又壮。书南不愧是庄稼地里一把好手，收获高的，也不耽搁低的。他不光充分利用土地的面积，也充分利用土地的空间，在棒子棵间的垄眼里，又种上了笨篱头豆角。这种豆角只长棵，不爬秧，最高也只有四五十公分。这样，既不浪费棒子棵间的空隙，又不影响棒子生长。并且，在给棒子喷药杀虫的同时，长在棒子下面的"笨篱头"也顺便受益，节约了农药，又增加了收成，是真正的一举两得。

这天中午，春玉来到棒子地头上，她不进地里去，而是朝正西大道上痴痴地望。望着望着，眼光就开始转移了。这一刻，天上无风，骄阳似火，远远近近，都是黄绿高矮参差的庄稼。那远近不一的村子，被近年来绿荫骤起的树木遮掩着，簇拥着，在这悄无声息的日当午，映出一种亘古的沉寂和落寞。春玉此时置身其中，出神地凝望着这似曾相识的景象。淡漠了的记忆猛然复苏，并且迅速掀动了沉重的帷幕。那是幼时的某年，曾在父母的带领下来到这城东的田野，方谙世事的她目睹了这阔大的景致，顷刻间便产生了如是的感觉。而今，感觉重现，岁月已逝，却单单在心灵的幽宫里刻上这么一道印痕。春玉觉得眼睛湿乎乎的，忙收拢了目光，重又转向通往城里的大道上去。

大道上人来人往，匆匆忙忙。有的陌生，有的熟悉。陌生人看她一眼管自行路，熟悉的人也仅仅是打个招呼便匆促而过。现在的人就是这样，走路办事以快为荣，好像腚后总有只狼狗撵着似的。春玉看了一会儿，眼睛有些发花，便低了头沉思片时，转身进棒子地里摘豆角了。

今年雨水充足，棵上挂的豆角极多，顺着垄眼望去，"笨篱头"上一嘟噜一串，煞是喜人。那筷子粗细的豆角又长又嫩，蒸炒凉拌，可口得很。春玉哈腰顺垄，只拣细的嫩的摘，没到地头，手里便有一大掐了。她拽根热草秧子将豆角捆好，正要继续往下摘，东边相邻的豆子地里此时忽地传来一声接一声的暴喝：砸死你，我砸死你个×养的！暴喝中夹杂着铁锨的拍击和呼呼的喘气声。显然，是有人打上交手仗了。

突如其来的声响把春玉吓呆了，她心跳加速，脸色发白，双腿沉重如铁。

外边的吵打声响了好像一百年，忽然传来一声非人非兽的吱呀惨叫，春玉吓得连连抽搐，一口气没上来，嘴里不知喊了句什么，两眼一黑差点儿晕过去。

几乎就在春玉发出那声惊叫的同时，棒子地外的厮打停止了。二憨用铁锨将一只拍扁了的死耗子挑进水沟，神情怪异地朝这边棒子地里凝望。天高云淡，小风微拂，遍地的棒子叶颤颤巍巍，穗梢一动一动的。二憨凝望片时，又怅惘片时，丢掉铁锨来在春玉家的棒子地前，站在地边上喊道：是书南嫂子吗？我刚才咋听着像你的声音呢！

春玉终于缓过那口气来，怯怯地问道：二憨啊，你刚才是和人打架了？

棒子地外响起二憨爽朗的大笑：我说嫂子，你咋盼着我和人打架呢。我拍死一只大耗子，就是专门偷咱粮食的地老鼠啊。

春玉说着话走出棒子地：你，可把我吓坏了。

二憨笑得弯了腰。

自从那年冬天从城里卖花生仁回来，春玉就落下了病根儿。只要有突然的声响或意外的刺激，立时就心跳不止。紧跟而来的，便是浑身哆嗦瘫软，用她自己的话形容——就像让人抽了筋。书南多次送她到医院诊治，医生们的结论好像是不谋而合，说她患了心神经官能症，病因是过度惊吓。她很相信医生的诊断，因为自己这辈子从小就经受了数不清的惊吓，只不过卖花生仁那次特别严重罢了。她问医生这病要紧不要紧。医生们回答挺囫囵，说也要紧也不要紧。这就是说，治呢，治不好；不治呢，它又治得人难受。春玉为这病吃过西药，服过中药，扎过针灸，用过偏方；书南为春玉这病求过神，拜过佛，还请过神汉巫婆……什么法儿也想了，总是作用不大。

二憨止住笑：嫂子，快回家吧，天不早了。

春玉答应着，和二憨说笑着往村里去。

春玉一脸虚汗回到家中，书南吓了一跳，问她遇到什么不顺心的事了，春玉掩饰着，说是在地头上等着进城的明阳，明阳没回来，她到棒子地里摘豆角热的。书南赶紧洗了块毛巾递给她，口气缓缓地安慰说：着什么急呢，明阳进城看榜，又不是他自个儿。弄不巧这些小家伙们到电影院里看电影去了。

春玉打了个激灵，忆起自己到村西只是专等明阳的，并没有打算摘豆角。明阳今年升初中，他们班里的几个尖子学生被选拔报考了县重点中学。今天是发榜日，孩子们沉不住气，便结伙进城了。一是看榜，二是借机到城里要要乐乐。晌午了他们仍没回来，春玉怕孩子贪玩误事，放心不下，到村西张望了一会儿又进棒子地里摘豆角，不想碰到二憨捉地鼠吓得毛病又犯了。春玉擦完脸，看看太阳已经过了子午线，就招呼在西房根处乘凉的明刚吃午饭。人是怪物，等不到，一说就到。这里春玉话音刚落地，明阳那里推着自行车进了门。书南大喜过望，接过自行车支在一旁，忙不迭抚弄着明阳的头问：怎么样，考上了吗？

明阳低头一乐，没置可否。

一边明刚闷声道：问什么问，我敢保证，考上一个也是明阳。

还真让明刚说对了，这一届考生中，明阳在全县荣登榜首。

白云苍狗，日夜交替，转眼间明阳已是初中三年级的学生了。

人生多舛，世事难料。近二年，书南性格忽然起了变化，有时整天落落寡合，表情淡漠，躲开别人，独自在村外溜达。有时性格又特别急躁怪异，说话啰里啰唆，对待家务和地里的活计不管不问，变得慵懒迟钝，再也不是以前那个勤劳机敏整天忙里忙外的于书南了。春玉问他怎么回事，他有时欲言又止说不明白，有时傻傻一笑躲到一边。春玉见状十分焦急，猛然忆起当年县中学一位患了脑萎缩的教师，那教师最初的症状就是这样的。一念至此，春玉心慌，她把明刚叫到一边，说出自己的疑虑，并让明刚马上带父亲到县医院检查。然而，明刚非但不以为然，反而有点儿恶言相加：妈，甭管他，自作自受，这是报应。

春玉蓦地变了脸色：刚儿，他是你爹，如果以后再这样对他，你就不是妈的好儿子。明天，最迟明天，你必须送他去县医院检查。

一向习惯了母亲和风细雨的明刚大吃一惊，立即点头答应。

县医院检查的结果正如春玉所料，于书南患了早期脑萎缩。医生给出的治疗方案也很囫囵——这病是世界难题，唯一的治疗办法是让他自生自灭。

春玉的心头压了一块砖，她回天乏术，只能尽己之力从生活上照顾书南。为了免生意外，但凡家务活计，她都尽量不让书南去做。然而，早期脑萎缩的病人有时刻板怪异，越是爱护他，他越逆反，不让他做的事，他偏偏去做。

这年春天，明刚在拆换牲口棚顶上的破瓦，出门溜达回来的于书南似乎感觉应该帮儿子一把。他顺着梯子爬上棚顶，不管好瓦破瓦，揭下来就往棚下扔。明刚着急，尽量克制着情绪阻止他。不知道是因为"新仇旧恨"还是想起了以往怨隙，于书南竟然摸起一块瓦朝儿子后背拍过来，此时的明刚当然不能和患病的父亲计较，赶紧闪身一躲，书南立脚不稳，侧歪着身子从棚顶跌下来。这一下，跌折了锁骨，跌伤了腿，在医院里整整待了两个月。单单骨折还不算，这一跌之后，偌大一个人变得有时精神有时糊涂。无论是与家人相处还是与乡邻接触，都变得更加神情淡漠落落寡合；有时一两天不吃饭，有时吃起饭来又跟总是吃不饱似的；有时整天不说一句话，有时却啰里啰唆没完没了。一向大度的书南变得斤斤计较，常为一些微小之事与别人纠缠不休，对待家人，对待乡邻，再也不像以前那样热心周到了；他丢三落四，衣帽鞋袜经常不知所往，却又总是埋怨别人给他藏起来了；他说话越来越杂乱无章，口齿不清却又总疑心别人对他不恭，稍不如意便摆摆头拂袖而去。总之，一向精明干练的于书南彻底变得呆呆傻傻了。事后医生证明，于书南如今不光是脑萎缩，并且落下了脑震荡后遗症。

春玉在一天夜里守着睡熟的书南哭出了声：好人，你的命咋这么苦啊！

书南骨伤刚愈，麦子已经开始黄梢儿了。书南已经干不了重活，可他见到别人忙碌似乎自己也不好闲着，便用一只胳膊在家中忙点儿零碎事，那意思是让春玉和明刚抽出时间照顾地里。这天下午，他觉得实在无事可做了，就吊着胳膊到村外转悠。也可能是心血来潮，他忽然极希望见到明阳，这种急切与渴盼的感觉，近来常常发作。往日里还能勉强控制，今天是怎么也捺不住了。他像中了邪似的，心里想着，举步便朝城里走去。于家屯距县城本就几里之遥，而第一中学又在县城的东南角，于书南想着盼着，不到半个小时就赶到了学校。他此时的脑子似乎很清醒，朝传达室里说了声"我来看看孩子"就径直朝里闯。看门的老头是个右脸贴着膏药的歪歪嘴，说话不清楚，却将双臂展开把他挡在门外。书南千求万求，好说歹说，说自己如何如何想孩子，见一面看一眼就走，绝不耽搁孩子上课。歪歪嘴大概也曾有此经历，好像是被感动了，虽没放他进校，却含混不清地告诉他，学生们都在校南大操场上开运动会，让他到那里去找。书南这时也听到校南操场上响着喇叭，便横了歪歪嘴一眼，嗔他为何不早说，愤愤地转身朝南走了。歪歪嘴可能觉着受了侮辱，在书南身后叽咕了一阵子，书南听不清他说些什么，但明白对方是在骂着脏话。书南见子心切，顾不得与他理论，叹口气嘟囔：唉！你我如今还都是半残废，耍什么横哪！

校南操场上彩旗飘扬，一片的欢快气氛。大喇叭这时停了音乐，一个好听的女音开始招呼人们注意收听什么。书南侧耳听，原来是在宣布参加八百米决赛的运动员名单。书南惊喜地听到，这名单里有明阳的名字，还有明阳的同学李清的名字。李清家在青牛河西，进入中学后和明阳分在一个班里，俩人志趣相投，性情相合，是往返途中的好伙伴、求学路上的好朋友。李清的家距学校很远，有时星期天就来明阳家，和明阳一块儿看书学习做作业，夏天钻一张蚊帐，冬天钻一条被窝。

运动场上，跑道外边挤满了人，有各班级组成的啦啦队，有给自己学生鼓劲的老师，有听到消息特地赶来的学生家长，也有专门是来瞧热闹的。在一溜人墙中，书南试着朝前挤，人们见他吊着胳膊，不敢惹他，有意无意地就让开了一条路，书南顺利地挤到前边站着。这时，无论是啦啦队还是学生的老师与家长，一个个跃跃欲试，摩拳擦掌，那情形好像他们也要参赛似的，直将个赛场气氛弄到了最最热烈。这其中也有真正的旁观者，他们倒背双手，虽则兴味盎然但一副置之度外的神色。在这类人中，于书南忽然发现了一张似乎熟悉的面孔，之所以发现也是因为那张面孔恰好正在审视他。那是一张清瘦走形而又胡子邋遢的脸，半秃的头顶且有白发，一副特号眼镜几乎遮去他大半个面容，看样子至少有小六十了。书南看着眼熟却又一时想不起在哪里见过这个人，正要礼貌性地打个招呼，对方却莫名其妙地扭过脸不再看他，接着便若无其事地转身挤到外边去了。可能是病情所致，书南现在的好奇心特别大，对方的举动让他按捺不住，正要跟出去弄个究竟，赛道上哨声响了，一回头，只见运动员们已经排成一溜横行，第一跑道上，恰恰就是儿子明阳。此时，明阳的身子朝前一冲一冲，显然是在做着起跑前的预备动作。儿子这种神采飞扬劲头十足的样子，令书南激动不已。距离这么近，他真想喊他。试了几试，刚想张口，发令枪叭地响了，只见明阳像小兔般地掠过他的身边，眨眼就在百米以外了。

八百米赛跑是一项持续性很强的运动，你需要始终保持一定的速度。明阳有耐力无速度，没能拿到冠军，他只跑了个第三名。倒是身材瘦小无耐力有速度的李清，出乎人们意料地跑了第一名。跑完了八百米的学生们形象不一，有的被人扶着继续小跑，有的站在原地张着大嘴喘息，李清坐在地上不动，一副再跑十步就要瘫痪的神色。同学们围着他问这问那，他只顾张着嘴喘气，一律不予回答。他跑得快垮得快恢复得也同样快，在其他人仍旧喊爹叫娘的时候，他已经噌地蹦了起来。他径直奔到明阳背后，轻轻拍了一下他的背：明阳，你看你爸！

李清的眼睛真尖，明阳循着他的指头望去，果见父亲正站在操场边上冲他乐呢。他连蹦带跳地跑上去，说了句"爸爸你也来了"，就抚摸着书南的胳膊问还痛不痛。书南晃了晃膀子告诉他说是已经好了，为了保险，医生让这夹板再多待上几天。好像为了让明阳放心，他竟将吊着膀子的绷带摘下来，将伤臂伸了几伸：瞧，十天半月就能下地割麦子了。

明阳赶忙给他重新吊上绷带，焦急地嘱咐他，万万不可大意，一定要等完全康复才能活动。书南嘴里应着却又走了嘴，说是救麦如救火，这可耽误不得。明阳连忙表示，到时他可以请假回家帮着妈和哥哥。书南一听吓了一跳，赶紧解释，说今年麦子地亩不多，有他妈和明刚就满够了，千万不可因为收麦子误了他的学习。明阳见爸爸这么焦急，笑笑说：爸爸你放心，以我的学习成绩，升学肯定不成问题。更何况，我们现在的课程早已学完，目前只是复习。

明阳之所以这么说，并不单纯为了宽慰书南，其实他心里早就有了底。因为班主任已经背地里告诉了他，作为多年来的学习尖子，他已被正式选拔为保送对象。只不过明阳少年持重，不肯轻易说出来罢了。

听明阳说得如此有把握，书南不禁叹了口气：唉！要是你哥当初也像你这么知道学习上进，他就不是现在的样子了。

这话从一直痴痴呆呆的爸爸嘴里说出来，倒令明阳有些吃惊。不过，明阳认为父亲对哥哥一向怀有偏见，就笑着替明刚辩解。他说明刚有明刚的优点，农田里的活不就是一学就会吗？天下七十二行，行行出状元，爸爸可不能太偏心眼了。他举出一句乡间俗话，说是天下爷娘喜小的。这话一出口，倒把书南逗乐了。他抚摸着明阳的头，问他能不能跟自己到街上散散心。明阳想了想距运动会结束发奖还有两小时，便去找班主任请假。老师对明阳出奇地信任，立即答应，还嘱咐明阳好好照顾爸爸。

书南父子顺着街筒朝北走，边走边朝两旁指画。书南本已记忆减退的脑子此刻却变得特别清楚，他一边走一边告诉明阳，几十年前这边是什么门脸，那边是什么店铺，这里是什么门楼，那里又是什么牌坊……明阳进城读书三年来，还是第一次听到县城有如此辉煌的历史。可他哪里知道，这里边已经夹杂了书南怀旧的情愫和有意渲染的成分了呢。到了十字街口，书南忽然看了明阳一眼，原地站住不动了，如今的十字街口已非昔比，平整的柏油路面，气势恢宏的楼房商店，当年的小茶馆小店铺踪迹全无，更不要说那些墙角旮旯了。

这些年来，书南进城何止千百次，每次进城到这街角之处何止千百回，奇怪的是，从未像现在这样胸口感到沉甸甸的。莫非是明阳在旁的缘故吗？书南一念至此，顿觉神思恍惚，步履迟缓，那种身上疲软腹中空虚的感觉，俨然又是当年饿卧街角几顿没吃饭的光景了。他勉强抑制着没有瘫倒在地上，可已是浑身虚汗双腿发抖了。明阳见父亲忽然间神色有异，以为是他臂伤未愈劳累过度造成的，赶紧扶住他的身子，让他到街边台阶上休息一下。可是，书南仍旧立在原地不动，就像一口浊气噎住似的。他喘息了好一会儿，这才泪盈盈地对明阳说：当年，你妈，还有……他舌头打卷显然是有意隐去了后边的什么，抻了抻又补充道：就是在这十字街口救我一命的。

明阳性格早熟，很明白先辈伤心时后辈人不要火上浇油的道理，就半是阻止半是劝慰地提醒他：爸，不要再说这些了。

于明阳嘴里劝着爸爸，心中却已是悲凄难抑结成了疙瘩。因为爸爸曾不止一次地跟他提起当年母亲在城内十字街口救助自己的事情，爸爸每每谈及此事时，感激之余似乎还念顾着另外一个人。这个人是谁，明阳曾问过母亲，他记得母亲当时面色惨然，说那是自己小时的一个同学，后来得病死了。明阳还记得当时很是为之伤心惋惜，他多么希望那个人是活着的呀，果如此，那人的救父之恩他就可以在今后的岁月里给予报答了。明阳毕竟聪明过人，他同样记得，在问过母亲这件事情之后，爸爸不再轻易谈起母亲的救助之情，偶尔提及，便将另外一位很拗口地略去。

## 16

　　书南在操场跑道边上见到的那个似曾相识的面孔就是姜承良。姜承良早就来到了运动会现场，书南刚到跑道边上那一刻，因为吊着个膀子，马上就很显眼地让姜承良发现了。他认得出书南，书南却认不出他，但是为了避免万中有一的麻烦，在书南盯住他看时，他马上就悄悄地躲开了。当然，书南即使十宿九梦，也断不会想到这会是姜承良，否则的话，岂不是大白天活见鬼了吗？眼熟，是的，仅仅是眼熟，可小城方寸之域，谁和谁在这里那里见过一面两面的纯属常事。所以，姜承良转身走掉，书南也就把他忘了。

　　其实，姜承良并没离开操场，他一直在附近观看明阳参加的八百米赛跑。明阳在跑道上飞奔时，他也曾攥着拳头浑身用力，很希望明阳能够拿个第一。他自己学生时期就曾是长跑能手，就认为明阳也应理所当然地像当年的自己。明阳名列第三，说真的姜承良感到有点儿泄气，好像对这青出于蓝而不胜于蓝感到惋惜。书南和明阳的亲热情景他也全部看在眼里，并为此很是生发了一些羡慕和妒意，这种父子温情本该有自己的一份，可如今只能在一旁看得眼热，连凑前一步说句话的勇气也没有。

　　明阳请假后陪着书南走上了大街，姜承良也就那么远远地在后边跟着。至于为什么跟着，姜承良他自己也说不清，好像亿万脑细胞中专有一组支配着他的双腿那么做。或许，这便是人们常说的鬼使神差吧。书南和明阳在十字街口站住时，姜承良也便驻足不前。离得远，他只看到书南对街口上的一个地方指指点点，听不到他们说些什么。听不到，却能猜得到，姜承良是凭直觉猜出的。他很清楚书南是跟明阳在讲述当年

**166**

的一段经历，他也料定书南会这么做。因为眼下明阳长得越来越像他姜承良青少年时的形象，无论是脸形、眉眼甚至头发，都可以说是惟妙惟肖的。只是孩子性格与他有异，那种谨慎、细心、处事精到而又全面的优点，有一大半像他的妈妈。当然，聪慧的头脑和卓尔不群的举止，是他和春玉所共有的。正因长相酷似，又来到这个曾经使书南一辈子都刻骨铭心的地方，以书南的个性人品，姜承良才会有此判断。这是推理，也叫逻辑思维。至少姜承良是这么认为。但是，姜承良又担心书南将明阳的出身真相和盘托出，这是他眼下最最不想发生的事情。果如此，不单有碍于书南与明阳的父子之情，也会严重地戳伤孩子那原本单纯的心灵。这不是行好，这是作孽，此时他真想冲上去，将书南拽到一旁嘱咐他：别说，那真相万万说不得。当然，这也只是他脑中的闪回，他还能够控制自己。

自从明阳考入一中后，姜承良夜游青牛河岸的次数减少了。有时耐不住或是身不由己地再次跑了去，也是怀旧心理的驱使，目的在于从远处看看春玉和书南的生活行止。他已经下定决心孤独今生，绝对不再在书南或春玉跟前露面，不去扰乱他们的幸福和宁静。否则，天理难容。如今他只是一有空闲就来学校附近逛悠，特别是下午课外活动时间，只要不是值班，他就来这里等着明阳的出现。他毕竟是在这所学校里成长并从这里走向大学的，虽然如今容颜大变，他还是非常害怕有熟人认出他，所以也总是离校门远远的。可是，每每令他失望的是，明阳轻易不出校门，来十次至少有八到九次枉驾空等。偶尔见到明阳出现在校门口，他就像注射了肾上腺素般精神亢奋，总是三步两步赶上来，又急刹车似的立住。很明显，他是想跟孩子说几句话，但每当此时，总被一种难以言喻的悔愧心理所羁押，随之，刚刚鼓起的勇气也就倏忽而散远逝天外了。要是明阳上街去买文具用品什么的，他心中就又升起一种无法描述的喜悦，因为这样他就可以跟在孩子的身后，不远不近，不即不离，尽情地享受一种他自己才能明白的幸福。

有幸福也有悲伤，那次，他紧跟着明阳和他的同学进了一家商店，他希望能够在经济上直接援助孩子一下，这是他想了多少年而始终未能兑现的。然而，明阳每次都是花钱很少，根本不给他表示爱心的机会。况且，他也找不到一个适当的借口，试想以明阳这样的个性，能够接受一个素不相识的人的赞助吗？他感到自己的想法过于天真，可尽管如此，仍旧锲而不舍地寻找机会。那次走进商店后，他就紧紧地在明阳身边站着，他将右手插进衣袋里，做着随时取钱的准备，万一明阳买什么东西钱不凑手时，他就可以马上帮助他。只要明阳接受了他的援助，不管找什么借口予以解释，他的内心深处都可得到一定程度的慰藉。然而，这次同样让他失望，明阳只买了一个三角板，而孩子自己从兜里掏出的钱足够买一盒的。姜承良闷在原地不能动，他和明阳的距离那么近，听得清儿子的呼吸，闻得到儿子身上的体味，那挺直的鼻梁、圆润的脸蛋儿，让他越看越爱，越看心里越难受。而此时，明阳恰好无意地侧脸看了他一眼，明亮的双眸一忽闪，姜承良的心尖就像给竹针戳了一下，一股热辣辣的疼痛感直达喉头，要不是右手及时地在衣兜里悄悄掐了腰部一把，他真不敢保证自己不马上神志错乱，并极有可能立即抱住明阳连亲几口。他感到一腔热泪全部涌向了眼眶，所幸戴着的变色镜使他的火爆情感没能明显泄露。他怕镜片后的泪水流下来被明阳发现，赶忙朝一旁扭转了头。在他擦干镜片重新侧过脸来时，明阳和他的同学已经走出了商店。显然，他没给明阳留下任何印象，明阳并没有在意他。唉！古云"骨血相连，天性使然"，可自己的亲生儿子与之贴身而立，儿子却对自己没能生发丝毫的亲近感。姜承良木在原处怅然若失，要不是商店里众目睽睽，他真想趴在柜台上大哭一场。这时，门外传来明阳与同学们的嬉笑声，仍旧说是鬼使神差，姜承良像从梦中惊醒，赶忙又戴上眼镜，三步并作两步地追出商店。

姜承良对儿子如此疼惜，今天的机会自然是不会放过。只是书南在旁，他不敢靠近，只能远远地跟着。对于自己这些年来的所作所为，特别是对明阳那种揭不掉推不开的依恋，一个学有所成的医生当然会有觉悟。他已隐隐感到，这是心理方面的毛病，是心理变态的一种表现。想到此，他对自己的未来状况产生了一种恐惧感，因为心理变态会加重本就难以康复的精神抑郁，他得努力控制，努力克服，否则，后果是不堪设想的。诚然，这是当局者迷，旁观者清，因为他早就患上精神抑郁症了，只是别人清楚，而自己不明所以罢了。他在竭力控制自己情绪的同时也在担心，万一控制不住而对明阳的亲昵越出界限怎么办呢？彼时，面临的肯定是窘迫、尴尬、难堪。这个学过解剖割过死尸几乎精通人体各个器官组织的医生，越来越认定天地之间确有神明存在，而自己所经受的种种精神磨难，就是神明对于他这种悖情负义者的故意惩罚。

可能是基于这种心理，姜承良才日复一日地在暗中忏悔，在用自己的良心良知虔诚赎罪。不管医院里或医院外有多么盛腾的场面，他都始终如一地保持着沉默。他那俯首帖耳听命于所有人的样子，那种除了在医疗场合之外所表现的畏缩窘迫，那种诚惶诚恐似乎矮人半截的行止，很难让人相信这是位胸藏丘壑满腹才华的饱学之士。正是他这许多看来令人费解的落差式表现，决定了他将成为一个真正弃旧图新的人。做了错事并不可怕，可怕和可恶的，是那种做了错事仍旧得意扬扬无所谓的厚脸皮。这样的人一旦气候适应，照旧会得势不饶人。

这时的姜承良，我们说应该得到温暖、帮助和鼓励了，不可以让他继续心灰意冷自暴自弃。是啊，人生在世，谁能保证"一把棘针撸到底"，漂亮的孔雀仍有个难看的屁股，丑小鸭的羽翎就未必不美。他虽然做过错事，坐过监，入过狱，可也不能说完全没有值得赞誉的过去。这些道理，别人想到了吗？他自己想到了吗？没有，都没有。正因如此，他才一步更比一步近地迈向那个人为的泥淖。待有人发现他的才华和存在价值时，看到的已经是个半残废。

书南和明阳开始往回走了，姜承良再不能待下去，他拐进向西的一条胡同，在那里有近路直通医院。昨天院长到办公室找他，说是县里要在城北沙冈附近组建一座分院，新建的分院当然需要擎梁柱，这就需要一名各科都能拿得起放得下的医生。院长在会上研究，认为他姜承良最为合适，决定派他到分院负责业务工作。姜承良茫然地听完院长的谈话，又茫然地点点头，这事就算定下了。因为明天就要去分院报到上班，他今天特地赶来看看明阳的。事有凑巧，看到了明阳，也见到了书南，分院离学校离于家屯都很远，今后怕是行动不再这么方便。今日意外相见，也算是个收获。

让姜承良去县分院主持业务，其实是亏待他了。

杀鸡焉用宰牛刀？这是古话。

牛刀大而锋利。然而，不识货的人往往要拿来屠宰麻雀。

## 17

酷暑逝去，气温下降，高阔无垠的苍穹渐渐恢复了原来的颜色。曾经被夏日的毒日头炙烤得奄奄一息的牲畜鸟禽甚至田里地边上的虫儿，也开始大胆地出来活动了。白天明晃晃的光亮，黄昏时全部被挤在地平线上，远远望去，似乎成了紧紧挤成一层的透明雾气。那褪出来的硕大空间，此刻被等待已久的天蓝和夕阳制造的褐红与粉缦所充填，显得愈发寥廓而神秘。

随着暮色加重，来往于城乡的大道上似乎要被自行车、摩托车、拖拉机和间或有之的汽车迅速填满。越接近天黑，车辆越多，仿佛汹涌的洪水急于冲破堤坝似的。这是近几年出现的一个奇观，带有某种必然和不可思议。书南在这车流中小心行走，随着身后响起的车铃和车喇叭声，不时得站在道边躲避片刻。所以他走得慢，走得犹豫，尽管如此，他还是表现出少有的耐性，丝毫看不出着急。

书南回到于家屯时，天已完全黑了。春玉正在村头上等他，见了面就埋怨他：也不打声招呼就走，家里地里找不到，就知道你是进城了。此时，书南心中那股明阳带给他的兴奋感尚未消失，而十字街口那不期而至的悲哀也没完全驱散，这种复杂的情感交织令他的心绪一时难以复原，就不笑强笑地敷衍了春玉几句，两人相偕回家。

院子里，明刚正坐在马扎上等着，见父母一块儿进来，他猛地立起身，冲着书南哼了一声，转身回自己的西房去了。书南怔了怔，嘴里嘟曩了一句什么，似乎并不在乎儿子的无礼，就势坐在明刚的马扎上。春玉摇摇头，喊着明刚走进西屋，好说歹说把他劝出来，嘴里说着"吃饭吃饭"，摆好小桌放好凳子，就又到厨房里端锅。明刚不忍看着母亲自己忙活，起身帮着捧碗舀饭，这院子里的气氛才渐渐平和。

夕阳西下，春玉母子从地里收工回家。往日的这时，书南已经生着炉子点着火，专等春玉回来做饭了。可是，今天大门上的门链倒挂着，开门一看，院子里炉灶旁冷冷清清，显然是书南早已出去了。娘儿俩以为他很快就回来，便动手拾掇院子生火做饭。这些日子，书南吊着个膀子闷在家里，确也够他受的，大约今天实在耐不住，到野外"兜风"去了。娘儿俩这么不约而同地想到了一块儿，可是左等不来右等不见，终于慌了神。

书南的脑子有问题，见到这娘儿俩忙完地里忙家里就多手多脚的，他会不会是吊着膀子到地里去薅草，或者是去干他目前来说还难以应付的活了？眼看着天就黑下来，他去哪里了呢？若是万一不小心把膀子弄出新的毛病可真是个大麻烦。还真是心息相通，娘儿俩又同时想到了这一点，慌忙分头去找。然而，找遍村东村西和村南，踪影不见。明刚想得更糟，竟心怀疑虑地扛着长竹竿到各处井里打捞，娘儿俩一时急得头上冒汗。正在手足失措，春玉无奈，只好坐下来仔细考虑书南会到哪些地方去，忽然心中一亮，说声别慌，他一定是进城了。找到下午曾在村西干活的乡邻一问，还真是看到书南吊着膀子往西去了，娘儿俩终于松了口气。春玉之所以突然想到这里，是因为这两天书南总是念叨想明阳，并说想得心里发慌。他这个人因为脑子有病，做起事来认真又执着，肯定是等不及明阳回家，兀自找到学校去了。明刚听了，就要怒气冲冲地进城寻他爸爸，说爸爸性格越来越古怪，看来并非脑子有病，是故意找他的碴儿或给家里添麻烦。春玉知他爷儿俩见面就是一顿好吵，便阻止了他，说一个大活人大白天，还能丢了他吗。等吧。她让明刚等，自己却去了村西地头。说真的，书南膀子有伤，出去这么长时间，她也免不了想三想四的。

饭后，明刚帮母亲收拾完锅碗瓢勺，就又回他的西厢房去。他是在赌气，他和他父亲的关系已是越来越紧张。尽管书南确实患有早期脑萎缩，但是，因为多年的偏见，明刚总认为父亲是在"装疯撸人"，借此吓唬他和母亲，否则，本来好好的精神头，怎么一下子就变得呆呆傻傻了？如果真有病，在草棚顶上用瓦片砸自己的当儿，手脚为何那么利索？况且，从棚顶上摔下的那霎，还捂着膀子主动提出去医院呢。因此，这个已长成十八九岁的大小伙儿，脾气越来越倔。平日与书南相处，说话干活总是吵架拌嘴，冰炭不能同炉似的。春玉为此急得要命，也闹不清爷儿俩究竟是怎回事，问明刚，明刚哼一声就眼圈发红。问书南，书南当然说不出个所以然，不过有时也连声叹气：唉！酱酸了，醋咸了！

其实，书南对于明刚的爱溺并不亚于明阳，在明刚身上，他同样倾注了大量心血。明刚三岁上母亲走了，有段时间书南眼含热泪既当爹又当妈。所幸天缘巧合地春玉来到了这个家庭，明刚也几乎是天理昭然地接受了这个妈。一方是善良的心性可怜这失母孤儿，一方是混沌童稚急于找寻生存的依托。这种不是骨肉胜似骨肉的情景，书南当时感动得涕泪交流就差没给春玉下跪了。春玉对待明刚如同己出，人心都是肉长的，对于春玉和姜承良的"结晶"，书南对明阳更是倍加宠爱也就有些投桃报李的意味。更何况，姜承良与他曾有那么一段非同寻常的经历，忘得了吗？他与春玉的结合，就是为了保住姜承良的骨血，小时的一出旧戏《托孤救孤》曾经激动过他的心，他如今正在实践着戏中主人公的角色。

书南半生辛苦中最大的感受，就是一种对于文化的渴求。"少壮不努力，老大徒伤悲。"这句古训的内涵，孩童时期纵然听它千万遍，也不如成人之后在生活经历中的切肤之感。因此，饱受半文盲之苦的于书南，就盼着孩子们多念书，念好书。特别是这段时间，正是由"知识无用"一跃而为"知识得宠"的转型期，谁家孩子念书好，考上中学、中专、大学什么的，众人面前说起话来，家长可以把肚子挺得最高。可是，明刚偏偏不争气，不是学不好，纯粹就是不愿学。而明阳呢，却头脑聪慧心计强，年年岁岁，考试成绩总是全校第一，老师表扬，乡亲们夸奖，在大小学生中，俨然一个"王中王"。和他哥哥两相比较，书南气极生愤的那句"品种问题"，好像说得也有道理。

　　学业上等于零，那就刻板成一个扎实的庄稼人吧。明刚辍学之后，书南就像军队训练士兵似的训练他。这不光是指体力上的加倍投入，活路上诸如常说的耕耩锄耙之类的招式路数，对明刚的要求也相当苛刻。明刚十四五岁就得和父亲下一样的力，干同样的活，并且必须一丝不苟，像昔日乡下姑娘跟着母亲学习绣花一样。稍有懈怠或差错，书南就气乎乎地瞪圆了一对牛眼睛。无怪乎明刚背地里常常发牢骚：我不是俺爹的儿，我是地主家的长工。

　　明刚在小学课本里学过《半夜鸡叫》，知道什么是地主，什么是长工。

　　儿子明刚是块什么料，书南心中已很有数了。那好，就按乡下千百年世袭相传的老规矩——父成子家，子承父业吧。待儿子成年之后，他这当爸爸的就给他娶亲抱子，让他过一辈子平平淡淡的农家生活。于书南开始省吃俭用，拼力劳作，想方设法地积攒钱物，以备将来给明刚另立新宅。这是本地风俗，两个儿子以上的人家，只留最小的守"营底"，其余各路"诸侯"都得到外边另起炉灶安新家。书南一旦做了如此决定，庄户人那种特有的心计与筹划才能迅速发挥到极致。金钱粮食自不待言，砖瓦也提前筹备着，他抽空去给砖瓦厂里推土，平时不领工资不借钱，年底一块儿结账时，就把一年来积攒下的工钱全部开成买砖的单据；他在院前地边上种了几十棵钻天杨的树苗，这种树长得快，树干直，三几年即可成材。所以，到明刚娶媳妇时，这盖房的木料就不用愁了。就连结亲娶媳所用的大量布匹，他也未雨绸缪地开始积攒。春玉每逢进城或赶集，他总要嘱咐春玉买一两床被里被面和时兴衣料。秋后收获的棉花，更要轧成棉絮存起来以备不时之需。春玉笑他太算计了，他嘻嘻一乐说：这可不是我们那年代了，男婚女嫁连衣服带被褥至少要用个十丈八丈的，不提前准备好能行吗？

　　这就得日积月累，攒少成多。每年冬春温度变换时节庄户人添置衣服之际，或者有那儿子结婚闺女出嫁急用布匹的人家，他便自动将买下的布匹衣物送上门去以解该家该户的燃眉之急。庄户人是要讲个良心的，受人之惠，必要报答，再还他新布时，原数之外还常有加码。样样件件，各种办法，书南不间断地搞他的"囤积居奇"。即使早在十年前废弃不用的布票，他也从各家各户搜捡积攒了好几摞，说是有备无患，说不定何时又得用着呢。他的苦心孤诣往往表现得近乎可笑，有一天下雨赋闲，书南将布票弄到炕上仔细地排列，末了又仔细地分类捆绑，看着一捆捆色彩鲜艳的花花纸，他痴呆呆地在屋里坐了一天。春玉见他天真得可爱，就笑而戏谑：怎么样，是就此罢手还是继续攒着？不过，你做得也不错，兴许多少年后这些布票成了文物，你于书南可就大发其财了。

书南不好意思地摇摇头，又将一捆捆的布票拆开来，他觉得将这费尽心机攒起来的东西丢了可惜，就一张张展平压在炕席下，每天到厕所大解，便抽一张带着。这些，春玉看得明白却不问他，而明刚呢，却总是拿眼剜他，说他年纪越大，过日子越抠搜。

## 18

　　小麦归仓后，裸露的大地因为雨水充足，晚秋作物比赛般地疯长。一个多月内，人们举目远眺，野外已是小说里描述过千百遍的绿油油的青纱帐了。

　　两旁的庄稼油绿发亮，时有大胆的野兔在垄眼里跑出来，冲着路人高耸双耳再蹾一下屁股，示威般炫耀一番，又得意扬扬地钻回去。

　　于明阳和好友李清从东往西走在回校的路上，两个人时而争论，时而说笑，对小畜生们的恶作剧，完全是不屑一顾的样子。他们争论的焦点在升学升高中还是升中专的问题上。明阳是学校里已经宣布了的保送生，自然是要升高中，李清虽说未能保送，但以他的才智和学习成绩，考入高中根本不成问题。然而，他却执意要升中专。李清说升中专毕业就能够早早参加工作，只要有能力有信心，照样可以实现自己的理想，成就一番事业。也就是说，从今年暑假以后，他和明阳再不能朝夕相伴，再不能一个被窝里睡觉，再不能一个座位上说笑了。这使明阳很伤心，他对李清陈述的理由和理想不以为然，并斥之为实用主义、目光短浅。李清是个性情温和的人，只是笑脸相对，既不再解释，也不再争辩。

　　在填写报考志愿时，明阳仍旧劝说李清填写高中，可李清不顾明阳的劝说和阻拦，还义无反顾地报考了政法干部学校。然而，这政法干部学校是中专学生们一心向往的地方，录取分数线高得让人瞠目结舌。中考之后录取标准迅速传下来，李清的分数线达不到那么高，顺理成章地给刷了下来。他十分懊丧，一时间竟觉得前途无望。然而，不幸中又有万幸，本县高中另设分校，省里特批县中学有自主招生的内部名额，由于李清的成绩一直名列前茅，并且是班里的学生干部，班主任一个报告打上去，李清顺理成章地给录取了，这使李清心中稍稍得到些安慰。尽管分校和原来的中学不在一地，但不管怎么说，培养出来的学生并无本质上的区别。一个学生，只要能走这条路，以自己的抱负与才智，将来仍旧大有希望。

暑假很快过去，新生入学的时间到了。

李清走进了新校，明阳仍旧留在一中。新的学年里，虽也有原先的同学相伴，但很多都是新的面孔。人在青少年时结交的朋友，大多是感情真挚并且终生不渝的朋友，因为他们这个年龄的人，正直而单纯，心中哪怕是有一丝的惆怅或喜悦，也想赶紧和自己的朋友说一说。当然，同学都是一样的，但按照人性的特点、生灵的性质，彼此间总是有近有远，也就是说有合得来合不来甚至相当合得来的。这相当合得来的，便是至交密友了。密友之间非但无话不说，往往还是荣辱与共同仇敌忾的。科学家分析，说每个人的身体上都有一种电磁波，如果两个人身体上的电磁波波段相同，彼此间就合得来并成为非常要好的朋友；如果两个人身体上的电磁波波段不甚相符，他们之间的关系也会随电磁波波段的差异面表现出远近亲疏。像明阳和李清这两人，大约就属于电磁波波段相同的人了。

明阳是个特别重感情的人，和李清乍然分开，那种落寞和惆怅竟然许久难以排解。每逢回家或返校的路上，想起当日与李清一路上欢声笑语跑跑跳跳的情景，看看如今形单影只的样子，便生发一股难言的失落和郁闷。高中的课程对他来说构不成压力，故而每有课外活动时间他就到野外闲游。这时的城区已经非常阔大，原先城北的沙土岗子一带，已经变成了县里新组建的工业联合厂。联合厂旁边就是县医院分院，分院建设起步挺高，除了几栋平房外，竟还有两座六层楼房。明阳每每来到这里，总是漫无目的地转来转去，借以消除心中的虚烦和积郁。

明阳有一次转到工业联合厂的东侧，仰脸欣赏县分院的两座楼房，忽然看到一个中年人在土岗残址一隅呆呆立着。他吓了一跳，走上去问道：伯伯，你是这工业联合厂的吗，在这里干什么？

岂料那人听到他的问声猛地转过身来，硕大的镜片后面，顿时闪出一种意外惊喜的光波。那中年人有些面熟，明阳想肯定是在哪里见过。他努力地去想，然而仍旧只有印象没有结果。中年人见明阳眨巴着眼直瞅他，嘴唇动了动想对明阳说什么。与此同时，脚步蹒跚地向着明阳走来，双手岔开像要搂抱明阳似的。明阳虽然胆大，在这四周杳无人影之处也有些毛骨悚然，他不等那人靠近，便后退几步然后转身撒丫子逃跑了。跑出很远回头看，却见那中年人蹲在了地上，双手抱紧了头，身子一耸一耸的。这以后，明阳又在工联厂的东侧见过中年人几次，仍是那么直直呆呆地立着不动。当然，他不敢再近前去，而是远远地看一会儿就走。他想，那一定是个县分院里收进的精神病患者。

由县分院拐向城东北角，是本县有名的东大洼。东大洼高低不平，壕沟纵横，只长碱蓬水草，很少庄稼。由于土壤成分糟糕，这里一直荒芜着。间有个别农民在此开垦，也是光下力气，不见结果。明阳在小学课本上就曾学过——中国地大物博。是的，这不是吹大话。然而，年龄越大他越思考一件事，这"地大"到底有多少可以充分利用的地；这"物博"究竟又"博"到什么程度呢？关键的问题是你怎么利用，又怎么开发。像东大洼这样的地方，难道除了投入巨资改碱治碱外，就没有另外可以开发利用的途径了吗？科学科学，改造创新是一种科学，而充分利用也同样是科学。明阳对这片东大洼并不陌生，初中时与李清出城漫游他就不止一次地来过这里，那时，他只是觉得这片荒芜的土地可惜，并没有这么高远而知识化的想法。

时光如水，比流水快得多。几乎眨眼之间，于明阳和李清的三年高中生活就飞逝而尽。县中学和县分校同时举行了这一届高中生的毕业典礼，典礼举行不久就要进入高考，高考以后，曾经朝夕相处的同学就要天各一方。

似乎是老天眷顾这届高中毕业生，高考那两天一直下着毛毛细雨，气温较往年偏低，这给考生们创造了良好的发挥条件，预示着每个人都会取得好的成绩。高考结束的最后一天下午，毛毛雨渐渐停止，虽然天空中依然云朵暗沉，仍有大片黑中泛白的云块在空中飘移不定，但是，天终于还是慢慢晴了。欢呼雀跃的学生们像感谢天地神明，纷纷跑到大街上尽情放松。当时的县城路面正在翻修，昨晚的细雨落在新铺的柏油路面上，像给路面泼了一层清凉的水。街上随处可见学子们组成的活力四射的风景线，他们跑着跳着说着笑着，赋予这个县城浓烈而性感的气氛。此刻，他们已不在意考试成绩的好坏，一切都在听从命运的安排。他们只想放松，只想快乐，街旁的刚刚栽下不久的小树在轻风中耳鬓厮磨，像是在说：很好，眼前的这一片天地是属于我的。

明阳迈进大学门是水到渠成的事，问题是以他的才智和始终如一的优秀成绩，为什么偏偏选考了农业大学。同学们纳闷，老师们奇怪，问他，他只是意味深长地笑笑说，国家既然设立了这门学科，那总得有学生入校学习吧。也对，否则，就没有必要设立这样的大学了。难道才智出众就一定要去研究宇宙飞船原子弹，一定要去学习高科技的电子控制专业吗？

明阳自有他的考虑、他的想法、他的见解。

李清初衷未改，他报考了已从中专升格为高等学府的中国政法大学，并且和于明阳同样一举得中，第一批就收到了录取通知书。两个人接到录取通知书后先是找到老师行了个少先队礼，随后分别在于明阳家和李清家与双方家长热烈庆祝了两三天。在入校那天，两个人乘坐同一列火车，同时到达了那个向往已久的城市。之后，便分道扬镳各奔东西。

学校是生疏的，老师是生疏的，同学们也是生疏的。但待了一段时间后，这种生疏感就迅速消失了。明阳和同学们建立起一种相互帮助相互促进的真挚关系，而这种关系的建立，与中学时同学之间的友谊又有了些许差别。那时的友谊多数重感情重脾性，这时的友谊又多了一层感情之外的共同事业心。明阳本就生性好学，且又聪慧过人，处事待人真诚热情，时日一长，很自然就成了全班以至全级的名人。很多同学都愿和他在一块儿，说说笑笑，当然更重要的还是相互讨论争辩学术问题。

这期间，国家为了尽快培养所需人才，在大学这块科学摇篮里投入了大量的人力物力。同学们无论家景好坏，都有一份生活补贴费，用以买些零碎文具或生活小用品。明阳是乡下来的孩子，和所有农家出身的学生一样，俭朴似乎成了做人的本分。他自觉学习顺利，生活富裕，还想入非非地要节省少许钱钞支援家里。可是这一天，他却忽然间接到了家中汇来的二百元钱。按他当时接到汇票后的表情形容的话，真可以说有点儿大惊失色。他想，这二百元钱父母得拼出多少血汗，积攒多少天啊！他想马上给家里寄回去，想想再有两个月就放寒假了，倒不如回家时带了去，一并和父母说清楚更好些。

寒假到了，明阳急不可耐地回到了家。长这么大，他还是头一次离家这么久；长这么大，父母还是头一次这么长时间没有见到他。进村时还高高兴兴的明阳，见了父母突然间说话声音变了调。一种无以名状的感情同时涌上三个人的心头，彼此间说不清是在问呢还是在回答。特别是作为父亲的于书南，刚才还木木讷讷的样子，看到明阳进了院，竟然忽地跑出屋子站在明阳面前，叽咕了几下就失声掉泪了。三个人正在不知所以，明刚又从外边赶来，一把抱住弟弟又亲又嚷，连说：小阳啊小阳，你可想死哥哥了！看到这哥儿俩孩子般亲得透不过气来，书南和春玉这才破涕为笑，赶紧给明阳张罗吃的喝的。春玉告诉明阳，李清比他早几天放假，前几天来过，说等明阳放假回来时一定给他个讯儿，他要来于家屯看望老同学。明阳决定暂不通知李清，待他和父母哥哥在一块儿待上两天后，亲自去找他。

可能因为明阳的返回，于书南高兴之余脑子忽然清楚了，说话有条有理，手脚也格外的利索。他为了让儿子吃得好，第二天特地起了个早，扛着扒网和铁锤到东河湾里弄回了鱼。明阳见父亲手脸冻得通红，心里不好受，他想劝父亲不要这么疼爱自己，可想了想终于没有说出口。于是，便也摇摇头亲自动手拾掇，他知道父母疼儿心切，所以就依着他们，高兴或愿意弄什么就弄什么吧，最好不加干涉。否则，老人们会生出疑心，怎么刚刚出去半年，就变得虚情假意了呢？收拾着鱼，望望在一旁乐呵呵的父亲，明阳忆起了十几年前的往事。

那是个炎热的中午，他跟着爸爸到村东河湾里割草，河湾的拐角处那时有个不大的水泡，里边长满了细密的芦苇，时有扑扑棱棱的声音从水泡里传出，逗引得明阳跑到跟前去看。休息时爸爸问他看什么，他告诉父亲，说里边有什么东西老是跳。父亲悄悄地走过去，看了一小会儿就乐了，说：阳儿，咱今天中午可是有鱼吃了。父亲说着脱鞋挽起裤腿朝里走，明阳在后边一惊一乍地跟着。因为芦苇太密，苇叶就像小刀似的割他的屁股，同时，苇荡里传出的窸窸窣窣的怪声也让他害怕，他就喊爸爸等他。可是，往日里听见他喘粗气都要赶紧问问怎么了的爸爸，此时却像听不到他的喊声般继续朝水泡里慢慢地走。他没有办法，只好步步小心地在后边跟着。走到水泡中间，水似乎更浅，爸爸忽然喊他：阳儿快来拾鱼！

芦苇深处传来嘭嘭的拍水声，显然是父亲逮着大鱼了。

明阳听到爸爸的喊声胆子大了，也就增加了勇气，拨开苇丛甩开小脚丫，三两步就跑到水泡中间。水泡中间水浅苇子稀，周围却有那么一圈土嶙子围着，很明显以往有人曾在这里围堰舀水捉过鱼。只见爸爸提了镰把敲打着水面，许多鞋底大小的鲤鱼鲫鱼露着脊梁在浅水面上蹿来蹿去，爸爸镰把起处，随着叭叭暴响，便有一条鱼浮在水面上慢慢游逛。爸爸招呼明阳将敲昏了的鱼拽到土嶙子上，他自己则一下接一下地敲着。大约过了一支烟的工夫，周围土嶙子上就全是大小不等的鱼了。爸爸乐得合不上嘴，走出水泡取草筐，明阳也大喜过望地蹲在土嶙上摆弄鱼，一条长有尺把的鲤鱼这时苏醒过来，翻翻身子就要朝水里蹿，明阳伸手摁住，无奈鱼儿力大，硬是从他手中挣脱开去，他便不顾一切地骑上去，忽觉屁股下面有锥子般的东西扎进肉里，明阳大叫一声，便蛤蟆支锅趴在原地不敢动了。爸爸听到他的叫声，就像听到幼崽被劫的猛兽，披荆斩棘冲了过来。他顾不得正在逐渐缓醒并朝水中蹿的鱼，一把扶住明阳问道：怎么了，啊？

明阳指指屁股下面，说是给王八咬住了。爸爸大惊失色，赶忙低头一看，嘿地笑了。一根折了的苇子茬正好戳住明阳的屁股蛋，哪里有什么王八咬人啊？爸爸将明阳抱起放到水泡外，然后提了草筐将鱼弄出来，爷儿俩欢欢喜喜高奏凯歌。

如今，水泡子早已不复存在，人们为了浇地方便，将那里挖了一丈多深后又朝河床处掘了通水沟，逢到旱时，周围机器隆隆，煞是动听。不过，鱼还是可以逮的，特别是冬天上了冻，将那个几间屋大小的冰面砸开一个洞，用扒网伸进去来回扒弄，总有收获。若是运气好，还能网住出来换气的大鲤鱼呢。明阳想到这里不禁笑出了声，一旁的母亲问他笑什么，他没回答，反而对父亲说：爸，要是当年那个水泡子还有的话，里边还能有那么多鱼吗？

书南笑眯眯地看着儿子，好半天却摇摇头。明阳明白父亲已经失忆，便提醒说：记不记得我在苇丛里喊着叫着说是让王八咬了？春玉愣了愣，笑了。于书南沉思半晌仍是一脸茫然，明阳看到父亲如此表情，心里一阵难过。他低下头来摆弄着鱼，不再忍心看父亲的模样。岂料就在他心如铅坠的这一霎，书南竟呵呵呵地笑起来：阳儿，那回你是不是嚷着让王八咬着腚棰儿了？

明阳见父亲竟然一瞬间突然记忆恢复，竟然真的忆起了那件事，高兴地搂住父亲的脖子接连亲了几口。于书南兴奋地笑了，春玉幸福地笑出了泪，这冬日的小院里，一时被全家的笑声所淹没。

早饭虽然说不上太好，但是有鱼有肉有米粥有馒头，在庄户日子中也算得上丰盛了。明阳和明刚坐在下首，父母亲坐在上首，因为弟弟的归家，明刚心情好了许多，不但能和书南说笑，还时不时地给父母亲夹过去鱼呀肉的。这和谐美满的气氛让书南激动不已，他夸奖明阳，也夸奖明刚，说活了半辈子，就数今儿早晨心里快活。之后的几天里，明阳谈起了学校的生活，他将自己积攒的二十多元钱和家中寄去的二百元一并拿出交给母亲，说：学校里有生活补助费，入学时带的钱还没花完，以后我用钱时就给家里来信，不用钱家里千万别寄。于书南一脸茫然，春玉听了却大吃一惊，连说家中根本没有给他寄钱，那么这又是怎么回事呢？联想这些年总有人莫名其妙地给他们汇款，春玉心里闷得盛不下，不由脱口道：别不是有人弄错了纫头，不明不白地总是帮助咱家。要真是这样，咱可是花了人家的昧心钱了呀！

直到这时明阳才想起，父母曾不止一次地念叨过有人给他家时时汇款的事，前后相连，他尽管头脑聪慧，也恍如跌进了五里雾中。

## 19

　　农学院的南边有一条小河，小河的南边就是田野。每当黄昏，学生们就三三两两地来到小河边上，有的往东，有的向西，有的则坐在河边上向南出神地望着。此时，日西斜，阳光泼洒，小河以南如砥的平原上铺漫着一层淡淡的黄纱。河水东流，披金挂银，蜿蜒曲折。小河西边的拐弯处生长着几棵芙蓉树，芙蓉树在夕阳笼罩中出现一团团桃艳艳的红晕，影影绰绰，黄山佛光似的。

　　于明阳和一位姑娘站在小河边上。姑娘脸色红润，口唇半抿，白嫩的颈后，是柔软如五月垂柳的长发。明阳和姑娘相依于柳树干上，彼此紧紧地拥抱着。

　　姑娘名叫李菡。明阳与李菡的结识真的是一种缘分。

　　李菡的父母继承祖业，从国内迁居巴西，在巴西经营很大的一座农场。李菡是父母的独生女儿，为了让她继承家业，父母专门让她来国内学习，进行农业技术研究。李菡出身豪门，却全无那种大小姐的派头，无论衣着还是言谈举止，就像个常年生活在小城镇的女学生似的。她与明阳相识，是在一次关于青年人的事业作为与前途的关系问题讲演中发生的。那次，于明阳是最后一个发言的，他从《文化的变异》学说中得出结论，农业社会培养人往往强调的是如何服从与责任，而渔猎社会培养的往往是人的独立性。这就是说，两种不同的生存环境，培养出两种不同个性的人。也就决定了社会发展的不同速度。他举了个富有趣味性的例子对自己的观点加以说明：狗和猫也是相当疼爱自己的孩子的，崽子幼时如果被劫或一时离开它们，狗妈妈猫妈妈就会发疯般地寻找并以撕咬来发出警告。然而，一旦崽子们长大了，它们的父母就要拼命地

184

把孩子赶出去。被赶出去的崽子们偶尔回来"探家",也大多被父母视作仇敌般朝外赶,有时还要发生强烈的冲突和厮打。其情其况,看起来是很残忍的。不过细细想来,这样并非坏事,可以培养崽子们自强自立所必须具备的强悍个性。你听那"喵喵"或"猗猗"离去时的悲愤,说不定正是崽子们"下决心争口气不回这个破家也行"的抗议或表示呢!在一些发达国家里,孩子们一旦成年,差不多都提倡独立生活,父母们也不将儿女揽在身边不放心更不放手。所以,那些发达国家的后代们的独立性之强也是人所共见的。究其原委,可能与狗儿猫儿们对待儿女们的做法是大同小异……

演讲会在学校的小礼堂里进行,李菡路过这里,顺便驻足一听,立时便被明阳的容貌举止、博学多识与开阔无垠的思维方式所吸引。明阳演讲完毕,她和同学们一样报以热烈的掌声。明阳回到座位上,她就径直走上去,在众目睽睽下笑盈盈地打量着他,很随便的口气问道:你叫什么名字?有时间的话,咱们可以单独谈谈吗?

明阳很爽快地答应了她。

第一次约会是在晚饭后的校园操场。

操场是很现代的,除了跑道和球场外,周围各种适于户外锻炼的健身器材一应俱全。明阳来到这里时,李菡正在西南角上荡秋千。李菡一袭素裙,腰身纤细,在秋千架上悠来荡去,如柳长发随风而飘,像一骑俊逸的小马儿在起伏的草原上扬鬃奋蹄。操场上的喇叭里播放着富有节奏的音乐,乐声伴随着李菡在空中发出的爽朗的笑声,引得小鸟儿歇枝,行人驻足。李菡低头看见了明阳,秋千渐慢渐低,终于悄无声息地停了下来。她跳到地上,对一直傻傻地盯着自己看的明阳说:怎么样,小伙子,还可以吧?

天女下凡哪!明阳不无恭维地说着,和李菡朝不远处的新月湖畔走去。

李菡撩撩头发,一脸潇洒地侧侧头:天女,天女就那么好吗?为什么人们总是向往天上那些虚幻的东西呢?

185

明阳看着李菡那虽不太大但相当美丽的眼睛，脸上满是春风荡漾般的笑容：好，那就像电影明星。

李菡一乐：这么说，你对电影明星是情有独钟了。请问，你是谁的追星族？

明阳乐了：我不追星，也不赶月，在我看来，电影明星和炒菜的厨子差别不大。无非是一个做给人吃，一个做给人看罢了。

李菡忘情地拍了拍明阳的后背，咯咯咯一阵大笑：精辟！

不远处一对散步的教授夫妇吓了一跳，停住脚左一眼右一眼地瞅她。

第二次约会仍是在操场上，李菡仍是提前来到，仍是在神采飞扬地荡秋千。同样重复上次的活动，但在明阳看来却有了许多不同。他发现，这个姑娘身上有着某种令人着迷之处，眼前的她，完全是一个凌空飘荡着的精灵，她的浑身上下都散发着那种神奇的摄人心魄的诱惑。明阳对姑娘从来不曾这样入迷，但面对秋千架上的这个女孩，心中不由得升起一股热情，好像她就是一团火焰，这团火焰在空中荡来荡去的过程中突然就点燃了他心中一股难以抑制的热情。这种热情代表着什么，明阳此刻非常明白，因此，他决心去实践，去努力争取。

这之后，他们开始把约会地点放在学校以南的小河边上。

小河里那清清的流水让情侣们感到身心愉悦，小河岸边的垂柳是情侣们遮影匿形的依托。于明阳谈吐率真，无论说到什么话题，总是以最最简练成熟的诠释作为解答。没有遮掩，没有虚妄，完全是诚挚可信发自内心的话。渐渐地，她被他那近乎童稚的痴劲吸引了。同时她又惊奇地发现，为了不影响她上课进修，他总是在时间上迁就她。她极想表示一下谢意，可斟酌许久，竟找不到适当的话。明阳也深深感觉到，虽然他们二人的接触一如既往，但那眼神、口气和举动，已和过去有了很大不同。只是，这种潜移默化的东西只能体会到，却说不清。

二人站在小河边上，同时出神地望着水中的几只青蛙。昨夜一场大雨，小河里的水涨了，河边处，一只满身细花的雌性青蛙驮着她的情侣荡开水面，由上流斜刺游向对岸。水流挺急，冲力颇大，自西向东，像有一堵软软的墙拥着两只青蛙。然而，雌蛙勇气不减，仍旧屏息静气顶住水流，看准对岸的一棵小树，奋力地向前游着，游着。穿过中流，是一股细流，没了浪，水也平缓了许多。突然，下流出现一群筷子长短的浮鲢，像闪烁着白光的银枪，齐刷刷地蹿来了。看看就要蹿到青蛙身旁，一种儿时似曾有过的景象在明阳脑子里一闪，于是就屏了气息，下意识地朝着河面猛地一抓。这凭空的一抓并没引起鱼儿和青蛙的注意，它们互不相扰，激起细浪，翻着白眼，一直逆流向上。

两个人的心里愈发清爽，他们相互望望，笑了，笑得那么幸福，那么开心。

在蓬松秀美的垂柳下，两个人相依相偎，对于不时从附近走过去的一双双一对对，就像视而不见似的。李菡低了头，眼光落在明阳的胸膛上，继之仰起脸来，甜甜地望着明阳的眼睛一字一顿地说：明阳，我想给你，要吗？

明阳亲了亲李菡的额头，把自己美好的心愿与热切的追求也随之坦——诚地表白给她了：要，求之不得呢！

夕阳西下，昨夜雨水尚存，那路旁的青草，在一汪汪黄色积水的衬托下，鲜绿如染。于明阳突然抬起了头，如痴地端详着李菡那俏丽的脸庞。李菡似有所觉，也仰起脸来，向他眨动着清澈明亮的眼睛。四目相对，两心相许，刹那间，他抛却了一切的犹豫和忐忑：李菡，我们，应该有最最诗意的一夜！

这以后，他们的约会转移到了一个新的地点，一片离学校不远的树林里。他们似乎已看厌了外边的景色，如今走进树林，坐在林中的草地上，显得格外心醉神迷。树林草地上开满了说不清名字的小花，除却匿身花草中的小虫儿偶尔发出轻轻的叫声外，周围是一片清爽而坦然的静寂。那天，他们在树林里坐了整个下午，直到天快黑时，才恋恋不舍地立起身。在起身欲行的瞬间，他和她几乎同时有种意念在脑子里闪过——这里，将是他们实践人生旅途中那次大突破的福地。

187

他们走出树林，走到一条小路的拐弯处，李菡突然站住不动了。她有点儿紧张，继而有些害怕地凝视着前边的大路，有一阵子什么也分不清。明阳同样立住不动，出神地望着李菡，眼睛游移不定，显然是在期盼、探询、渴求。光线越来越暗，各种东西的颜色都模糊起来，只有一朵小小的白花在路边特别醒目。他们不约而同地走过去，好像那花的白光点亮了他们心灵深处某个角落，使他们忽然看到了对方的什么。他们重又坐了下来，都意识到了情感的瞬间升华。暮色四合，周围宛若烟雾，他们四目相对，呼吸急促，各自带着惊叹的神情期待着对方，心儿颤了，泪儿流了，终于，他们水到渠成般地拥抱在一起，一阵近乎疯狂的亲吻后如同夜色般跌进了草丛中。乾坤震荡，天地弥合，此刻，世间还会存在什么……

转眼到了第三年的初冬，户外渐冷的空气似乎比重增加，将原来轻松的校园压得低沉而静寂。操场小河散步活动的人越来越少，待到北风号寒后，连时时蹦跳的雀儿们也悄然离开这里了。

傍晚，寒风势头不减，明阳和李菡出了校门，走进街头一家咖啡厅，他们找了一处僻静之地，相对而坐，要了咖啡慢慢啜饮。

频繁的接触迅速拉近了他们之间的距离，感情日益加深，关系也就越来越纯真。李菡从明阳身上感受到的是一种超乎平常的力量，以及由这种力量生发出来的炽热的激情；明阳则从对方那里看到的是一个如镜般透明的坦荡心地，以及这种心地所反射出来的真情厚谊。每次接触，他和她的心都会被骤然而至的美的精灵同时攫住，不由自主地便心潮澎湃，如醉如痴起来。

烛光摇曳，音乐声声，李菡看看明阳那刚毅而又不失秀气的脸庞，再瞧瞧他那清澈而充满深情的眼睛，胸中一阵悸动。是啊，我们有着共同的人生追求，有着同样热烈而年轻的生命，这个世界没有理由不让我们成为幸福的一对。她低下头去，清秀的眉毛在垂下的眼睑上方高高扬起，脸颊上漾出了一种刻意控制的表情。少顷，她抬起了头，和明阳一动不动地相互望着，两人都有一种难以言表的愉悦。毕竟已经相处数载，感情外露的他们根本用不着相互揣测，不靠动作也不靠言语，稍稍暗示的眼神便可彼此倾诉一切。心儿已经聚到了一块儿，像高温炉中的两块金属，在不断加热的炙灼中渐软渐稀而于无声中融为一体。李菡呷了口咖啡，深情地一笑说：明阳，就这么确定吧。

于明阳怔了怔：你不征求一下父母的意见？

李菡说：我自己的感情问题，为什么要问他们呢？

明阳诡谲地一笑，举手做了个握合的动作。李菡脸颊飞红，笑眯眯地伸过手来轻轻地打他。


越接近毕业，明阳和李菡越渴望接触，像两块超强的磁铁，以其巨大的天然力量相互吸引着。

星期天的下午，他们乘公共汽车到了郊外，那里有座小山包，山包下也有片小树林，只是这片树林比校外那片要大些。当然，离学校也是很远的了。这片小树林清静幽深，很适于情人幽会，是他们自去年以来就刻意选择的。夏天的云团在小山包的顶部时而集聚，时而分离，像弹房里翻腾飘逸的棉絮。树林里时有虫鸣，时有鸟啼，而真能切实体味的，是那种足以让人遐思的无垠的静谧。

树林的深处，李菡坐在明阳的跟前，低下头拨弄着地上的一株小草，柔顺的长发披散下来，撩在明阳赤裸裸的胳膊上，明阳伸出手去抚摸她那细腻白嫩的脖颈，可以清楚地看到淡黄云衫下鼓起的峦峰。明阳的心不由怦怦乱跳，蓦然间，一种原始的欲望又在急剧冲动。他渴望难挨，感到自己无论如何也控制不下去了。他哆嗦了一下，右手下意识探进了李菡的云衫里。李菡显然是感觉到了，拨弄小草的手停在原地不动，继之便抬起了头，存心怄气似的盯着明阳说：小伙子，又想要了是吧！

李菡喘气粗重，微微涨红了脸。明阳从她的眼睛和眉宇间可以窥到她的心灵，那心灵是纯正而清澈的，像一汪清水充溢着一股要将蓝天大地拥入怀中的渴望，同样也坦露出一种迷人的魅力，这魅力令他再也难以自持。在以往日子里，他总是怀着超然的心情在亲吻她的同时想象着未来，两人之间那一层难以逾越的东西早已不复存在。他渴望，在对方来说同样一心渴望，黎明的曙光转眼就会变成耀眼的光芒，少女的情怀不须经过慢慢觉醒的过程便像花儿一样不断绽放。两颗心产生了共鸣，同时沉浸在一种氤氲缥缈的氛围中，周围的一切都在酝酿同一份情绪，这情绪飘浮弥漫，笼罩住整个单纯而率真的世界。令人心脏骤动的热情已全部集中在俩人身上，在他们心中所燃起的，是再也难以遏止和扑灭的火……明阳的身子迅速伏下来，而李菡则顺从地向后仰卧下去，仰卧在了花草葳蕤的林间树下，树隙间的白云和明阳的脸颊混在了一起，移动的感觉让她产生莫名所以的迷离。她惊叫了一声，双手紧紧抱住了明阳的腰，一种来自内心深处的震颤忽然传遍全身，她赶紧闭上眼，在忍耐与体会中，脑子里形同红雾般的世界迅速闪现。

日伏月逝，半年的时间很快过去了，明阳和李菡终于结束了各自的大学生活。李菡要飞回巴西，明阳当然得去机场送她。

候机大厅的东侧，明阳和李菡相依相偎恋恋不舍地靠墙站着，李菡轻轻扑拉着明阳的胸脯，长长的睫毛由于湿润而更加清晰亮黑，脸颊与唇边留有莹莹泪痕。显然，她刚刚哭过。现在，她的整个面部由于淡淡的伤感与难以表述的忧悒而显得越发可爱。明阳将额头抵在她的发际处，曼声细语地和她说着话，话音很低、很轻，除却他们二人外，谁也难以听出说些什么。

刚才，俩人第五十次地争论明阳的去留问题。李菡坚持要明阳同她一道去巴西发展，她说这也是她父母的意思。很明显，照国内的说法，李菡的父母是要招明阳做"上门女婿"。然而，又不知出于哪方面的考虑，明阳像婉辞教授青睐让他读研究生那样再一次谢绝了人家的好意。有一次，李菡甚至急得哭了起来，她明确表示，如果明阳有什么天伦方面的顾虑，可以把父母一并带出去。明阳怕伤透李菡的心，答应她三年以后再说。李菡这才破涕为笑，小孩子般拽住他的手指让他发誓。明阳一脸的无奈：李菡呀，都说什么男女感情柔美如水，其实想一想，这东西真像一把乱蒺藜，把个人心扎得既乱又碎。

李菡努力把脚跟抬高一些，把身子贴在明阳胸脯上，把嘴凑在明阳耳朵上：再强调一遍，三年，三年为限。你发誓不许变心，更不许你找别的女人，否则……

明阳想开句玩笑让气氛放松，可是刚一张嘴就再也说不下去了。他的脸颊蹭着李菡的头发，千言万语哽在喉间，想说，却不知从何说起。他只好沉默。然而，沉默带来的却是更加难以忍受的伤感气氛。李菡把整个的灵魂赤裸裸地摆在了他的面前，使他再次更深地感受到了她那颤动着的生命本身所呈现出的超人魅力。此时此刻，他心中再次重复着以往的许诺：在以后的岁月里，他必须随时随地关心她，呵护她，像天宇卫护星星那样一如既往，丝毫也不能损伤这位善良天使的心。因为在李菡身上，他得到了自从懂事以来就渴望得到的最珍贵的东西。

钟表在一秒一秒地扯裂着他们，要检票了，李菡从明阳的怀里抬起头来，满是泪水的眼里流露出无尽的爱意。她急促地说：快，亲爱的，亲亲我，快亲亲我！

明阳的眼泪唰地淌下来，立即与李菡的泪水相交相汇，他喘息着，闭上眼睛拼命地亲吻着李菡，双臂也紧紧地搂住她，越搂越紧……

## 20

　　于明阳是个奇才，这是老师和同学们对他的看法。入校时成绩第一，每次考试成绩第一，毕业成绩又是第一。一位在当时称得上中国农学泰斗的教授盯准了他，非要让他考自己的研究生不可。可是，于明阳对教授的好意竟然婉言谢绝，他说眼下最要紧的是回到原地实践。那位农学泰斗听了，说声"可惜"，甩手摇头而去。但学校里还是爱才心切，破格在他的档案里放了特别举荐信。明阳的档案转到本地后，市里管分配的负责人专门找他谈了话，说是眼下市农业科学研究所里正好缺他这样的正牌子大学生，特别是成绩如此优异的，提出要将他留在市里，还答应提供一切可能的研究条件。然而，明阳的态度让这位负责人失望极了，他坚决要回本县工作。对方见他固执到如此不近人情，大笔一挥，签发了派遣证。按照专业对口的原则，于明阳被分配到了县农业局。

　　于明阳是国家计划招生计划分配的最后一届。他毕业时，李清已经早他一年毕业，并被分到了县里的重要部门——计委。由于李清工作认真、知识专业，年初被破格提为计委副主任，如今是实权在握的人物了。

　　于明阳回到县里并没马上报到，而是第二天就去计委找到李清，俩人在计委办公室相互擂了一拳算是见面礼，下班后便一同回到李清刚刚安顿下的新家。二人坐定，李清听完明阳述说了分配过程，半是认真半是奚落地说道：看你挺精明的，却原来好歹不识啊！学校让你报考研究生你拒绝，市里留你在农科所你摇头，放弃这么两个继续深造的好机会，偏偏要回县里来遭罪，这不是捧着驴腚亲嘴不知香臭吗？

于明阳怔了怔回道：要明白，世间万事都要有个基础才行。你这家伙！

李清冲明阳诡谲地眨眨眼睛，说：老伙计，高调好唱，关键是现实。现实，懂吗？听口气，好像这"现实"二字里有着杳无穷尽的文章。和李清成家半年的李大嫂子送上茶来，明阳端起来喝了一口，咧咧嘴咝溜了一下。李大嫂子笑了，说：刚沏的茶，能不烫吗，又不是赶着去相媳妇，急什么呢？明阳的脸红了红，说自己确实是渴了。李嫂是位不算漂亮但很持重的女警察，明阳和李清的关系她早就清楚，对待明阳，她像个亲嫂子又像个老大姐，给他们沏茶倒水却从不掺话接舌。她问明阳晚上想吃什么饭，明阳刚要回答，李清摆摆手说不必准备，他晚上要带明阳去昌盛楼赴晚宴。明阳摇头拒绝，李清认真地说：去吧，正好见见你即将面对的顶头上司，农业局的崔局长。他今天也参加。

对于宴会之类，明阳的确不愿参加。因为他清楚地看到，酒席上除少数心心相印的真朋好友外，大多数面上热乎心里冷，嘴里称兄道弟亲个不够，暗中直想在桌下踢你两脚才解恨。但他听说有农业局的领导参加，想一想，为了工作上的方便，也就答应了。

县农业局的崔局长是个性格开朗的人，酒桌上刚见面就和明阳打起了哈哈：小伙子，先稳下神来，像小李一样，找合适相配的弄个媳妇，安家后再想工作。工作嘛，你们刚爬出校门的娃娃，还没经过历练，其实呢很简单，说破了就是变着法儿地往上爬。至于爬上去爬不上去，那就看你的本事了。当然，还得说有这个福气或运气。而最最重要的是有个靠山。靠山，明白吗？没有靠山，你就是爬上去也得掉下来。就像我……

崔局长说着，将手中半截香烟挺优雅地在额头上方画了个弧，耍杂技般准确地投进墙角处的痰盂里。于明阳愣了一会儿神，朝崔局长笑笑说：从植物学的角度上讲，爬上去再掉下来就是成熟的果实了。

于明阳出语惊人，使得崔局长面露惊愕之色。他眯了眯眼睛，忽然拊掌大笑：小伙子，不简单，你不像个学生娃娃，像个，像个什么呢？

193

哦，像个哲学家，难怪李清这小于举荐你。好了，你就不用到业务科室去了，留在办公室，跟着我。

明阳连连摆手拒绝：局长，我不干办公室，我回县里来就是打算搞专业的。

崔局长口气坚决而严厉，但脸上仍旧堆着笑：小伙子，那是以后的事，眼下你还是先跟着我。一年半载后，我会让你独当一面的。

明阳抻了抻，不再坚持了。他看过《情绪心理学》，这种表情的人你不能硬顶，否则，目的达不到，搞不好还埋下隐患。他点点头，以无可奈何的口气说：既然局长这么看重我，我服从分配。

崔局长双肘撑在桌沿上，显得兴高采烈：嗯，这就是了嘛。

五天后，于明阳正式上班。

办公室工作繁乱而又复杂，每周都要整材料，每个月都要写汇报，永无休止的调查报告，搞不完的情况总结。还有，省、市、县经常召开的大小会议，各部门、各单位说不清填不尽多如牛毛的表格——而最让人头痛难办的还是应付上级长官们的视察。

说不定什么时候，上边一个电话打过来，说是某某市长、书记，或者主任、常委的马上要来本县视察农业工作，办公室里旋即就乱成一片。接待的地点、仪程、规格和请谁作陪，都要一一落实，还要勘察设计视察路线。领导视察的项目要慎重选择，必要时具体到一块地亩或者一处果园。逢到这种情况，崔局长的脾气变得最不好，他一边给下属生硬地布置着任务，一边骂骂咧咧，不时拍得桌子咚咚响。他这种与平时判若两人的举动，并没有引起下属们的反感，下属们似乎摸透了他的脾性，任他嚷，任他吼，只作听不见，出出进进忙忙碌碌但有条不紊各干各的工作。崔局长嚷骂一阵后，开始坐下来往肚里灌茶。他的嘴很壮，不怕烫；他的"水量"很可观，几大杯茶水一会儿工夫就能顺进去。他打个饱嗝，双眼眯上五秒钟，然后点一支烟去厕所。在厕所里，他痛快淋漓地撒尿足足八分钟后，在打尿战的同时几乎就将刚才的一肚子怒气排泄殆尽。当他嘴唇叼着香烟重新走进办公室时，已经又是那种"开口便笑笑天下可笑之人"的态度了。随之，他钻进套间里写汇报提纲，一支香烟尚未吸尽，四五张纸的汇报提纲便已整齐地放在了办公桌上。其速度之快，思维之敏捷，真让明阳这位大学生有些瞠目结舌。

随后的时日里，明阳终于发现了崔局长的秘密，原来他将汇报提纲之类的材料预先复印了许多份，那些随时需要补充需要更改的地方全部留了空，用时随手抽一份出来，像小学生填空白问答题那样，将手头有的或者脑子里随时想出来的信手填上便大功告成。至于向领导汇报嘛，崔局长的嘴皮子自有他的过人之处。更何况他从来就胸有成竹认准一个理——拣上边最愿听的说。

崔局长对下属也是恩威并施，有时横眉冷对，有时则和风细雨。有一条是定住的，对待部下他可以骂骂咧咧满嘴损人的话，却不许别人说三道四。倘若有人指出局里的人如何如何，他马上就予以反驳：有什么了不起的事呢，我看我们局里的同志都很优秀的啊！他们或许很风流，但他们从不下流；他们或许很低级趣味，但也受过高等的教育；他们或许做过错事甚至继续错着，但会真心对待身边每个人；或许他们有时会很无聊，但是他们平日里一贯努力工作。这些，你们怎么看不到？你们是不是因为寂寞难熬而头脑发烧，果真如此，干脆找个牛蛋去碰死算了。

这是个损人的高手，是个弄虚作假的专家！明阳心中愤愤地想。不过，崔局长还是有让明阳佩服的地方，他从不抢镜头，逢到摄像机转到他跟前时，他总是腿脚麻利地溜到一旁躲着。还有，这位小县城里的农业局长是个工作狂，他几乎通晓"农口"里的所有业务。只要闲下来，他总带着明阳到下属各单位转悠。到植保站时，他能及时地发现植保人员对病虫害防治措施上的错误；到了土肥站，又能正确指导土壤施肥中的配比度；他抓起棉籽摊在手心里摁一摁，就能断定种子的出芽率以及品种的优劣。至于良种培育、果树嫁接、农机运用……好像农业方面的东西他无所不知。明阳是科班出身的大学生，自然看得出他绝非那种不懂装懂胡说八道的"视察"者。他惊异于这个人的博学与记忆，随着时日的增加，明阳渐渐原谅了他虚假的一面，开始由衷地佩服他。

农业局的"帆布篷"载着崔局长和明阳东奔西跑，让明阳增了见识，长了阅历，开阔了眼界。明阳兴奋地发现，崔局长和他有个共同的嗜好，喜欢到野地里浏览庄稼的生长情况，考察各个地块的土壤结构，特别是到了县城东北的大碱洼里，两人都有拔不动腿的感觉。

大碱洼的结构布局十分奇特，像个巨大无比的尖头橛子，从东北方向直直地向着县城揳过来。这个大碱洼，犹如天神的巨笔一抹，界限令人难以置信地规则而清楚。距县城数里，它的碱性渐低，到得县城左近，已经是中性或微碱性的潮土类了。大碱洼的西邻就是本县的工业联合厂和县医院分院，那里是出名的大沙岗，崔局长和明阳同时认定，这里的土体构形基本上属于土壤学中的厚沙腰薄黏底型，有着较强的阻碱作用，所以大碱洼得以到此止步。可是，让他俩百思不得其解的是，大碱洼以南不远，过了一道水沟后，非但无碱，反而是土体构型中最让农人向往的蒙金型土壤。这种土体保水保肥，通气通水耕性良好，对作物根系无妨，是本县有名的"金盆底"。都说碱往高处爬，水朝低处流，然而，这大碱洼里的白碱缘何爬到水沟的对岸就再也爬不动了呢？看来，人世间让人难以诠释的东西仍旧很多。

说到大碱洼就得讲到清朝，清朝的建制很简单，只在县下设都、里、村三级。但区划却很特别，以县城为轴心，恰如自行车辐条，自车轴开始，呈放射状伸向四面八方。形状像楔子，形式像印度新德里的街道。大碱洼天造地设般符合当时的区划形式，秃子当和尚，就把它单独列为一都了。但全县十二个都辖五十八个里、两千多个村庄，而同为"一都"的大碱洼里，却只有三五个村庄。如今，这里部分地段已是城关镇的辖区，计委的李清有时烦了出来溜达，常常冲了碱洼皱眉头，说是好端端的地块，让这白碱弄瞎了。

大碱洼高低起伏，地形俨然海里的波浪。前些年，这里来了一帮戴眼镜的考古专家，声称此处有汉代的陵墓群，雇了许多农民四处挖掘。

前后忙活了两个月，没找到古墓，倒挖出一些象骨鹿角的化石来。经过争吵辩论，断定这里在许多万年前曾属热带。专家们将化石带回去细细研究，古墓一说，不了了之。他们走了，却给大碱洼惹了祸，在之后五年的时间里，至少有数百起"盗墓"案此伏彼起，大碱洼给掘得千孔百疮，成了个硕大无朋的马蜂窝。

明阳和崔局长每次来到这里，都要停下车来流连一番。崔局长一边吸烟一边朝远处看，明阳则是走进洼里用手抠地里的泥巴。崔局长见他痴痴呆呆弄起来没完，就咋呼说抠什么抠，整个儿一种大油碱，就是舜帝来了也没法。明阳每次总是一句话，还是可以改造利用的。崔局长听他这么说，也总是照例呸的一口，说北京的专家也来过，原想把这里当作改碱试验区，弄了一段时间觉得不划算就放弃了，因为改这种碱二十年也不见得能有成效。为了能够尽快出成果，他们就把改碱试验区挪到县城西南的一片碱地里去了。明阳并不和他争辩，只是反复絮叨那句话——还是可以改造利用的。这种时候，崔局长有时点头，有时摇头，双眼眯眯地瞅着他。

有一次两个人在碱洼边上看了半天，于明阳忽然用手指抠着地上的碱土开口道：我想改造这片大碱洼。

崔局长怔了片刻，一撇嘴：咋，你精神病啊？

于明阳一笑：其实，在精神病人看来，世人的行为都是不正常的。

崔局长给噎住了，他看着于明阳侧侧头：没想到，你小子也会说损话。

于明阳照旧笑嘻嘻的，让人听起来他的话一半是真一半是假：崔局长哟，我可不会说损话，我只是说实话。

崔局长习惯性地眯起眼睛：明阳啊，我年轻时也觉着自己不平凡，也想着有一番作为，可过了中年就开始感觉到，原来这世界上百分之九十九的人都很平凡，生命对于他们来说就是一场苦难之旅。所以，我再也不想敢教日月换新天了。这自然界的事，人很难参透，即使部分参透了，你也于事无补，只能看着，挨着。像这片大碱洼，不知有多少人想改造它，可多少年来，有一个成功的吗？

崔局长说完，脸上浮现出难以为人察觉的惆怅与落寞。

明阳瞧着满脸惆怅的崔局长，心中暗道：难怪说人入官场，年龄变小而心理变老，看来此话不假。他不想让崔局长过于颓丧，就半开玩笑半认真地说：崔局长，你刚才讲"生命是苦难之旅"，其实不能这么讲，既然苦难，为何还要继续走在路上？就像某些人说"孩子是累赘"一样，既然是累赘，这人还生孩子干什么？你说这道理对吧？

崔局长给逗笑了：看你文文静静的，没想到能举出这么恰当而有趣的例子来。这倒让我想起一首歌词——午后的秋风会唱歌，童年的蝉声总是与秋风唱和。当青春写成日记，乌丝已经变成白发。不变的只有歌，在心中来回唱着。

于明阳乐了：行啊局长，你就要返老还童了。我不是和你犯拧，细细考虑就明白，这人体是一个小宇宙，人的各个器官就是一个互相关联又对立统一的"天体"，人体的一个个小细胞就是组成各种天体的星星。对于宇宙的研究，我们可以尝试一下这种原理，对碱洼的改造，我们为何不借鉴一下先从小处着手呢。比方说先利用，后改造；先局部，后全部……

崔局长打断明阳的话：唉！小于呀，你有一双韧性十足的翅膀，但是你没用它来飞翔。在当今，能有一份淡然，才是生活态度的最高境界。而你，可惜，可惜呀！

明阳的脸皮紧了紧：崔局长，我决心已下，请你批准，好吗？

崔局长认真地说：时间上我可以给你调配，但改造这片碱洼的经费却实在没有。就是有，也不能拨付，因为这等于往水里洒香油。

于明阳口气温和：最不济得有启动经费吧？

崔局长站起身，将一块土坷垃投向远处：经费由计委控制，局里可以给你打报告提要求，至于人家批不批，我就爱莫能助了。

于明阳哈哈大笑：那行，写了报告你给盖上章，我去找李清。

## 21

去年秋，今年秋，黄花开依旧。无意瘦骨傲雪红，霜欺雪辱经寒风。不与桃李争芳尘，苦乐自吟诗画中。

人首先要做好自己，不要依附别人，不要复制别人，你就是你，自己的人生由自己掌握！

一连四五天，明阳走里串外念叨这句话。他郁郁寡欢，夜里睡不着。他给李菡写了封长信，细细述说了自己的感想和打算。在邮电局柜台前办理邮递手续时，忽然又改变了主意。他打了越洋电话，在电话中将信中的意思一一念给李菡听。少顷，电话那端就传来李菡亲昵而又赞许的口气：亲爱的，早应该这样了，事业是创出来的，不是熬出来的。

在农业局将近一年的时间里，他真正体验到了李清说过的话——高调好唱，关键是现实。现实使他迅速做出了决断：必须尽快离开这里。否则，雄心壮志只能是装在腹中的一堆废料，聪明才智也会变成清客卖弄口舌的空谈。当天下午，于明阳就向崔局长递交了停薪留职申请书。

新时代起步不久，人们的思想还没有完全放开，头脑中仍有难以明言的后顾之忧。特别是在一个县城里，又是有如此工作条件和优越位置的情况下，于明阳的举动很有些惊世骇俗的味道。崔局长习惯性地眯起眼睛瞧他一会儿，劝明阳对此事必须慎之又慎，不要凭了一时的义气或热情就贸然决定。因为一步走错，会直接关系到他的前途、他的事业。

崔局长的好意，明阳当然明白，也很感激。不过，明阳也已看出，面前这位既稳重又具双重性格的农业专家虽然表面上乐天无拘，实际上对自己对事业已经心灰意冷了。是现实的原因还是年龄的关系？明阳闹不清，但他明显觉出，这位局长和他在事业上却是个难得的同路人。

崔局长又看了一遍明阳的停薪留职申请书，转过脸来盯了明阳足足五分钟终于点点头：小伙子，我观察你一年了，你是个人才，难得的人才。说实话，本打算把你培养成局领导班子的后备人选，可是你有你的打算、你的主意。我看好你的前途，因为古人曾言，胜不妄言，败不惶恐，胸有激雷而面如平湖者，可拜上将军。乒乓球运动员容国团说过，人生能有几次搏。借着年轻，你去闯一番事业吧，但局里的大门是一直向你敞开的，何时想回来，只管说话。

明阳向崔局长微微一躬：谢谢崔局长的理解。

这天夜里，明阳一直睡不着，毕竟人生中崭新的一页就要开始了。月上中天，他仍在单位院子里转来踱去，一直在沉思，运筹，琢磨。夜风吮动着附近的树叶，白云在月光中滑过，银色的月光在云间闪动，地上留下半明半暗光怪陆离的图形，明阳仰望苍穹，心中忽然产生了震撼、复杂、迷茫而又沉重的感觉。他明白自己并非那种光可烛天、声堪掷地、融经贯史、独步一时的奇才，而只是一个普通的人，唯一与众不同的是他敢为人先。因为他有自己的信仰、自己的追求，他想，是琴，就要演奏一生的美妙；是茶，就要品味一世的清凉；是笔，就要写出一生的情感；是歌，就要唱出一世的快乐、幸福、精彩、愉悦……

于明阳停薪留职后，明白没有可观的投资不可能实现自己的目标，因此他并未立即在大碱洼实施他的治碱计划，而是利用李清给他运作得来的第一笔启动资金和低息贷款，承包了本县一家集体所有制的小小织布厂。当时，棉纺业行情极好，一年的时间，明阳就赚了大钱。紧接着，在亲朋和李菡的资助下他又毅然买下了这家织布厂，成了本县有史以来的首位"资本家"。

于明阳积累了部分资金后，投资改造大碱洼的意向很快形成。他决定去找好友李清，因为李清此时已升任城关镇的党委书记了。大碱洼是李清的属地，要想工程进行顺利，就得得到地方官的支持、地方官的帮助，不去找他，还要找谁呢？

世间有些问题可以推测，有些问题却是始料不及。就在明阳"春风得意马蹄疾"的这年春天，县里开始了换届选举。农业局的崔局长尽管正当年华仍旧退居二线，一夜之间弄得既无衔又无权。明阳的好同学李清却是平步青云，这之前先是提任城关镇的党委书记，这次选举又升一级，成为平南县的副县长。于明阳虽然一向不屑于走后门找熟人一类的行径，但李清不是单纯意义上的官，是他的好朋友、好兄弟，听说他在县里又恰好分管农业，找他相助不是顺理成章水到渠成吗？

于明阳找到李清后开诚布公，说是要承包县城东边的大碱洼。完全出乎明阳的意料，李清对他的壮举并不支持。当明阳将承包东大洼的意思和即将采取的措施向李清一一述说之后，李清的想法竟和他几乎相反，李清认为，真打算为老百姓办点儿事的人，首先得有实权。他说明阳目前的景况是已经吹响了胜利的号角，如果此时能返回农业局，很可能在仕途上有所突破。因为他占着年龄、学历、能力、才智、地域等各方面的优势，当局长当县长只是个时间问题。彼时大权在握，替百姓办事就办大的，比现在拼了小命解决些鸡零狗碎的问题强多了。他说以明阳如今的位置和身份，在大碱洼里打主意无异于冒险或者是自杀。

明阳和李清争得脸红脖子粗，他认为自己虽非迂腐不堪的书呆子，可也没有那种叱咤风云的政治家素质。一年多的机关生活让他真正体会到了这样一个现实——要么就吃苦耐劳忍气吞声做个一般工作人员，要么就见风使舵豁出命来往上爬。第一种情况他不甘心，第二种情况他做不到同时也不想做。

李清笑着用手做了个暂停的动作：打住打住，世事洞明大学问，目光如炬透七分。你小子今非昔比，在下得刮目相看了。

明阳咧咧嘴：仁兄勿疑，我不是说的你。人所共知，你是凭本事上来的。组织部考察干部业绩你是全优，当镇长一年城关经济翻一番，当镇党委书记更是锦上添花，经济持续增长，地方稳定，年底成为全市十大人民模范公仆。看来，我是言出不逊伤及无辜，还望仁兄原谅。

李清习惯性地擂他一拳：这还算是知己弟兄老同学，如果你把我也当成那些蝇营狗苟之徒的话，说不着，我还得像当年咱们同床共枕时那样掐你的屁股。

明阳做凝思状：我真向往咱们的学校生活，唉！可惜一去不复返了。哎？刚才我说到哪里了，你一打断，我接不上茬儿了。

李清撇嘴：别装了，就你那记忆力还能忘了？

明阳摆摆手：李清你听我把话讲完好不好？

李清笑嘻嘻地看着明阳，点点头不再说话。

于明阳用手指摁着太阳穴：那么，与其在里边胡掺和，倒不如倾己之力干点儿实在的。更何况历经一年初衷未改，仍旧时时惦记着自己的所学专业。至于你老兄所讲的冒险，这说法本身就有不小的毛病，起码不符合自然辩证法。作为一个人，要想成就一番事业，就必须时时尝试，处处冒险，因为世界上每件事都必须有"第一个"。想一想，一直为人们颂为英雄的第一个吃西红柿的人难道不是在冒险吗？英雄当初是以自己的生命作为开辟这种美食的实验品的，所幸他成功了，这就为后人创造了口福。然而，实验有时也会失败，假设当初他所吃的那个西红柿恰好是个变了质的，而他凑巧就是吃了这个西红柿而导致暴发性痢疾甚或由此丧命，那么，至少在他之后的很长一段时间里，人们仍会视西红柿为毒物。当然，后来还会有聪明人出现，他会拿不值钱的动物的生命来做实验。即使动物实验证明这种东西可食，恐怕也难以有勇敢者拿着小命出来冒险了。再说，到大碱洼去开辟也并无生命之忧，我怕什么！你又怕什么呢？

李清打断于明阳的谈锋，攥起拳头摇动着表示赞成：了不得，了不得，明阳现在是口若悬河舌如利刃，与以前的明阳不可同日而语了。我服了，真服了，你说咋办就咋办，我坚决支持就是了。

有句俗话：兔怕狠撵，话怕紧赶。你只要抓住一个问题按照一种思路步步逼上去，逼到底，就一定会征服对方，从而获得较为理想的效果。李清那么精明强干的一个人，在明阳紧一阵慢一阵的争辩下步步落败了。当然，他并非争不过明阳，而是被明阳的执着和真诚所征服。他觉得，再和明阳争下去心中非产生难以平复的罪恶感不可。社会的发展总离不开一些有着特殊思维特殊才能的人，每一个历史时期或者每一个历史阶段，都会出现一位或者多位"超人"。之所以如此称谓，是因为这些人在整个科学领域里能够形成、发明一种超出常人的思想、知识并使之成为理论著作或者生活现实。这以后的许多年间，世人便学习和实践"超人"们的既成成果。有的能得其部分，有的能掌握全部，有的能使之发扬光大并纠正其不可避免的谬误，有的还能从中悟出新的东西从而又自成体系——于是，新的"超人"就又出现……社会也就如此这般浪波逐涌地向前进展而永无休止。可是，"超人"思想的出现也必须有个适宜的条件，有的刚刚萌动就被意外扼杀，有的遇上明白人迅速支持传播便很快形成了。像明阳这种想法，如果不是他据理力争，不是遇上这个有实权又与他有着特殊感情的副县长，成功的可能性肯定微乎其微。因为这里面确实担着难以预料的风险，李清是他的同学，又是超出同学关系的挚友，出于感情，出于义务，出于一种责任感，就必须尽全部力量帮助他、支持他，让他的理想尽快成为现实。同时，他这种尚待印证的举动也可给本地工作开创新的局面，注入新的气息，形成一种新的动力。

今天是星期天，一大早李春玉就站在于家屯村头上，不时朝城里方向的小公路上张望。她在等明阳，她相信明阳今天会回来的。

春玉很想念明阳，明阳一个多月没回家了。一个多月的时间不算长，但县城距家很近，以往儿子每星期都回来，忽然间隔这么长，做母亲的受不了。她曾去厂子里找过明阳，可厂子里的人告诉她，明阳卖了织布厂，去承包东大洼了。这让春玉吃惊不小，东大洼是片人人皆知的大油碱，红荆条都不长，明阳疯了、傻了？她心急火燎地跑到东大洼，果然看到那里竖起了木桩，盖起了工棚，有许多人在挖沟掘壕。她问明阳在哪里，一个工头告诉她，说明阳到外地进设备去了，估计这个星期能回来。春玉无奈，只好请工头传个话，让明阳回来后，这个星期天无论如何也要回家。工头听说她是明阳的母亲，连连答应，又非常客气地把她请到工棚里喝了杯茶。

转眼一个星期过去了，明阳应该回来了。明阳从来都听母亲的，他听到那个工头转达自己的话，一定会回家看看母亲的。可是，天都这时了，明阳怎么还没出现呢？春玉沉不住气，就跑到村头来等候。太阳越升越高，行人、树木以及房屋的影子在一寸寸地缩短着，李春玉立在村头路边，仍旧神情专注地朝西看，只要发现远处有骑自行车的，她就伸长脖子抬起脚跟，努力将身子拔高再拔高，如同老鸦在窝边等候返哺的雏鸟。自行车一辆接一辆地驶过去，明阳仍旧没有影子，春玉摇头叹息后又立在原处一动不动，脸上的表情与近乎凝滞了的目光，显然期盼的同时也在进行着痛苦的思索。

她不盼着明阳大富大贵，能够安稳度日于心已足。明阳能够在三两年的时间内干出一番事业，她打心里感激上苍的恩典。每逢看到明阳那酷似姜承良的长相举止她心里就隐隐作痛，而姜承良的"前车之鉴"更加让她认定"平平淡淡就是福"。她要亲眼看着孩子平安生活直至自己生命终老，这样既对得住他的养父，也对得住他的生父。她让明阳回来的目的有两个，一是放弃对东大洼的承包，二是让明阳劝劝书南也劝劝明刚，因为这爷儿俩近来几乎是冰炭不能同炉了。明刚已经结婚成家，爷儿俩整天马勺锅沿碰个没完，迟早是要出毛病的。她劝书南，书南是有病的人，木木讷讷让她无可奈何；她劝明刚，明刚脾气暴躁，有时诺诺连声有时却低头站在她面前一句话也不说。爷儿俩虽然给她面子，但碰到事上仍旧是儿子顶撞，恶言相加；老子发傻，间或也吼骂，常常弄得院子里鸡飞狗跳的，最后还得街坊邻居跑来排解。万般无奈中她终于想到了明阳，这孩子思路清晰，脾气随和，说话办事合理合辙。书南喜欢他，明刚信任他，让他两边当当说客，或许这爷儿俩的矛盾能够解决。

眼看着太阳越来越转向南边，春玉有些失望了。她想，可能明阳还没从外地回来，也可能那人忘了告诉他。但不管是什么情况，春玉决定下午再到东大洼工地上找找明阳。她心里有些酸楚，很奇怪，忽然产生了小时候长期离开父母的那种感觉。想到可怜而苦命的父母，胸中一股灼流悄悄上涌，她拼命地压抑着，压抑着，憋得喉头生痛，眼中倏地泛出泪花。

村东传来叫嚷声，春玉蓦地一惊，非常神奇地感到是自己家里出事了。她急忙往家跑，拐过街角，就见一群人蜂拥着从正东奔过来。再一看，书南也正从家里冲出来，好像脸上有泥，头发也湿漉漉的。她下意识地叫了两声，书南止住脚步怔怔地看她。待她走近了，却以温和的口气安慰她，说是和地邻闹了点儿小别扭，自己要和对方评评理，让她别怕。然而，春玉的心神经相当脆弱，此时胸中已如小孩擂鼓——不成点了。她脸色煞白，困难地喘着气，但仍旧以极大的耐力将书南推回到院里，然后反带上院门，自己靠在门框上等待着可能发生的一切……

事情其实很简单，是由书南那块心爱的谷子地引起的。

那块河滩地的北头还有不到一亩的闲地，村中于四虎子娶了媳妇生了儿，嚷嚷着人多地少不够吃，连送礼加威胁，村主任就把这块地划给了他。四虎子寅时出生，又长得浓眉大眼，起这兽中之王的名字倒也合适。书南种谷子尝到了甜头，四虎子已从旁瞧出了门道，第二年便也耩上了小红谷。因为是生土，四虎子唯恐长不好，就特意多施肥，勤耪锄。早秋时节，长势竟与书南这边不相上下。本来，两家地邻有一人在此轰赶麻雀就行，四虎子心眼别扭，总看着自己地里的麻雀比书南那边多。他怀疑书南爷儿俩使了手段，就专门派了他爷爷在谷地里驻扎。他爷爷患有白内障，眼力不济却忠于职守，不管有无情况，就像《平原游击队》里的打更人一样，隔两分钟就喊一声"嘘，哇——!"早秋的太阳依然很毒，老头子有时热得熬不住，就发怒：日奶奶的，谷子比你爷爷还值钱吗？哇——

四虎子种地是把好手，过日子更是个财迷。可能是怕书南这边吸了他的地力，南头有七八米的地方他不种谷。不种谷也不让这点儿地闲着，他在这里搞了座小土窑。小土窑烧砖，正好就地用土。一段原本整齐的二滩，让他掘成了麻风病人缺皮少肉的脸。虽然此景有碍观瞻，但因为处于堤内，不影响河岸，属四虎子本人的势力范围，又不是法定的责任田，水利局不来找碴儿，村干部自然也落得无事清闲。四虎子生性抠搜，这天趁书南不在，就算计把用土范围往南扩大。他细心地把表面阳土敛成堆，渐渐就敛到了书南的地头上。他停下手斟酌了一下，大致准确地测了界线，就甩开膀子下了家伙。铁锨锋利如铲，也就两支烟的工夫，就在两块地的正中线以北劈下大堆的土。四虎子大功告成，把铁锨往自己地边上一插就又去南洼拾掇棉花。

四虎子走了半个时辰，于书南就来了，冲着并无麻雀的谷地哇了两声，便低着头地朝北逛去。近些日子书南的脑子又开始"短路"，整天默不作声东游西逛，有时竟忘了回家吃饭。今天他很是心烦，虽然脑子糊涂心里虚烦，但没忘记谷子地，像有根绳牵着似的，出了家门就不由自主地逛到河滩上来了。四虎子的爷爷正在谷地北端瞪着看不清东西的大眼哇啊哇地轰麻雀，书南傻笑了一下也往北头走，似乎想和那老头拉拉。书南走到谷地北头时先是"咦"了一声，接着就变韵变调地嚷，那情景好像别人挖了他命根子似的。于书南边嚷边跑下土坑取那把铁锨，他本意是将四虎子刚刚掘成直角的地边重新培成斜坡，免得下雨时冲塌了。然而，糟糕的事情也就从这里开始了。

四虎子他爷爷脾气邪性，他先是听到于书南嚷了几声，接着就模模糊糊地看到对方跳下坑来朝自己地里蹿。老头子迅速做出判断——于书南要拆掉孙儿的土窑。他邪性陡发，张着跟头跌过来，几乎和于书南同时攥住了锨把。于书南愣在了坑下，仰脸看着老头，老头的瞳仁像两块火石，是那种雾蒙蒙的银灰色，给人一种如视云雾的感觉。不过，这双老眼转动起来，却是异常的灵活。老头见书南攥着锨把只管站在坑里和自己对峙发呆，就问他想干吗。书南因为此刻脑筋僵硬，一时也说不出什么，只是瞪着双眼在坑中傻愣着。老头更加相信自己的判断，雀眯起眼睛竟然硬硬地把铁锨拽过去了。于书南冷不防让对方缴了械，也忘了对方是长辈，按乡下俗礼应该说些好话再细细解释一下，如此抻上那么一两分钟，不用强要，对方也许会把铁锨还给他。但他毕竟是脑子出了

206

毛病的人，一着急一生气，控制不住心性，重新伸手抓住锹把就拼死地往回夺。然而，老头眼色不济，力气却大，见"崽子"无礼，动了真气，绷着嘴唇双手用力，竟把个一百几十斤的于书南生生地从土坑中拔了上去。于书南猴打漂儿似的被弄进了对方的谷子地，却仍旧抓牢了锹把。就这样，两人一声不吭地在谷子地里练拔河。

谷子踩倒，锹头拽掉，俩人也不知中了什么邪，竟还认认真真地夺锹把。好像夺过锹把就算胜利，夺过锹把就占理了。年龄关系，一来二往终是书南能持久，锹把在他手里的尺寸越来越长了。又过了一小会儿，对方手里只剩一截头儿，可他老顽固，还是抖着胡子死命拽。不过，老头心疼谷子，已在运动中将战争游戏渐渐挪到地边上。于书南见一时难以取胜，不由焦躁起来，运丹田之气狠命一拔——就像喊着号子一样，老头恰在这时也拼了力气朝后拉，锹把当即从他手里脱出来，两人一齐被闪倒。老头跌在二滩边上收不住身子，张着跟头朝下滚。耳边听得水声响亮，待到于书南明白发生了什么时，河中已经又冒出人来，半边身子泡在水里，头发胡子都是泥，一边挣扎一边吼骂。

于书南蒙了一阵儿，很利索地扔掉费了九牛二虎之力夺来的锹把，打着滚扑到二滩之下的水边上，一把薅住老头的衣领朝岸上拖。老头身躯庞大，又浸了水，其重量是可想而知的。于书南用了比刚才夺锹把超出十几倍的力气和韧性，总算把他拖上岸，自己浑身上下也全是泥水了。

就在于书南准备给老头抠抠脸上的泥时，老头忽然瞪圆一双火石眼，以与老年人不相符的迅猛捉住书南两条腿，喝了声"你也下去吧！"恰如打谷场里扛粮袋，把个于书南拁起也掷进二滩下的河水里。随后，他带着一身泥水爬上河崖，站直了身子朝着南洼做牛吼，嘴里还咕咕噜噜说着什么。

于书南千难万险地爬上岸来，正要与老头理论，却见正南方向起了骚动，好像有此起彼伏的喊答声。紧接着，一股人流带动的声浪滚滚而来，显然那里正行动着一队人马。书南"短路"了的脑子此刻好像接上了线，他打个激灵，明白自己闯了祸。因为那不断传来的骚动与喧嚣是老头的后代们，这些儿孙子侄辈今天都在南洼里打棉杈，一定是听到老头的号召"杀"过来了。他必须走，马上走，否则那支队伍来到就麻烦了。他顾不得与老头争长说短，撒腿就朝村里跑。依稀听到身后远处脚步声杂乱而又紧急，这五尺大汉不敢怠慢，像惊车的牛一样水龙火闪窜下了青牛河岸。

老鼠急了尚知撞墙逃走，何况是人呢？

于书南幸亏逃走，就在他刚刚窜进家门换衣服的当儿，四虎子已经叱咤风云地带了全家赶到河岸上。满身泥水的老太爷不知嚷了句什么，他们当即站住。奇怪的是，这些孝子贤孙们不赶紧搭救老头，却转身又朝村里冲去。显然，他们要去讨伐肇事者。青牛河笑了，笑声挺奇特，像那年发大水时的狂笑和呜咽。河笑是大水满槽，呜咽则是大水排泄不畅，就像人的二便不顺憋闷难抑所造成的。

于书南换好衣服走出门时，春玉也恰好赶到。也多亏春玉来得及时，要不，一场祸患是在所难免了。四虎子率领兵马来到于书南门前，见大门倒挂，春玉一个人在门框上倚着。春玉在村里人缘极好，有她挡在门外，四虎子一家人就不好意思往院里闯，当然也不敢闯。一是碍了春玉的面子，二是知道于书南脑子有毛病，逼一个脑子有毛病的人有些欠妥。同时，四虎子也读过一些书，明白闯进别人的住宅里闹事犯法。这时，村里的人们听到吵嚷声纷纷赶来，于书南的家门前出现了赶年会的情景，有嚷的，有骂的，有笑的，有赶忙劝架的……四虎子人粗心却细，他脾气不好，平日里没少得罪人，此时他怕"冤家"们趁火打劫闹出事来朝他头上扣，便让家里人退到远处，自己走上来和春玉理论。春玉听了事情的过程，明白双方都有理也都没理。然而此刻不是论是非的时候，燃眉之急是将这剑拔弩张的局面化解。她先述说了丈夫许多错处让对方消了气，接着就劝四虎子还是先照顾老人要紧，同时提出带老头到医院里检查身体并承担一切费用。话说到这份上，四虎子也再无道理继续深究了，他本来就是为了找回个脸面，如今目的达到，正好大事化小，小事化了。更何况他也明白爷爷生性古怪，此事并不一定全怨对方，倘若逼急了人家较起真来，自己也未必占得住理。再说，爷爷别看年老，身板却硬得很，去年冬天曾经掉进冰窟窿里尚且无碍，何况是浅浅的河水呢？

四虎子想到这里，决定借坡下驴。也多亏四虎子前思后想，因为就在他做出"撤兵"决定的同时，春玉已经旧病复发了，她脸色苍白气促心慌，看看就要瘫在地上。四虎子等人大惊失色，本是前来讨伐的队伍忽然变成救护队，一家人赶忙拥上前抬起春玉直奔村中卫生室去了。

　　于明阳是那天下午回到于家屯的。

　　明阳推着自行车走进家门，正好看到母亲在院里喂鸡。母子相见，春玉只是轻轻喊了声明阳，便转过脸去。就在这一瞬间，明阳发现母亲双眼红红的，似乎刚刚哭过。他的脑子里瞬间闪过一连串色彩各异的亮点，胸中不禁咯噔一下，像有铁钩子钩住了心又朝旁拖了几拖似的。他有点儿着慌，自己这么长时间没回来也不捎个讯儿，母亲一定是惦记他、想念他因而就嗔怪他了。不知是心理作用还是真的出了毛病，耳内忽然出现了蝉鸣音，声调尖厉细长，他赶忙撂下自行车，双手并用揉了揉耳聪穴。蝉鸣音渐小渐弱，两分钟后终于消失。近些日子他的耳朵经常出现这种蝉鸣音，本想到医院查一查，大碱洼的工程刚刚开始，各种事情一拥而上，一拖再拖也就拖下来了。

　　春玉这时已经转过脸来，看到明阳在揉耳朵，有点儿惊奇地问他耳朵怎么了。明阳笑一笑，说耳朵里有知了叫，揉了揉，好了。母亲好像也没介意，点点头并嘱咐他要多喝水少吃辣的咸的，以免干燥"上火"。明阳答应着，就要接过母亲手里的面瓢替她喂鸡，母亲忽然将瓢中的棒子粒哗地全部泼出去，看着鸡欢快地抢食，她掴打掴打瓢底，让明阳进屋。明阳将母亲手中的空瓢拿过来端着，娘儿俩半偎半依地朝屋里走。刚一迈步，春玉就抬手抚弄儿子的头发，边抚弄边带点儿埋怨的口气说明阳越来越邋遢，头发脏得都打卷了。母亲这动作这话语由来已久，在明阳的记忆中，好像自打他懂事时母亲就习惯这么做。那时，他和哥哥每次从外边回到家里——无论是下地、放学还是同野孩子们打架吃亏归来后，母亲总是把他们叫到跟前，抚弄抚弄他们的头发，轻轻拽拽他们的耳朵，然后再把他们揽到怀里亲几下。逢这时，他和哥哥总是相互甜蜜地看一眼，心中漾起难以描述的幸福和熨帖。母亲的手是神奇的手，经母亲一摸一拽，心中身上的一切委屈、烦恼、劳累乃至伤痛都悄然而逝了。

明阳上大学后，很少再有这种享受。但是每次放假回来，母亲依然把他叫到面前，一边问长问短，一边下意识地抚摸着他的头。好像是一种自然形成的递减法则，摸头抚发照旧，拽耳朵一项略去了。有时明阳故意将耳朵侧在母亲面前，母亲下意识地竟将他的脑袋重新摆正，如同老师纠正学生的坐姿一般正统严格。母亲今天重复当年，显然是因自己离家时间过长，她让儿子记住——你在我心中永远是长不大的小明阳。

能够重新享受昔日的母爱，这是一个人的造化，明阳有意无意地将身子朝母亲那边歪过去，再歪过去，使母亲能够轻易地伸手够着自己。毕竟，他已经长大了，长成了一米七八的大小伙。从院里到屋内这短短的距离中，幸福与痛楚就像难以分离的化合物，一刻也不停地在他感情的幽室里存在着，变幻着。他有个非常离奇的冲动，总想靠在母亲的怀里轻轻哭几声。他忆起了不算久远的童年，那时跌了跟头摔了跤，母亲总是将自己抱起来，一边扑拉着儿子的屁股，一边拍打埋怨着"该死"的地硌疼了他。他本来不哭，但经此一宠倒要非哭不可了。

天性永存人间，母爱高深悠远。这母爱珍贵无价，如果你曾得到过，请记住，千万不要忘记。忘记了过去，就意味着背叛。

明阳也觉纳闷，自己都二十大几的人了，怎么突然又冒出了童稚般的情感呢？直到走进屋里坐到椅子上待了一会儿，才猛然省悟到这是由于不期而至的负疚心理造成的。他在出发前曾想回家和父母说一声，又感到这种做法未免有些婆婆妈妈。可是待他回来后，却听人说母亲曾几次到厂里和工地上找过他，他这才体会到唐朝诗人孟郊所作"慈母手中线，游子身上衣。临行密密缝，意恐迟迟归。谁言寸草心，报得三春晖"中的真正内涵。故而，他草草安排了一下工地的事情，便急如风快如云地回家来了。

纵然年过八旬，有娘依旧孩童。不假！

春玉最关心也是最担心的东大洼问题，没想到让明阳一席话给消除了。明阳谈到承包东大洼一事时，表情平静，口气随便，就好似当年诸葛亮未出茅庐就已定了三分天下。听着儿子有条不紊地述说，春玉那先是忧心如焚的神色渐渐变得平静坦然了。明阳首先说明自己没有能力在政界摸爬滚打练本事。只这一项，当即就使李春玉同儿子产生了共鸣。儿子的决定是正确的、有分寸的，他选择的这种实业性的工作，不管将来取得多大成就，仍然是平平淡淡的平民生活。这符合她李春玉的处事宗旨，她干吗还要扯孩子的后腿呢？当明阳细心解释了自己对东大洼的利用措施后，春玉更放心了。她已很清楚地看到，明阳并不是想入非非盲目行事，而是经过认真考察有所准备的。他的计划切合实际，把握性大，这是他惯有的心计、从小的性格。自己的儿子自己了解，明阳自从幼时就办事认真持重，虽然初时让人看起来难免有些冒险犯禁的味道，但结果总是令人深感意外的圆满而稳妥。更何况，儿子还有个精明强干出类拔萃的同学李清全力支持他，有个心心相依的女朋友李菡帮助他。这些，是儿子亲口给她说的。

明阳为母亲对自己的理解和通情达理而兴奋不已，他说他要将自己的计划讲给爸爸哥哥听。特别是爸爸，他种了半辈子地，对土地的了解和种地的经验，与他们这些理论强实践弱的学生是不可同日而语的，倘若他在脑子清醒时再给自己出出主意想想办法，对东大洼的开发利用说不定会是锦上添花。岂料，明阳刚刚提及，母亲在一分钟前还春风荡漾的脸，瞬间就变得黯然神伤。明阳挺诧异，问母亲是不是和爸爸闹别扭了。母亲摇摇头，呻吟般地告诉他——是为那爷儿俩……

于书南患了小脑萎缩症，从棚顶上跌下摔伤又落下脑震荡后遗症后，特别是近一年来，他的所作所为令人难以置信地起了变化。有时一反昔日的沉默寡言，判若两人地又恢复到了青年时代嬉笑怒骂放任无羁的性格。这一刻，他会变得能说能道能白话，好像全世界的人都不如他自己了解的事情多。他夸夸其谈刚愎自用，性格古怪而出言不逊。平日里，他总在村里闲逛，这时的他对人常是爱搭不理的，眼神总是那么阴郁、紧张，仿佛在到处寻找什么。从外表上看来，他好像对世间的一切都感到虚幻而异常，所以就不屑于理论似的。只有当他立定以后，这才像变了个人一样妙语连珠口若悬河。这个一向以忍让出名的人，对人对事变得斤斤计较了，并且，还有着强烈的报复欲。去年春天，有位乡镇干部来这里包村，书南问人家姓名。当对方自报家门之后，他出人意料地迸出一句让所有在场者都忍俊不禁的瞎话：是啊，尿鳖子还有个名呢——叫夜壶嘛，别说是你了！

后来人们才明白，这位干部在书南当年倒霉时踹过他一脚，书南认出了他。可是，他有时又变得沉默寡言，如果别人不有意找他说话，他能一连几天不哼不哈。世界就是如此神奇，一个曾经心地善良中规中矩的好人，没想到由于疾病和一次意外事故而弄得大变了性格。时也，命也！

对于书南性格上的变异，春玉还能应付，要命的是丈夫和明刚之间的关系。

几年前，一个乍暖又寒的早春二月，邻居二憨叔招呼明刚去北边的青龙寨赶集。此时地里尚未完全解冻，没有什么农活，明刚在家有些烦闷，乐得出去逍遥。于是，他和母亲打了个招呼，便陪同二憨到青龙寨去了。

村集胜闹市，一点儿不假。青龙寨有一条横贯东西的长街，街旁此时是两道人墙，人墙前摆着各类小摊。从两边的小摊里，不断发出你方叫罢他又嚷的呼喝声。那呼喝极富献媚讨好的成分，让人非但不怯不烦，倒生出一种无法言喻的亲切感。顺着两道人墙之间望过去，间或有某处腾腾地冒一阵热气，接着便是一声高亢清脆极富诱惑力的叫卖热包子的细嗓门。于是，那地方便掀起一阵骚动，欢乐声中夹杂着少数人的争吵咒骂。走在两墙之间的人们，恰似航行于狭窄河道里的木船，走走停停，停停走走，既怕逆水倒行，又怕不慎搁浅。明刚跟着二憨走进街

213

头不远，前边一段窄处，人流正好相对而行，立时，这里人挤人成了人疙瘩，他们被卷在了中间，拼尽全力，仍有不进则退之势。所幸二憨身高力大，直了脖子挺起胸，一双手像船桨般左右拨拉，费了吃头牛的力气，才算从那里解脱。

可能刚才忙于拼搏，明刚无暇顾及其他。过了这段"险滩"，明刚缓过劲来，庄户人那闲了便有的好奇心又出现了。街北侧是一个面积不小的服装市，一对对青年男女如影随形，在服装市里往来穿梭。他们穿着时髦而华丽，那种不规不避的亲昵相，让明刚这个轻易不进城不赶集的小伙子看得有点儿眼花。年龄临界，情窦已开，那种显然已是姗姗来迟的东西此刻在明刚心里开始悄悄萌动了。他脑子发蒙，身上躁热，出现了有天晚上难以入睡时好像要急着寻找点儿什么的奇特感觉。这奇特的感觉令他步履沉重，霎时就被二憨甩远了。二憨高喉咙大嗓门地喊他，他才如梦方醒地串着人缝追上去，胸中兀自咚咚乱跳，像干了什么缺德事忽然让人发现了。二憨领他来到一家商店门口站住，说是自己进去买点儿东西，让他务必在原地等着。明刚有点儿不乐意，心想我又不是小孩子，干吗千叮咛万嘱咐，还能跑丢了吗？他不好顶撞二憨，只好站在商店门口，准备搭讪着和一个捏糖人的老头拉闲呱。让明刚惊奇的是，二憨进出不过十秒钟，别说买东西，恐怕放个屁的时间也不宽余。他没买东西，却带出了两个女人。一个是中年妇女，另一个是位头发蓬松面目清瘦的姑娘。姑娘有着一对小而清亮的眼睛，因为眼睛小，睫毛就显得特别长。二憨"哎"了一声，很随便地对那中年妇女介绍，说这就是明刚，是自己邻居于书南的大小子，跟他来集上玩的。姑娘似属无意地扫了明刚几眼，就笑眯眯地到旁边摊上买东西。那中年妇女一边和二憨说着闲话，一边留意明刚的一举一动，就像牲口经纪相小牛似的。明刚这才听清，那中年妇女虽然衣着朴素，却操着一口标准的东北话。

明刚心不在焉地朝旁边摊上瞧了瞧，忽然发现那姑娘又在瞅他。四目相对，姑娘好像对他笑了笑，脸上飞起好看的桃红色。明刚心中一阵扑腾，立即想起了刚才服装市里见到的情景。他的脑子热了热，产生了一种扶着姑娘肩膀也到服装市里转一会儿的想法。当然，想归想，他没敢，因为人家不认识他。

回家的路上，二憨问明刚想不想媳妇。明刚说想。二憨就说给他做媒，问他想要什么样的。明刚实在人，要求条件不高，说只要是长头发就行了呗！嘴里这么说，心里实在是想着刚才的姑娘。

二憨嘿嘿地笑了，笑声意味深长。

明阳后来才知道，哥哥的婚事是由他生母一手导演并由二憨全力促成的。

"三十年河东，三十年河西"——是一句比喻世事频变的古话。古话不古，如今又已兑现，当年为求生计纷纷逃往东北找饭吃的关里人，如今又在变着法儿地重返老家。特别是那些生活在东北乡下的关里人，两相比较，舍离取合间得出论断，既然同为农人，并且关里现时胜似关外，干吗还不叶落归根呢？

明刚在青龙寨大集上见到的那娘儿俩，就是从东北农村转回来的。女孩有个美丽又古怪好听的名字，叫芍药。据说是因为母亲那年在山上采集芍药发了财，断定是腹中孩子的福气，就把个药名给了她。巧的是，芍药一家人在东北居住期间，和明刚那生活在林区的生母拉上了老乡关系，一来二往，走动得很热乎。这次芍药举家返里，明刚的生母终归惦念亲骨肉，在给她一家送行时突发奇想，悄悄地对芍药母亲提出了这件婚事。她还告诉芍药的母亲，回到地方上就找邻居大憨兄弟二人帮忙，那弟兄俩老实可靠，办事稳妥。这女人有眼光，二憨果然不负所望，很快就将此好事玉成了。

一切都很顺利，从提亲到订婚，前后不到半个月。女婿早已见了岳母，芍药来于家屯"相家"时也见到了公婆。真是千里姻缘一线牵，明刚与芍药只见了一面就看对了眼，两人不时相视一笑，真有些彼此间暗送秋波的味道。如今的年轻人开放得很，未经媒人从中穿线，半个月中他们已经悄悄地见了四次面。有个本村的尿脬孩子对于书南说，他儿子在青龙寨南边的麦子地里和芍药亲嘴了，于书南呸的一口，把孩子吓得哇哇叫着朝家里逃。

冬相夏订秋娶亲，好像成了如今乡下青年婚姻的规律。这年秋后，春玉和于书南早早地就为明刚准备婚礼。不准备也不行，明刚嘴里不说，脸上有意，经常不明所以地冲他爹乱发脾气。春玉劝书南赶紧把儿子的婚事办了，书南在脑子稍稍清醒的那阵儿也终于恍然大悟，儿子已是二十好几的大小伙儿，自己怎么越老越糊涂了。再说，自从明刚订婚后，他总闻着儿子身上有一种儿马蛋子的气味，这就难怪他经常乱蹦乱跳尥蹶子了。可是，就在明刚成婚的前半个月出了意外。

明刚的婚事源自他的生母，这情况春玉知道，明刚明白，出于某种考虑，却始终瞒着于书南。然而，世间没有不透风的墙，实情到底还是让书南得到了。这可能是亲家母串亲时无意间泄露，也可能是大憨兄弟俩心眼实在终于耐不住就和盘托给了他。不管缘自何故，反正把于书南激怒得七孔冒烟。脑子一乱，魔怔病就犯，他怒冲冲地六次找大憨，七次求春玉，八次给儿子做思想动员，无论如何，也要把这门亲事退掉。

即使脑子有毛病，于书南也未免太执拗了，这事办得到吗？大憨二憨犟牛难回头，"受人之托，忠人之事"，他们不会说却知道应该这样做；明刚是春玉从小拉巴起来的，那感情不是生母胜似生母。从明刚咿呀学语开始，她心疼明刚，可怜明刚，只要是明刚提出的要求，她总要想法儿尽量满足。如今是孩子一生中的头等大事，更不能悖着他了；明刚呢，本来就和书南不对眼，如今对方又来强行干涉他的"内政"，便几次三番瞪圆了眼，冲着书南喘粗气。这情形傻子们也看得出来——若非面前是他爹，早就抡圆巴掌扇过去了。

于书南连遭败绩，聒噪絮叨的坏脾气莫名其妙地骤然加剧。街头巷尾，只要遇上脾性相投者，俏话笑话珠落玉盘，令人忍俊不禁。他咒前妻"高粱地里冒烟——不是物（雾）"；他讥讽好友大憨是"腊月里的萝卜——坏了心"；他有史以来首次嘲笑春玉"捧着狗腚亲嘴——不知香臭"；他对明刚的评价也是最精辟"旋风刮进腚眼——邪气入里"。此间他特别欣赏一本古书里的话——有恩不做父子，无仇不为兄弟。为了证实这句话是至理名言，他总是举出当年自己开蒙老师的例子——那老先生在一次运动中说了些废话，当时已是小学校长的儿子为了表现自己的进步，曾在全体教师会上命令老爹自己掌嘴。这老先生忍气吞声成全了儿子的"红心"，回家后吞下一包老鼠药驾鹤西归……

不知何故，于书南此刻心里感觉出奇的清亮，他憎恶前妻的所作所为，便将前妻对儿子的真心关爱也视作居心叵测。他固执地认为，前妻让明刚娶一个东北姑娘，是为了有朝一日名正言顺地将儿子弄去她那里。无论怎么不对眼，终是相濡以沫二十几年的患难父子，假若儿子离他而去，无异于割他身上的肉。况且，这二十几年间，春玉对待明刚如同亲母，一旦有那一天，对这位善良母亲来说必将是一场灾难。

一桩意外事件的发生，更加坚定了书南的这种判断。明刚成婚的前几天，收到了一张来自东北某地的汇款单，这是生母给他的新婚贺礼，明刚既高兴又伤心，要还是不要，他拿不定主意。他去问继母春玉，春玉很惊讶：这是母亲的一份真情挚意，怎么能不要呢？然而，一旁的书南却鼓着双腮直磨牙，他有意无意地冒出了一句在电影上经常听到的日本话——"良心坏了坏了的！"他坚持把款退回去，并命令儿子不准和那女人联系。春玉赶紧劝阻，儿子横他一眼，干脆不理他。

于书南邪劲上来了，他决心豁出去——声言要大闹婚礼，以此表示与儿子彻底决裂。儿子既然什么都不听他的，他这个爹还算什么爹呢？与其将来心疼作难，不如今日当机立断。他本想秘密进行，岂料嘴快拢不住话，无意中将自己的打算漏出去了。二憨得了消息，唯恐事情闹大，就和春玉商量如此这般……

那是个早秋时节常见的好天气，金风习习，白云舒卷，收获后的田野村庄里，一派安逸静谧的景象。这丰盛富足的岁月，很容易让人产生乐一乐的奢望。特别是淳朴憨厚的庄稼汉，往往趁着手头宽裕，出于享受名誉、显摆家境的双重目的，尽量把男婚女嫁类的喜事搞得红红

217

火火。

可是，明刚的婚礼却有悖常情，既未大摆结婚宴席，也没请鼓乐班，只是礼节性地弄了几桌酒席照顾来往客人，一对新人在院子里搞了场新旧结合的结婚仪式就"夫妻双双入洞房"了。唯一能够显示这家正在办喜事的，是架在房顶上反复唱着"祝你发财"的大喇叭。

明刚结婚这天，为防于书南惹是生非，二憨设了个圈套，找了个连苏秦张仪也难以反驳的理由把他哄到邻村一个朋友家喝酒去了。

明刚结婚那天的情景，明阳记忆犹新。那年他大学毕业刚刚到农业局工作，为了哥哥的婚礼，局里还特意把吉普车借给了他。不算热闹却挺实惠的婚礼中，十分遗憾的是少了爸爸。少就少吧，这是没有办法的事，场面虽尴尬，婚礼总算平安地对付过去了。下午，包括春玉在内的近门族人仍旧担心，万一这位一家之长回来后继续胡闹可怎么办啊！如今的于书南已非往昔，真要迷糊上那阵儿来，以他的执拗、脾气和性格变化，说不定真把事情弄得一塌糊涂。为防患于未然，族中长辈安排了几个年轻力大的后生小子，万不得已时就合力悄悄架走他。

担心完全多余，因为那天书南回来时已近半夜，而且是二憨连背加拽拖回来的。他醉了，醉成一摊泥，二憨把他弄进屋里放到床上，拿湿毛巾给他擦了脸，抹了背，又给他灌了半碗醋，转身对众人说，他本想弄点儿酒给他冲冲火，趁机让朋友们劝劝他，想不到他会把自己往死里灌。中午喝了仍不过瘾，晚上又接着喝，好像他忽然明白过来并识破了计谋，干脆顺水推舟借酒浇愁，借酒消气。二憨说这样也好，一觉睡到明天上午，待他醒来，明刚那里小米也就煮成稀饭了。

还真让二憨说对了，于书南睡到第二天上午九点才睁眼。他迷糊了一阵儿，听到院子里有孩子们的嬉闹声，似乎清醒了些。他模糊记得自己做错了什么事，又像有什么要紧事还没顾得做。他爬起身，门外阳光灿烂，有大人孩子在院子里出出进进的。他彻底明白，如今已是明刚结婚的第二天了。脸上身上紧紧巴巴，看到墙角脸盆里有现成的清水，便不由自主地走过去洗脸。

这当口，明阳正好从他的窗前经过，见父亲已经起床，刚要进去问些平安话，却见父亲对着墙上的镜子发怔，少顷，只听父亲在骂：熊货，难看死了。

明阳明白父亲这是自己骂自己，暗中一笑，走去旁边的屋里找母亲汇报。春玉听说书南已经起床洗脸，就让明阳找他嫂子，吩咐如此这般……

书南洗脸完毕，坐在椅子上回忆昨日的某些片段，知道自己上了二憨的当，心中发闷，就盘算着今天如何能出这口恶气。肝火上亢，不由口干舌燥起来，手足失措了一番，很想立时喝上口水。恰在这时，门外有轻轻的脚步声，儿媳芍药端着茶杯走进来，一杯淡黄清澈的香茗放在他的面前，甚至连儿媳说了句什么他都没听清，那心中的无名火便随着杯中热气悄悄飞逝而去。

儿媳算是被于书南接受了，但是书南和明刚的紧张关系却冰上盖霜且日复一日地加剧。到后来，爷儿俩说话就斗口，遇事便别扭，那轰隆隆的气氛，就差没大打出手。芍药是个聪明女子，当然看得出自己是这场"官司"的症结所在，为了缓和爷儿俩的关系，她从中也赔了许多小心，说了无数好话，结果是一无所用。芍药气极生愤，便干脆躲回娘家，时来时不来。越是这样，明刚对父亲意见越大。儿子的心思于书南可能会明白，明白归明白，他于书南就是偏偏这么别扭着来，怨谁？怨他自己，谁让他允许那个女人插手这桩婚事了！

再也不能这样僵下去了，明阳和母亲计议的结果是让明刚分出去过。春玉很为难，因为她曾向明刚透露过这种想法，不料明刚听了一歪头，说那样也可以，但他必须连妈带过去一块儿过。他说他离不开妈。春玉摇摇头，哭笑不得。明阳冥思苦索了一阵儿，最后决定自己去找明刚，他说他有办法说服哥哥。

　　东大洼工地上，于明阳的办公室和其他工棚一样，也是干打垒墙壁，石棉瓦盖顶，连窗户也是带有一种象征性的大窟窿。

　　对于东大洼的改造利用，过往的人们都投以观赏或研究的目光，或交头接耳，或窃窃私议，或公开嘲笑，就像当年用惯了狗爬犁的爱斯基摩人忽然见到自己群落里有人试图开汽车一样的神奇、惊叹而又掺杂了足够成分的不信任。有性直的年轻人和喜欢数落后辈人的老太婆，干脆站在道边上叽叽喳喳指指画画，说这项工程的承包人不知天高地厚，财迷心性，想发财竟然想到东大洼里来了。

　　这是意料中的事情，无论别人说什么，明阳只作没听到，照样没黑没白地安排指挥着对大碱洼的开发。施工者只管下力干活挣钱不多嘴，说风凉话的当然也并非全是恶意相欺。明阳虽然理解，但还是愿意听到有人鼓励，而鼓励他的人，随着工程的进展还是越来越多了。

　　东大洼西北不远处就是昔日的沙岗子，几年前，沙岗子被清理平整后修建起一座集石灰、水泥生产为一体的工业联合厂。越年春，县医院分院又在工联厂旁边拔地而起，姜承良就在县医院分院负责业务指导工作。

　　县医院分院的医疗室设在后边那座楼上，一楼是诊室，二楼和三楼是病房，四楼以上是单身医生和护士的宿舍。姜承良虽是主治医生，因他性情孤僻，不易接近，除非重病，分院里找他看病的人不多。姜承良乐得清闲自在，时时到分院外边游逛，当他发现改造东大洼的承包人竟是于明阳时，不由欣喜若狂。

　　这段时间内，姜承良成了东大洼工地上的常客。稍有闲暇他就跑到工地上来找明阳攀谈，还帮明阳出主意想办法。明阳很奇怪，乍见面时就觉此人眼熟，好像在一个久远的年月里见过他。后来得知他在本县行医多年，便认定是自己学生时期曾经谋面的关系。明阳非常喜欢这位老医生，总感觉他们之间存在着一些莫名其妙并且难以言表的东西。不过，明阳只知道他姓姜，叫姜向春。

明阳喜欢姜承良还有另一原因，因为姜医生的医术相当高明，他以他高明的医术，为明阳节省了大量的医疗费用。姜医生每每来到工地上，总要前后左右地走一走看一看，平日总是木木讷讷的脸上，顿时显露出难以抑制的愉悦。有人找他看病，他从不拒绝，随意找个便当所在，望触叩听一番，就报出你的病名病情，接着开处方让你在工地临时医务室或去医院取药。有人质疑他的诊断，他并不争辩，只是很不友好地涮你一眼。时间长了，人们才由怀疑到佩服，由佩服到口服心服。原来，这个表面上拖沓慵懒的老医生，几乎就是半个神仙，他的诊断简捷准确，一双疲疲沓沓的眼睛，像 X 光一样能看透病人体内的一切。他开处方很严谨，从无多余的辅助药，估计你两天能痊愈的病，不给你开三天的药。不知什么原因，自从东大洼工地开工以后，姜承良医生由以往的清闲自在变为在县分院值半天的班，又因距离工地近，所以差不多每天下午都能光顾东大洼，以至于明阳如今感到姜医生就像与大碱洼有了什么难以扯断的牵连。姜医生频频来这里义诊而乐此不疲，久而久之，明阳心内竟对姜医生产生了那种难以说清的东西——像友情又似亲情，要是有几日见不到的话，还真想他。

有些日子，姜医生接连四五天没来工地，明阳有些纳闷，下午，他处理完手头的工作，便走出自己的临时办公室，手搭凉棚朝着西北方向看。他似乎有种直觉，今天下午姜医生非来不可。此时，夕阳的余晖洒遍世界，世界就变得迷迷蒙蒙的。明阳眯起眼睛盯准了一个方位，良久，果然发现在那个朦胧轮廓中，有一个稍稍驼背的人正在踽踽而行。从那蹒跚步履和从不左顾右盼的习惯形象中，明阳确认来者正是自己所盼着的姜医生。

的确是他，他来了，他终于可以随心所欲地接近自己的儿子了。这是他的夙愿、他的渴盼、他的人生本源和日思夜想的身心享受。他自认为本身有着重负累累的罪愆，便立誓将这种罪愆衍化为爱的行为，以赎出自己，在有生之年品尝一下向往久远的天伦之乐——尽管这不是完全意义上的。

年龄的增长，人生的逆旅，姜承良越来越苍老，越来越口弩了。即便他与明阳单独相处，也难得有几句哪怕是嘘寒问暖的家常话。他每次来到工地上，除了给人诊病治病外，唯一的兴趣就是在工地上行行走走，再就是以近乎痴呆的模样在明阳的办公室里傻坐着。他以带点儿黏滞感的眼神十分专注地瞅着对面相识不敢认的儿子，似乎总在期望和等待着什么。这种眼神因了迷惘的头脑与惶悚的心旌，如果不稍稍转动的话，那情景跟死人没有什么区别。只有当明阳料理完手头工作，起身给他沏茶倒水或者关切一下他的衣食住行时，他的脸上才能浮现障拨云移时的活泛，眼中方可闪射出温和灵动的光波。这样的表情、这样的个性，无论是"大智若愚"还是"大辩若讷"的名言古语，用在他的身上都是贴谱而不确切。对于姜承良的频频光顾和特殊个性，明阳是很理解的。他上大学时，一些有真才实学而又抱着无可解脱的厌世情绪的学者教授，差不多都是这种性格。他们有的一生不婚——甚至孤僻到滑稽，见了女人就跑开，好像自己是耗子女人是猫。他们对世人世事冷眼旁观，而对自己的业务总是精益求精并且绝对的尽职尽责。他们虽然喜欢离群索居，但过于孤僻和单调的生活方式也容易产生闲极无聊的感觉。于是，他们也要寻找一处适合心境的天地，寻觅一个大体上意趣相投的人来"敷衍"一下。明阳认为姜医生就是这类人，而自己碰巧就是他所寻觅的。

姜承良来到明阳的办公室前，见明阳正在门口站着。尽管是凭着直觉和一厢情愿，他仍旧固执地认为明阳是在等他。他心中顿时涌起难以形容的幸福感，很希望此时此刻对方出人意料地喊出一声爸爸。那样他可能受不了或者马上就要昏过去，可他甘愿为此付出哪怕是生命的代价。然而，这个形体外貌越来越像自己当年的小伙子，却是仍像往常一样冲他笑了笑，问道：姜医生，这好几天怎么没见到你，我以为你厌烦工地，再不来了呢。

姜承良口气淡漠地回答：哦哦，我陪病人去了趟上级医院。

明阳点点头，做了个礼让的动作，就甩打着手回屋去了。

这种情形如果发生在以往，姜承良会毫不介意，今日因是另一种心境，便如冷古丁让人踹了一脚似的。

姜承良在与儿子接触的整个过程中，不期而至的刺激时有发生，这种让人难以忍受的刺激，有时出现在希望落空后的瞬间，有时则出现在没有精神准备的一刹那。时日一长，五十几岁的人变得犹如孩童夜行，总觉得背后有什么怪物跟着。最初明阳称呼他姜医生，他内心有股说不清的痛楚；以后明阳也曾唤他老姜叔，他暗暗叫苦；有几次明阳失口喊出姜大哥——那一刻他真是心如刀扎直想不顾死活地大哭一通……这种种刺激所产生的心内震颤和憋闷感觉，竟使这位精通医学的人怀疑自己是否患上器质性心脏病了。他不想面临尴尬却又时时思念儿子，故而就想了个"韬光养晦"的办法，在明阳面前静坐不动，只看不说。越如此，他就越不敢说话，弄得自己在明阳面前越来越木讷。身为医生，他明白这是一种反应性的精神障碍，可是，有什么办法呢？他本来就有严重的精神抑郁，他实在害怕——害怕在与明阳的谈话中又给他喊出什么姜叔或老哥。

原因不啻如此，还有更让他提心吊胆的。上个星期明阳陪他在工地上散步，忽然间问起他是哪个中学毕业的。他不会撒谎，承认是本县一中。岂料明阳听了马上立住，接着问他是哪一年哪一届。尽管姜承良回答得挺模糊，明阳还是问他是否认识一位名叫李春玉的，并言明那是自己母亲，毕业年份约莫和他差不多。姜承良虽则听出明阳问话的意思并非刨根究底，仍旧是心脏狂跳不止，后背和手心都是汗了。所幸这霎刚巧有位民工找他治病，才使他从惊恐与尴尬中解脱。

他给民工诊完病情后，没有再跟明阳打招呼，就急惶惶地走了。因为那民工直着眼睛看他的脸，说他的脸咋就成了刚刚掘出来的油碱土的颜色了呢？

姜承良回到县里分给他的宿舍躺了整整半天又一夜，这突如其来的刺激让他精神恍惚，不知所措。第二天他没去上班也没去大碱洼工地，第三天受人指派，跟着本县一位领导到省城去给他儿子诊治疾病。这位领导的儿子小嘴儿极巧，一路上爸爸长爸爸短地说个不停，致使姜承良脑子里装满了"爸爸儿子"之类的词汇。所以这一刻他来到大碱洼工地时，思绪仍旧在那种欲望的沟壑里停留着。

姜承良每次来大碱洼都有民工找他诊病治病，一个掘土闪了腰的驾驶员此刻就在盼着他。姜承良跟着明阳进屋不一会儿，那位民工就来了。这个民工很会说话，先是称赞姜承良医道高明，随之便述说自己腰病经他治疗已经如何如何见轻。姜承良面无表情地听他絮叨完毕，就让他躺到明阳临时搭起的床上给他推拿。揉摁搓滚连抻加拽，这民工舒服得直哎哼。两遍手续过后，姜承良仍旧一言不发，他冲民工扬扬手，示意说治疗结束了。民工犹豫着坐起来，感觉确实不痛了，一边系裤带，一边千恩万谢地说着客气话。姜承良依然面无表情一言不发，民工的赞美得不到哪怕是微微一笑的回报，一丧气，下边的好话就不知如何说了。正当他龇牙咧嘴手足无措时，外边忽然有人高喊于明阳，说是他母亲来看他了。明阳像小孩子一样撒着欢地往外跑，屋内的姜承良却几乎要瘫在地上。他东瞧西望至多两秒钟，就在那位民工的惊呼中相当麻利地跳上桌子，一矮身从后面的简易窗口钻出去，如惊枪的兔子般落荒而走。明阳接着母亲回来后，民工连笑加比画描述刚才的所见所闻，明阳听了一笑了之，姜医生本就精神异常，荒诞不经的事情出在他身上有什么大惊小怪的？

## 24

不管一个人才高八斗还是目不识丁，他总是很难忘却第一个走进心中的异性。即便是《红楼梦》中贾府里那位"不爱林妹妹的"焦大怕也不例外，这老头虽没有让人有据可查的轰轰烈烈的恋爱史，起码也有过令他终生难忘的"惊鸿一瞥"。否则，他就不会整日不明不白地看着府中许多风流韵事而嫉妒得骂出疯话来了。焦大尚且如此，更不要说姜承良了。更何况姜承良与春玉曾是两小无猜相濡以沫，更何况他们曾经柔情似蜜魂魄交融，更何况他们已经有了共同的骨血。

当年姜承良出于无奈移情他人时，天地良心，他也未曾忘记春玉。作为一个整体的人，无论是形象还是心性，都如第二信号系统的形成，春玉已深深植根于他的脑中。那时，夜晚怀中的苏静他只觉得是一件工具，意识衍化下，与己同床共枕者他总是不由自主地归附到春玉身上。所以，他每每失口喊出春玉的名字，常常使苏静当时原谅他而背地里暗自饮泣。有时也声色俱厉地斥问他，你的春玉已做他人之妻，干吗还总是念念不忘啊！姜承良也并不掩饰自己的内心所想，也不否认对春玉的一往情深，面对如此痴情的苏静，事后也难免悔愧，他开始克制自己，并向苏静表示真诚的歉意，他不想二人之间弄得夫妻不像夫妻，家庭不像家庭，倒像是一对为了商业利益合伙开店的。

然而，这许多年来姜承良仍是不间断地梦见春玉，梦中春玉的形象一如往昔，依然是那么纯朴、厚重而又不失年轻俏丽。这使姜承良永难忘却。每一次梦境的出现，都是一个新的内容。有的经历过，像是电影镜头的重放；有的离奇古怪，像横空出世的幻影一样令他茫然不知所以。无论什么形式的梦境，都像演情感剧般撕扯着他的五脏六腑。梦中真情在，醒来泪沾巾，他难以解脱，尽管在某种程度上说每次的梦境带给他的总是痛苦，他也不想解脱。对他来说，梦中的痛苦也是一种难得的享受——至少，自己在梦里还是可以经常见到春玉。他是医生，并且是个有着高深理论和丰富实践的才子型医生，他当然明白，这种烙印极深的心理活动远非人的意志或药物作用所能消除。

况且，他从来就不想消除。

姜承良逃回县医院分院，一口气跑上四楼钻进自己的宿舍，一头扎到了床上，他以让人难以理解的耐性加惰性，横卧榻中半天没动。在明阳办公室里那突如其来的一幕，当时就使他胆战心惊。由于心旌已乱，脑中所想便矛盾重重。他想见春玉，就如同久旱稼禾盼雨水；他又怕见春玉，好似见到春玉自己就必死无疑。由于这种复杂心理的搅弄，姜承良成了个"半神经"。这些年来，无论是当初到青牛河岸上的偷偷窥视，还是后来在县城里有意无意间的相遇，在关注儿子的同时，也留意着春玉。一旦听到春玉的声音，看见春玉的身形，那种无可名状的情感灼流便倏地起自胸中，拢不及，抑不住，像电光石火般直冲咽喉。有时，他被这种骤然而至的刺激折腾得神思恍惚，竟不知所措地要张开嘴来喊上几句春玉，所幸往往于此千钧一发时，专司理智的神经及时跃动，使得几将疯狂的他迅速控制住自己。当躁乱的心绪归于平稳，涨热的头脑渐趋冷静后，又再为刚才几乎出现的冒失行径所震惊。天哪！对于春玉这样一位集真善美于一身的女性，自己对她的戕害与背叛已是罪不容诛，如今既成事实摆在眼前，她的生活一如小河中平静的水面，鱼儿戏游其中，闲适恬淡小有诗意，偶有涟漪，也只是为了显示存在着的活性。难道自己还要给她制造波澜？真是该死该杀罪上加罪了！于是，就出一身冷汗，继之产生那种说不清道不明的忐忑与惶悚。他多次下决心，避开春玉，不去想她更不去看她，因为任何形式的痴心妄想都是罪过，都将天理难容。今生今世，对于春玉、书南以及明阳来说，自己背负的只有惭愧、内疚和耻辱。自己唯一的权利就是自悔、自恨，不断使良心备受谴责。自己唯一能做的就是不露形迹地补偿——以近乎永动的方式竭尽全力去做，直到化作缥缈烟尘远逝天外的未知世界。

曾有几次，姜承良到城内买东西和春玉意外相遇，有两次是迎面相撞近在咫尺。由于没有丝毫的精神准备，姜承良紧张得有些蒙头转向不知所措了。他看到春玉的同时，春玉也已看到了他。然而，他的形体、神态与举止和当年相比已是判若两人，所以，春玉也只是以路人的目光瞥了他一下而没有认出他。当然，最根本的原因是姜承良在春玉的心里已经是个死人，作为魂牵梦绕的那个象征体已消失殆尽，春玉即便朝这方面想一想也会吓死，有哪个正常人在青天白日下见过鬼？可是，任何情况下总有个"意外"，倘若相视持久且遐思追忆，说不定春玉真能认出他——毕竟是心血相连许多年啊！只消有那么一点儿人人相信却又总难诠释的"直觉"也就够了。幸亏春玉只是看了他一眼，幸亏姜承良尽管头脑发蒙腿脚沉重仍能下意识地躲避，他躲到路人的身旁背后仍难自持，用极其贪婪的目光远远地盯着春玉的一行一动。

姜承良记得，其中一次与春玉相遇的情形很特别，当自己近则惊惧远则留恋的那一霎，一种被水淹没的憋闷感无情地折磨着他，他实在难以忍受，只想不顾一切地大哭一场或者喊叫些什么。若非春玉忽然拐进一家商店，他肯定会做出要命的傻事了。他立在远处呆呆地望着商店大门，突然间双耳轰鸣头脑发涨，心脏停停跳跳节率全乱，好像刹那间已到了人生旅途的终结。他费力地将身子靠在墙上，咬紧嘴唇，掐住内关穴，闭起双目，努力给自己营造一个风平浪静的世界。这样自我镇定数分钟，终于驱走了那种人生末日的感觉，他舔了舔下唇，咸咸的，是血！对于这种症状，他并不害怕，明白自己不会因此而送了性命。因为这是精神高度紧张而造成的心脏期前收缩，神经性的。

为了避免重复往日的噩梦，所以这次听到外边有人说明阳的母亲来了之后，他就跳窗逃回院里来了。

太阳渐渐落下去，晚饭时间也已经过了，医院里的医护和工作人员了解姜承良的怪脾气，没有谁会介意。他就像只咽了气的大虾，蜷曲着身子，若非喉结时时在蠕动，天神也会认定这是个死人。从喉头到心窝，他觉得有块棉絮状的东西软软地塞着，吐不出来，也咽不下，这种情况下别说吃饭，水也不想喝。

——月亮渐渐升起，屋里屋外一片亮亮的灰白色，有小风儿慢慢地刮进来，姜承良感到心中稍稍清爽了些，他动了动身子，一件奇怪的事情发生了。身体先是像风中树枝般轻轻地摇摆，随之便如被水浮起似的溜下了床，双腿飘飘地迈出屋去，眼前的天地满是枝条般的细丝乱麻，说不清是晦暗，也说不清是明亮。月亮很奇怪地斜挂在西北天际，月光透过那些细丝乱麻般的缝隙投下来，弄得这个世界恍惚迷离、影影绰绰。他身不由己地走了几步，面前的景象让他诧异，路两旁花草繁茂，枝条婆娑，隐隐有小鸟儿的啼鸣、夜虫的叫声，俨然一处人间天国。

他很纳闷，医院里的环境何时有了这么大的变化？

那块棉絮状的东西仍旧塞在胸口处，憋得他直想把胸部撕裂，他便大张着嘴接连喘气。喘了几口，轻松了一些，又喘了几口，胸部竟然出人意料地顺畅，很有那种心闷吸氧后的痛快感。他就又纳闷，难道是这些树木花草的缘故？稍具常识的人都知道，花草树木只有在阳光下才能进行光合作用，从而吸走二氧化碳释放出氧，莫非月光达到一定的亮度也能起到太阳的作用？不可能。更何况这月亮挂在低低的西北天上，比一颗将要落下去的大星星强不了许多。

姜承良也不知道自己为什么就走出了院门，眼前的景象又让他迷惑不解。前些年就早已修好的通城大道无影无踪，脚下仍是他中学时期的一条小道。回头望时，工联厂和县医院分院蓦然消失，代之而现的仍是记忆中的一片沙丘，沙丘高低不平，浪逐波涌，远远望去，迷迷蒙蒙。姜承良错愕惊诧了片刻，忽又心中大悦，天啊！我又回到了从前，岂不是一切都可以从头开始了吗？他精神倍增，紧跑几步拐下了小路，朝着有月亮的西北方向走去。至于为什么去那里，不明白，好像是受着一种潜意识的支配。

迎头的月光依然淡如碎银，地上错落有致，似一层斑斑驳驳的雪

228

花。北边小有响动，姜承良侧头之际，月光忽然暗下来，天地间是那种晨曦微露时的淡褐色。与此同时，不远处冒出一座小土岗，上面长有小树小草，姜承良愣了愣，记忆中好像这里不曾有过如此地形。再细看，土岗的周围已经塌下土来，有的地方陡孤如劈，俨然山崖峭壁。姜承良的心紧了紧，顿生一种隔世之感，这是个什么地方呢？如此陌生，又依稀在某个久远的年代里看到过。他犹豫着，终于停下来不敢朝前走了。

就在这刹那，姜承良忽然看到春玉从土岗的一侧转出来，一身蓝布衣服，两条垂肩小辫，挺直的鼻梁下抿着的嘴唇似笑似嗔，以一种十分异样的眼光远远望着他。姜承良的心松下来，随之，是一种难以言喻的幸福感充满全身的每一个细胞——这是一种特殊的感受，一种即便是亲身经历也断难说清的心灵反应。他的心里满是甜蜜也满是酸楚，想幸福地笑，也想痛苦地哭。

可是，春玉为何跑来这里呢？

姜承良像被风吹着般到了春玉跟前，他想拉住春玉的手，但无论怎么用力，总是到不了春玉的身边，宛若有股强大的气体在他们之间隔着。他只好喊春玉过来，春玉不应声也不说话，漂亮的眼睛中闪动着含意复杂的光波，怨尤、痛苦、惊惧……姜承良的泪不由自主地流下来。他问春玉缘何如此，春玉拼命地摇摇头，十分费力地抬起手，朝着左胸和右胁分别拍了一下。姜承良当即明白，春玉是患了重病，她已经说不出话来，只能以手势向他陈述。他看了看自己和春玉之间的距离，虽然不能靠近到她身边，可听诊器的长度还是够得到的。恍惚间，他又回到了现在，身上又穿起了白大褂。他十分娴熟地掏出了听诊器，正要向着春玉的左胸伸去，土岗后此刻转出一孩童，没有看清是男是女，就和春玉相携相搀地走了。姜承良悲苦万分却又大惑不解，他甚至有些愤怒了，孩子啊孩子，你知不知道，春玉很可能重病在身了，你少小无知，为什么不等我给她诊治就拉她走呢？她是你的什么人，姐姐、姑姑还是远房亲戚？姜承良绞尽脑汁，想不出春玉在这里有什么亲属或家人。他想念春玉，不，此刻已经是惦挂春玉了，他决定不顾一切地到土岗后边

**229**

追寻。他想他会找到并追上春玉，他必须给她诊明病情，进行治疗。否则，自己也非得伤感致死不可了。然而，姜承良刚刚举步，就忽然惊骇万分地立住，因为他发现自己的左胸和右胁处各有一个空洞。

姜承良正惊骇，忽然看到周兴馗、苏静、胡志强等几个昔日的男女同学来到他面前。他们全身赤裸，男男女女只好寻几片树叶用藤条串了遮住前边的羞处。倏忽间天色大变，月亮化作夕阳，夕阳西落，暮色四合，这几人来到承良面前，说是遇到大难了，他们是从灾难中逃出来的，大难不死必有后福的他们决定继续往前逃。因为行囊抛弃，衣物无存，所以这般形象。姜承良想问问他们遇到了什么大难，可是张大着嘴却说不出话。无奈之下，他只好跟在这些人的身后，似乎别人逃他也必须逃。走着走着已经夜深，路边不远处不时传来猫头鹰和野兽的怪叫，饥寒交加的他们随着那一声声怪叫不时地魂飞天外，以至于常有人走着走着就突然跌倒。但也总是有惊无险，弄不清是何缘故，不管猫头鹰还是野兽，见到他们走近后总是迅速飞走或是撒腿便逃。一群狼试图袭击他们，因为是黑夜，他们看不到狼，而狼能清楚地看到他们，以至于已经为狼群所包围，他们仍未发觉。可是，当这群狼进一步靠近以便更有把握捕获猎物时，不知缘何突然发起抖来，继之便嗥叫着拼命逃窜了。就在这刹那，周兴馗、苏静、胡志强等人忽然变作叫不上名来的猛兽，绕着姜承良转了一圈便朝一个林子逃去……

姜承良惊骇之下叫了一声。

姜承良的叫声令自己出了一身大汗，他翻了个身爬起来，只见窗外漆黑一片。

## 25

　　这两天，明阳的心情很是压抑，原因起自母亲那天来东大洼找他。母亲找他的目的是让他抽时间回家一趟，说是父亲和他大哥明刚之间已到了剑拔弩张的程度。父亲直愣，儿子牛性，再不从中调解的话，怕是要打起来了。父子之间真要动了手脚，不丢人吗？本来前些日子经过明阳母子从中调停，书南父子间的紧张关系有所缓和，岂料天有不测风云，明刚的媳妇领着明刚回了趟娘家，和早已等在那里的亲妈见了次面。没有不透风的墙，消息传到书南耳朵里，书南大怒。按说母子相见骨肉亲情，本是无可非议的事，但书南是脑子有病的人，他接受不了，一连几天，院里院外地吼骂。这情景，习以为常的明刚尚可忍气吞声，可是，刚刚过门不久的媳妇受得了吗？受不了就找丈夫算账，夫妻感情正处于蜜里调油阶段的明刚本来就是爆竹性子，很快便被爱妻的眼泪和泣诉冲碎了心，激起了火，这个本来就对父亲的道德品质嗤之以鼻的"前窝"儿子，终于发话要和父亲一见高低了。春玉知道自己难以控制局面，只好赶来求助明阳。

　　事实上，明阳那两天也正想回家。

　　在大碱洼改造利用工程进展的同时，出现了一个很关键的难题，这个难题却是千金难买一句话的姜承良发现的——横看成行竖成排的台田沟塘，朝外排水自然顺畅，但是，改碱压碱同样需要引水，这水自哪里引来呢？

　　这个属黄河冲积平原的县域东部，地势平坦，流经这儿的有好几条河流。多少年来，往复来去的黄水既造就了一片丰腴的土地，同时也把频繁的旱涝灾害留在这里。自明朝初年到中华人民共和国成立的五六百年中，几乎每年非旱即涝。直到近些年搞了引黄灌溉工程，这里的旱涝情况才得以减轻。但是，以往涝灾和旱灾总会造成一些土地次生盐碱化，特别是这片地势相对较高的大碱洼，由于碱往高处爬，这碱性是越来越重了。

于明阳以自身所学制订出一个对大碱洼标本兼治的方案，他首先要进行的是水利改良措施。他将台田之间的沟塘加深到数米，然后再大量排水以降低地下水位，待地下水位降至适宜深度后，采用大定额灌溉以冲洗淋溶土壤碱分，再经排水系统排出灌区而同时带出原土壤中的碱分；紧接着是引洪放淤，利用引黄灌溉工程将含有大量泥沙的黄河水引入沟塘，沉淀留下泥沙。沉淀下的泥沙不含碱分或碱分极低，这样往复循环，园区内的土壤结构就会渐渐彻底改变了。

当然，这需要时间，可能一年两年，也可能三年五年。明阳有这个决心，他对姜承良就说过，只要科学合理的事情，没有办不成，只有不想办。

引入黄河水很容易，大碱洼以北两公里处就有一条引黄支渠，和分管农业的李清说一下，挖条顺水沟引过来即可。但在此之前需要的用以冲洗淋溶土壤碱分的大量优质淡水从何而来呢？

于明阳真的坐了蜡，因为他所制定实施的这一配套的灌溉和排水工程体系，必须做到既能排又能灌，如果不能给今后的科技创新提供充分的高质量用水，一切的发展和提高都无从谈起；如果不能压碱治碱彻底改良土壤结构，无论你怎么加大投入积极努力，大碱洼内将永远是草木无生，稼禾不长。人无远虑，必有近忧，如果不未雨绸缪，待到后期再投入改建只能是徒增麻烦。他就像《三国演义》里赤壁之战时的周瑜一样，什么都准备好了，突然发现没有东风以助火攻。明阳一时急得转了向，就差没像周瑜那样当场吐血了。

所幸，有已经退居二线的崔局长帮助他。

崔局长，这位半辈子低头拉车却也是老谋深算的农业专家，说是自己从毕业到如今在这个县里几十年，很明白谁家的小子该娶谁家的姑娘，谁家的麻绳疙瘩该由谁去解。他很有把握地指出，整修一下碱洼南侧的排水沟，使之形成一条两公里长的引水渠，问题自然就解决了。明阳说南边是条顺水沟，地势比东南方的青牛河床高了许多，到时恐怕蓄水不成，反而弄成蓄水倒流的情形。崔局长意味深长地笑了笑，脸上是那种未出茅庐早定三分天下的神色，他朝着远处的青牛河岸画了个圈，很干脆地说了几个字：建扬水站，两点一线，二级提水。

明阳的心情一下子开朗了，他拍拍巴掌笑起来，对呀，在青牛河岸以内的半坡处建座扬水站，将河水提到渠里流过来，然后再在大碱洼的南边建座小型扬水站，开成两点一线的二级提水式，这样不光能引水至此，倘若雨大积涝，还可以迅速把水排走呢。咦，自己怎么早没想到这一招呀！实践出真知，是这么个理。难怪李清那小子点化我要把崔局长请来做顾问呢。姜，还是老的辣。

两项工程必须同时进行，彼时才能配套启动。于明阳当即着手勘察水渠线路和扬水站的坐落点，令他万分高兴的是，排水沟改成引水渠的工程量不大，而在青牛河处建扬水站，最佳坐落点恰恰是父亲那块谷子地。这样，非但解决了水源问题，还避免了因为占地可能会引起的赔偿纠纷。不过，这事无论如何也得先和父亲商量，即便是打个招呼呢也得履行一下必要的手续，然后再和村里的负责人商定有关事宜。他知道父亲爱地如命，特别是那块红谷地，它的历史，它的遭遇，它对父亲的重要性，明阳是太清楚了。正因如此，他决定近几天就抽空回家和父亲通通气，父亲对他的要求保证应允，他有把握，因为从打自己记事起，大事小情，父亲没有不依着他的。当然，这些年来父亲由于生病，处世行事总是犯魔怔，尽管疼自己爱自己，自己说话也得掌握分寸。

那天下午明阳就跟着母亲回到于家屯。用明阳的话说，当天晚上他摇唇鼓舌足足三小时，才说服那位可亲可敬但又牛性十足的大哥和父亲母亲分家另居。第二天上午，明阳就催着哥哥将一应生活用品搬进新宅，以免他转性反悔。明阳说这叫趁热打铁，书南却谓之"借火烧屁"。用词不一，定义相同。明刚在迈出家门的一刹那，鼻子一酸眼热，守着庄乡父老许多人，喊了声"妈"就跪下了。人们唏嘘着，劝慰着。春玉早已脸色苍白手足失措，说了声"孩子我也不愿意啊"就失声哭了。明阳唯恐母亲过于伤心，赶忙将哥哥拽起来，扶出门。明刚把脸上的泪擦干，仍旧没有忘记狠狠地朝着父亲涮了两眼。

明刚搬家时，可能没注意到父亲的神情。那一霎，于书南一语不发，含着两眼清泪在旁边站着。明刚搬出去了，他紧紧地跟在后边，像是和儿子告别，又像有什么要紧的话要对儿子述说。儿子在前边走，他就远远地跟在后边，一直跟到儿子的家门口。书南紧跑几步，那样子打算和儿子同时进门，看一眼儿子的新家。可是，立在门口的明刚对着跑到跟前的父亲瞪了一眼，伸手搡了父亲一把，转身砰地把门关上了。

书南直愣愣地杵在儿子大门口，傻了似的。

可能是那个总让他烦心的明刚搬走了，也可能是明阳回来的缘故，午饭时于书南的情绪特别好。他一改往日碎米糟糠的胡诌瞎扯，所谈所问几乎都是有关明阳的工作或生活。在明阳的记忆里，父亲已经有些年没有这么有板有眼地跟别人说话，这阵儿情绪一好，大约是恢复正常了。真是"天助我也"，明阳大喜过望，心想应该借着顺风好扬场。午饭后，他趁母亲在厨房里收拾碗筷的间隙，酌兑好了口气，不带任何棱角而又十分到位地向父亲提出了那个问题。书南先是好像没听懂，没听清，打个愣怔冲着儿子眨眼睛，眨了足有一分钟，似乎终于清楚儿子是要占他的宝贝谷子地，那毛茸茸红乎乎的胸腔里发出一声古怪的呻吟后，突然说了句要去厕所，就冷古丁立起身，趔趄几步跑了出去。明阳看得清楚，父亲临出门的一刹那跌了一下，若非及时扶住门框，怕是得摔倒了。

明阳很沮丧，可又不能去追父亲，他只好坐在屋里等着。

明阳等了半小时父亲还没回来，便明白这事情让自己办砸了。母亲进屋看他茫然若失的样子，问他出了什么事，明阳据实相告，言下还有请母亲帮忙求求父亲的意思。春玉皱着眉头沉吟半晌，轻轻说：这事挺难，试试看吧。

太阳已经偏西，于书南还没从厕所里回来，明阳终于死了心。他知道，父亲的邪僻毛病又犯了——遇上事不答应但也不表态，自个儿跑到一处谁也难以找到的地方躲着。明阳知道再等下去也是徒劳，只好又托付了母亲一番，骑上自行车悻悻地返回了大碱洼。

一连两天母亲那里没有消息，明阳有点儿绝望了。他不愿惹父亲伤心，便开始筹划第二套方案，他决定这几天再回于家屯，去找父亲的地邻四虎子，只要对方答应在他那块地里建扬水站，出大价钱赔偿他的损失也情愿。


这天上午，明阳处理完日常事务走出办公室，照例伸伸懒腰踢踢腿，像昔日在学校里做广播体操。这是姜医生叮嘱他的，说是一个人长期在潮湿盐碱的环境里工作，容易患上慢性病，这样每日有规律地活动几次，可以舒筋活血。

明阳做着健身操，眼睛却盯着门前那块尚未整平的畦地，畦地里有一层厚厚的黄沙土，阳光下一闪一亮，像打麦场里铺了床硕大的褪色军用棉被一样。明阳盯了一会儿，便不由自主地朝着东北方向看去。

大碱洼的改造利用原计划首先开发三个区域：办公室的北侧、靠近工联厂的那一段地势高而平坦，明年春天建厂房以备将来搞产品的深加工；办公室前的一片数百亩目前已在整修，有机械，有人工，掘土机的隆隆声夹杂着人们忽高忽低的喊叫，场面很是热闹。按崔局长的提议，全部的整修原则是随高就低。高处修作平台，平台上建棚盖屋，养鸡养牛。低处借势加深，使之形成沟塘。两侧高台上的碱性水渗进沟塘后再用抽水机排出去，随之灌进从青牛河里引来的优质水，凡几次，塘中水质越变越好，即可搞水产养殖。养殖收获后，便可紧接着引洪放淤，利用北边引黄灌溉支渠将含有泥沙的黄河水引入沟塘，沉淀留下泥沙；高处的台田与低处的沟塘交替轮换，数年之后即可改变大碱洼的土壤结构。

明阳现在盯着的东北方向的那片盐碱卅闲地，本来也在今年的整治范围，因为一个意外的发现，明阳决定暂时把它搁置。那是施工之初找水源，找了几处都不尽人意，后来找到那里，不光水量充足，水质也挺讲究。明阳又惊又喜，赶到现场查看时，只见刚刚挖出的深坑水质清澈，尝了尝，含盐量明显低于别的地方。明阳好奇，便下到坑底仔细地察看土质，发现此处两米以下竟然含有黄沙土的成分。联想千百年前这里曾是黄河古道的传说，明阳的心一动，说如果有可能把这里翻个"底朝天"，没准会造出一片丰饶的农田。倘能如此，岂不是功在千秋？当然，这项工程浩大费时，并且需要相当的经济实力，他只能寄希望于将来了。眼下，办公室前这块畦地里的黄土，就是从那里运过来的，明阳要在开发利用大碱洼的同时，搞一下土壤改造实验。

明阳做完了健身操，回屋拿来一把铁锹，他开始拍平黄土，整修畦田。

水朝低处流，碱往高处走，这是规律，明阳当然懂。他先将畦的底部整平夯实，尽量让盐碱放慢朝外钻的速度，再细细地铺平那些从远处运来的黄沙土。他身体很好，基本上没有放下过体力活，所以整起地来非但不累，还有些筋骨舒缓的快感。他连续干了两个小时，终于感到有些乏力，头上身上也汗湿漉漉的，是应该歇歇了。他将铁锹扎进地里，然后走进不远处的一片碱棵中，四仰八叉地仰躺在泥土上，一动不动地看着天上那形态各异的浮云，或者看鸟儿不断地从地上猛地蹿起，直朝蓝天振翅而飞。此刻，远处的喊声笑声机器声全然从心中剔除，他体验着一种超乎寻常的平静和安宁，而身边的泥土好像也比任何时候清香醉人，他忽然间笑了，轻轻地尽情地笑了。他为自己的新生活而感到高兴，同时也明白这种感觉来源于自己超强的对环境的适应性。

一个人坐在河边，那哗哗的不绝于耳的涛声水声可能难以打破他心中的平静，然而一块不期而至的砖头落进水里，抑或一尾即兴跳出水面的鱼儿所弄出的声响，却能立即吸引起他的注意。明阳正在陶醉于自然赐予的享受时，一声抑扬顿挫极似唢呐的"呕儿啊"声使他猛地坐起了身。南边远处的田间，出现了一头连跑带叫的驴。驴的后边有人撵，虽然看不清撵驴人的面部表情，但明阳相信他一定是气喘吁吁。

驴儿是青灰色，在黄褐色的田野里跑动，太阳一照，身上泛出亮莹莹的光泽。驴儿显然是那种自己能解扣的畜生，身旁拖着绳缰，不时地踩到上面绊一下。这畜生有灵性，它紧跑几步站住，回头望望主人将要赶到，便又撒腿朝前跑去，一边跑一边"呕儿啊"高叫，遇到田埂地边，就停下来悠闲地啃草，同时也不忘记"噗噜噜"地打着响鼻，这清脆的叫声和相当悦耳的响鼻明显带有挑衅性，所以主人在后边一听到"呕儿啊"或"噗噜噜"的响动，便跳起来驴爹马娘地撅个不停。他撅他的，驴儿照样跑跑停停，分别是有意和主人逗乐。

明阳看得出神，也很开心。那驴儿在又一次逃开主人的追捕后径直朝着碱洼南边上的顺水沟跑过来，可能是为沟边上还算茂盛的青草所吸引，驴儿来到沟边便不再跑，只顾一心一意地啃草，当然，啃几下，仍不忘记"噗噜噜"地打阵响鼻。驴主人见形势有利，便不再撅骂，忍气吞声地哈了腰，赔着小心"喏喏喏"地向驴靠近，再靠近。

驴儿有意恶作剧，眼看它的主人就要触到缰绳了，却又尥个蹶子朝东逃，一边逃，一边"呕呕儿啊啊"唱起欢快的歌。主人气得发疯，跺脚拍腚，原地跳着高地吼骂。骂了一阵，终是财产难舍，冲手心里吐口唾沫又追下去了。

明阳摇了摇头，心想，要是畜生有意捉弄人的话，这万物之灵还真没什么办法对付它。他在想这道理的同时已经立起身来向南跑，他要越过沟去，帮着那人去捉驴，一是好玩，二是替驴主人解解气。

明阳跳上对面沟崖时，忽然看到驴儿又哧溜溜地跑回来，驴儿的后边，有个人在不紧不慢地追赶。明阳看得真切，是他父亲于书南。

这几天，于书南闲来无事，总喜欢晃着膀子溜沟崖。他从青牛河二滩出发，沿着顺水沟直奔大碱洼，离碱洼一箭之地便站住，然后莫名其妙地冲这白茫茫的大地张望着。那复杂的表情和令人费解的眼神，似乎要从这儿探寻些什么。今天，他又鬼使神差地走下来，可巧就撞见了这头捉弄主人的驴，出于天性，不犹豫，就将这畜生截住。

于书南脚步轻松地走过来，"喏喏喏"的呼喊声充满着难以描述的关爱之情。驴儿受了轻松气氛的感染而放松了警惕性，在哄孩子一样的轻声曼语的召唤下，它由跑到走，终于停住。它回过头去望定了书南，漂亮的大眼睛里既有欣赏又有疑虑，纳闷这个五大三粗的汉子竟何以如此温柔？书南见此情景，既不哈腰也不停步，径直若无其事地走上去，一把薅住缰绳。驴儿如梦方醒，再逃，已无可能。书南嘴里连连夸着"好牲口"，一只手开始轻轻抓挠抚摸驴腹驴背，驴儿由蹦跳到安静，之后接连几个响鼻，十分幸福地眯起了眼睛。

驴主人接过缰绳，喘息稍定，千恩万谢赞颂书南，说他是侍弄牲口的行家。

水沟边上，明阳已经看得发呆，他几乎不敢相信，平日里痴痴愣愣的父亲，竟然还有如此平静的心态和耐性。他赶忙迎上前去，让父亲到他办公室里坐。可是，书南冲着儿子摇摇头，傻呵呵地往那里一站，不走了。明阳接连喊了他两三声，他才像刚刚稳住心神似的"哦哦"了几下——突然间打开了话匣。当然，他的所讲所论仍旧一成不变，还是像小学生背课文，重复描述着自己地里的谷子、棒子、地瓜、棉花……好容易，他跳出了由来已久的永恒话题，终于关注到了面前的大碱洼。于明阳一时间心花怒放，赶紧不失时机地搞起了宣传工作，他向父亲介绍了目前大碱洼的施工情况和进展速度，提出了自己的近期打算与长远计划。于书南听得相当投入、相当认真，平日呆滞失神的眼里，明显闪射出活跃兴奋的光波。明阳大喜过望，口随心动，话随口出，不知不觉旧话重提——修扬水站要求父亲提供二滩上的谷子地……他只顾兴高采烈，不提防父亲已然老脸阴沉，刚才熠熠闪亮的眼里，转瞬间已满是紧张、惶悚与惊惧。他朝着儿子张张嘴，很清楚地咕哝了一句"家雀子谷粒"，便十分麻利地转身逃去。

望着父亲远去的背影，于明阳摇摇头，心中说道：没戏了，找四虎子吧！

## 26

那年于明阳虽然卖了织布厂，却在原地留了几间房，房子稍加装修后，是一处挺不错的住所。明阳白天在工地上指挥开发工作，晚上就回到住所休息。

这天晚上，明阳正要休息，电话铃响了，是李菡从巴西打过来的，说她不日将来中国。明阳乐昏了头，在电话里嚷嚷说：你现在就来吧！啊？

因为是越洋电话，声音时有间隔，那边停了停，只听李菡发出清脆的笑声：猴儿急了不是，请问，你有"时空隧道"吗？有的话，我立刻就会站在你的面前，投入你的怀抱。

明阳愣了愣，也笑了。

巴西的李氏农场与中国多家企业有着业务关系。有的是产品交换，有的是技术合作开发。李菡这次要来国内，就是要和一家大型企业签订产品加工合同，还要与农贸部门完成一项农产品交换协议书。以往，这工作都是父亲自己做，如今有了明阳这层关系，阅历极深的老农场主自然精明过人，就像日本电影《追捕》中真由美的父亲一样，理解女儿的心思，稍做嘱托，便派她来了。

合同的签订是水到渠成的事情，几天后李菡就给明阳打来了电话，说工作基本结束，她已乘飞机来到了省城。明阳乐不可支，就要到省城去接她，李菡在电话里咯咯直笑：于郎啊，不必受累了，你坐等丽人就是了。将心比心，我很理解。其实，我比你还急着呢。

明阳想笑，不知怎么却笑不出声，只是声音颤抖地催她：那就快来呀！

电话里又是爽朗的笑声：于郎啊，少安毋躁，我已经买好了去你们县里的车票，估计两个半小时后，咱们就能拥抱在一起了。阳阳，亲爱的，亲你一下……

随着叭的声响，电话挂了。

明阳蒙了几秒钟，忽然想到应该到车站去接。他打电话问了车次和时间，不犹豫，骑上自行车直奔县府。他去找李清。李清有车。

下午五点多，县府的小轿车威风八面地驶进招待所时，李清已在专门接待贵宾的后楼相迎。稍事休息，便是晚饭时刻，李清陪俩人在小餐厅里用了晚餐，将他们送回房间，看着俩人如饥似渴的依恋相，乐了乐，很知趣地找个借口退出。

分离二载，梦中相见何止几百回。此刻，房间内声息杳然，静如止水，灯光下，只有他和她了——突然间四目相对，那种一触即燃的激情刹那便澎湃于胸内。他们相互望着，审视着，各自都像注目研读着一件稀世名作，又似乎都想从中探求、研读出一些不为外人所知的东西。他不说话，她也不说话，只是痴痴地对望着，一双昔日热恋到要死要活的男人和女人，此时却变得傻了、呆了，彼此之间显得陌生了。虽然一句话也不说，但心中都同时充盈着无限柔和甜美的感觉。这是一种巅峰式的真挚情感所形成的氛围，其中所产生的幸福和愉悦，能让人感到自己恍如已置身天界。这是一种倏忽而至的甜蜜，它建筑在梦牵魂萦相互思念到难以排解的情感基础上。是起始，也是结果；是痛苦，更是幸福。但凡过来之人，大都理解。未曾经历的，你能明白这些吗？

他明白，她也明白，他们之间的相互思念和相互渴望，两年来总在想象的边缘上浮动，虽说相隔千山万水，但在他们的意念中觉得并不遥远，似乎只需稍稍移动便可相互触及。当然，他们是绝对的清醒者，知道想象远非现实，因此，理智使这种想象一直保持着十分超然的色彩，时时升腾的欲望，不断化作精神慰藉的浴液，化思念为享受，变困顿为清爽。然而，情感长河里，水浪有高也有低，风势有缓也有急，当情感的灼流急剧升温并喷涌欲出时，他能克制，还是她能克制？他们毕竟肉体凡胎，湍急的水流里无力嬉游，壁立千仞的陡崖上更是难以闲庭信步，此刻，唯一能够疏导消融的便是越洋电话了。这种途径虽则知音不见形，但凭着一种想象和欲望，却可以将感情化作语言的精灵，在蓝天飞翔，在草原驰骋。感情上的煎熬，不亚于肉体上的酷刑。这种煎熬，常人难以忍受，但他们必须忍受。他们各有各的事业，各有各的追求，情感冲激理智，理智征服情感，两个人在这反反复复中奋力回旋，宛如大海洋面，有时风起浪涌，有时碧波翩翩。也有终于捺不住的时候，没准是谁朝着对方大喊——你如果不听我的话，不到这里来，干脆就杀了我！随之，电话里传出的可能是笑声，也可能是哭声……

问世间情为何物，直教生死相许。

有谁说得清？

不约而同，他们扑向对方，拥抱扭结在一起。肩不停地抖，泪无声地流，山呼海啸，飞雨如注，乾坤迷蒙中江河开始交汇。关闭许久的闸门洞开之后，汹涌澎湃的水流在冲撞与交融中冲入干涸的渠道，任性、狂傲、毫无羁押地向前突奔。飞瀑横流，狂飙忽泄，继而引发了地心深处的悸动。几纵几逝，终于长舒一息，渐渐地舒缓慵懒，开始轻歌曼舞，缱绻相依地流进那个向往之地。

明阳的心灵一直受着那种自我克制的净化，如今面临这样的难以抵制的冲动，一种成熟男子的天性欲望就格外强烈。当他将李菡拥入怀中时，那种久违的热流迅速升温，越淌越快，越淌越猛，胸口、喉管都堵得特别难以承受，宛若有团活生生的东西在驱使他不顾一切。他喘息着，像呓语一样轻轻叫着"李菡李菡……"恰似渴得要死的人突然能够举瓢痛饮了……

涓涓细雨，无声润物。之后，他和她锦被相拥，不停饮泣。未曾相会时，他们曾无限幸福地想象着种种动情生景的场面，想象着发自肺腑的千言万语，岂料相逢伊始，却又难吐只言片语，代之以直抒胸臆式的相抱和饮泣。饮泣是他们无言的表白、痛苦的思恋、相互的惦挂和绝对信任的象征，因此，便如风雨过后风清月朗的夜空，置身其中，所带给你的是一种欲念的满足和心境的极端安宁。

他们慢慢地控制了自己的情绪，开始相互问候，相互宽解，相互安慰。如此窃窃絮语了许久许久，直到夜幕四沉，这才几乎同时进入了只有心满意足的人才有的那种安静、深沉而又温柔无比的甜蜜梦乡。

明阳一觉醒来时，心中感到极为踏实和熨帖。李菡已经坐起来，正无比爱怜无限深情地俯身看着他。他幸福地一笑，马上就引来李菡万分甜蜜的一吻，继之就又抛却人间重回天界，缠裹交混往返重复不亚于昨晚。平静下来之后，李菡柔顺地躺在明阳怀里，抚摸着他滚圆的肩膀，口气并不坚决地说：咱们起床吧？

明阳捧着李菡的脸蛋，亲亲她的肩头，声音低钝而慵懒：我有点儿累，还想睡。

李菡笑一笑：那好，我先起床了。

明阳再次醒来时，屋子里一片明亮，似乎通过屋顶和四壁泻进了阳光。他侧脸看了看，李菡正披衣立在窗前，窗子半开着，窗帘欢快的沙沙声像在奏一首轻音乐。他也披衣下床，走到窗前，立在李菡的左侧。李菡侧脸朝他一笑，他便忘情地把李菡揽进怀里，俩人相依相偎，默无声息地观看窗外院子里的景色。

窗外，明亮的蓝天上闪烁着或大或小的云片，清风徐来，云片悄悄地飘忽着、移动着，有的在飘忽移动中渐渐消失，有的相互交汇逐渐融合。窗口的对面，爬满青藤的墙壁上，绿叶与鲜花交相生辉，形如一道花团锦簇的天然篱笆。瓷砖铺墁的院子里，忍冬和黄菊相映相衬，使两侧游廊的石阶更显光亮与平滑。又一会儿，他们再次举目远眺，天上云片杳然而逝，天气立时变得洁净晴朗，天宇也越发宽广而空旷。早晨的空气是一种特有的清新，深吸一口，心里便升发出朝气蓬勃的感觉。

李菡喃喃地说：我爸自行设计的小院，几乎和这里一样。

明阳给她拢拢额前的短发：海外游子，故乡情怀呀。

李菡斜身偎在明阳的怀里：阳阳，把这里转交给别人打理，你跟我走吧，就像这样，咱们到那里一块儿生活，一块儿创业。行吗？

明阳抚弄着李菡的头发：我不能！

李菡仰起脸来：为什么？啊？

明阳望着窗外，指指东边：我在这里的事业刚刚开始，那东大洼……

李菡长长地叹了口气，困惑而忧郁地望着他：唉！你呀……

明阳将李菡紧揽在怀里，亲吻着她的脸说：今天你和我一块儿去东大洼看看行吗，以你在国外的经验，或许能给我提出些加快进程的建议。

李菡犹豫着：我，我想咱们独自相处三两天后再去看你的东大洼，同时，我还想去家里见见妈妈。

于明阳把李菡搂得更紧了：你我是不谋而合呀，妈妈肯定是要去看的。可大碱洼改造工程正处于紧要关头，我又舍不得离开你，这，怎么办？

于明阳眉头紧锁。

李菡甜美一笑：那好，我跟你去看看大碱洼，不过话得说明白了，如果我一时情热，很可能当着许多施工人员的面前搂着亲你，到时你可别躲躲闪闪的。

明阳明白李菡是在开玩笑，便爽快地回道：放心好了，你我也不是初次，不会有那么多顾忌，倘若捺不住性子的话，还有处工棚供我们借用。

李菡故作认真，她轻轻抚摸着明阳的面颊，仰脸眯起眼睛：宝贝，爱是不分场合的，别说有间工棚，即使是草地为铺也可以啊。

两个人同时笑起来，他们相互拥抱在一起，笑得浑身发颤。

李菡松开搂住明阳的胳膊：别闹了，抓紧洗刷用餐。

明阳像是刚刚醒悟：对对，是该洗刷了，你看我们两个都还睡眼惺松的呢。

李菡莞尔一笑：你应该明白个中原委。

大碱洼里依然机器隆隆人声喧闹，李菡显然是被这壮阔的场面感动了。她喘着粗气告诉明阳，说自己怎么也没料到工程会这么细致而庞杂。她抓起地上的碱土闻了闻，像考察学生作业似的问明阳：pH 值是多少？

明阳似乎正在想什么，不由得一怔：哦，整块碱地 pH 值都超过了 8。

李菡点点头：大碱洼，白花花，这种碱洼地里除了一些碱蓬棵等耐碱植物外，种不活树木，更长不了庄稼。在这片白花花的碱洼地里你首先组织实施了治水这种釜底抽薪的办法，很正确。但同时呢，还应该进行农业改良措施。从合理耕作和施肥入手，即深耕、适时耘锄耙耱、平整土地和增施有机肥料等，以减少地面蒸发和表土返碱；其次对土地进行化学改良，在碱土中施加石膏从而改变其土壤成分；另外还要进行生物措施，主要是调整种植结构改良土质，如种植牧草、轮作套种、选种耐碱作物等。我父亲在巴西改造一片碱地时就这么办的。

明阳指指远处的施工人员：这个建议很好，我可以分两步走，第一步利用前期的抽碱排水系统，对碱地进行水利改良；第二步可以和附近的村民协商，将园区内的土地无偿或低租金租给当地农民耕种，组织专家亲自指导，进行改良、耕作，利用村民的力量达到快速彻底治碱的目标，你看可以吗？

李菡频频颔首：可以的，在专家指导下先种上抗碱作物，比如棉花、土豆，土豆种植在很大程度上可以改良土壤结构的。这样如果持续两年的话，我看碱害面积会逐渐减少，距离正常种植所需的土质、水质的要求水准就越来越近了。哎？你的台田上养殖业中所产生的有机肥可得好好利用啊。"

明阳指指远处一座小山似的土丘：那当然，我们不仅充分利用有机肥，用前还专门有特殊设施进行再改造呢。

李菡幸福地看着于明阳，不由自主地将身子倚在明阳身上：高才生就是高才生，真是学有专长学有所用啊。

附近翻土的民工停下手里的活儿嘻哈大笑：咦嗬，大田里就亲上了嗨！

## 27

　　秋风绉绉，日光如浴，院中墙上的扁豆在风中颤颤悠悠，丝瓜如同悬锤一样荡来荡去。几只鸟儿在房前屋后啼声啾啾，吵闹飞舞，显然在传递一个撩人心扉的快乐消息。

　　几乎是亢奋状态中的春玉，今天特别有精神，她忙碌着，把里里外外打扫干净，还在院子里细细地洒上水。她在努力把这个家拾掇得利索、整洁，以迎接自己未来的儿媳。昨天下午明阳专门让人捎来讯，说李菡今儿要来于家屯探望父亲和母亲。这骤然而至的巨大喜悦让春玉几乎不能自持，她从一数到百，又连续十次深呼吸才勉强稳住心神。她坐在椅子上，摸着渐渐规律了的脉搏哑然失笑：喜事，这明摆着的喜事，自己干吗还要心乱神迷？

　　一部机器磨损创伤之后，无论是过快的节奏，还是过缓的速率，它都难以承受。情同一理，人同一物，春玉啊，你的神经再也经不起大悲或者大喜的刺激。

　　李菡的情况，明阳早就给母亲说过，孩子的事，春玉自知没有能力管，也管不了。春玉如今对于"自然天成"这句话有着超出词义的理解，好像婚姻一事中蕴含着无限玄机和必然，人的能力有时很难驾驭它。所以，她只知道儿子的对象是个华裔巴西人、好姑娘，至于其他情况，不过问，更不细诘。

　　上午十点多，李菡在明阳和李清的陪同下来到于家屯。走进家门，李菡不拘谨更不做作，例行的介绍过程之后，立即握住春玉的手，甜甜地叫了声"妈"。春玉喜极生悲，一把将李菡搂在怀里，低低地叫了声"孩子"，就泪流满面了。李菡赶紧劝慰她，好一会儿，春玉才破泣为

246

笑，转身看到书南，要说什么，李菡已抢先一步，同样甜甜地叫了声"爸"。书南没反应。李菡忙又叫了声"爸"，岂料书南听了一愣，随之手足失措地"嗯嗯"两声，返身拔腿跳出门外便逃。

春玉唯恐李菡尴尬，刚要解释，李菡扶住她的胳膊笑笑说：妈，理解，我能理解，爸爸的事情，明阳告诉过我。

雍容大方而又颇知礼仪，未过门的儿媳这种闺秀风范让春玉赞赏不已。

李菡扶春玉坐下：妈，身体还好吗？

春玉一边回答，一边问候李菡父母：还好，还好。你父亲母亲可好？

李菡拽过身边的提包，取出几个盒子瓶子，上面写着密密麻麻的外国字：谢谢您老人家，我父母好着呢。妈，我从国外给您和爸爸捎了点儿东西。这是挪威鳕鱼油，是礼品，也是药品。

明阳一旁笑出声来：李菡，真内秀，连我都不知你包里有这许多好东西呢。这儿媳，够孝顺的。

李菡故意娇嗔地涮他一眼：又不是给你的，凭什么要让你知道？

李清笑着从旁打趣：别看儿媳没过门，却是知冷知热人。

李菡嘻嘻一乐：李大哥，贫嘴了吧，这"门"过与不过，不就是个象征吗？咱们这一代是不是过于认真了？

李清说：本人之话，发自肺腑，弟妹不必介意。

李菡小嘴微撇：我妈经常对我说，咱们中国是最讲礼数的，你和明阳虽是异姓兄弟，却是情同手足，这话对吧？

李清点点头：没错。

李菡说：既如此，你就是我的大伯哥了。大伯遇弟媳，远避三百里。如今新时代了，李哥你不必远避，只求说话留点儿余地，免得弟妹尴尬。

李清连忙作揖：弟妹勿怪，本大哥一向说话口无遮拦。

几个人同时哈哈大笑。

春玉拉住李菡的手，已是乐不可支了：福分，明阳的福分，一家子的福分。

一屋的笑声，一屋的欢乐。欢声笑语中，春玉腾出手来，张罗着炒菜、剁馅、包饺子……

中午饭是团圆饭，书南被请到上座，春玉拉着李菡坐在自己身边，明阳和李清只好下坐，连明刚小两口也来了。吃喝说笑中，李菡讲一些国外的奇闻逸事，说的有趣，听的有味，情融融，意融融，好一幅清明盛世的"合家福"啊。仍有美中不足。书南像是患了失语症，一言不发还低着头，不知是由于在未过门的儿媳面前拘谨还是别的原因，坐在主位上行为举止尤为显眼。李菡想要调节一下气氛，将一箸菜送到他面前说：爸，多吃些。

不想书南又蹈故辙，像上午和李菡初见面时一样，"嗯嗯"两声，打个嗝，竟然退席而遁了。这下，一桌的人全都傻了眼。

明刚气呼呼地说：人家妹妹头次来咱家，这不是丢人现眼吗！

打圆场的还是李菡：哥哥，没关系，爸爸的情况，明阳早给我讲了。唉，这种病，精神因素是重要的，明阳，快去看看爸爸。

明阳听话地"哎"了一声，离席跟了出去。

返回县城的路上，明阳一行再次拐弯来到大碱洼。大碱洼工程正在关键的节骨眼上，车动人喊机器响，置身其中，如幻如梦。明阳又领着李菡前前后后转了一遭，详细述说了自己的眼前规划和远程设想，李菡看着浩渺一片的碱洼地，沉吟片刻，指着北边说：上次我就想问，那片地现在为什么不开发？

明阳实话实说：财力难及。

李菡沉思片刻：从土壤学的角度来看，这地方适宜种植抗碱性强的植物。从农林学的角度来讲，应该大量栽种枣树、石榴树，就像巴西种咖啡，物适其地，生长容易，回收率既高又快。我不知你是怎么想的？

李菡看他一眼，意思是说你这大学农科是怎么学的？

明阳苦笑：我何尝不想，只是这大批量的树苗，大投入的人力，而

248

我……

李菡打断他的话：明白了。我在父亲的农场里有着不少的股份，回去后抽出一部分转给你，不过，话说好了，我不是赠送，是入股。

明阳大喜过望：这我就对天作揖了。

明阳一直为资金问题愁肠百结，这意外收获，自是惊喜异常，不由自主对着李菡行了个鞠躬礼，引得李清连声喊"妙"不绝。

如火如荼的依恋和情爱就像琼浆甘露，让明阳和李菡甜蜜而又心醉。几天的缠绵悱恻之后，李菡就要返回巴西。这种类若车裂的分离所造成的痛苦，难以忍受，更难以让这对如漆似胶的恋人接受。然而，不接受不行，李菡签证到期，她必须走。明阳从县城送到车站，从车站送到省城机场，两人一路几乎无话，只是不时地流泪。

候机厅内，东侧一隅，像上次一样，他们紧紧地依偎在一起，紧紧地抱在一起。李菡伏在明阳的怀里，仰起脸来望着明阳，眼里依然是无奈的痛苦和无限的爱意。她直盯着他的眼睛，那炽热而深情的眼神努力闪烁着、挣扎着，仿佛要吸吮、吞没他。最后，这种极其渴望的眼神总算平静下来，代之以急促而惶悚的口吻说：明阳，我们以往的约定还算数吗？

于明阳赶紧掉过头去，双臂更加有力地抱住李菡。他没有回答李菡的问话，他怎么回答？他没法回答。他有自己从小立就的信念，这种信念促使他开拓了自己的事业。要知道，这事业才刚刚开了个头啊！他能离开吗？他不能离开，恐怕三五年也难以离开，可他毕竟曾给她以许诺。如今，许诺只恐难以兑现，你让他怎么说？沉默，他只有沉默。"沉默就是黄金"，这句话用在此时此地，对吗？李菡似乎理解了他，她已感到紧紧拥抱自己的那双有力的手臂在不停地颤抖，并且越搂越紧了。李菡终于耐不住：明阳，我知道你难以兑现昔日的承诺，也不过于勉强你，之所以把父亲农场里的部分股份转给你，我有自己的目的。

于明阳的嘴巴附在李菡耳朵上：我已经猜到了。

李菡说：什么？

于明阳说：你准备回国和我一块儿发展。

李菡的双肩猛地抖动了一下，泪水顺着脸颊淌下来：除此之外，别无他法。我实在，实在难以承受这种长相思的痛苦。

于明阳说：那，远在巴西的两位老人怎么办？

李菡说：国外的情况和国内不一样，以他们现在的资产，将来养老不成问题。只是因为移民不久，华人的父母儿女亲情依旧，他们确实舍不得我离开。

明阳取出纸巾擦去李菡脸上的泪：取舍难定，我的心很乱。

李菡竭力压抑着自己的情绪：不过，我和父母讨论过这个问题，他们曾经听过你我的通话，明白你我情深难移，说实在不行，将来仍旧回国定居。

明阳长长地舒了口气：谢天谢地，果如此，将来你我一边发展事业，一边就近孝顺两边的老人，忠孝双全两不误。妙，实在太妙了！

李菡也破涕为笑：我回去后和父母再作商议，随时电话联系。

明阳说：好的好的，我最最亲爱的菡。

两个人搂在一起，越搂越紧，那情景似乎力图这一个融进那一个身子里。

乘机时间到了，李菡再不能逗留，她必须走。在和明阳分开的刹那，她忘情地哭出了声。她多么希望时光倒流，哪怕倒回去一天半天呢，她也知足。

然而，时间无法倒退。

也难以永驻。


明阳与四虎子的谈判顺利而又快捷，对方提出包赔三年损失并一次性补偿款项若干，明阳一一应允，如数付钱。在土地公有的农村，承包者允诺也只是个"初级阶段"，要紧的是村干部。承包者好比绿灯，村干部就是警察，绿灯虽然亮了，可警察伸了胳膊拦一下，你照样不能通过。明阳明白这个理，所以随后就去村委会里交涉。村干部们知道明阳在县里是有根子的人，不能刁难，聚在一块儿吞云吐雾地研究了半晌，天大的人情终于送给了明阳。就在明阳连连道谢准备出门时，村主任侧侧脑袋"嗯"一声，用勉为其难的口气向明阳建议好事做到底——每年蓄水时，顺便把他们几位村干部的地浇一遍。滴水涌泉，中国人的美德。明阳笑一笑，答应了。村主任的圆脸乐成一朵花，人情送到底，说是只要明阳需要，连他父亲那块谷子地也可用得。

这叫雁过拔毛。明阳苦笑着咧咧嘴，算是回答。

向来见缝插针的四虎子看到有机可乘，当即把明阳叫到一边密谋，要明阳和村主任说说，在靠近河湾的地方给他划出一块菜园地算作补充赔偿。明阳说试试吧，不想一说，村主任诡谲地笑了笑，立马答应了。这样，四虎子除了得到明阳的一应赔偿外，又弄了多半亩紧挨水源的瓜菜地。都说事无圆满，可此刻的情况却是天乐地乐人也乐，圆满极了。

扬水站的筹建由崔局长分工负责。乡下原是"农林水"一体化，在搞农田水利建设的年月里，经老崔之手修建的桥涵渠闸何止千百，建一座扬水站当然更是驾轻就熟。十天头上，砖石灰砂已经运齐，老崔便带了施工人员在二滩上丈量测绘，准备挖地槽，垒地基。

几乎和老崔同步，于书南每天都按时来到河崖上，有时蹲在原地一动不动，有时倒背着手在材料场上转来转去，有时冲着河西的顺水沟自言自语地嘟囔几句，有时却跑到已经耕好晾墒的谷地里，专心致志地摆弄着泥巴。老崔察言观色已看出，书南的心中明显是在筹划什么。是什么，他也说不清。因为对方脑子有病，情绪不稳，又是明阳的父亲，他也不便诘问，只能不即不离、恰到好处地与书南保持一种和谐气氛。

就在动工挖地槽的前一天，书南忽然脚步跟跄地找到老崔，很是古怪地冲他摆划了一阵，又说了些颠三倒四的话。老崔是何等的精明，对方虽然云山雾罩语无伦次，他却眼观六路耳听八方，从书南的手势与口气中得出结论，做父亲的不忍看着儿子作难花钱，希望在自己的谷子地里修建扬水站。

语言障碍者说的话水分很大，老崔不敢自行做主，赶忙骑车返回大碱洼，把这天大喜讯告诉明阳。明阳半信半疑，便和老崔一块儿回家找他爸爸。他嘱咐老崔不可强问，让他爸爸自己说。

明阳和老崔赶到于家屯时，天已晌午，春玉见儿子和他的老上级同时进门，喜不自胜，手脚麻利地张罗了一桌菜，又找出了去年李清来串门时送给书南的一瓶五粮液。书南本来喜酒，自从患病后便不再喝。不是他不想喝，而是春玉不让他喝。老崔看到名酒，眼里不由放出光来，按照乡下习惯，一迭连声地"快请于大哥"。正在南墙根处专心致志砸碗底的于书南听到唤他，缓缓立起身，拍拍手上土，面无表情地朝屋里走。立在门当口的春玉看看书南，瞧瞧老崔和明阳，脸上显出那种骑虎难下的神色。明阳当然理解母亲的心事，忙笑嘻嘻地走上来扶住爸爸，让他陪老崔在上首坐着。他想了想，先给爸爸斟上一杯酒，又在他面前放上一碗茶。他暗地里朝老崔使了个眼色，老崔会意地嘬嘬嘴，意思是明白了。

书南将面前的酒一饮而尽，便只顾喝茶。别人不说给他满酒，他也不再提出要求。就这样，似乎接受了明阳的安排，于书南以茶代酒，老崔则以酒代茶，一瓶五粮液不费多时，很快就净场光了。酒能乱性，这话不假，一向稳重有分寸的崔局长，大脑在酒精的作用下也不免兴奋起来。他可能忘了主人是位早期脑萎缩患者，竟然扭过头红着眼睛看看书南，鬼使神差地提出了关于扬水站和谷子地的问题。一口馒头刚刚下咽的于书南打了个嗝，举着筷子不动了，随之双肩耸了又耸，一个接一个地打起了饱嗝。明阳暗暗叫苦，安慰老崔继续吃饭，自己则把父亲扶到一旁，扑拉前胸，再敲后背。他明白，这场"戏"肯定是砸了。

这边座位上，老崔把双筷子举在半空，一脸的沮丧。

工程如期进行，施工者们加班加点，几乎是日夜不停。因为抽水池的浇筑、机房的修建安装，必须赶在天气封冻以前完成。

于书南一如既往，每天都到工地上来。他锲而不舍地蹲在谷地上方的河堤处，不动，也不说话，痴滞无光的眼睛盯紧着施工者们，一直盯到他们收工吃饭，这才放心地看看自己的谷地，长舒一息似乎终于守住了什么。这情景未免使人生疑，不知内情的，还以为他是明阳派来的监工。他和老崔，君子交情，迎面撞见，面部表情变一变，算是打过招呼了。有时兴致上来，便立住说几句让神仙们听了也觉莫名其妙的话。民工很多，抬头不见低头见，如果有人想搭讪，书南也不拒绝，总是似笑非笑地朝对方盯一眼，然后就别过头去遥望蓝天。时日一长，民工们知他脑子有毛病，又知他是明阳的父亲，便开始高看一眼，处处敬他、让他、迁就他。休息时，还纷纷给他递烟递水，一派的和谐、友善与亲切。三分治病七分养，环境和氛围使书南的心灵得到了慰藉，渐渐地，他手脚恢复了活力，脸上也显现出枯木逢春的欣悦。他开始微笑，开始说话，开始帮着民工们干点儿力所能及的零碎活。他的身上在不知不觉中被注入了激活素，原态的精气神似乎又开始流溢了。

于书南不再固守河堤，不再守护着自己的谷子地，他大部分时间开始在河堤上走来走去。那天，明阳和老崔来河堤上察看工程进展情况，他竟然和正常人一般无二地与儿子拉了足有半小时。这让明阳兴奋不已，认定父亲的病况恢复有望。只是有一件事令明阳颇为迷惑，那次临别时父亲突然旧病复发，嘴里颠三倒四地咕哝了一阵后，像医生诊病样地拽过他的手腕又摸又掐，随之是那种大惊失色后又渐渐复原的面孔，一双窥透世态绝望之极的眼里，眼泪扑簌簌汹涌而下。这情景明阳以往从未见到，以为父亲看到他想起了什么伤心事，赶忙掏出手绢给父亲擦泪。可是，父亲将他的手推开，像对他又似自言自语般地絮语着"到头了，到头了！"说完这话嘿嘿连笑不止，把个明阳惊得浑身发紧，头皮乱乍。

也就从那天起，书南开始不间断地顺着水渠朝西走，走有里许，又总是原路踅回。有时一天数次，不见他歇，也不见他累，可谓兢兢业业，乐此不疲。

老崔说，于书南理性恢复，想儿子了。

　　轻柔润滑的水，经过天公出神入化奇妙无比的重塑忽然变成了冰。

　　本来，这里农历十一月下旬的天气还不算太冷，夜里下了雨，又刮起了东北风，气温就像跌了跟头的病残老人，再也没有力气回升了。

　　虽然遍地冰碴，东大洼依旧车动人喊机器响，施工没有停止，也无须停止。更何况，明阳的计划是第一期工程务必在春节前完成。

　　明阳的办公室里升起了火炉，粗大的烟囱从南墙窟窿里伸出去，煤烟一阵紧，一阵慢，排放的同时发出嗡嗡嗡的响声。这嗡嗡嗡的响声显示的是一种强大引力，引力将人们俗称的"憋拉器"炉子抽吸得火光熊熊。熊熊的光焰使屋内温暖但也弥漫着干燥的热气，同时把半个房间的地盘映照得像烧砖窑口般发红。

　　尽管屋内气温很高，明阳依旧浑身发冷。他捧着花茶缸蜷缩在炉前，边喘粗气边大口大口地喝水。炉火由红变蓝又渐淡，明阳忙将一铲煤块倒进炉里，炉膛沉默片时忽地又旺起来，紧接着是噬噬响动，一块煤矸石砰地爆开。明阳惊得一侧身，茶水荡出洒在手上，他甩着手刚要站起身，不提防双胯一扭，腰眼上下立时痛如刀扎。他勉强挪着步子走到床前，趴在床上就再也起不来了。

　　明阳趴在床上不能动，他发烧，头痛，只想睡觉。中午开饭时，厨师特意做了他平日最爱吃的鸡蛋面，他只吃了几口就放下碗筷，随之便又全部吐出来。到了下午，他的病情更重，不光烦躁呕吐，还一阵阵地抽风。

　　工地上的办事员请来了姜承良，这位一向行动迟缓的医生几乎是跑着赶来的。他仔细地检查了明阳的病情后，脸上的肌肉一阵抽搐，哈腰背起明阳就走。前来帮忙的人们让他弄得愣住了，问他去哪里，他只嘟囔了"医院"两个字，就一步跨出门去。当办事员拉着地排车赶上他时，这位老医生已经一摇三晃地跑上了洼南大道。

县医院的几位医生检查了明阳的症状体征，稍做商议就得出一个共同的结论——急性脑脊髓膜炎。在护士的协助下，他们安排明阳脱衣、躬背，一位年轻医生手脚麻利地举着针管蹿上来，要给明阳进行腰椎穿刺。就在针尖将要触到明阳腰部皮肤时，姜承良忽然伸出大手挡住：别穿，他是肾衰早期！

年轻医生哆嗦了一下，很是愤怒：明显的脑膜刺激症状，怎么可能……

年轻医生转眼瞅见了姜承良：哎？你是干什么的？

姜承良并不争辩，只是固执地说：别穿，他是肾衰！

一位老医生赶快走上来，很客气地叫了声"姜医生"，又转向年轻医生说：这是分院的姜大夫，听他的，千万别争。

查血，查尿，量血压……一系列的肾功能检测之后，证明姜承良诊断准确无误——明阳患的是肾功能衰竭急性发作。那位一直满面怒容的年轻医生吃惊地吐了吐舌头：咦，这老朽……

其实，也怨不得这位年轻医生。医学上，万花筒般的尿毒症症状，即使富有经验的医生也有可能将它诊断成其他疾病。因为医学书籍记载，尿毒症发生后，有三十余种有毒物质在体内潴留，对人体各个器官和各个系统造成损害，从而出现多系统复杂的临床症状和体征。有些医生只注意严重的症状，忽视了疾病的本质，所以极易造成误诊和漏诊。

姜承良之所以能对明阳的疾病准确诊断，一是他扎实的医学基础和丰富的医疗经验，同时也在于他对明阳身体状况的了解。半年前，明阳就曾找他看过腰痛，他当时就已看出明阳患有慢性肾病。追问病史，知道他在毕业那年曾经患过过敏性紫癜，而过敏性紫癜也往往损害肾脏，只是症状较轻容易被忽视，又因当时给他治病的医生缺乏对此病的诊断和治疗知识，故而延误耽搁，致使他的肾病有可能在今后复发过程中呈

255

跳跃性加重。

神奇的祖国医学和现代化的医疗技术，是当今每个病人的福音。一系列的紧急治疗后，明阳的肾衰基本被控制住。县医院的医疗条件较为完备，除进行常规诊治外，又给明阳进行了腹膜透析疗法，这在当时当地是很先进的。

明阳住院期间，春玉自始至终守在儿子的病床前。最初，对于明阳的病她没有考虑到会有多么严重，儿子一向身体强健，可能是偶感风寒或风寒入里了。但她毕竟是个知识型女人，常规治疗外的非常规手段，使她很快就明白了其中的内涵。她焦急，惶悚，害怕，就像心里扎进一把凉飕飕的刀子，痛苦万状而又无可奈何。她只能对天许愿，对空祈求，希望冥冥之中的神灵佑护儿子。她唯恐出现意外，所以每天总是在床前提心吊胆地守着。她已经变得虚弱而憔悴，脸上的肌肉虽然还是细细嫩嫩，可眼角已经是鱼尾纹密布，眼角也松弛下来了。明阳清醒时，她就俯在床上仔细地询问儿子的感觉和需要，总害怕因为自己的稍微疏忽而耽搁了儿子的什么。当明阳昏睡时，她就静静地坐在床前，眼睛眨也不眨地望定了儿子，脸色与眼神凝滞不动，那淡漠而又了无生气的样子，似乎看透了多舛的命运和人生的无常。

精力毕竟有限，她有时疲惫已极，便伏身床沿小憩片刻。这时，总会有个人在病房窗外出现，或驻足凝立，或走近前来，踟蹰窥视，影影绰绰。间或步入室内，瞅着沉睡中的明阳痴痴发呆，没有任何话语，没有多余的动作。春玉小憩醒来，那人便快步退出，眨眼之间，杳然而逝。那人始终戴着口罩，春玉当然看不清他的面容。兴许是医院的医生。春玉尽管自我解释，但逢到这刹那，她却总被一种无可名状的怅惘感笼罩着，似乎冥冥中有种神秘的征兆，向她预示着什么。是什么，当然说不清。因为说不清，就更让她迷惘而惶惑。

李清几乎每天都到医院看望明阳。副县长的频频到来，使院方感觉到明阳这个人的分量。院长出面，科主任担纲，成立了中西医结合的专门医疗小组。医疗小组专门聘请姜承良做顾问，对明阳的病情早上研究，晚上总结，及时调整医疗方案。保守透析之外，用中医的五皮汤加减、红花汤加减及时控制病人出现的高血压危相并调理血液，经过半个多月的治疗，加之明阳体质超卓，病情很快得到控制，身体状况基本恢复了。

明阳住院期间，工地上的大小事务都由崔局长操持着。为了让明阳安心治疗，崔局长每隔两天就到医院向明阳述说一遍工程进展情况。明阳对此感激而欣慰，但他明白工程的复杂性和多面性，所以身体恢复没几天，在征得医疗小组同意之后，就在一个十月小阳春的日子里出院了。

今冬早至。

明阳出院后就迫不及待地赶往大碱洼工地，而此时的工地上除了已经建好的台田养殖人员仍在恪尽职守地工作外，大部分人都已撤离了。因为沟塘结冰，碱地上冻，人们与大自然的抗衡只好暂时告一段落。

于明阳和崔局长来到青牛河扬水站工地上，扬水站主机未装，河面就封了。边缘翘起的整个冰块，像硕大无朋的巨型犁铧，把河道压入一种想当然的神秘世界。明阳和老崔在河边蹲了半天，扬扬手甩下了一串无奈。

年后刚开冻，青牛河边已经车水马龙热火朝天，庞大的汽车在拖拉机的帮助下，从漫洼地里将机器拽上河岸，在人们的吆喝声中，十几名工人有条不紊地将铁家伙们一件件卸落。工人们马不停蹄昼夜加班，工地上的伙房为改善工人们的生活也想尽了办法。关键时刻，上下联动，全工地的人拧成了一股绳。主机和大功率轴立泵以人们难以想象的速度很快安装完毕，整理沟沿、清顺渠底的活儿几乎在同时进行。

头脑清楚的崔局长经过深思熟虑之后和明阳商定，在一个艳阳高照的上午，开始试车运行。

当粗大的水管像鲇鱼嘴似的张开，一股清水如涌泉般喷出的刹那，明阳的眼睛好像被什么晃了一下，眼前出现了片片黑色的云翳。云翳未散，额头便开始发涨，随之而现的是片片红黄相间的奇异花朵。几乎与此同时，双耳嗡鸣，心中扑腾，胸中一团纷乱，一阵呕恶涌上来，却又吐之不出，咽之不下。明阳赶紧闭上眼睛，凝神小憩，大约一分钟后，脑子渐渐清亮如初，心境恢复平静，慢慢睁开眼来，举目远眺，天地依旧高阔，世界重得安宁。他摇摇头，轻叹一声，一阵烦恼浮上心头。因为这种悠忽而至悠忽而去的异常感觉，近期是越来越频繁了。他想去医院查一下，但工程正处在要紧关头，很多事情还得他亲自盯着，所以一直没空。他曾到县分院找过姜医生，医院里的人说姜医生的父亲因病逝世，几天前就请假为父奔丧了。明阳听到此讯，很是为姜医生难过了半晌。没办法，拖吧！

自从去年出院后，他一直很注意自己的身体，唯恐过度的潮湿和劳累引得旧病复发，所以他白天在工地上工作，夜晚就回到城里休息。可能是近来工作繁杂，劳动强度也在时时加大，前几天又因故在工地小屋里住了儿宿，有点儿小小的感冒，自己对症治疗，吃了几天药，已是见轻了。自昨天开始，他突然觉得腰痛，这让他有点儿心神不定，因为以往发病都是从腰痛开始的，所以清早他就跑到城关医院，找了位相熟的医生检查了一下，又取了药吃着。他想，坚持几天，这段紧张劲过去再到县医院做个检查。再说，兴许到那时姜医生也回来了。

阵阵喧闹从河岸下响起，水流已经入渠。前来观看的村人立在渠边，七嘴八舌地议论着、争辩着，嗡嗡营营，神仙也难听清他们说些什么。孩子们手擎秫秸棍棒，打狗撵鸡一样的兴奋，追逐着水头，敲击着水花。追了一阵，敲了一会儿，追不出新奇，敲不出味道，失了耐性，终于相继驻足散伙。

唯有明阳，坦荡着胸襟，稳健着步履，怀着一种别样的愉悦和激动，跟定水头忽快忽慢地走。刚才的不适早已远逝天外，此时的他笑逐颜开，周身轻灵，双脚踏在地上，有力而快捷。水的流动和流动时发出的哗哗声响，在明阳看来听来，都是一种无法言喻的美好享受。一股激情在他年轻的胸中不停地攒动，他很想对着天地喊几嗓子，既是宣言，也是发泄。他又想跳进水中和水化为一体，做一条劈波斩浪的游龙。当然，这只是想象，只是希冀，是所有万物之灵在激动难抑时共有的意识流动。

29

半年多的时间，大碱洼已是旧貌换新颜。

南北走向里挖了几十条宽有二十米、长数百米的大水沟，水沟里注满了从青牛河引来的水，水中分养着草鱼、青鱼、鲢鱼和"胖头"，还有名贵的红尾鲤、白片鲫。另有几条特殊结构的水沟，砖石砌岸，护栏围水，里面分养着螃蟹和甲鱼。分沟饲养自有好处，一是不易互伤，二是可以根据鱼的生长速度，有计划地做一次性"出水"处理。

开掘水沟开成了一条又一条的土台，土台上满是造型别致的"土木建筑"，有的矮小，有的高大，有的狭窄，有的宽阔，里边分别饲养着肉鸡、蛋鸡、肉兔、肉鸽。距此不远的一处开阔地带，有许多结实的棚屋，棚屋的周围有铁丝网圈着，一头头壮硕肥胖的肉牛徜徉其间，扮演着闲庭信步的角色。靠近肉牛场是一所设计新颖的"别墅"，是专门为即将引进的东北梅花鹿而修建的。

抬眼北望，是一堵呈楔形的"护洼墙"。那墙有的碧绿，有的鲜红，走近了才明白，那是一排排新栽新活的枣树林和石榴丛。眼下它们虽还幼蕾初绽，却已是"翠绿映日月，榴花耀眼红"。

距明阳的办公室百米之遥，机器隆隆尘土飞扬，一座新型的食品加工厂正在施工中。不久的将来，这里的鸡鱼蛋肉就会成为高附加值的产品，像青牛河的水一样源源不断地流向外地，一切都是那么繁荣兴盛，一切都是那么让人激情难抑。


七月十五定旱涝，八月十五定收成。然而，不知是天道不顺呢还是地气反常，这旱涝的定数竟越来越让人难以琢磨了。

260

谁也没想到，就在大旱几个月后，光亮的苍穹忽然间悄悄地暗了下来，先是薄云蔽日，继而黑幕漫天，时有沉闷的雷声自西方天际传来，让人听着心悸胆战。乍阴乍暗中，也只是阴而不下，这一天总算挨过来了。仰观"天象"的人们和往常一样，摇摇头说天塌下来有大个子顶着，管他呢，纷纷进屋睡下了。

凌晨，黎明前的天色较以往更黑更沉，恰似性喜恶作剧的天公又给大地扣上个黑底大锅。就在这黑沉沉似锅底如煤窑的空间里，遥远的东南天际突地闪了一道银白耀眼的光弧。光弧如炽，一张一熄，渐长渐宽，渐弯渐大，且又分出许多细枝来，不停地变动、幻化。就在光弧幻化到橙红色形如蛛网的刹那，一声惊天动地让人心胆俱碎的霹雳炸响了。

这一声霹雳之后，天地是一段长时间的沉默。然而，人们刚刚从惊悸中恢复过来，一声更长更重的爆雷又响了。响声如天鼓长击，滚滚荡荡漫延而来，普天之下，霎时间给震成了灰白色。雷声乍逝又响的瞬间，方才橙红色的光弧忽地又化作赤红色。红色如烟如烛，翻滚搅和，待重新形成长条带状时，又分枝分叉如千万条巨型钢齿利刃，毫不留情地朝着大地扑抓、切割。

睡在床上或炕上的人们惶惶然爬起身来，纷纷从窗户间朝外张望。天地间那霍然而至的骇异景象把他们惊得直了眼、短了舌，弄不清这乾坤到底是怎么了。就在人们错愕惊诧中，天与地的大空间里传来了如龙吟虎啸般的响动。与此同时，赤红色的光叉又迅速汇集，聚成一个火球、火柱，在整个东南天幕上蹿上坠下，交替闪烁。这时，厉风突起，天光惨白，赤红色的光弧融入云天深处，一阵如蛇吐芯的咝咝声响过之后，大雨如飞瀑长柱般铺天盖地泻下来了。

乾坤激荡，女娲的补天神石相继陨落。

这雨一连下了两天两夜，停一停，又下了两天两夜。第五天清晨，天空终于开了缝隙，不时有太阳的微光从薄云中透出，人们终于松了口气，纷纷走出屋来，修补自己的塌墙漏房。城里人则站在街头巷口，看着哗哗流去的积水，轻松地呼吸着雨后的新鲜空气。

城东是本县四周最低的一片，人们习惯叫这里作东大洼。此时的东大洼，已是能行船，能撑筏。那狐兔狗獾们被水灌了巢穴，纷纷逃离住地，争着性命地向只剩一溜线的河堤上凫去。有的误上了附近的村台，又被同样遭灾的人们打下了水。逃命中饿了，狐兔狗獾们就在水中捕食小动物，而被捕食者侥幸逃得性命，饿急了便啃食露在水面上的庄稼。一时间，满水洼里兽头攒动，你逃我追……

田地里积了水，能排，但不能及时排除。城北城西的积水排向北边的大河，城东城南的积水则只能往青牛河里排了。此时，青牛河显得窄了、浅了，满槽子的浑水泛着白沫，在河道里盘旋着，鼓涌着，激起数不清的浪涛和漩涡。它承受着来自多方的压力，河东的部分水排向它，城东的水排向它，城南的积水也排向它，它已经心悸、气短、不堪重负了。

大碱洼稍微高一些，但也已经是水满为患。鱼跑了，鸭溜了，大鸡小鸡上了树，有的饿昏了一头跌下来，枣树石榴树立在水中，一腔辛劳化为乌有……

明阳挽着裤腿从工棚里走出来，向南走了不远就湿了裤子。他立在水中朝四周望下去，只见远远近近白茫茫一片，知道这水一时半会儿排不走了。青牛河里的水顺不下去，这里的水就只能囤积。所幸，这里的村民因地制宜，多年来形成了习惯，在最低处总是种上高粱玉米一类的高秆作物，只要不没顶，倒也能保三几成。怕就怕老天突然放晴，热辣辣的阳光猛照在地上，庄稼势必活活蒸死。

明阳望着这无边无际的涝洼叹口气，眼里隐隐地泛出了泪花。


大水原地押了三天两夜，第四天黎明时分，东边的青牛河发出病人翻身时的低吟声，一阵连天接地的冲撞和沉鸣后，河水终于向下游汹涌而下。人们明白，东北方大河里的水路已经全线洞开，作为下游第一支流的青牛河自然是近水楼台先得月。果然，中午时分城东大地上的积水便开始消减，到傍晚有的地方就已见着地皮了。一直立在门口呆呆出神的明阳终于长长地松了口气，感到腰腿酸软浑身胀疼，一阵头晕目眩之后出现了力不能支的感觉。他赶紧回到屋里冲了杯咖啡奶，一边喝一边思索大水过后的补救办法。

晚饭后，大碱洼里的水基本上已经控尽，只有远近的坑凹处还有些大小不一的水泊，形如游织的水泊在星光映照下熠熠闪动，宛若一幅幅错落不均的水墨画。可是，有许多青蛙在远远近近的沟畔水洼里起劲地聒噪，"涝了、涝了"的声音清脆而嘹亮，间或夹杂着一两声酷似"活该、活该"的鸣叫，能把心烦意乱的人们活活气煞。自然的游戏，世间的必然，却很容易让人类误会是动物们在故意幸灾乐祸。明阳站在门口，面对水泽晶莹的大碱洼，此时的感触尤为深刻。

远处水沟里没有来得及逃跑的鱼儿仍旧气急败坏，不时地以尾击水，和同伴们共同发泄肚里的怒气。那些滞留在浅水洼里的更是怨愤十足，接二连三地甩挺着身子，企图从这儿迅速逃离。它们十分明白目前的处境，一旦过了今夜，明儿不是被雨后的烈日晒干，就是让人们原地生擒。与其坐以待毙，不如拼死一搏，倘若奋力跳进不远处的水沟，尚可争得一线生机。

从坍塌的鸡窝里逃出来的生灵下场更惨，它们不像鸭子可以在水中畅游，只能在水中泥里迈着笨拙的步子舍死求生，由于三天不得进食，惊恐加上饥饿，又兼浑身上下都是泥水，那种狼狈不堪疲于奔命的样子，让人又怜又惜。有谁想见识一下落汤鸡吗——这里就有一群名副其实的"落汤鸡"。眼下，这些落汤鸡正拼命地在沟边田塍上挣扎，不时发出叽叽叽的求救声，有的精疲力竭，一下子瘫在泥水里不动，像战场上下来的脚穿大皮靴的伤兵，使人怜悯，惹人心疼。借机猎食的狐獾自然大喜过望，不时地光顾崖头沟畔，向鸡们发起一次又一次的袭击。碱洼内响着连绵不绝的撕扯和哀鸣声，让人听来怦然心碎。

远处那黑乎乎接踵连绵的一片，是刚刚结出果实的枣树。俗话说旱枣涝梨，这些让人们充满期待的枣树遭此一劫，必是断无生理了。眼下别看它们仍旧兴致盎然地立在那里，一旦日出蒸晒，几天后将全部叶落枝枯。倒是石榴树并无大碍，仍可年年开花岁岁结果。

星光下，于明阳站在门外不远处的沟边上久久地凝望着眼前的一切，努力思索着合适相对的救应办法。三天来，他几乎水米未进，难以入眠，头脑昏沉，腰膝酸软，就像生了一场大病似的。长时间的深思熟虑之后，一个既实际又简捷的措施渐渐从脑子里形成，他狠狠地点了几下头，捶着腰晃了晃身子，像卸掉千斤重担似的朝着高空呼了一口气，嘴里喃喃地说：也只好这么办了！

第二天早饭后，明阳把工人们招集到办公室门前，稍事安排大伙就有的光脚，有的穿靴，三人一撮两人一伙地在大碱洼里散开了。他们捡起仍在水泊里蠕动的鱼儿，捉住还在沟畔田陌间挣扎的未被狐獾吃掉的鸡，装进筐里，放进笼里，整整忙了多半天，才将一担担"货物"由许多人挑着送到城内的食品加工厂去。坍塌的鸡舍被重修，泄水的鱼沟给堵好，大碱洼开始恢复前几天的面貌。

夕阳西下，一天的烈日蒸腾和人的忙碌后，大碱洼里的鱼拾光了，鸡捉尽了，崖畔沟边上没有了噼啪吱啦的声响，眼前是一片让人感到心闷的沉寂和冷清阴郁的空旷。暮霭降临，离地数尺显现出一种淡淡的如岚如雾的迷迷蒙蒙的光泽，大地重归安宁，高天重现寥廓，静穆和庄重在人们的潜意识中重新滋长。在水沟边上洗尽泥污的工友们心怀忐忑地纷纷聚集到明阳的办公室前，喝水、吸烟、小声交谈，表情和语气里满是失望和茫然。从他们的言谈中可以听出对于明阳目前处境的担心，对企业前途的忧虑，所以，当明阳端着一只大茶杯从屋里走出来时，大伙不约而同地把目光盯住了他的脸。然而，出乎所有人的意料，他们没能在那张清秀俊朗的脸上发现过分沮丧的迹象，看到的却是一种异乎寻常的平静与坦然。明阳在工友们中间穿行着，交谈着，像平时一样不停地征求大伙对某某事项的意见。当他终于在大伙面前立住时，一种惯常的春风拂柳般的微笑再次漾满了他的脸庞：伙计们，毛主席说过，"一张白纸，好写最新最美的文字，好画最新最美的图画"。我们的企业现在

264

可以说就是一张白纸了，可是，我们不懊悔，不惧怕，更不退缩，一切从明天开始，一切重新书，重新画……

　　精神的压抑，体力的透支，大碱洼水气湿气的蒸淊侵袭，都没能让明阳倒下。一连两个月，他带领工友们奔波忙碌于大碱洼里，该补救的都补救了，该修复的都修复了。就连那大片大片的枣林，也全部拔去了枯树，种上了新苗，并将周围地带加高加阔，以防来年汛期重蹈覆辙。这期间，明阳时常头疼头晕，浑身疲惫乏力，有时腰疼腿酸就像给人抽了筋一样难受，他没在意，他认为这是熬的累的。眼看着大碱洼旧貌重现，恢复了当日的勃勃生机，明阳终天松了口气，心想来年可以重打锣鼓另开张了。这天中午下工到伙房吃饭时，他感到胸腹内折腾得难受，迷迷瞪瞪的，见了人也不愿打招呼，就在他走到伙房门口时终于忍不住，一张嘴吐了满地的苦水，紧接着就瘫倒在地上。工人们急忙围过来，只见于明阳浑身浮肿，神志不清——他终于旧病复发。当神志模糊的他再次给送进县医院时，那位当初曾对姜承良的诊断不屑一顾的年轻医生毫不犹豫地说：尿毒症，快去请姜医生来商量商量，制订一套救治方案吧。

　　闻讯而至的李清和主管医生简单谈了几句，就派车将姜承良接了过来。这位见了同事既不打招呼更不寒暄的老医生径直跑进病房，像履行手续一样对明阳的症状、体征及化验结果认真检查核对了一番，脸上的肌肉就如冻结了一般慢慢僵硬了。几次艰难的深呼吸后，他的额头上冒出了串串汗珠，口角也如中风一样哆哆嗦嗦地抖动着：这、这可怎么办！啊啊……

　　他哭了。

　　老医生的反常情绪震撼了整个病房，人们立时感到了情况的严重。科主任赶来了，业务院长赶来了，他们和姜承良共同组成了抢救小组，对明阳施行全方位的治疗观察，特护人员昼夜值班，各种药品堆在治疗室内，医生可以随时调整随时置换，用院长的话说，就是到了关键时刻要剑出鞘，弓上弦。

李清有大将风度，虽然心里发毛，表面上却看不出任何慌乱。他向县里请了假，不分昼夜地在明阳身边守着。虽然他不懂医，但已预感到明阳此次病情很重，否则，一向沉默寡言的姜医生不会失声痛哭。有人建议去接明阳的母亲，他想了想摆手，说还是先不要给老人增加负担了。他说得对，无论是身体还是精神，如今的春玉早已不堪重负，她需要的是安抚、平静和理解，稍有不慎，这位苦命的女人很可能会在瞬间彻底垮掉。李清和明阳长期相知相交，自然对明阳的母亲有着深刻的了解。

这两天，李清一边看护着明阳，一边用大惑不解的心理注意着姜承良。老医生在明阳身上所表现出的那种超乎常情的关切令副县长多少感到有些意外，他时常躲在一边暗自垂泪，那种专注的程度已到了茶饭不思的地步。更让李清感到惊奇的是那天晚上他从外边回到病房时所看到的一幕——病房里此刻只有姜承良一人，这个未老先衰的医生相当失态地跪在了病床边，朝着昏迷中的明阳以完全乞求的声调说：孩儿啊，睁开眼，睁开眼看我一下，我、我对不起你呀——

李清当时就愣住，老医生那明显压抑但是声泪俱下的情感流露，使一向头脑清楚反应灵敏的他完全蒙了，这是一种类似父子情深的泣诉、一种老牛寻找自己遭遇厄运的犊儿时的悲泣和哽咽。更让他深感意外的是，当姜承良回头看到自己走进病房时，竟然没有丝毫的不安或尴尬，好像是有意做给他看的。李清当时就从心里升起一团疑云，但瞬间的疑惑在短暂的思考中迅速崩溃，他轻轻地摇了摇头：这是不可能的！

姜医生的情绪更加阴郁了，他整天不说一句话，把大部分时间用在凝眉思索和查资料上，看来他决心找出一种救治明阳的办法。这天早晨，他走进医护办公室，不经任何人允许就给省立医院的内科主任周兴馗挂了电话，人们听到他用那种不容置疑的口气命令说：兴馗，马上来，有个重症肾衰病人你要看看。

周主任是省里的医学权威、泌尿系统专家，听说就是省长请他看病都要预约。医生护士们都纳闷，他怎么可以用这种口气和人家说话？等他撂下电话，院长走上去小心地问道：姜医生，你认识周主任？

姜承良翻了一眼：嗯，同学！

更让这些人吃惊的是，周主任当天上午就乘车赶到这里住下，不光和医生们共同制订了全新的医疗方案，还带来了眼下治疗肾病的最新进口药人红蛋白。用了周主任提出的救治措施后，明阳的病情很快稳定了，但仍旧难以脱离危险的境地。第二天上午，周主任对明阳的病情重新进行检查后，用同样不容商量的口气对姜承良说：老姜，下边条件所限，让孩子转院吧！

姜承良脸上的肌肉抖动了几下，机械地点点头。

说者无意，听者有心。孩子？一旁的李清听了周主任对明阳的称谓，那刚刚消解的疑云从他的心底再次升起。他认真地瞅了瞅周主任，又瞧瞧姜承良，两位老医生面孔阴沉，眼神迷茫，古板得如同两座雕像，想从中看出点儿什么，难哪！

## 30

因为是周主任的病人，省去了许多例行检查和追根究底般的繁文缛节，于明阳顺利地住进了省医院并被安排在特护病房。望着眉头渐舒的姜承良，周兴馗轻声道：老姜，你还住在我家吧，咱们好商量一下明阳的治疗方案。

姜承良面无表情地侧了侧脸，算是同意老同学的意见了。

周兴馗住在专家楼上，古式小楼分三层，最下面一层是客厅，二楼是卧室、书房、厨房和餐厅，三楼是客房和储藏间。因为是老同学，二人并不在客厅逗留，径直到了二楼书房里坐下，周兴馗指指头顶三楼说：晚上，你还在那里睡。

姜承良的口角往上翘了翘，算作回答。

当年由于那次事件，姜承良被掐监入狱，他在服刑的岁月里，周兴馗以他的才华和韧性发奋攻读，第二年便成为科主任钟教授恢复学制以来的第一批研究生。又因成绩出众，随之就成为省院的医疗主力。学业的进步并未冲淡他对姜承良的感情，姜承良服刑期间，周兴馗每月到劳改队看望他，风雨无阻，从未间隔。他知道姜承良是个少有的天才，就想从噩梦中把他拽回来。然而他发现，姜承良的精神已经垮掉，他的心智被一桩巨大的难以解脱的悔愧感所淤塞，这位本可以名惊世人的天才早已毁在了那个年代。姜承良刑满出狱后，周兴馗又四处奔走，百般张罗，使得老同学终于可以归到他的专业上来。然而，这位医学权威所落下的内心遗憾却是难以描述的，因为他听医院的同事们谈了姜承良那些天的情况，已明确看出姜承良患了抑郁症。

周兴馗知道，姜承良所患得这种病又称忧郁症，是以情绪低落为主要特征的一类心理疾病，他们一般外表如常，但内心却痛苦万分。所以，他们情绪低落、愁眉苦脸、唉声叹气而自卑、孤僻。如果病情继续加重，他们就会出现悲观厌世、绝望、自责自罪、幻觉妄想、食欲不振、体重锐减、功能减退等情况，并伴有严重的自杀企图或自杀行为。

周兴馗遗憾至极，痛苦至极。但他又毫无办法，这是个世界性的难题。


在姜承良调到到县医院分院的那一年，已是省院内科副主任的周兴馗特地赶到县里看望他，并告诉姜承良说自己正在活动，打算把他调到省医科所工作。可是他没想到这位性情已经变得相当孤僻的老同学竟然一口回绝。周兴馗大惑不解，问他意欲何为，姜承良沉吟良久，终于透露了那件埋在心底的天大秘密——他说出了自己和春玉的以往，也明确告诉了周兴馗春玉的孩子明阳就是自己的骨血，而自己的骨血始终为好心的李代桃僵的书南所养育着……他说自己要留在本县，守在春玉、书南和明阳身边，用一生的忏悔，弥补因为昔日的沧浪莽撞而造成的终生疚愧。明白了老同学的内心情感和所思所想之后，目瞪口呆的周兴馗双眼萦泪。对于姜承良所言与明阳的父子关系他并不感到吃惊，因为当年承良前往省医院找他做 DNA 鉴定时就已明确无误有了铁证，如今他是为老同学的良知，也为春玉母子和书南的悲惨遭遇而激动。

眼下，和他父亲一样聪明绝顶的明阳已是病入膏肓，周兴馗心中格外紧张。倘若明阳有个三长两短，自己的老同学受得了吗？受不了，绝对受不了，说不定还会随之而去，他非常了解姜承良现在的心理和性格，他知道姜承良的抑郁症越来越重了，稍不小心就可能造成无法想象的严重后果。

因为入了省院，并且有周兴馗守着，姜承良似乎放心了，神态举止显得坦然有序，话语也比原先多了。他坦然，他放心，可周兴馗呢？周兴馗不行，紧张、焦虑、忧悒，恨不得搜尽平生所学给明阳制订一套治疗方案，可又丝丝小心，扣扣谨慎，唯恐出现一点儿差错。姜承良见他心事重重的样子，反倒平心静气地予以安慰：兴馗呀，不用慌张，明阳到了你这里，我想必无大碍了。

周兴馗望着姜承良那近乎天真的眼神，苦笑了一下没说什么。他在一张纸上勾勾画画，像画家在全神贯注地写生或临摹，他看着眼前，想着以后，凝视表面，思虑深层，以一个医学专家的素质和学养来为病人的康复谋划和筹措着。他不时地点头，又不时地摇头，手中的笔随着神情的变化而不断肯定和否定着纸上的标识，尽量让自己的所思所虑百无一误，以期达到最理想最现实的治疗效果。在经过长时间的添添去去勾勾画画之后，他咬着嘴唇将笔轻轻放在写字台上，抬起头凝神沉思了一刻，终于把眼光牢牢地盯住了自己的同学。他虽然不说话，但眼神已经向对方做了明确无误的表达，这种表达是最肯定和最直接的，心息相通的人最能领会和知觉。姜承良以同样的眼神和周兴馗对视片刻后，语气沉重地问：保守疗法……办不到了吗？

周兴馗点点头，抿紧口角，眼里漾起了一片泪花儿。

姜承良的身子哆嗦了一阵，脑袋下垂的同时又用双手撑住了脸，随着压抑着的呜咽和抽泣，几行老泪从指缝间汩汩溢出。周兴馗赶忙拽条毛巾递给他，嗓音颤颤地说：为今之计，我看只有肾脏移植是可行之举了。

姜承良擦干泪痕，抬起头定定地瞅着周兴馗的眼睛，脸上显现出前所未有的深沉与凝重，凝重的后面隐喻着一种常人难以理解的渴望，这种渴望明显是蛰伏心中多年的，如蓄贮日久亟待喷涌的岩浆，激烈而又执着，自然而又狂放，它盼着冲出山口流向大地，用自身的一把灰来展示与天地的连接。姜承良眼中所流露的意思已被周兴馗看出，他对老同学的思绪变化洞若观火，他不给对方以表达的机会，很直接很明白地腆腆脸说：肾源，还是有的，放心吧。

姜承良似乎被什么东西噎了一下，挺挺脖子道：我看，我还是可以的吧？

周兴馗歪起头，似在考虑用比较周到的话来安慰或反驳他，恰在这时，一位端庄娴静温文尔雅的中年女性出现在书房门口，笑嘻嘻地看着他俩，好像要说什么。周兴馗一把拉起姜承良说：嗯，你嫂子来叫咱们吃夜宵呢。

从医院的角度来说，肾脏移植是项大手术；从病人的角度来讲，肾脏移植是件大事。因此，签订一份责任书或者说是协议书就成了必不可少的例行手续。这件事情必须有直系亲属参与，姜承良不能出面，书南有病，周兴馗在和李清商量之后，决定回家接春玉来省城。对于姜承良和春玉的关系，李清目前仍旧处于半云半雾中，而周兴馗却是清清楚楚了然于心。为了避免尴尬，他悄悄说与姜承良，让他有所准备。姜承良得知这消息后，一脸的失望、沮丧、无奈和凄苦。他狠狠地捶着自己的头，口中不停地嗫嚅：唉！这可怎么处，怎么处……

通知李菡是李清提出来的，周兴馗对此不太了解，他当然遵从李清的意见，在征得明阳的同意之后，李清当晚就给李菡打了越洋电话。电话里李菡的口气焦虑而又急切：怎么搞的，怎么搞的？李清，你得给我说清楚！

李清举着电话愣住了半天：弟妹小姐，这事，我怎么说得清楚呢？

电话那边的口气几乎已是声色俱厉了：好好，咱们见面说，见面再说！

春玉近来忙得脚不沾地一般，明刚的媳妇身怀六甲，马上就要生了，而书南的脑萎缩和因受伤落下的那个奇怪的后遗症却是越来越厉害了，常常沿着村东青牛河崖跑来跑去，有时竟然昼夜不回，急得春玉到处去找，找到了，他却无事人一样冲着春玉乐呵呵地傻笑。

李清是个很有底蕴的年轻人，他明白，如果明阳患病之初就告诉春玉，在既照顾丈夫又要顾及儿子的左右两难中她会急得发疯。可是，明阳已经住进省院，并且要进行换肾这样的大手术，想避开她这当妈的也是不可能了。所以，李清经过深思熟虑后，就跟了车来于家屯接她。

李清乘车赶到春玉家中时，春玉刚好把书南从河崖上找回来，正十分小心地哄书南吃饭。李清明白长痛不如短痛之说，见面就把明阳的病情一五一十和春玉讲了。为了避免让春玉经受过于的精神打击，李清说完后一再声称，省里的周主任收治了明阳，在这样医术超群的医生手里，明阳很快就会康复的。

然而，春玉还是惊呆了，她手忙脚乱地让人把明刚找来，告诉他自己要到省医院陪明阳治病的事，让他想法照顾好父亲。明刚看看一旁傻坐着的书南，咧嘴皱眉极不乐意的样子，春玉以少有的严肃"嗯"了一声，明刚立即软下脸来，连连说：妈，你放心，你放心……

春玉让李清他们稍稍等一会儿，自己跑到街里小商店中，盘算要给住院治病的儿子买点儿什么。她站在柜台前想了半天，说出自己想买的东西，店主将一应物品放到她面前，麻利地算好了账，静静地瞅着她交钱。春玉蒙了片刻，慢慢从口袋里掏出一些乱七八糟的东西放在柜台上，店主惊异地看着那些东西问：刚他妈，你想找什么，还是拿这些东西换什么？

春玉愣一愣，如梦方醒般惊叫了一声，说是把什么忘在家里了，回身要跑，胳膊碰在自己带来的提包上，嘴里"哦哦"着说：在这里呢，在这里呢。说着从提包里掏出一卷卫生纸送到店主鼻子下面：你收吧，收吧！

店主同情地摇了摇头，长叹一声说：刚他妈，你是吓糊涂了呀！

下午四点多赶到医院时，正逢明阳再度昏迷。说真的，春玉虽然明白儿子病重，却没想到会病到这种程度。一到病床跟前，看到儿子的面孔和病情，她就一步也动不了啦，软沓沓地瘫在床前凳子上，几乎丧失了知觉。守护的医生急忙赶过来摸摸她的脉，又给她服了几粒片剂，春玉这才慢慢缓过劲来。她靠在床帮上，大口地吸着气，眼泪如同断线的珍珠一样从脸上淌下来。看得出她在竭力忍着，忍着不要哭出声，然而一股她自己断难说清的感情怒潮在心中肆意逞威，她还是控制不住，终于失声啜泣道：苦命的孩儿啊，你这是怎么了！啊？

处在昏迷状态下的明阳其实正在做梦，意识朦胧中他感到脑子里砰

272

地响了一下，似有什么东西爆开了。紧接着，那爆开的东西中间出现了一个深深的小洞，他穿越小洞却无端地行走在一座砖塔上。他几乎是一下子就到了那高高的半截塔尖上，忽然发现身后一个裸体小儿在拼命追他。他有些不明所以地惊慌，便朝高处张望，希望能够找到一点归宿性的依托。这时，他听到附近有点儿小小的响动，仔细看时，是母亲走过来了。母亲立在他面前，扭曲着脸俯下身来瞅他一会儿，便开始用粗砺的手掌抚摸他的脸颊。他看到，母亲那苍白消瘦的脸上泛着冷冷的汗珠，可能由于内心充满痛苦、绝望但仍要自我克制，她紧闭着嘴，高高的鼻梁似乎在微微地颤动，细密的皱纹拧曲成串，有的地方甚至显现出小小的疙瘩。那一绺绺逐渐稀疏并显花白的头发也在轻轻飘荡着，像游丝，像乱麻……明阳心里一阵如刀割般的痛楚，在自己的记忆中，可怜的母亲从未有过平稳快乐的日子，母亲的人生似乎从未顺畅过。明阳的心里掀起阵阵波澜，此刻已弄不清楚自己应该做何想象了，他只想切切实实地喊一声——妈！

一个柔弱暗哑的嗓音说：我的孩儿啊，你可醒过来了！

春玉到来后，必要的手续很快办完。

这天，周兴馗找到李清，口气有点儿犹豫地说：李县长，今晚你能否到我家去一趟，咱们商量一下明阳的治疗问题。

李清爽快地说：当然，我也正想到主任家，一是询问明阳病情，二是顺便拜谢。姜医生还在您家吗？

周主任轻轻地点头道：在，在我家，就是他让我请您的。

李清心中一动，"哦"了一下，一种异样的想法在脑子里迅速闪过。

晚上，周兴馗家的客厅里，窗帘低垂，灯光迷蒙，恬淡而静谧的气氛里，却被一种紧张和惶恐所充斥着。姜承良坐在沙发角落处，低着头一声不吭，时而朝旁边的李清瞅上几眼，口角翕动几下又停住，似在想

273

说点儿什么可总是难以启齿似的。周兴馗则手里拿着一份病例，翻一会儿停住，再翻一会儿又停住，然后像征求意见似的冲姜承良腆腆脸说：这个病例与明阳相似，就以此为蓝本吧。

姜承良不置可否地眨着眼，重又低头思索。

看着姜承良沉默忧郁的表情，李清心里更是疑云丛生。这几天，也就是春玉来后的几天里，姜承良再也不像以往那样天天盯在医院里了，好像突然间对医院变得陌生而疏远，对明阳也不像以往那样关心备至了。更让他感到奇怪的是春玉到来的那天下午吧，一眨眼的工夫，这位一直形影不离明阳的老大夫就忽地踪影杳然，以至要找他商量点儿什么的李清一时间手足失措。之后，他又看到姜承良在病房楼下踯躅趑摸，这种若即若离的样子，与在此之前对明阳的关切照顾判若两人了。还有一件事尤其让李清大感不解，老医生鼻梁上架的近视镜变成了墨色的镜片，且号大框宽，差不多挡住了他的半边脸，这样做唯一的解释是有意遮挡脸上那道明显的伤疤。可是，这有必要吗？

就在周兴馗敲定治疗方案的同时，李清看到姜承良慢慢站起了身，好像犹豫了一阵，像是对李清也像是对周兴馗说：我捐肾，给明阳捐肾！

李清一怔。周兴馗却是面无表情地看着姜承良，显然对方的决定他是事先知道的。此刻，他又转过脸来定定地望着李清，好像看李清是什么反应。姜承良的决定实在出乎李清的意料，他的第一反应就是表示感谢，他说：谢谢，谢谢姜医生的美意，不过，这事我们还得考虑一下才行，因为你年龄大了，身体也不好，我们不好意思……

姜承良慢抻抻地说：李县长请放心，我是搞医的，自然明白其中的利害。说实话，人的肾脏代偿功能相当强，有一个健康的肾脏足够维持正常之用。有很多人生来就只有一个肾，但都与有两个肾的人一样健康。人在捐肾后，另一个留存肾会不断增大，以达到人体的需要。所以，捐赠一个肾对人以后的健康及生活都没什么影响。您就不要顾虑了，好吗？

李清点点头道：姜大夫说的都是专业性很强的话，但我明白这里面的意思。可是，据说人的器官是会产生排异性的，你恐怕不能……

姜承良突然趔趔趄趄地站起身走到李清跟前立住，用那种义无反顾的口气说了句让他大惊失色的话：我不能？我为什么不能？李县长，我现在郑重地告诉您，明阳是我的亲生儿子，这捐肾之举，再没比我更合适的人了！

李清霍地立起身来，一下子冲到姜承良面前，几乎是声嘶力竭地问他：你说什么！你说于明阳是你的亲生儿子？

姜承良嘶声应道：是的，没错，这是事实。姜承良老泪夺眶而出，整个的脸型扭曲成一个巨大的伤疤：李县长，请你相信我。这个问题，兴馗可以做证。

周兴馗走过来，把形同吵架的二人分别拽开，让他们重新坐回到沙发上。他朝姜承良摆摆手，眼睛盯住李清说：李县长，这是真的。

李清脸色惨白，脸上有虚汗溢出，像和谁辩论似的说：瞎话，瞎话，这怎么可能，怎么可能呢？

周兴馗把一张大手朝下按了按，朝姜承良做了个示意性的动作。

姜承良拉开自己那个皱皱巴巴的皮包，取出一张亲子鉴定书递到李清面前，用罪犯的口气说：李县长，您审审吧！

李清哆哆嗦嗦接过那张鉴定书，强自镇静着看了一遍，千真万确，是有关姜承良和于明阳的 DNA 检查，上面明确标出二人属父子关系的极负责任的认定意见。李清呆了，李清愣了，李清傻了……

这是李清绝对没有想到的。

他的确对姜承良和明阳的关系怀疑过、猜测过，他从姜承良对明阳的称呼，从姜承良对春玉躲躲闪闪的神情中得出一个似是而非的结论，因为他听明阳说过，姜医生当年是从他们县中学走出去的，而明阳的母亲李春玉也毕业于县中学。可能姜承良年轻时曾和明阳的母亲在学校里有过较为密切的交往，或者说曾经有过恋爱关系也未可知。后来因故未成，姜承良对春玉心存愧疚，又怕影响人家现在家庭的生活，这才若即

275

若离地游移其中，而对明阳则是故旧后代必须照应的想法。如今姜承良竟然说出明阳是他亲生儿子并且出具了绝对证据，这可让他真是有点儿五雷轰顶的感觉。他不愿相信，可又不能不信，对于至交好友的命运历程，他真是有些如坠五里雾中了。他稍稍镇定之后又疑虑顿消——明白了姜承良缘何在这时候承认于明阳是自己的亲生儿子，因为直系血缘关系是最好的肾源，眼下明阳的病情实在太需要这样的肾了。

李清的手一哆嗦，手中的鉴定书哗啦响了几下，他这才注意到，那张硬硬的纸上泪痕斑斑，像原色地图一样分布着成片的渍迹。分明，这是姜承良在看到确凿证据之后的情感崩裂，是一个父亲隐忍已久的伤痛和自责，没有什么可以代替这种撕心裂肺的感觉，只有泪，即使泪流成河。

虽然事实确凿，可李清仍像是心存疑虑般地絮叨：你说，这怎么可能，这怎么可能呢？于明阳会是你姜医生的儿子？

周兴旭从沙发上慢慢立起身，朝李清做了个手势：李县长，你来，咱们到楼上书房里说几句话好吗？

心有灵犀的李清当然明白周兴旭和他说什么，但他还是迟疑一下，才跟着周兴旭上楼去。在楼梯上他无意地回了回头，看到姜承良像是瘫倒在了沙发上，身子一抽一抽地颤动，分明是哭了。

外边刮起了风，楼道的小窗上发出轻微的沙沙声，这风和屋内暖气管道所散出的热气形成明显对比，让人觉不出是冷还是热。远处的灯光明明灭灭，有汽车的嘶鸣和深沉的隆隆声，不知是工业区的机器还是地心深处发出的回声。李清深深地叹了口气，感到这世界实在是太奇妙了，奇妙得令人一时难以适应。

## 31

　　于书南坐在屋里，盼望儿子快快给自己送饭来。他饿，实在是太饿了。冷风和寒气透过墙壁门窗的空隙渗进屋里，使那本就寒碜的小火炉越发显得柔弱无力。春玉在家时，用一只大铁筲制作了火炉，轻便、散热，书南从无这种冷气砭骨的感觉。可是，前天儿子明刚突然闯进来，说是媳妇坐月子急用大火炉，硬硬地用这只小火炉把他的大铁炉换走了。尽管书南一声未吭，儿子临走时仍旧横他一眼说：甭憋气，大老爷们儿，抗冻！此时北风嘶鸣，天上飘着片片雪花，于书南蜷缩在屋内一把圈椅上，哆嗦着，盼望着。

　　明刚娶了媳妇后，媳妇在夫妻生活上对他是非常顺从体贴，因此，对父亲的反感和鄙视也就越来越重了。在与媳妇那温顺有加的夫妻生活中，他竟然常常想象父亲当年如何强暴后母春玉的情景和丑相。他觉得后母委屈，由此而出生的弟弟明阳更是委屈。父亲的所作所为，他一生都不能原谅。

　　说实话，他已经吃过饭了。可是，脑子有毛病的人一向奇怪，他们的食欲很不规律，有时整天不进食，有时食量却又大得惊人。今晨，明刚只给他送来一碗剩饭，他三下五除二吃完后，就用筷子轻轻地敲碗。敲了一会儿，似乎才意识到春玉已不在家，不会像以往那样有人赶紧给他盛上饭了。这么一想，就越发感到饿，感到冷，感到应该去做点儿什么。做什么？他仔细想了一会儿，就从椅子上跳下来，举着碗出门去找明刚，他要明刚再给自己盛上饭，不让吃饱能行吗？饿呀！

　　于书南推开大门走进明刚的院子里时，正屋的门也关着。明刚可能听到了院门响，就开门探出头来，见爸爸举着饭碗朝他晃，有点儿意外，有点儿不解，闪身拦在门口说：你干吗？

于书南心中好生奇怪：干吗，吃饭呀，没看我举着空碗吗？他这么想，却说不出，因为脑震荡后遗症所造成的共济失调和小脑萎缩已经使他的嘴不受中枢神经的支配，没法将所想所虑如实说出来。因为说不出来，就有些急，一急，那暴怒的样子就有些可怕了。于书南咬着牙往屋里冲，明刚奋力在门口拦着，因为他闹不清父亲想干什么，也不明白自己为何这么固执地拦他。他只有一个看法，父亲是卑鄙的、龌龊的、没法让人同情的，他之所以落得这样下场，完全是上天对他的故意惩罚。

爷儿俩一声不吭地在门口练角力，练了足有五分钟，屋内忽然响起婴儿的啼哭声，爷儿俩同时一怔，同时停住手，同时专注地朝屋里听。于书南的脸上显出少有的欢愉，好像刹那间忆起了一生最幸福的时刻，那种源自洪荒年间的天性让他意识到，这哭声与自己有着某种必然的联系，似乎在遥远的年代里体验过、经历过，是他人生中所不可或缺的。他看看眼前的这个人，好像哭声是从他的嗓子里传出来的，是他，的确是他，他哭起来就是这嗓音，总是有点儿上气不接下气。逢到这时，自己就得走过去把他抱起来，在脸上亲吻，在怀里抚摸，直到他用小嘴吮住自己的手指方才作罢。如今，这久违的哭声再度响起，莫非他又有什么不顺心不如意，又在耍他的小脾气吗？于书南在懵懂中充满爱怜地伸手去摸明刚的脸，明刚以为父亲要打他，顿时发起狠来，双手捉住书南的肩膀一下搡到台阶下。

于书南被远远地摔了出去，手中的碗磕瓣了，脑袋碰在一块砖上起了个鸡蛋大的包，但他并不觉得疼，也弄不明白发生了什么，意识中仍旧想着那熟悉的啼哭声，他努力站起身来朝屋里走，仍旧想去弄明白究竟。可是，待他走到台阶跟前时，却又不自觉地退缩了。因为明刚此刻掐腰立于门口，鼻子里往外喷着热气，脸上的那双眼睛像两个墙壁上的窟窿，有火苗样的东西从那两个窟窿里嗖嗖地朝外钻。于书南一阵胆寒，下意识地往后退着，退着，然后突然间转身拔腿朝院外逃窜，好像看见迎面来了狼似的。

于书南一气跑到村外，心中仍旧咚咚乱跳，因为他忆起了以前的事情——那时还是生产队，饲养棚里有头大公牛，邪性，发起怒来就朝墙上顶。有天中午，于书南到饲养棚里取簸箕，饲养员不在，却逢那头牛扯断缰绳在院里转悠。狭路相逢，于书南大惊，明白这家伙又在犯病。果然，那厮径直冲他而来，他赶忙躲进草屋关上门，又把个石槽将门顶住。好在那家伙来到门口并没马上撞门，只是定定立在门口朝里瞅。书南从门缝里往外看，那家伙的鼻孔里往外喷着热气，眼睛就像墙上的两个窟窿，有火苗样的东西从那两个窟窿里嗖嗖地朝外钻。天啊！这情况下要是让它撞进来，还有命吗？书南急中生智，砸开后墙的窗子拼命逃走了……

很奇怪，逃到村外的书南此刻虽然肚子饿得难受，身上却不再冷了。他立在村边上，神思恍惚地朝远处瞧着，仿佛自己突然间被遗弃在人世间的垃圾堆上，好端端的一个人就什么也不是了。对一个人来说，这种被遗弃的滋味肯定是辛酸的和难以接受的，可是他没有办法。春玉不在家，儿子和儿媳对他爱搭不理，一日三餐也是很勉强地凑付着。他有时也感到了儿子的无情，可他并不明白自己在儿子的眼里心里是很卑鄙龌龊的，也许正因如此，他才是人生经历中一个悲剧的角色。

书南站在原地待了一会儿，又慢慢地跛上了村东的河崖。同样奇怪，一上河崖就再也管不住自己的腿，不由自主地撒脚往北小跑步。跑到他的那片谷子地前，站一下，想一想，想不起什么，又转身朝回跑。近年来，他有时可以整天在这里往复小跑多少次，两条腿机械地甩荡着，像安了发条似的。

明刚是从村北头过来的，提了一柄铁镐，胳膊下夹着一只从水里捞东西用的笊篱抽子，顶着风雪缩着头，以那种义无反顾的劲头径奔青牛河。明刚走到河崖下听到有人喊他，抬头见是四虎子和他爹，那爷儿俩正在河崖下的大菜棚外架苫子，四虎子嘻嘻哈哈的，他爹却冻得跺脚乱骂。老汉骂了会儿天又骂了会儿地，哆嗦着嘴唇朝明刚说：我说爷们儿，这大冷的天你小子不在家守着侄儿媳妇，跑这河崖下晾臊吗？

明刚没作声，只是举了举手里的笊篱抽子。四虎子就说：明刚哥忙喜事呢，嫂子坐月子，他这是去捞鱼熬鱼汤。怕冷？怕冷没人叫爹。哈哈！说到爹这个字，四虎子似乎想起点儿什么，转身指指正在东边河崖上一直奔跑的于书南说：刚哥，你爹这大冷天还在河崖上遛呢，说他几句，拽回家去，弄出冻疮来麻烦了。

明刚哼了一声：他自作自受！

明刚不犹豫，径直奔上了河崖。

四虎子他爹愣愣神，看看儿子的脸色说：这也叫父子吗？

明阳住院后，明刚本要去陪床，可是媳妇马上就生孩子，他不敢随便离开。果然，春玉走后没几天，媳妇就生了个胖小子，这下把明刚乐得两三天脚不沾地。他一边伺候媳妇一边想，等过了十二天就去医院换回母亲，自己在院里照顾弟弟。说实话，他没想到明阳的病会那么重，只隐隐觉得是大病，是一般小医院治不了的病，否则就不会去省医院。他心想，只要在大医院里用上好药，自己再加心用意地照顾着，弟弟很快就会好起来的。

明刚听人说，产妇最好喝鱼汤，喝鲜鱼汤，这样不光身体恢复得快，恢复得好，同时奶也多，娃娃吃了会更健康。他是个直性子人，考虑到城里买一定买不到鲜的，最好到青牛河里去捉。河面上封了冻，可这难不住自小在河边上长起来的人，用铁镐在冰面上砸个窟窿，冰下憋急了眼的鱼儿们会自动从那里泛上来。到时只要瞅准机会下笊篱，好歹总能捞个三五条。

明刚来到河面上人们惯常捞鱼的那个深水坑前，只见上面有个很大的洞，洞口上结了一层不算太厚的冰。很明显，昨天或前天就有人在这里捞过鱼了。明刚想，来得早不如来得巧，这下不用下死力地刨厚冰了。

东北风在河面上咝咝地鸣叫，天地间像个大冰窖似的，口里的热气呵出去后并不急于消散，飘飘曳曳蹿出足有几尺远。明刚脱下外套，双手抡铁镐，把冰洞周围的冰碴敲下去，然后照准中间用力猛砸，一声轰响，他的面前出现了一个冰窟窿。明刚把上面的浮冰推进洞里，只一会儿的工夫，就露出了那种冬日特有的像钢板一样泛着青色的水。凛凛的冰水在料峭的寒风中抖动着，他把笊篱柄慢慢伸进冰洞里，用力地在水里搅了几下，然后就全神贯注地盯着水面上的变化。过了大约十分钟，水面上出现了细细的涟漪，有一两处水面稍稍颤动后冒起小小的水泡。水泡渐多渐大，水面也开始轻轻地抖动了，终于，一只如同漏斗的小嘴在水面上翕动张合，贪婪却是极其费力地吸吮着水面上的什么。明刚将笊篱轻轻地伸过去，伸过去，待到贴上水面时猛地一抄，一条不大但极其鲜活的鱼儿就落进了他的鱼抽子里。明刚吹了个嘹亮的口哨，庆祝自己旗开得胜马到成功。

接下来就有点儿难了，处于半休眠状态的鱼儿们虽然混混沌沌的，但受了惊吓也会提高警惕，它们不敢再到水面上游览，而在冰洞的边缘处转悠，直到侦察确认再无危险发生时才会复出。这种情况下，显然是心急吃不得热豆腐，你必须耐心加细心，使出坐禅练内气的功夫。明刚是老手，当然明白其中窍门，他穿上外套，端着笊篱，眼盯水面，屏息静气地等。

北风越刮越大，雪片忽然变成了颗粒状的冰碴，一绺一绺像牛皮做成的鞭梢一样朝人们的脸上甩着。明刚扭头朝南，尽量避免风雪的肆虐，霰粒子打在他的后背上叭叭乱响，如同锅里的爆米花。他不敢扭头，但又不能不扭头，他时时惦着冰洞里的情况，生怕错过每一个能够捕获的细节。他还要不时地动动双脚，以防寒冷的天气把他的鞋和冰面冻在一起。尽管是在风雪中，他还是听到了河崖上那异常规律的跑步声，"吧嗒，吧嗒……"不用回头就明白，是父亲又从北边跑回来了。他有些气愤地哼了一声，不自觉地把头向东扭了扭。他不愿看，也不愿听，对父亲一切所作所为，他总是有股近乎天然的鄙视和厌恶。

明刚的耳朵真灵，风雪中他还是听到了那来自冰洞里的细小微弱的吧唧声，侧脸一看，水面上起了一串不小的水泡，靠近洞沿紧贴水面接着出现了一张长而略扁的鱼嘴，稍沉，鱼嘴的轮廓越发明显，终于露出了青黢黢的头盖骨来。鱼头露一下缩回去，再露一下又缩回去，像是在侦察水面以上的世界，尽管它对这世界并不陌生，但眼下毕竟是风雪漫天的寒冬。鱼头进出数次后终于在水面停留了一下，明刚也终于看清了那张硕大的嘴巴。啊呀，大家伙，足有好几斤呢！要是逮住这条鱼，媳妇月子内喝鱼汤的问题就全解决了。明刚同时也看出，这是条赤鲤，是一条并不多见的红色的鲤鱼，俗话说海中加吉，河中赤鲤，名贵得很呢。这样的鱼，光熬鱼汤不划算，只鱼骨就够了，得剔出鱼肉，用花椒水和盐末腌好，烹炸之后细火慢炖才出味道。当然，媳妇吃喝不能忘了母亲，得把最好的鱼腰留给她老人家，俗话说，丢了新棉袄，不丢鲤鱼腰，那味道，人生一辈子又能尝到几回？至于父亲嘛……明刚不再想下去了，他看到大鱼开始慢慢地下沉，下沉，渐渐地水面上只剩了嘴唇。明刚有点儿慌，怕大鱼去而不返，端起鱼抽子就要捞。这时奇迹出现，大鱼突然重新浮出水面，绕着冰洞缓缓地游转，看来，它实在憋得不行了，要尽情地享受一下这难得的空间。明刚大喜过望，伸出鱼抽子朝它抄去，大鱼在抽子边沿上一滑，滑到冰洞的中心后同样缓缓地沉下去了。明刚大惊失色，恨不得立即跳进冰洞里去捉。

西边河岸上传来咚咚的脚步声，于书南又开始向北跑了。明刚下意识地朝那边摆了下手，嘴里没出声却情不自禁地咬着牙，他怕父亲的脚步惊了大鱼，凭经验他知道，这鱼还要浮出来，冰冻的下面封闭而又憋屈，鱼儿轻易不会放弃这难得的天地。果然，待了一支烟的工夫，在北风的嘶鸣中大鱼又开始露头，还是先露出嘴，又露出头盖骨，接着就浮上来绕了冰窟窿慢慢地游。明刚屏住呼吸往前探着身子，小心翼翼地伸出鱼抽。可大鱼很是狡猾，总把多半个身子沉在水下，明刚犹恐失手，就将鱼抽在后边慢慢跟着，他要趁大鱼拐弯时冷不防从前头抄下去，那样就可把它结结实实装进抽子里。

终于有了机会，大鱼拐弯时多半个身子在水皮下隐现，明刚不失时机地双臂一抖一抄，刚好把大鱼抄在抽子里，耳畔听得冰洞里噼啪水响，明刚立时心花怒放：娘的娘，娘的娘……

舍生逃命，是世间生灵的天性。虽在冬天，这鱼的劲头也是出奇的大，发觉落网后，它猛地蹁起身子就朝冰洞底下钻，逃生力气之大，令人惊愕。明刚觉得手里的木杆滑了一下，赶忙死命攥住，与此同时，他下意识地朝前迈了一步，也就这一步，他恰巧踩上了刚才迸上冰面的凌碴，脚下只一滑，沉重的身子便跌进冰窟里。扎肉砭骨的冰水很快浸入他的衣服和体内，似乎有无数支钢针在朝他肌肤上刺着，他急忙伸手扳住洞沿往上爬，可洞沿实在太陡，手一搭就滑，与此同时，他的身子在无情地往水下沉，他知道下面是个很深的水坑，沉下去就断无生理了。刹那间，明刚觉得天地昏旋，认定自己掉进了传说中的地狱。他本能地喊了句什么，可是风雪中他的声音细如蚊蝇，远处的人听得到吗？身在瑟索，人在下沉，他完全绝望了。

从北边又跑回来的于书南看到了这一幕，初时他觉得与己无关，仍是中规中矩地朝前跑去。可他跑了几步忽然站住，凝视着河中冰洞里的那个人出神，好像那人和自己有点儿什么牵连似的。他似乎也听到了一声叫喊，叫喊来自那个冰洞，至于那里为何发出叫喊他也不十分清楚。可是，这叫喊又是那么熟悉，虽然声音不像印在脑中的那样稚嫩，毕竟还是记得非常清晰——那是一声幼儿的哭叫，恰好被从院里出来的书南听到。他循声望去，自己的儿子掉进了远处的水坑里，一只小手冲他招了招，脑袋在水面上露了几下就不见了。书南大叫一声蹿过去，蹿过去，跳进水坑，伸出双手，将就要溺毙的明刚从水坑里捞起……

眼下，这声音怎么如此相像啊？哦，儿子又掉进水坑里了！一个光亮的东西在他脑子里迅速闪了一下，书南就在这刹那清醒了，明白了，恢复了他的固有天性和正常人的意识。他猛地转回身来，不犹豫不踟蹰，用那种令人毛骨悚然的嗓门吼了一声蹿下河崖，如同母兽发现幼子被劫，又像雷霆滚下山坡，以完全难以想象的气势和速度向着河道冰面上冲去了。

明刚沉下去又浮上来的刹那，于书南刚好赶到，没有任何的观察或停顿，就像当年跳进水坑里一样，这个魔怔老人就径直地跌进冰洞里了。可是，这水不同于当年水坑里的水，它像钢锥一样往肉里刺，朝骨头里扎，书南的脑子已经明白清楚了，他觉得从小腿到腰部就要断了。他想岔开双腿站住，但够不到底，感到两条腿沉甸甸麻酥酥的。一口冰水呛进他的嘴里，舌头立刻变硬了。他顾不得这些，伸手去捞自己的儿子，意识中他终于摸到了自己那幼小的儿子，便用尽平生力气把儿子往上托，托，好像托了上去。接着，他开始自己往上爬，爬，可是，他的肚子里却意外地出现了一股难忍的寒气，这寒气越来越浓，越来越重，看看就要把他凝固了。他有些遗憾。河岸下侍弄菜棚的四虎子突然看到正在练长跑的于书南舍生忘死地跑下二滩，他感到奇怪，一会儿终于憋不住，就跑上了河岸。河中冰面上，一幅更令他百思莫解的景象映入他的眼帘——那个足有几平方的冰窟窿前，浑身冰碴的明刚正趴着身子朝里面嘶喊：爹，爹——

冰窟里，于书南开始下沉，他已没有力气挣扎；他感到肚子空空，四肢僵直。也许他在想，早晨明刚再让我多吃上一碗稀饭就好了……

## 32

明阳昏昏沉沉躺在病床上接受着近乎完美的治疗，恬静而安详，那样子不像有病，倒像疲劳过度的人在自己卧室里休息。然而，尽管进行了精心的装饰，病房里的气氛仍旧相当压抑，白色的设施加之悄无声息的输液过程，带给人的是一种置身险地般的恍惚迷离。

天光越发暗了下来，室内暖气的热量不断释放，与室外严冬的寒气交汇在宽大敞亮的窗玻璃上，形成一层乳白色的状如人眼角膜上障蔽视线的厚翳。

春玉坐在明阳的病床前，凝视着儿子那苍白无血的脸庞，心里忽然感到一种难以言状的躁乱和恐慌，紧接着，心脏就像鼓点似的疾速敲击，脸面渐渐地由白变黄。她打了个哆嗦，赶紧双手掩面趴在床边，竭尽全力克制着，压抑着。这种感觉以往也曾有过，一旦出现，便如毒蛇芯子般不期而然地攫住她的心，让她紧张、恐惧、惶悚、害怕。因为这是一种不祥的征兆，往往预示着某种灾难的降临，她已经受够了，吓怕了。短暂的克制之后，春玉越发不安，她抬头看看明阳，并无任何异样的表现，但她还是挣扎着叫来了护士，并让护士去请周兴馗。因为她实在不放心，她认为自己这突如其来的精神变化是因儿子病情加重而出现的。她不能忍受，难以忍受，她已经冷汗迭出、呼吸不匀了。

周兴馗率领一班医护疾步赶来，迅速地检查了明阳的病情后便断言无碍，他请春玉放心，说病人一如既往，病情并无加重的迹象。不仅没有加重，似乎较之前几天更稳定了，这样有利于换肾手术的进行，是一种好的征象。春玉长长地松了口气，万分感激地冲着大夫们连连点头，那神情不亚于刑场上突然宣布无罪释放。

大夫们走后，春玉渐渐消除了紧张，她感到十分疲劳，就像马不停蹄跑了上百里路似的。她张大嘴喘了几口气，重新趴到床边，不一会儿就呼呼入睡了。瞌睡中她的呼吸虽然还算均匀，但时不时地停顿一下，再停顿一下，好像在睡梦中仍旧忙碌着什么似的。

——蒙眬中，春玉不知不觉地和一个似曾相识的人走在了一起，他们共同走在一条小河边上，河中清水似缎，岸边杨絮如花，这么熟悉的地方，究竟在哪里见过？她想不起来，也不能继续往下想，因为在共同行走的过程中，又有一个模糊不清的人用同样模糊不清的声音在远处和她说话，有时喊她，有时问她，声音单调而悲凄，有许多不明所以的内容在里边夹杂着。就在她应也不是不应更不行的时候，一直和她同行的人突然扶住了她的肩，十分爱怜地看着她，目光温柔、宽厚、刚强。她也不由自主地报之一笑，正想对那人说点儿什么，对方的目光却在刹那间倏地变换了，变得像一支即将熄灭的蜡烛，闪烁、苍白、柔弱……她感到惊骇不已，心脏又开始咚咚乱跳了。这霎，远处的声音渐渐接近了她，又有人在她肩上轻轻拍了一下，她打了个激灵醒了。

周兴馗陪着李清不知何时走进了病房，两人的脸上虽然仍旧平静，可眼神里却透出不容置疑的遗憾与紧张。春玉赶忙立起身说：哦，你们来了？

周兴馗征求意见似的看着她：春玉，咱们到医护办公室里谈谈吧。

春玉连忙点头。她想，一定是谈谈对明阳下一步的治疗方案。春玉跟着二人来到医护办公室，周兴馗坐在桌后椅子上，春玉和李清在沙发上入座。周兴馗和李清相视良久，总是把不准从哪里开口讲出于书南遇难的消息，几乎没有任何有力的借口可以让春玉此刻离开病重的明阳回家。

哪怕是短暂的。

李清沉吟良久，最终还是采取了最最直接的办法——实话实说，尽管如此他还是动了下脑筋，把事情的细节变换了一下。他告诉春玉，村里的四虎子今天刚刚从家里赶来报讯，于书南暴病身亡，她必须立即赶回家去处理丧事。

春玉听到这消息，先是张着嘴大喘了一阵，待到勉强克制住急骤的心跳和惊骇之后突然说出一句话：天啊！还是应验了。

当一个备受精神创伤的人确信所发生的又一件不幸已无可挽回时，很容易像一切并不超常的人那样变得呆若木鸡。春玉说完这话就怔在座位上，傻呵呵地望定了二人一言不发。周兴馗和李清都明白，人生的短暂，尘世希冀的易逝，让这位在苦水里泡过多少遍的母亲一时间绝望了。她虽然在努力控制自己的情绪，可是泪水仍旧带着一种难以想象的力量从她的眼里冲涌而出，她也终于从刚才呆怔中苏醒过来，发出明显压抑着的啜泣和呜咽。这低低的饮泣很快也感染了二人，感染了整个世界，以至此刻不经意间走进来的几位医护也陪着落泪，外边那一直风吼雪嚎的天地也变得更加伤感了。

在几位女性医护的劝慰下，春玉终于止住哭泣平静下来，跟着整个人也渐渐安静了。可是人们看得出，这种安静比刚才的哭泣更加沉重和凄苦，因为这预示着她的心已经完全被隐性的暴力撞碎了。果然，她的神情越发呆滞，那种刚才在唇边出现的悲痛欲绝的线条也更明显了。李清走过来要她到外边乘车回家时，她竟然像木偶一样被动地起身抬步，丝毫没有问到或顾及明阳在此的情况，似乎那先天固有的人子之爱已经荡然无存，这里的她仅剩了一具母性的躯壳。

春玉在风雪中迷迷糊糊赶到于家屯时，已经是晚上十点多。屋里停着书南的遗体，有几个近邻在一边守着。明刚见母亲走进屋来，扑通一声就跪下了，号啕的痛哭虽然并不代表他的原意，可那悲凄的音调却是极具感染力的。守灵的近邻赶忙劝慰，同时把春玉轻轻扶在凳子上坐下。望着书南那用被子覆盖着的遗体，春玉一时难以相信这是事实，她努力厘清自己的思绪，像人们惯常要做的那样使劲拽了拽头发。一切的征象足以说明不是在梦中，她这才明白相濡以沫二十几年的书南真的去了，永远地去了。这个曾经救她、疼她、保护她，令她尊敬、爱抚、惦挂的活生生的人，的确从此离开了这个生他养他几十年的世界了。她再也难以见到他的生面，再也难以和他交谈，再也难以有时悄悄地喊一声书南哥了。

人的心原本是一块甜美丰饶的土地，如果长年没有水的滋润，没有肥料的供养，没有人为的侍奉，它就会渐渐荒瘠、沙化。就会像长年磨砺的手掌脚底一样长出厚厚的茧子，变得呆滞、麻木，没有韧性，毫无生机。然而，这时如果有意外强大的风雨和尖利的刀斫锥刺突兀而至，沙化了的土地会受不了冲击而崩溃，厚厚茧底下的疼痛感将会比正常皮肉更加剧烈。

片刻的麻木之后，春玉的精神彻底垮掉，她几乎是趔趄着扑向书南的遗体，抱住那裹在棉被里的苦命人号啕大哭。没有固定的意蕴，没有具体的内容，只有对往昔的感怀与情感的发泄，声如裂帛，泪涌如瀑。这哭声感染了风雪，震撼了世界，风停，雪驻，乾坤为之哀叹，人神为之呜咽。

乡邻们怕春玉哭坏了身子，早有婶婶嫂嫂的走上来劝她、说她，用千篇一律的宽慰和例证说明着人世间的诸多无奈，让她无论如何也要节哀，也要宽解。春玉是个在任何情况下都要顾及他人的女性，她理智地放开怀里的书南，仰起头来擦去眼上脸上的泪水，由号啕渐啜泣、渐抽咽——终于把哭声止住了。

外边的风雪声重新响起，耳边仍旧是乡邻近人的劝解，春玉呆坐在了书南的遗体旁，茫然而又不知所措。灯光下，她若有所思且又无动于衷，仿佛事到如今也只有听天由命了。是啊，命运的力量过于强大，任何人也难以反抗，难以抵御，更不要说她一个柔弱女人了。她实在是被系在命运之索的尖梢上，被一只巨大无形的手拽来甩去，身不由己地在天地间摇荡翻滚，她只能忍着，受着。此刻，她的脸上有种永恒的神情，似乎在对自己无奈的命运进行着顽强的回味、沉思、琢磨，想从中抒出点儿值得咀嚼的。她茫然地望望头顶上的灯，又盯一眼外边漆黑的夜，突然间感到周围无比的陌生，好像自己在精神恍惚中已被置于某个遥远而可怕的地方了。

二憨媳妇给她递过一碗水来，她喝了一口，这才感到自己确实太渴了。她把一碗水全部喝干，心里开始清亮了一些。看看身边站着的人，她忽然觉得有点儿对不起大家，赶忙说：天不早了，大伙忙了一天，回家歇息歇息吧。春玉无以为报，在这里我给兄弟哥嫂大娘婶子跪下了！

春玉跪在地上给大伙磕头，惊得众人赶忙搀她扶她。在唏嘘嗟叹中，人们相继离开，屋里只剩了二憨夫妇和春玉母子俩。春玉看看他们，口气平静地说：你们也都回去歇歇吧，我在这里守着，我还有很多话要对他说。今晚不说，以后就再也没机会说了！

明刚等人听话地走出去。当然，他们并没回家，都在厢房里坐着。

这霎，外边的风雪渐渐停了，由于刮风，院里并没有明显的积雪，只在墙角墙根处有白色的小鳞子，就跟大碱洼里的碱堆似的。天依然阴沉，有暗灰色的光亮从门口隐隐地闪进屋内，使屋里的灯光也变成惨白色。

眼前，屋里只有春玉和书南的遗体。

春玉把凳子往前挪了挪，像昔日趴在床头和书南拉家常一样开始了他们之间的谈话。谈话的内容虽则零碎却有次序，语言虽然悲凄却很清澈。从他们相识到城内相助；从自己落魄于家屯到书南舍身相救；从自己怀了姜承良的孩子到书南冒名顶替；从书南备受凌辱到终于过上正常人的日子；从他们初感陌生到相濡以沫的夫妻关系……春玉哭中夹诉，诉中有泣，说了个完完全全仔仔细细——她可能压根没想到，自己的泣诉被明刚和二憨夫妇听得一字不漏，因为他们一直在门外站着，他们唯恐春玉发生意外，所以冒了风雪隐在外边的黑暗里，从而也明白了以往那些让他们疑惑不解的事情。春玉啊，原来是这样！书南啊，你含屈忍辱二十几年，真是难为你了！

呆若木鸡的明刚晃了下身子差点儿跌倒，他抽泣着对二憨说：我明白了，我终于明白了，爸爸是好人，是天底下难找的好人。我，我对不起他呀！

明刚唯恐母亲听到动静，压抑着说出万分懊悔万分愧疚的心里话。他再也支持不住，又怕母亲听见担心，赶忙跑回到厢房内，倒在床上压低嗓音哭起来。

　　下半夜，风雪重生强势，天地再次跌进了旋涡，悲泣已极的春玉支持不住，趴在书南的身旁蒙眬欲睡。明刚和二憨夫妇轻轻走进来，给春玉披上一件外衣，明刚轻轻地摇醒母亲说：妈，您太累了，到厢房歇一会儿，明天出殡还有许多事情要你张罗。这里，我守着。

　　春玉想了想，便点头起身，给书南重新掖了掖被角，然后趔趔趄趄地走了。

　　明刚看着二憨夫妇陪着母亲走进厢房，望了望父亲的灵床，眼泪顿时夺眶而出，他不敢大声哭，怕引起母亲的再度悲伤，所以尽量压抑着、克制着，从而使得哭声像憋急了的河水那样发出低低的回旋和呜咽。他哭了一阵，说了一阵，然后咕咚跪在爸爸灵前：爸，我半辈子对不起你，我错怪了你，儿子给你赔罪了！

　　风雪在门外发出呜呜的啸声，像陪伴明刚那发自内心的悔愧而特意派生的。冥冥中，书南似有轻语在屋内飘动：孩子，保重，别让我牵挂！

　　明刚在父亲的灵床前整整哭了一夜，跪了一夜。

　　春玉处理好书南的丧事回到医院时，明阳的肾移植手术已经顺利完成。得知儿子顺利过关，春玉那饱受创伤的心稍稍安定了些。更让她感到欣慰的是，当她走进病房时，看到一位端庄秀丽的姑娘正俯在儿子身前问着什么。姑娘回转身来，春玉才看清是李菡，一股喜悦夹杂着酸楚的感觉刹那袭上心头，以致她顿时怔在原地没动。李菡看到她，叫了一声"妈妈"，迈着轻快的步子跑上来抱住她，清泪行行，喉头哽咽，俩人抱在一起，一时间谁也说不出话来。春玉镇静下来方才意识到，李菡不仅对她比初见面时亲切热烈，同时连称呼也变了，由上次来时的"妈"改成了现在的"妈妈"。这种变化意味着什么？春玉心里自是很清楚，因而也就有了更直接更亲密的感觉。

　　病床上的明阳虽然仍旧虚弱，可精神与面色已经明显好转了。母亲返里的实情，周兴馗和李清并没告诉他，只说是他父亲病了，需要母亲回去照顾几天，所以对于父亲的亡故他就当然不知道了。他拉着母亲的手，望着母亲那又瘦了一圈的脸问：妈，我爸爸好些了吗？

　　春玉的喉头紧了紧，赶忙挤出一丝笑意：好了，孩子，你放心养病吧，不是要紧的病。啊？

　　深恐春玉说漏了话，李清赶忙凑上来，说周主任在办公室等着，请她过去谈谈明阳的治疗情况。春玉答应着，又和明阳简单地说了几句话，就跟着李清到医护办公室去，那里，周兴馗的确在等着她。

　　周兴馗告诉春玉，明阳的肾移植相当顺利，因为是同时进行的，捐肾者和受肾者都很安全，同时，术后的排异性也相当差，依这样的情况，明阳一个多月就可康复出院了。春玉是知识女性，明白疾病治疗中的许多程序和规定，她诚恳地说：周主任，对于捐肾的朋友，我感激不尽，感恩不尽，需要支付的费用，只能多，不能少，明阳有产业，我自己也是有积蓄的呀。

周兴馗看了看李清，犹豫着说：妹妹你放心，那位朋友是甘愿免费捐肾的，不要一分一厘的报酬。等他康复后，我领你去见见面也就是了。

春玉有点儿不相信地立起身：是吗？这可不行，别说咱们并不困难，即使没钱的话，借钱也不能这么办。周主任，这位朋友在哪里，我得去看看他，起码先得道声谢吧？

周兴馗和李清几乎是同时站起身来的，他们有点儿惊慌和措手不及的样子，一个拦在门口，一个扶住春玉的肩膀，好像怕她一下子冲出去。周兴馗说：妹妹你别着急，那位朋友刚刚动完手术，正在康复治疗，你还不能去看他。

春玉有点儿遗憾地坐下来：唉！你看，你看，人家就是要报酬，也是我们的大恩人呀。我得去看看人家，一定！

一位护士推门进来：周主任，于明阳今天排尿仍很正常。

周兴馗呵呵一乐：哦，没问题了，明阳的肾没问题了。

屋里的人同时说了声好，又同时脸露喜色。

十天后，明阳已经能够行走自如，春玉心里一块石头落了地，觉得无论如何应该去见见那位捐肾的恩人了。可是，当他和明阳买着礼物到姜承良所住的另一座病号楼去探望时，那里的人告诉他们，这位痴呆无语行踪怪异的老医生早在几天前就出了院，是他的一位老乡用车送他走的。

其实，明阳换肾的过程很是意外。

事情还得从周兴馗的导师钟院长说起，钟院长虽然已经退休，但是这位六十年代毕业于中国医科大学的医学权威，仍旧没有放弃医学研究工作。他和省中医学院的老院长——那位当初毛主席到苏联访问时曾经出任随身医生的著名中医专家共同研究了一个重要课题并取得了巨大成果：关于解决异体器官特别是肾脏置换所产生的排异反应问题。他们的研究成果已为实验所证明，论文已发表在中外重要医学刊物上，同时先后在美、英、法和意大利巡游讲学。二人研究的关键之处在于首先选择最佳的组织配型，辅以他们研制的中西结合免疫抑制药物，因术前几天便提前给药，从而做到了防止和逆转器官置换所产生的排斥反应。

当初决定姜承良给明阳捐肾时，周兴甙当然得请钟院长到场指导了。钟院长认真看了捐肾人和受捐人的术前检查资料，忽然若有所思地皱起眉头。他告诉周兴甙，当年承良出狱后他曾为之做过体检，当时曾经查出承良的左肾有异常征象，只因尚在年轻时节，并无妨碍。但是，随着年龄增长，他的左肾功能会不会有所退化呢？钟院长沉思，周兴甙也在担忧，然而这种情况在仪器检查中并不能准确显现，所以就不能明确诊断。为慎重起见，周兴甙决定启动备用肾源。

钟院长的疑虑并非多余，当打开姜承良的腹腔准备取肾时，周兴甙按照钟院长的叮嘱，对他的左肾进行了生理检测。检测结果证明，老院长所虑正确，姜承良的左肾出现萎缩迹象，功能已开始退化。此时，取其健康的右肾移植给明阳，剩下一个功能衰退的左肾给姜承良等于是谋杀；如果将左肾移植给明阳，也会是同样的结果。周兴甙当即决定启用新的肾源——幸亏他防患于未然。

姜承良的腹腔开而复合，医护们不说，他自己便认为已经给儿子捐肾了。他终于释怀，终于对儿子做了一次天理昭然的补偿，他心里有了些许慰藉。抑郁病人的疑虑随时会出现，他生怕这件事让明阳和春玉知道了，故而身体稍有康复，便央求李清送他回县里去了。昨天走之前，尽管李清再三解释明阳的病可以公费医疗，他仍旧将多年来积攒存储的钱款悉数交给李清，嘱他和医院结算。

又过了二十多天，明阳完全康复，在对周兴甙千恩万谢之后，也在一个较为暖和的上午出院了。回到家的明阳这才知道，父亲已在他入院之初便意外亡故，这突如其来的意外让他几乎不能自持，哭泣、流泪、闷闷不乐，他简直不能相信这接二连三的变故会是真的。这之后，他到书南的坟上去了好几次，除了哭就是说，每次总要待到满天星斗才回家。

幸好有李清和李菡陪着，春玉和明阳的情绪总算日渐一日地平复了。

姜承良从省城回到县分院后，依然是郁郁寡欢。他本想一直在医院陪护明阳，由于担心直面春玉，所以提前回来了。自从回来后，他每天晚上都要爬上楼顶，朝省城方向默默凝望着。明阳由周兴恒主刀收治，他一百个放心，唯一担忧的是明阳术后的排异反应。有时想到自己和明阳是亲亲的父子关系，排异反应可能不会过于显著，心里遂觉踏实些。而真正让他心中踏实的，是他们的老师——那位名震全国的医学权威钟院长与他的合伙人研制的免疫抑制药。

不知是由于术中麻药的关系还是近日过于劳顿的缘故，自从回到院里后，姜承良心内不时涌起难以自制的酸楚感。这种感觉越来越重，越来越频繁，以至按捺不住有时就哭出声来。他为儿子的命运而苦恼、难过，为自己当年的所作所为而羞愧、懊悔。他常常想，明阳之所以患此病症，很可能与春玉当年在那个风雪天带他进城卖花生仁有关联。明阳年幼体弱，经不住风霜雨寒，从医学角度上讲，说不定那时就给孩子的身上留下了隐患。而当时正春风得意马蹄疾的自己却心硬、心冷——硬若石头，冷若寒冰，竟然毫无人性地没有走下楼梯与春玉母子见上一面。每当想到这一幕，姜承良常是不由自主地用巴掌猛掴自己的脸，有时甚至自己将自己打得口角流血。

那天下午李清驱车来到县分院，他告诉姜承良，明阳已经出院了。姜承良鼻音很重地说了声谢谢，就再也没话了。李清试探着问他是否愿意到明阳家看看，并言明明阳母子过几天要来答谢他。姜承良紧张地缩起了肩，连连朝李清摆手说：不要，不要，不要啊！

李清明白姜承良的苦衷，想了想轻声说道：姜医生，过去的早已过去，该做的你也做了，我看还是正视现实，你和李姨见见面，好吗？

姜承良脸色惨白，整个脸型都扭曲了：不，不不，绝对不行！

李清双手做了个下压的姿势：姜医生，你别紧张，一切都会好起来的。就这么决定吧，啊？

姜承良一言不发，只是机械地迈着双腿送李清出门上了车。

姜承良回到宿舍里坐了一会儿，忽然感到刀口痒痒的，他用手摁了下腹腔髂窝处，除了微微发麻外，并无其他感觉。还是检查一下的好，免得感染了。这么想着，起身出了宿舍，朝门诊影像室走去，他要让影像师给他拍个片，看看刀口和肾脏的系带等处有无变化。

姜承良来做影像拍片，年轻的影像师自然不敢怠慢。他做完一应程序，也没写检查报告，直接将片子递给姜承良：姜老师，您自己看看吧。

姜承良将片子放到 X 光观片灯箱上仔细观察了好一会儿，冷古丁回过身来，口气严肃地问影像师：嗯，这个片子是我的吗？

年轻的影像师怔了半天，咧嘴笑了：姜老师，瞧您说的，难道还是我的吗？

姜承良取过片子走到影像师面前，指着片子上一个部位：这是什么？

影像师：姜老师你可真有意思，晚辈不才，左肾右肾还是看得出来的。

姜承良倒吸了一口气：这真是左肾？

影像师调侃的口气：除非是个肿瘤，否则就是您的左肾。

姜承良顺气变粗，看了看影像师想说什么，最终横了脑袋一直走出去。

影像师奇怪地看着姜承良的背影：唉！又撞邪了。

姜承良当天就去了省医院，他径直闯进周兴馗的办公室，将 X 光片往同学面前一摔：怎么回事，你给我讲清楚。

周兴馗长长地叹了口气：我知道，瞒你是瞒不住的。

周兴馗只好将明阳手术的来龙去脉以实相告，姜承良听罢，面无表情地站起身，连句辞别的话也没说，就踱躞着步子走了。周兴馗接连喊他好几声，他连头也没回，似乎老同学做了最最对不起他的事，他已气极生愤。

姜承良回到县分院当天晚上，坐在宿舍桌前写着什么，写了很长时间才将面前的笔放下。然后，他仍是习惯性地和衣横躺在床上，随着忽高忽低的气息睡着了。

——不知睡了多长时间，姜承良从床上翻身跑下来，他跑出宿舍门，忽然看到自己赤裸着身子，他想回去穿衣服，但使出最大的力气也转不过身。与此同时，脚下如同生了风，离了地，完全脱离了地球的吸引力，身子飘飘曳曳向前飞。天冥冥，夜朦胧，姜承良不知怎么就飞到了一座大山前。山前不远有几个人影，飞近了忽然发现，竟是那次梦中遇到的周兴馗、苏静和胡志强等人。这几人和他一样赤裸着身子，只有藤条树叶遮住下身，也在离地三尺轻飘飘地往前飞。姜承良很快赶上他们，没有言语，没有沟通，谁跟谁也不打招呼，几个人混在一起，顺着山沟继续前进，竟如一支无敌舰队，尽可以在这夜的海洋里乘风破浪恣意逍遥。

不知飘了多长时间，他们似乎逃出了山区，来到一座山根下，一个个如同大赦出狱的死囚般心安神定继之便欢呼蹦跳。胡志强似乎诗兴大发，可是嘴唇抖动了许久没有吟出诗来，却突然摆出一个英雄造型，左手掐腰，右手高举唱起"要学那——泰山顶上一青松，巍然屹立傲苍穹——"用力过大，系在腰间的藤条断了，遮羞的树叶掉在了地上他也并不在意，身子就那么赤裸裸直挺挺地光着。

也不知怎么的，他们倏地来到了一条公路上，仔细观察了一下，认定这条公路就是直通他们生存生活着的那座省会城市的，于是决定不再飞行，停下来等着过往的长途汽车。过了许久，东方地平线上出现了一个晃动的小点，小点越来越近，越来越大，最终看清是一辆客车。大伙兴奋起来，胡志强和苏静同时哼起了《在希望的田野上》，周兴馗和姜承良唱起了《祝酒歌》。然而，汽车距他们十丈之遥突然停住，车窗里探出几十颗脑袋来，一双双惊恐莫名的眼睛望定了这群不速之客，欲进不敢，欲退不能，一瞬间汽车和人似乎全部凝固了。姜承良原以为汽车停下来是让他们上车的，便招呼司机再靠近一些。岂料从前挡玻璃里看到司机先是捂住了眼，之后又听到车里响起了乘客们七嘴八舌的喧哗。喧哗声中，司机从脸上移下双手重又握住了方向盘，汽车再次启动时，这个庞大的铁家伙以与它身形不相符的轻巧灵活在原地蹚了个圈掉回头，呜儿的一声怪叫着循原路逃去了。几个人清楚地看到，汽车往东跑了很远，转到另一条小路去。显然，为了躲避他们，司机宁肯绕远道。天老爷啊！胡志强沮丧地坐在地上哭起来，苏静则张大着嘴巴喘气说不出话，周兴馗像一匹即将上阵的战马在原地刨着蹄子，姜承良则一把捋掉了挂在肚脐下的树叶。

姜承良哑巴着嘴唇想了一会儿，忽然"嗯"了一声说明白了。他让同伙们兵分两路，两个人隐伏到东边的一个土丘后边，两个人仍旧在原地等着。长途汽车是有固定时间的，半小时后，第二辆汽车又来了。好像事先约定，这辆车行驶到第一辆车刚才停住的位置时也停住，同样从车窗里探出了几十颗脑袋，脑袋上的眼睛照旧是惊恐中掺杂着莫名的疑惑。汽车上的司机和刚才的司机一样捂住了双眼，之后也是在一片喧哗中往回倒车。然而，就在这辆车也打算掉头逃跑时，他们分别从两边冲出，光亮亮赤条条地将汽车的退路堵住了。汽车前进不行，后退不可，僵在原地好长时间，他们几人这时便从两个方向朝汽车包抄。看看还有几步远了，忽然间车门洞开，车上的旅客像遭了火焚的蜜蜂般拱出来，蚂蚁炸窝似的向着北边的野地里疯窜而去。夏天茂盛的庄稼地里，很快传来男人的怪叫、孩子的哭闹还有女人转了韵的号啕。

跑就跑吧，逃就逃吧，没必要计较，更没必要探究他们为了什么。这世上并非所有的人都能渡过苦海到达彼岸，诺亚方舟只载有缘人。一辆客车摆在面前，车内窗明座净，空空如也，没有贪心，也无奢望，这辆车便是此时他们几人梦寐以求的。只要上了车，他们就有了命，有了家，失魂落魄的难民有了命有了家他还需要什么呢？平庸之辈只求饱食暖衣，志向宏大的人满心想着成功的事业，他们呢，眼下只想爬上这辆车。至于那些仓皇奔逃的人，怎么进城，如何回家，即使历来主张并且极富人道心的艺术家们，这雾好像也不会顾及了。——饥寒交迫一口饭，灾难降临各顾各。这是谁说的？

危难时刻方显英雄本色，几个人争先恐后爬上车去，姜承良是最后一个上车的。最后上车的姜承良忽然傻了眼，因为最先上车的几位杳无踪影，似乎转瞬之间就雾化了。姜承良不会开车，他只好怅惘已极地跳下车来，一个人继续顺着去城里的方向快步走着。

姜承良并不想进城，更不想回家，他要到城边转转，一是欣赏城郊夜景，二是借城外的小风吹吹头脑，免得总是这么懵懵懂懂的。朦胧中，路边不远一座孤宅，可能是主人搬迁时留下的。姜承良信步走到宅前，蓦地立住。他似乎听人说过，近来逢到夜深人静时，孤宅就出现尸精。尸精形象骇人，一身白衣，嘴似鹰喙，手如鸭蹼，脚如铁杵，锯齿獠牙，走起路来嚓嚓嚓。尸精绕着孤宅游转，轻飘飘行走如飞。姜承良是医生，经常与死人打交道，他不信，本来胆子也大，况且身上有些功夫，所以决定亲自验证一下尸精传说到底是真是假。

姜承良潜伏进距孤宅不远的小树林里，注视着孤宅周围。三更时分，有两个影子蹦跳着从远处路上拐往通连孤宅的小道；稍后，又有两个影子从远处的路上蹦跳拐向孤宅小道……接连几拨，都是成双成对的黑影蹦跳着进了孤宅大院。然而，姜承良始终没有发现什么白衣尸精出现。

月上中天，四周并不昏暗，姜承良准备回家。就在他站起身子时，一个骇人的影像出现了。孤宅大门里闪出一道微光，微光过处，一个正如人们传说的尸精跳了出来。尸精通体灰白，双脚直挺挺地往前跳，跳到距大道不远又跳回到孤宅前。尸精倚在门旁墙上待了片刻，沿着孤宅前后又跳了一会儿回院里去了。

姜承良胆子大，好奇心同样大，他要弄清楚尸精到底什么模样，便

298

走出小树林，哈着腰靠向孤院。距院门不远，微光又现，灰白色的尸精竟又跳了出来。身为医生且是无神论者的姜承良也不免头皮发麻，赶紧伏在庄稼地里不动。尸精蹦跳着从距他十步之遥的小路上经过，他大气不喘，瞪大双眼盯着尸精，此物果然一袭白衣，身材高大，双脚如同铁杵，不弯不屈直挺着身子往前跳。僵尸！没错。僵尸也叫尸精。姜承良的脑袋大了。因为让僵尸碰一下或抓一下，非死不可。

姜承良还是挺住了。尸精从他身旁跳过去，跳往远处，他瞅这机会潜入孤宅院中。院中都是平房，姜承良潜行到两个窗户之间，隐身在一棵石榴树下。他挺挺身子朝窗内张望，窗玻璃都用布帘遮着，什么也看不到，但可以听到里边有窸窸窣窣的动静。一个窗户里传出咬碎骨头或萝卜的咔嚓咀嚼声音，姜承良吓出一身冷汗，头皮开始发麻。他勉强克制住没有发出惊叫。

姜承良心里阵阵发紧，决定趁尸精们没发现自己之前赶紧逃走。他哈着腰离开窗户，轻手轻脚潜行到大门前，回头看看没有动静，一旋身子到了门外。天！就在姜承良准备跑往小树林里喘息片刻稳稳心神时，刚才跳往远处的尸精忽然出现在他面前。尸精伸手就要抓他，姜承良身段灵活，往旁一闪躲过了。姜承良撒腿就往大路上跑，尸精咝咝叫着随后追他。俗话说"好狗撵不上怕狗"，尸精很快就让姜承良落远了。尸精不再追，姜承良也不再跑，他坐在路边一堆茅草上歇息，可就在这刹那，白色的尸精蓦地出现在他面前，他躲避不及，尸精伸手就抓。姜承良惊出了通身的汗，"啊"的一声往旁边翻滚躲闪，忽觉身体悬空，腰胯生疼，睁开眼，自己摔在了床下……

姜承良挣扎着站起身：生命已尽，白无常来抓我了！

一位才华横溢的知名医生，一个与千百死人打过交道的无神论者，外在的精神与内在的信仰被一个意外的噩梦击垮。

这可能吗？

可能！

因为大千世界，无奇不有。

姜承良坐在床沿上沉思了一会儿，毅然起身朝外走去。

　　姜承良走出宿舍门照例爬上楼顶，神情古怪地向远处眺望。

　　今晚是个天气阴沉的夜晚，无星无月，凄厉的寒风发出一阵阵肃杀的哀号，黑如墨海的暗夜里，似乎天在摇，地在动，从遥远的北方传来沉闷而又凄厉的轰鸣，让人感到格外恐怖和心惊。姜承良站在楼顶待了很长时间，忽然以从未有过的朗朗之声仰天长诵：冬盼春，夏望秋，情思几度上眉头。前望也愁，回首也羞，我心如刀钩……

　　姜承良在大声吟诵中径直朝楼顶边缘走去，义无反顾！

## 34

听到姜医生自杀的消息是在明阳出院后的第五天。

那天,明阳和母亲正在院子里晒太阳,李清打来电话,说姜医生昨天晚上在县医院分院门诊楼的楼顶上跌下来,当时就摔得快要不行了,送到医院后仅剩一口气,如今仍在县医院抢救。娘儿俩听到此讯,就像五雷轰顶一样吃惊,春玉当时就变得面色煞白,赶忙对明阳说:快,咱们去看看,这,这是怎么了?

春玉在省医院并没见到恩人姜医生,这位朋友在捐肾几天后就急匆匆地出院了。春玉打听这个人,才从儿子口里知道他叫姜向春,是县医院分院主管业务的医生,就决定待明阳出院后专门去看望拜谢他。谁知天不遂愿,他竟然意外自杀。

说意外也不意外,明阳早从周兴馗那里了解到,说这个姜医生早就患了"妄想型的精神分裂症",只是他本身克制力强,这才没有大发作。但最后的结果不外两种,一种是杀人,另一种就是自杀。以他的个性和病因,杀人不可能,自杀是脱不了的。

没想到,还真应了周兴馗的话。

春玉母子俩赶到医院时,姜承良正在重症室接受抢救治疗。骨折和外伤已经处理,但颅脑外科需要到上级医院请大夫主刀手术,眼下也就只能维持了。病人浑身包扎,深度昏迷,只有那横了一道大疤的脸孔还算完整。春玉走到姜承良面前时,因为距离相当近,觉得有些面熟,心里一惊,可一时想不起在哪里见过。她就细细地看呀,看呀,突然间就惊叫了一声——是他!啊!怎么会呢?啊?

这一霎,春玉似乎明白了这个姜医生何以要给明阳捐肾,何以不等完全康复就急慌慌地出院了。他顾不得有人在旁，跪下去尖声喊道：姜承良，是你，你是……我认出来了，你醒醒，你醒醒啊——

姜承良，他叫姜承良？姜医生怎么又叫姜承良！医生护士惊呆了，明阳更是惊呆了，他以为母亲因为受了突然刺激而精神失常，赶忙拽住春玉说：妈，妈，你冷静些，你冷静些！

李清从旁边走过来扯扯明阳的肩头，压低声音：明阳，你让大姨叫他几声吧，这也许是最后了。

明阳怔怔地望着李清，一时弄不清他为何说出这种话。

春玉仍在呼喊：姜承良，你醒醒，醒醒呀！

一个中年女人的矜持此时已经荡然无存，两个人几乎头脸相贴了。

明阳吃惊地看着面前的情形，不由自主地问李清是怎么回事，李清泪眼婆娑地低声说：你先冷静一下，咱们以后慢慢说。

春玉叫了一会儿，停住，双眼痴痴地盯紧了面前那个曾经相当熟悉的面孔。在一阵无声的凝视后，奇怪的事情发生了，一直处于深度昏迷状态的姜承良慢慢睁开眼睛，瞳仁在睛中毫无生气地颤动着，似乎蒙上了一层薄薄的雾。突然间，瞳仁变得清亮了些，像一束细焰似的落在春玉的脸上。显然他认出了面前的春玉，混浊的眼里渐渐有种东西闪烁起来，并且很快露出了类似视线的光。这束光韵在明灭之间往复多次，好像在他脑子里映出了某些消失已久的画面——是不是有学校？有大街？有省城？有雨夜？有向往？有失落？有温情？有愧怍……最后平静的时刻里，是不是那片断的痛苦和悔愧也在潜意识中游动呢？——风雪天，那卖花生仁的母子，那楼下低低的哀求声和压抑着的饮泣声，自己当时的位置，在楼梯上的犹豫？有无可以宽宥的借口？世态、良心、天理、责任，全都幻想化成永难消逝的痛苦，弥漫在你的身前身后……病人那已经苍白无色的嘴唇终于慢慢张开，几经嚅动，一种嘶哑低微而又阴沉的声音从那个空洞里传出，接着喷出了一股粉红色的血沫，那双仅有一丝生气的眼睛静静地合上后，他，终于去了，永远地去了！

也可能，世上再无什么留恋，他走得很是心安理得。对于生死之念，也许世人都有些误会。其实，现实中的活的生命就是你的一个影子，这个影子才是你的灵魂，而整日招摇过市的身躯只是本体的一具皮囊。如今，那个代表灵魂的影子消逝了，人生历程结束，这个皮囊干脆甩开，有它无它已无所谓。

也可能，代表灵魂的影子留下一连串的省略号，让人们去读，去想，去猜测。

这刹那，面对溘然而逝的姜承良，李春玉却是无声亦无泪，她表情呆滞，目光痴痴，不明所以般看看死者，瞧瞧众人，环顾周围，举止神态超然而冷漠，就像眼前所发生的事情与她无关似的。

满是创伤的河堤未被洪水冲垮，久已浸泅的土墙在突然降临的巨大震撼中并未倒塌，这多少有些奇怪，也同样让人无法理解。莫非她真的心死如灰，难道她是一位修炼到家已达物我两忘从而观破了世事、看透了一切？

人们常会看到，平静的毫无涟漪的河水下面，总是穿行着让人意想不到的潜流和漩涡。纵横交错的情感之流同样暗中蕴藏，它像一把把锋利无比的白刃，将备受折磨的河底重复切割。急诊室里的人当时忽然听到春玉轻轻地叹息了一下，就轰然倒在了一直立在她身后的明阳的怀里。她面色苍白，油汗直流，脸上的肌肉极端痛苦地扭曲着，痉挛着，双手不由自主地紧紧抱住了前胸，整个人的身躯霎时间就抽搐得变了形。

值班的胖医生见势不好，慌忙吩咐将春玉抬上病床，一边做检查一边吆喝护士赶紧给氧。当心电图显示出病人的心脏情况之后，这位面如弥勒的白衣天使收起他的盈盈笑脸，抽紧了面皮说道：啊呀呀，这老太太的承受力可是真大！随之便以不容置疑的口气吩咐马上输液……

这时的春玉，已经完全身不由己了。

诚如医生所言，李春玉对疾病的承受力真大，半瓶药液还没用完，她就基本恢复，只是身体相当虚弱。此时姜承良已被抬出治疗室，屋子里的人也少了，她看了看明阳，又看了看李清，迟疑了一下就把李清叫到面前俯耳低语了好长时间。李清连连点头，末了抬眼望望明阳，似乎犹豫了一阵儿才俯下身子压低声音对李春玉道：大姨你放心，周主任曾经跟我提到过，但过程……

春玉的脸上闪现一丝倏忽而过的疑惑，接着就心知肚明地说：哦，我明白，明白，只是，你要把全部过程都告诉他。

李清用纱布擦去李春玉眼角的泪水，慢慢直起身来。

李清和明阳悄悄说了几句什么，两个人就急匆匆地走了出去。这里，春玉困倦地闭上眼睛，不知不觉间脸上的泪珠又挂满了。

是春玉提出的意见，把姜承良埋在了她父亲的墓旁，也就是工联厂的东侧。这里现在有一块小小的墓地，是县里专为埋葬在本县亡故的外地人的。出殡的那天，无风无雪，天气晴朗，可送殡的人并不多，人们对这个默默无闻的医生并不了解，只有明阳、李清和县医院、县分院的医护职工们，抬了灵柩缓缓走到墓地，在举行了简单的下葬仪式后让他入土为安了。

一切都是李清从中做的解释，一切都是李清做的安排，世间好友知多少，能有几许如此侠义，能有几许如斯豁达？明阳明白了自己的身世后郁闷了好几天，他不想如此但又莫可奈何，一切都是神明的主宰，一切都是命运的安排，你无可厚非，无可选择。明阳是通达明理的人，只是默认，并不声张，他不愿再次戳伤母亲的心，她这一生实在太不尽人意了。作为儿子，他今后只能暗暗地做自己该做的事情，在他看来，生父与养父是同样的，他对他们的爱是不偏不倚的。


县医院和分院的同事在清理姜承良的遗物时，从他的办公桌上发现了一封尚未寄出的信，信皮上写着城关镇于家屯李春玉收。医院里有人知道李春玉就是于明阳的母亲，没费周折，这封信就送到了正在住院治疗的李春玉手里。

这时春玉在医院里已经待了半个多月。

老天佑护苦命人，春玉恢复得相当快，相当好，也相当彻底。多谢那位让人喜爱的胖医生，她给春玉做了全面检查，不光使春玉那久患沉疴的心脏得到了康复，也使她全身大大小小的毛病得到了有效的治疗。春玉出院前特别拜谢了胖医生，说自己是爬着进的病房，跑着出的医院。

就在李春玉准备出院的前两天，她收到了姜承良写给自己的信。

这是一封痛苦的信，忏悔的信，让人看了心碎的信。

春玉你好！

我是姜承良，是那个你知道的绝情无义的姜承良。

春玉，我伤了你的心，伤得很厉害；知道对不起，但也很无奈；我们的情，我们的爱，用不着寻觅，用不着营造，从来就是明明白白。是我的放任无羁，我的无奈背叛，将自己爱得几乎溶化在心里的人伤害。狂飙巨澜冲昏了我的头，忘记了生存着的这个世界充满了尘埃。静下心来，设身处地为你想一想，怎么对得起曾经有过的真爱！才华使我自命不凡，利欲令我左顾右盼。寻觅的过程也曾跌伤过多次，为何当时并不幡然？

感情的隐藏代替不了现实中的愁颜，毕竟，我是生活在人间！在大海中凭着想象寻寻觅觅的人，永远也难到达理想的彼岸。只有脚踏实地赤诚相待，方可如己所愿。人间的天地亦窄亦宽，我曾想直接奉献一份爱怜，怎奈我生性偏狭，全不把一片真情收到眼前。自命清高又顾及自尊，可我为何就不扪心自问——这世上莫非只有自己才能争尽脸面？

我知道你还没彻底忘掉我，因为我是你的初恋，你也是我的初恋，这世上，没有任何人可以轻易忘记第一个闯入自己心灵的异性。然而，在危急关头李代桃僵的书南哥才是你永远不可忘记的人，你再不要自己和自己进行一场精神大战！天也宽，地也宽。天地虽宽，不如书南哥这样的好人心地宽。望你听劝，听劝，真心听我劝！最后，信笔诌一《钗头凤》：凝脂手，相望久。春夏秋冬堪回首。东风恶，缘分薄。一怀情思，三十余载。多，多，多！秋如旧，人苍瘦。梦中泪泻枕湿透。枯枝折，身瑟索。情恋虽痴，命舛难合。莫，莫，莫！

我自以为聪明，其实是自欺欺人，韶华已逝我还能苟活多少年？放下顾虑，认清自己，因为人生转眼就是百年！面对现实是我的唯一选择，到天国里潜心悔过才能保证心中的安然。

永别了春玉，永别了在这个世上我最对不起的人！

春玉读罢此信，双手捂面大哭一阵后，擦掉眼泪口中念念有词——爱之殇！

　　春玉出院后，再没问起姜承良，也绝口不提这件事，她理智得近乎绝情，好像在此之前的一切全部忘却了，唯一可以看出的变化就是她比以往任何时候都更加沉默，每天除了忙里忙外，就是盯着遥远的天际出神，不苟言笑，甚至难得说句让人感到欣慰的家常话。是啊，人到中年，回首往事，不悔者少，悔又如何？故，心境宽，心态和，心气足，心意盛，足可。失去的永远失去了，得到的也已得到，人到中年，诸事不必再多计较。所以，还是无悔的好。不幸的是，你漂过了我年轻时的心海，到老却又将早已关闭的心扉给冲开。梦中的游艇总是不停地颠簸，有谁能重新描绘那生活中的七彩？

　　明阳明白母亲的心思，总是想出各种办法用各种可以宽解的话来安慰母亲，尽管他明白这并无裨益，可他仍旧锲而不舍地这么做。

　　转眼进了腊月，城里城外的人都在张罗过年，而李菡也恋恋不舍地辞别他们回去了。这段时间里，明阳的企业里积攒了许多事情等他处理，所以明阳送走李菡之后就留在了城里暂不回家。自从明阳李菡他们走后，明刚小两口就不让春玉自己做饭了，明刚媳妇做好后，总是打发明刚送过来，有时是米饭，有时是炒菜和馒头，有时换成包子或水饺，总之，两口子变着法地让春玉吃好，那份孝心是再清楚再周全不过的了。

　　这天夜里下了一场大雪，从夜间一直下到翌日仍旧无休无止。大雪覆盖了城镇田野，整个大地成了一片银白色。下午四点多钟，依旧雪花飘飘似停不停，春玉感到一阵阵的虚烦，便焖好火炉关上大门，一个人悄悄地向村北走去。雪花夹着飕飕的小北风，抽打着她的脸颊，她拽了拽头巾略做遮掩，继续向北，向北。天上碎琼乱玉，地上雪声嚓嚓，身后霎时间便留下一行浅浅的脚印，这浅浅的脚印，不一会儿又渐渐地为雪花所掩没。春玉出村后似乎犹豫了一下，然后就径直朝北边不远处的于家坟地走去了。

于家坟地里躺着祖孙几辈人，书南静静地卧在父母的脚下，因为有风，坟头上积雪不厚，有的地方还露出生土。春玉俯下身去，用手轻轻地刮去书南坟头上的余雪，然后从怀里取出一只塑料袋，袋里是十几个热气尚存的水饺，她把水饺小心地放在书南的坟头上，恭恭敬敬地磕了三个头。她站起身来，泣声道：书南哥，往年每逢下雪，我都要给你包顿水饺吃，今年，你是无论如何也吃不到了……

春玉还想说什么，可是再也无力说下去了，她只觉得有股灼流如芥似火，沿喉上行直达天囟又忽地回落，最终在鼻腔中间凝结，一阵酸楚难耐的针刺感倏地冲出，她只来得及叫了声书南哥就泣不成声了。她浑身颤抖着，抽搐着，像患了疟疾一样剧烈哆嗦，她只能哭，只能泣，因为再也说不出一句完整的话。风儿停了，雪儿住了，大地不堪重负般轻轻呻吟，有一种神奇的细语般的响声自坟中传出，但也仅仅是一小会儿，就又溘然冥断远逝天外了。

春玉在书南的坟前站了很久很久，直到腿脚发麻才慢慢移动步子。她没有回家，而是沿着一条小道朝西北方向走去。是进城，还是惦着儿子的大碱洼？果然，她走到大碱洼前立住不动，但凝视良久又穿洼而过，一直走到碱洼西北角上的那处坟地才蓦地停住，很明显，她是看望父亲和姜承良来了。

春玉在一新一旧两座坟头前立住，不动不哭也不说话。可能，她的哭她的话都于刚才书南坟上馨尽了，眼下只能以沉默和祈祷来表达。两座坟前有凌乱的践踏印痕，莫非是有人来过了？这让她想起儿子明阳的话，说留守大碱洼的民工告诉说，常常有几位老人来这坟头上冥祭，是谁？那几位老人是干什么的？她曾和儿子认真议论过这件事，可到头来仍是百思不解。看来，今天那几位冥祭的老人又来过了。春玉想到这里，仔细地观察坟头，果然，坟前雪地上有几枚水果，水果不远的地方尚有燃香后的余烬，千真万确，有人来过，是来祭扫亡灵的。可他到底是谁呢？春玉看着坟头，回忆着父亲的各位故旧好友，越想越奇怪，越想越疑惑，头脑开始发晕、发沉、发涨，她不敢想了。唉！人生驳杂，岁月如水，光阴荏苒中转眼就是几十年。春玉望望眼前白顶玉丘般的坟头，深深地鞠了三个躬。

西北上，姜承良曾经所在的县医院分院在白雪覆盖下显得更加突兀。落雪无声，将那里的房屋树木尽行妆裹，黑白相间的空隙处有片片轻灵的雾气在时隐时现，这让春玉想起小时随父东行时见过的蓬莱仙阁，那里有形如白雪的浪花翻滚时形成的水沫，也有时时飞到人们面前的大鸟儿。当然，那时的心情与眼前绝对迥异，那霎的环境也与现在判若两界。春玉继续向远处望去，县分院的斜后方就是一个她所熟识的村庄。此时天已见黑，暮色四合，雪地映衬，光晕幻化，似有缕缕隐形的条状物在那村前空寂的上方游弋飘荡着，如梦似烟，扑朔迷离，接续不断地没于沉寂中的寥廓。有小风微微地刮起来，天地相连处忽然漾出淡而轻盈的雪旋儿，雪旋儿慢慢地轻轻地游走到村前那片开阔地时，刹那间凝结成形，像天地生成的精灵，蹦蹦跳跳地朝这里寻觅而来。春玉轻轻地呻吟了一声，她想起了自己小时的情景，想起她趴在父亲肩头上见到的那个"鬼火"。

身后响起嚓嚓的踏雪声，春玉回过头，暮霭中只见明阳和李清快步走过来。明阳的口气焦急而又担忧：妈，大冷的天，你自己跑出来干吗！

春玉轻声一笑：我心里闷得难受，出来换换空气。你们怎么知道我在这里？

明阳说：我和李清正在碱洼办公室研究明年施工计划，一位工友跑进去告诉说，有个中年妇女一直在东北角墓那里站着不走，我俩一猜就是您。

春玉点点头：难怪，难怪。

李清指指南边大道上的轿车：大姨，你说一声，我和明阳可以用车接你嘛。

春玉提脚往回走：干吗要打扰你，你们都是忙忙的身子，我又不老不小的。

明阳和李清架起春玉的胳膊：跟我们进城吧。

春玉摇摇头笑了：我还是回屯里去，孩子们，天色已经不早了，你们快回到城里的住处去吧，我记得，每到周末晚饭后明阳还得上网和李菡聊天。

明阳不好意思地笑笑：妈，您记得可真清楚。


春节过后，冰雪渐渐融化，大地开始复苏。于明阳在自己的工地上察看巡逻一番后回到南边的大道上，那里停着一辆桑塔纳轿车。母亲李春玉就站在轿车的一侧，全神贯注地注视着儿子的一举一动。明阳回到轿车旁边时，母亲仰脸抬起手来，轻轻梳理了一下他额前的头发说：明阳，咱们走吧，现在的天气仍是乍暖犹寒，我怕你着凉。

明阳指指大洼北侧的那块地：妈，我已经完全康复，你瞧，现在我胳膊上的肌肉有多发达呀。开春之后，我要和同事们挥锨抢镢，一块儿在那里翻沙造地。

明阳说着，下意识地抬起头来看着天空，从纤无点云一碧如洗的天空照射下来的阳光越来越淡，光线越来越短，终于，太阳毫芒尽收，慢慢地压向西边。因为有小城遮挡，看不到地平线，只能看到如同烧红了般的日头悄无声息地往下掉落。远处田野里的农人准备收工，树上草中鸟儿们也纷纷飞到了空中，它们凌乱无序地在天上穿插，没有人类超乎想象的热情举动，更看不到惋惜辞别的表情，只是不紧不慢地飞转着，各自寻找自己的归宿。明阳重又看了看大碱洼，那种踟蹰不定的样子，显然是有些恋恋不舍。

司机发动了汽车，明阳再次看了看台田上的牛舍，这才和母亲跨进车内。

回到明阳的住所内，已是夕阳西落，暮色四合。春玉母子很快做好晚饭，吃饭的当儿，只见屋外映起一丝月光，明阳对母亲说：妈，饭后我们到院子里看会儿月亮好吗？

春玉摇摇头：不行，你不是还得和李蔺上网聊天吗？我想看看你们聊些什么。当然，不让我看的话我不会勉强，我只是太想念这孩子了。

明阳笑了：妈，我们聊天得到十一点了。

春玉用手指敲了下明阳的额头：是不是故意不让妈看呀？

明阳不好意思地解释：不，不是的妈，是因为时差关系。

春玉点点头：哦，明白了，那我们饭后就到院里看看月色。

明阳搀着母亲来到院子里，因为已是农历十六，此时一轮满月已悄悄爬上东边天空，很快漫过房顶悬在了高空。小院里一片明亮，亮如白昼。月光清纯、明净，不像大城市里的月光那样青幽幽浑涂涂。月光如束，月光成片，月光洒满娘儿俩的头身脖颈，就像凭空给人披上一匹上好的绸缎。如果你能朝着月光伸出手，马上就可将它握住，你可以拽着月光自由自在地朝上攀登，登上寂静无垠的蓝色苍穹，迈进清凉幽冥的广寒宫。

春玉忆起了一副对联：竹影扫阶尘不动，月穿潭底水无声！

明阳笑吟吟地说：妈，这对联真好。

春玉说话声音低下去：这是我六岁时你姥爷教我的。

明阳唯恐母亲伤感，便有意转移了话题：哦哦，我听您说过，我姥爷学问大着呢。妈，你听，花丛里有动静。

春玉果然侧起耳朵：嗯，怎么会呢，如今仍是冬天，虫儿也不会出来唱歌呀。

春玉说罢忽然意识到明阳的用意，心中一酸，将明阳像小时一样揽在怀里。

娘儿俩沐浴在这充满诗情画意的月光中，听着夜空中似有似无的风声，似乎整个身心都在跟着眼前的空气飘摇、浮动。明阳抬起头来，定定地看着天上的月亮，看了好长时间，忽然失声道：妈，都说十五的月亮十六圆，怎么这月亮仍然缺少那么一点呀？

春玉抻了足足五分钟，才声调沉稳地说：那是人生的边缘！

芳菲季月，大地复苏，春玉和儿子再次来到大碱洼边上。大碱洼去年新栽的抗碱花草萌发嫩芽，一排排枣树和石榴树也相继绽出绿色。这些花草树木在鲜活的空气中迅速成长，在吹面不寒的杨柳风中轻轻摇曳。春玉看着于明阳步履矫健地走在台田水沟边上，时时侧身或俯身察看沟上沟下的养殖情况，身体完全康复，心情无比安宁。她在想，儿子一定重又继续着自己的"仗剑志报国，挟文思江湖"。她认定，不久的将来，这里会出现一个崭新的世界。

李春玉忽然下意识地哼起了那首歌：我们的理想，在希望的田野上……

李春玉转过身来时，又不由自主地扭头朝东北望了望。此时，那里积雪已尽，房屋树木俱收眼底，似有片片轻灵的雾气在时隐时现，有一只叫不上名字的大鸟儿从那里飘飘摇摇飞过来，在大碱洼的上空叫了几声又缓缓地飘向远方。

**图书在版编目（CIP）数据**

惊鸿 / 杨英国著. — 北京：中国文史出版社，
2019.10

（中国专业作家小说典藏文库·杨英国卷）

ISBN 978 – 7 – 5205 – 1137 – 7

Ⅰ. ①惊… Ⅱ. ①杨… Ⅲ. ①长篇小说 – 中国 – 当代
Ⅳ. ①I247.5

中国版本图书馆 CIP 数据核字（2019）第 117340 号

责任编辑：卢祥秋　薛未未

出版发行：**中国文史出版社**

社　　址：北京市海淀区西八里庄 69 号院　邮编：100142

电　　话：010 – 81136606　81136602　81136603（发行部）

传　　真：010 – 81136655

印　　装：北京东君印刷有限公司

经　　销：全国新华书店

开　　本：720 × 1020　1/16

印　　张：20　　　　字数：297 千字

版　　次：2019 年 10 月第 1 版

印　　次：2019 年 10 月第 1 次印刷

定　　价：68.00 元